COWBOY SUCHT EHEMANN

VON
LETA BLAKE &
INDRA VAUGHN

Eine Originalveröffentlichung von Leta Blake Books
Cowboy sucht Ehemann
geschrieben und veröffentlicht von Leta Blake & Indra Vaughn

Titel der englischen Originalausgabe:
Cowboy Seeks Husband

Ins Deutsche übertragen von Betti Gefecht
Korrektorat: Veronika Kothmayer
Cover by Dar Albert
Formatierung by BB eBooks

Copyright © 2019 by Leta Blake Books
Print Ausgabe
Erste print Ausgabe: 2019
ISBN: 979-8-88841-042-4

Gay Romance Newsletter

Letas Newsletter (englisch) enthält die neuesten Veröffentlichungen und Neuigkeiten aus der Welt der MM-Romance. Trage dich noch heute in die Mailing-Liste ein und nimm damit automatisch an zukünftigen Verlosungen und Geschenkaktionen teil.

Leta Blake auf Patreon

Werde Teil von Leta Blakes Patreon-Gemeinschaft und erhalte Zugang zu exklusiven Inhalten, nicht verwendeten Szenen, Extras, Bonus-Geschichten, Preisen, Gewinnspielen, Interviews und mehr.

Danksagungen

Leta möchte folgenden Personen ihren Dank aussprechen:

Mom and Dad, ohne die ich meinen Traum, Buchautorin zu werden, nicht hätte verwirklichen können. Brian und Cecily, meine Lichter in der Nacht, die mich immer wieder sicher nach Hause leiten- All den wundervollen Menschen auf meinem Patreon, die mich inspirieren, unterstützen und beraten. Delphine Dryden dafür, dass sie bereits meine ersten Entwürfe editiert hat. Sowie DJ Jamison für das Editieren der letzten und abschließenden.

Am allermeisten jedoch danke ich unseren Lesern, die mir immer wieder zeigen, dass es all das Blut, den Schweiß und die Tränen wert ist.

Indra möchte folgenden Personen ihren Dank aussprechen:

Dem Land Belgien dafür, dass ich dort ein neues Zuhause, Unabhängigkeit und Stabilität finden durfte, und meinem Sohn, der mir Freude schenkt.

Unseren Editoren Delphine Dryden und DJ Jamison. Und natürlich geht mein Dank an unsere geduldigen Leser überall auf der Welt, die so großzügig und verständnisvoll waren, während ich mein Leben zu neuen und ganz anderen Horizonten transferierte.

Dieses Buch ist Marsha gewidmet. Auf Wiedersehen und bis bald. Du wirst geliebt und vermisst. Dedicated to Marsha

Kapitel 1

WALKER REED KLOPFTE sich an seiner alten Wrangler den Staub aus den Handschuhen, schob sich den Hut aus der Stirn und wischte sich den Schweiß ab, der aus seinem Haar tropfte. Er warf einen gequälten Blick zum schimmernden Horizont, erst dann gab er dem hartnäckigen Summen in seiner rechten Hosentasche nach.

„Na toll", murmelte er und zog einen Handschuh aus. Die Anrufe kamen von verschiedenen Nummern, hatten aber alle die gleiche Ortsvorwahl, daher wusste er auf einen Blick, was ihn nun erwartete. Er nahm den Strohhalm aus dem Mund, auf dem er herumgekaut hatte, und drückte das Handy an sein Ohr. „Walker Reed."

„Hey, Walker. Ich bin's, Molly."

„Schönen Tag, Molly."

Ein einjähriges Kalb stupste seine Hand an, und er kratzte es abwesend zwischen den Augen.

„Es ist so bezaubernd, dass du tatsächlich solche Dinge sagst", sagte Molly lachend.

Walker verdrehte die Augen. Molly, die Produzentin, ganz zu schweigen von Andy, dem Regisseur des Filmteams der Reality-Show, bei der sich Walker dummerweise (und erfolgreich) beworben hatte, taten so, als wären seine guten Manieren und sein Louisiana-Slang entweder das Drolligste aller Zeiten oder der Beweis für seinen Mangel an Intelligenz. Er sah keinen Sinn darin, sie immer wieder daran zu erinnern, dass er aus dem Süden stammte, und dass die Jungs aus dem Süden Damen höflich zu grüßen pflegten, wenn sie anriefen, selbst wenn die Ladies echte Nervensägen waren, die seinen Arbeitstag unterbrachen.

„Wie auch immer, Süßer", fuhr sie fort, worauf er nochmals die Augen verdrehte.

Das war noch so eine Sache. Diese Hollywood-Heinis nannten ihn immer dann Süßer, wenn sie sich bereit machten, ihn zu etwas zu nötigen, das sie sich neu ausgedacht hatten und das definitiv nicht in den Verträgen stand. Es war ein verräterisches Zeichen so ähnlich wie bei seiner alten Tante Jenny, die ihn immer Schätzchen nannte, wenn sie ihn dazu bringen wollte, einen Teil des Ackerlandes ihrem Sohn für sein berühmt-berüchtigtes Motocross-Hobby zu überlassen.

Molly redete immer noch. „Andy bat mich, mit dir zu sprechen und noch einmal zu bestätigen, dass es bei einem vollen Drehtag irgendwann nächste Woche bleibt, an dem wir das Intro filmen können."

„Nächste Woche? Ich habe höllisch viel zu tun bis dahin, Molly. Außerdem hatte ich es so verstanden, dass–"

„Andy sagte schon, dass du vielleicht sehr beschäftigt sein wirst", unterbrach sie ihn und klang dabei übertrieben mitfühlend. Aber dann fuhr sie fort, als hätten diese Worte keine Bedeutung und alles, was zählte, war die Antwort, die sie hören wollte. „Aber wir müssen vorankommen. Also, wann wäre ein guter Tag für dich?"

„Ich dachte, die Dreharbeiten würden frühestens in zwei Wochen beginnen." Schlimm genug, dass die Filmcrew von *Schwul sucht Mann zum Heiraten* ihm den ganzen Tag vor die Füße lief und versuchte, eine seiner ungenutzten Scheunen in etwas zu verwandeln, das sich als Kulisse für eine Reality-Show eignete. Aber die ganze Mühe führte lediglich dazu, dass dort keine wirkliche Arbeit geleistet wurde.

Die heiße Louisiana-Sonne brannte auf Walker hernieder, und er wischte sich erneut die Stirn, während Molly mit der Hand das Handy dämpfte und Anweisungen an irgendwelche unbekannten Helferlein der Crew bellte. Ihre Position als Produzentin verlieh ihr eine Menge Autorität und auch die dazu gehörende Attitüde.

„Andy sagt, es wird nicht lange dauern. Und im Vertrag steht eindeutig–"

„Ich weiß, was im Vertrag steht." Walker trat gegen den Heuballen, von dem er gerade heruntergesprungen war, dann marschierte er zurück zu seinem Traktor. „Ich habe am Montag Inspektionen. Und Dienstag fällt auch flach. Ich erwarte die Trucks, die unsere Kälber abholen. Das könnte sich bis in den Mittwoch hinziehen. Falls das so ist, kann Marlon übernehmen. Am Donnerstag reite ich aus, um die Viehherden zu checken, also kommen nur entweder Mittwoch oder Freitag in Frage."

„Tja… " brummte Molly, dann wurde ihre Stimme wieder gedämpft. Walker widerstand dem Drang, den Traktormotor anzulassen und es so unmöglich zu machen, das Gespräch fortzusetzen. Er konnte sich Andy Towes vorstellen, Showrunner und Regisseur, wie er an Mollys Seite stand, weil sie für ihn die Drecksarbeit erledigte. „Okay, wir wollen ein paar Außenaufnahmen. Freitag sieht wettermäßig furchtbar aus, also fangen wir am Mittwoch in aller Frühe an."

Walker lachte schnaubend, verabschiedete sich knapp und legte auf.

In aller Frühe, am Arsch!

Damit das Vieh nicht so viel am Roggen fraß, legte Walker regelmäßig Heuballen aus, und er musste jetzt damit weitermachen, anstatt hier herumzusitzen und sich zu ärgern. Aber bevor er den Traktormotor anließ, schickte er eine kurze Nachricht an Tessa, um sich wegen des Wetters zu vergewissern. Louisianas hohe Luftfeuchtigkeit war nie ideal für die Heuernte. Aber eine Reihe von heißen, trockenen Tagen, so wie sie für die kommende Woche vorausgesagt worden waren, durfte er nicht ungenutzt verstreichen lassen. Besonders, da es bereits Freitag wieder regnen sollte.

Es war schon dunkel, als er durch die Hintertür das Haus betrat. Es roch köstlich. Walker trat im Vorraum aus seinen Stiefeln und fragte sich, was er dringender brauchte, eine Dusche oder etwas zu essen. Die Tür zur Vorratskammer stand halb offen, und ein Kuchen stand dort zum Abkühlen auf der breiten Fensterbank. Walker hob ihn vorsichtig an und schnupperte ausgiebig daran, bevor er ihn wieder zurückstellte.

Sein Magen gewann das Duell mit der Dusche, und er schrubbte nur seine Hände über dem alten Bauernwaschbecken in der Küche, das schon bessere Tage gesehen hatte.

„Walker, bist du das? Endlich." Tessa, seine Stiefmutter, steckte ihren Kopf zur Tür herein und lächelte ihn an. „Hey, Schatz. Dein Vater hat schon gegessen."

„Das macht nichts. Die Produzentin hat mich schon wieder angerufen. Das wirft immer meinen ganzen Tagesablauf durcheinander." Es fühlte sich besser an, Molly die Schuld zu geben, auch wenn der Anruf ihn nur zwei Minuten seines Tages gekostet hatte, als zuzugeben, dass er sich zu sehr hatte davon ablenken lassen. Er hatte über ihren Anruf gegrübelt und sich geärgert – und dabei alle Entscheidungen in Frage gestellt, die zu dieser Situation geführt hatten. Letztendlich war er selbst zweifellos derjenige, der seinen Tagesplan vermurkst hatte.

„Was gibt's zum Abendessen?", fragte er, küsste Tessa auf die Wange und folgte ihr in die Küche.

Sie versetzte ihm mit einem Handtuch einen Klaps auf den Po. „Es steht noch im Ofen. Sieh selbst nach."

Walker nahm sich seinen Teller. Er machte sich nicht die Mühe, Ofenhandschuhe überzuziehen, sondern eilte sofort zu dem alten, abgewetzten Tisch, der an der Küchenwand stand. Tessa verdrehte die Augen, als er auf seine Fingerspitzen blies und sich setzte. „Danke, Tess."

Als Walker die Ranch offiziell von seinem Vater übernommen hatte, war sie tagsüber zu seiner Assistentin geworden, aber abends wurde sie in jeder Hinsicht zu seiner Ersatzmutter.

„Wann ist Paps reingekommen?"

Tessa warf einen Blick zur Tür, die durch den Flur und ins Wohnzimmer führte, dann sagte sie: „Um drei."

Walker hätte beinahe leise geflucht, aber er schaffte es, einen halbwegs neutralen Gesichtsausdruck beizubehalten. „Hat er den Wetterbericht gesehen?"

„Japp, hat er. Es sieht gut aus. Ich habe schon Marlon und Dennis angerufen. Sie können Montag mit der Heuernte beginnen.“

Das war nicht ideal, da an diesem Tag die Inspektion stattfinden und den ganzen Betrieb durcheinanderwürfeln würde. Und am Dienstag kamen die Viehtrucks. Aber sie mussten mit dem Heu vorankommen, wenn sie genug Heuvorräte für die Schlechtwettermonate haben wollten. „Danke“, sagte er.

Als sie sich abwandte, um das letzte Geschirr zu spülen, fischte er rasch sein Handy aus der Hosentasche und schickte eine Nachricht an Marlon.

Zäune?

Die Antwort kam beinahe auf der Stelle. *Gecheckt und repariert. Buh.*

Mit einem Seufzer der Erleichterung schob Walker sein Handy beiseite und machte sich hungrig über Tessas butteriges Knoblauch-Kartoffelpürree her. Wenigstens die Zäune konnte er von der To-do-Liste dieser Woche streichen. Er musste sich überlegen, ob er es sich leisten konnte, Marlon und Dennis eine Lohnerhöhung zu geben, wenn sie jedes Mal die Arbeit seines Vaters noch einmal überprüfen mussten. Vielleicht nach der Show.

„Wie geht es ihm?“, fragte er, als Tessa sich zu ihm setzte. Ihre Hände waren ganz rot vom heißen Spülwasser.

Sie lächelte ihn ein wenig gequält an. Um ihre Augen bildeten sich tiefe Lachfalten; ihr graues Haar war zu einem Pferdeschwanz gebunden, und um die Stirn trug sie einen roten Schal mit Paisleymuster. Sie hatte erst vor kurzem aufgehört, ihr Haar zu färben, und versuchte, die Ansätze zu verbergen, aber Walker gefiel die Mischung von weißen Haaren in ihrem Dunkelbraun.

„Er ist müde. Ist sofort eingeschlafen, als er ins Haus kam, und nur zum Abendessen aufgestanden. Es würde mich nicht wundern, wenn er noch vor den Nachrichten sofort wieder in seinem Sessel eingeschlafen wäre.“

Walker schob seinem leeren Teller weg. „Er sollte sich mal untersuchen lassen. Das kann so nicht in Ordnung sein.“

Tessa nickte zur Tür. „Geh nur", sagte sie. „Versuch, ihn davon zu überzeugen."

Walker lehnte sich im Stuhl zurück und hob beschwichtigend die Hände. „Okay, ich verstehe schon. Trotzdem, ich werde ihn nur noch weniger harte Arbeit tun lassen. Ich kann nicht riskieren, dass ihm etwas passiert, wenn er da draußen bei den Zäunen ist."

Tessa richtete sich im Stuhl auf und griff nach Walkers Hand. Er empfand einen plötzlichen Ansturm von Zuneigung zu dieser starken, warmherzigen Frau, die ihn mehr oder weniger ganz allein aufgezogen hatte, während sie sich gleichzeitig um den Betrieb der halben Ranch gekümmert hatte. „Diabetes oder kein Diabetes – er ist auch einfach alt, Walker."

„Ich weiß."

Er war als Kind eines älteren Paares auf die Welt gekommen, und manche sagten, das wäre der Grund gewesen, warum seine Mutter die Geburt nicht überlebt hatte. Obwohl Tessa dazu immer nur abgewinkt und behauptet hatte, es wäre nur eines dieser furchtbaren Dinge, die eben manchmal passierten und niemanden träfe die geringste Schuld.

Sie hatte seinen Vater geheiratet, als Walker sechs Jahre alt war und sein Vater fast sechzig. Sie selbst war in den Vierzigern gewesen. Tessa hatte sie beide von ganzem Herzen geliebt, und ihnen und der Ranch von diesem Tag an ihr Leben gewidmet. Weiß Gott, wieso Walker sie nie Mama genannt hatte; manchmal wünschte er, er hätte es versucht. Sie verdiente diesen Titel.

Tessa drückte seine Hand. „Früher oder später wird ihm etwas zustoßen. Das ist unvermeidlich, Schatz. Und ich weiß hundertprozentig, dass dein Paps so abtreten möchte, wie er gelebt hat, bei der Arbeit und nicht in einem Krankenbett".

Walker knirschte mit den Zähnen, ließ aber das Thema fallen. „Diese Molly hat wieder angerufen."

„Die Produzentin. Ja, sagtest du schon." Tessa wartete darauf, dass er fortfuhr.

Walker fuhr sich seufzend mit den Fingern durchs Haar. Obwohl er den ganzen Tag einen Hut getragen hatte, rieselte eine feine Staubwolke herab. Verdammt, er brauchte eine Dusche. „Sie kommen Mittwoch, um irgendwas zu drehen. Das Intro, glaube ich." Er sah Tessa in ihre hellbraunen Augen. „Ich bereue das Ganze schon jetzt, Tess."

Sie zuckte die Achseln und drückte nochmals seine Hand, dann ließ sie los, stand auf und nahm seinen Teller mit, um ihn zur Spüle zu bringen. Sie sagte: „Es sind doch nur sechs Wochen, dann wird alles vorbei sein. Spätestens, wenn wir im Juli die Jungbullen zusammentreiben. Denk einfach immer fest daran, was dir das Ganze am Ende einbringen wird."

„Sie haben es nicht einmal hingekriegt, den Schuppen umzubauen."

„Er ist jetzt besser als vorher. Und dreihunderttausend Dollar Preisgeld sind nicht zu verachten, Walker Reed. Und um es zu bekommen, musst du nichts weiter tun, als in die Kamera zu lächeln."

„Ich lächle ja.", murmelte er. Tessa lachte und kniff ihn in die schmollend hervorgereckte Unterlippe.

„Vielleicht lächelst du dein Vieh an."

Er sagte weiter nichts, obwohl er sich noch mehr beklagen wollte. Sie hatte ja recht. Sechs nervige Wochen waren nichts, verglichen mit der Menge an Geld. Und sie brauchten dieses Geld dringend, wenn sie Ranch erhalten wollten. Und diese dumme TV-Show! Marlon hatte ihn dort angemeldet, um die Kohle zu kassieren. Walker machte sich nichts vor, natürlich würde er dabei nicht die große Liebe finden.

Jeder wusste, dass diese Reality-Shows alle total gefaket waren. Verdammt, Andy, der Regisseur, hatte *Walker* als den ersten Bachelor der neuen Staffel ausgewählt, oder nicht? Unter wie vielen Bewerbern? Walker hatte keine Ahnung, aber es mussten Tausende gewesen sein. Tonnenweise schwule Männer mit spannenden Berufen und der Hoffnung, einen Haufen Geld zu gewinnen, während sich ein Haufen gutaussehender Kerle vor der Kamera um sie riss. Einer der ersten LGBT-Bachelors in einer Reality-Dating-Show zu sein, wäre für jeden schwulen Mann eine Auszeichnung. Also sollte Walker sich eigentlich glücklich schätzen, auch wenn das Ganze nicht seine eigene Idee gewesen war.

Irgendwie hatten Andy Towes und die Produktionsfirma aus all diesen Bewerbern Walker ausgewählt. Trotz des Umstandes, dass er so gut wie pleite war und trotz seiner mangelnden Begeisterung. Wieso? Na ja, Walker nahm an, weil sie ihn für alles Mögliche gebrauchen konnten. Sie hatten vor, ihn für die Show als reichen Cowboy darzustellen.

„Es gibt nichts Romantischeres und nichts rundum Amerikanischeres als einen Cowboy."

Das hatte Andy gleich am ersten Tag am Telefon gesagt. „Und mit deinem Gesicht und deinem Körper? Süßer, da mussten wir nicht lange überlegen, wer unser Star wird. Du bist es für unsere Show. Kleiner, du könntest im Sumpf leben wie Shrek, und wir würden dich trotzdem wollen. Wir können jedes Schwein mit dem Glanz einer romantischen Fernsehfigur vergolden, da spielt es keine Rolle, wie pleite du bist, glaub mir."

Tatsächlich hatte Walker den Verdacht, so wie Andy redete, dass es umso besser war, je mehr pleite er war. Er wusste, dass er einen Vertrag unterschrieben hatte, in dem er sich mit allen möglichen Verletzungen seiner Privatsphäre einverstanden erklärte. Aber er war verzweifelt genug, um so etwas zu unterschreiben. Er hatte das Dokument lediglich durch einen ortsansässigen Anwalt ganz kurz überfliegen lassen, und der war auf Farmverträge spezialisiert und nicht auf Entertainment-Deals.

Walker ging davon aus, dass die Heiratskandidaten der Show über seine wahre Situation und Motivation aufgeklärt würden, aber falls nicht, auch gut. Schließlich machten alle aus den gleichen Gründen mit und waren sowieso nur auf das Geld scharf, ganz zu schweigen von der Möglichkeit, das Geld aus dem Hauptgewinn zwischen dem Bachelor und dem gewinnenden Heiratskandidaten aufzuteilen. Also, was machte es da, wenn auch Walker nur wegen des Geldes dabei war? Die Vorstellung, auch nur einer der Männer könnte dabei sein, weil er tatsächlich hoffte, die große Liebe zu finden, war lächerlich.

Also ja.

Er würde die Drehs machen, die sie wollten. Natürlich würde er das tun. Am Ende würde das Geld es alles wert gewesen sein. Selbst, wenn seine Kollegen und Nachbarn ihn für den Rest seines Lebens damit aufziehen und verspotten würden. Wen interessierte, was sie dachten?

Er würde die Reed Ranch retten, und das war alles, worauf es ankam.

„PERFEKT. PERFEKT", MURMELTE Andy, während er den Aufbau der vier Kameras begutachtete. Er war ein älterer, feminin anmutender Mann und trug eine Shorts, die aussah, als gehörte sie einer Frau, und ein dünnes T-Shirt. Zumindest beklagte er sich nicht über die Hitze. Noch nicht.

Eine der Kameras war so aufgestellt, dass sie die ganze Zeit auf Walker gerichtet war, die andere auf den Moderator, einen Mann namens Luke Montgomery, der irgendwie hyper, aber sexy rüberkam. Groß, dunkel, aber sehr offen und mit kaum zu bändigender Energie kam er Walker vor wie das Ergebnis, wenn Ryan Seacrest und Tom Selleck irgendwie zusammen ein Kind gezeugt hätten. Die dritte Kamera schien eher weiter hinaus auf das Feld gerichtet zu sein und nahm ein statisches Bild von ihnen beiden aus der Ferne auf. Ein Mann trug die vierte Kamera auf der Schulter und bewegte sich vor und zurück, um verschiedene Positionen zu testen.

Walker begann zu schwitzen. Niemand schien im Augenblick irgendetwas von ihm zu erwarten, also achtete er nicht weiter auf die endlose „Wir sind jede Sekunde bereit zu beginnen"-Aktivität um ihn herum und schaute zu Marlon und Dennis in der Ferne. Sie waren dabei, die Felder zu mähen, und Walker wünschte, er könnte bei ihnen sein. Er liebte den Duft frisch geschnittenen Heus und das Gefühl von Zufriedenheit, es zum Trocknen auszulegen. Es war schon fast ein bisschen spät für das letzte Feld. Es blieben nur zwei Tage Sonne für das geschnittene Gras; spätestens am Freitagmorgen mussten sie es zu Ballen formen, bevor die Stürme kamen.

Wegen des Lärms, den die Mähmaschinen machten, hatten sie die Dreharbeiten auf eine der äußeren Weiden verlegt, die nicht zur Heugewinnung genutzt wurden. Dort hatten sie zwei Barhocker (ausgerechnet!) aufgestellt. Auf einem saß Walker, mit einem Zaun im Hintergrund. Es war ein hübscher Flecken, ehrlich, das Vieh graste im Augenblick hier, und das Gras war lang und grün. Die Luft roch frisch und süß.

Wahrscheinlich sollte er Andy und den anderen sagen, dass sie später ihre Beine nach Zecken absuchen sollten.

Oder? Ach was.

Andy kam und stellte sich neben ihn. Dann machte er diese lächerliche Sache mit den Händen, wobei die Finger ein Rechteck bildeten, durch das er dann Walkers Gesicht anschaute. „Ja, perfekt. Ein göttliches Profil. Du bist umwerfend, Süßer." Er zwinkerte.

Walker spürte, wie er gegen seinen Willen rot wurde. „Keine Sorge. Er will nur dein Ego streicheln.", sagte Luke, nachdem Andy wieder weg war, um mit einem seiner zahllosen Assistenten zu reden, der irgendetwas wahnsinnig Wichtiges auf einem Clipboard zu zeigen hatte. Zumindest nahm Walker an, dass es etwas Wichtiges sein musste, denn Andy runzelte besorgt die Stirn.

„Sein Ehemann wäre nicht gar nicht froh, wenn es anders wäre. Weil …", fuhr Luke fort, der nervös auf seinem Barhocker herumrutschte. Er richtete seinen Kragen, und sofort erschien eine junge Frau mit Make-up und begann, an der Haut herumzutupfen, die über dem obersten Hemdknopf sichtbar wurde.

„Ich hatte keine Sorge."

Walker wusste, dass Andy so etwas nicht ernst meinte. Die Show *Schwul sucht Mann zum Heiraten* war ganz und gar Andys Baby. Er liebte sie zu sehr, um sie mit irgendeiner Art von Skandal zu gefährden. Ein Grund, warum Walker den Vertrag trotz seiner Abneigung gegen das ganze Fake unterzeichnet hatte, war Andys aufrichtige Überzeugung gewesen, dass er eine schwule Reality-Show auf die Beine stellte, bei der es wirklich um wahre Liebe ging.

Und wenn die „wahre Liebe" dabei nur ausgedachter Blödsinn war, was soll's?

Es gefiel Walker, dass Andy so entschlossen war, das Schwulsein als normal, nichts Besonderes und doch wert derselben Aufmerksamkeit zu präsentieren, wie sie heterosexuelle Paare und deren fake Romantik-Reality-Shows zuteil wurde.

Hinzu kam, dass sowohl die Bezahlung des Stars als auch der Kandidaten überzeugende Gründe waren, um an Bord zu kommen.

„Okay, Luke, wir wären dann so weit", rief Andy. „Wir fangen später an, als ich eigentlich vorhatte. Luke, hör auf zu zappeln und konzentrier dich."

Andy eilte zu einem der Kameramänner, und Luke stand auf und begab sich zu einem mit Tape markierten Punkt im Gras.

Luke hielt seine Eingangsrede, während er von einer Markierung zur anderen ging und um sich gestikulierte. Dann erklärte er für die Zuschauer das Set-up der Show, die Spielregeln und was sie insgesamt von der Show erwarten durften. „Dieser gutaussehende Cowboy hier sucht einen Ehemann, und er wird nicht aufgeben, bis er ihn gefunden hat."

Walker bemühte sich, nicht die Augen zu verdrehen.

Sobald Lukes Intro im Kasten war, setzte er sich wieder auf den Barhocker neben Walker, und es folgte eine erneute Diskussion mit Andy und noch mehr Make-up für Luke, der unter der Sonne ordentlich geschwitzt hatte.

„Also gut, Walker", sagte Andy, als er mit einer jungen Frau an seiner Seite zurückkehrte. „Du erinnerst dich an Molly?"

Walker erinnerte sich aus den zahlreichen Telefongesprächen sehr gut an Molly, aber er hatte keine Ahnung gehabt, dass sie so jung war. Molly sah aus wie ihr Name: frisch und süß wie ein Mädel vom Lande. Müsste er schätzen, dann sah sie kaum älter aus als siebzehn. – aber sie musste älter sein; schließlich gab es Regularien und sowas, oder? Ihr welliges Haar war kinnlang geschnitten, und zwischen Brauen waren ein paar Sommersprossen zu sehen.

„Freut mich, Sie kennenzulernen, Ma'am", sagte er und stand auf, um ihr die Hand zu reichen.

„Schön, endlich ein Gesicht zu dem Namen zu haben", erwiderte sie.

„Molly wird heute deine Produzentin sein", sagte Andy. „Wenn du irgendetwas brauchst, sagst du es ihr, und sie wird sich um dich kümmern." Irgendwie schaffte Andy, es eher so klingen zu lassen wie „Molly wird dich richtig auf Linie bringen."

Sie lächelte zu Walker auf und deutete auf den Barhocker. „Setz dich nur wieder. Wir fangen bald an."

Andy schlenderte davon und die Make-up-Frau wandte sich Walker zu und versuchte, ihm die Nase abzupudern. Walker machte ein finsteres Gesicht, bis Molly ihren Senf dazu gab und sowohl der Pinsel als auch die Frau verschwanden. Er hatte geduscht, sich rasiert und sein bestes Hemd angezogen. Das würde reichen müssen.

Luke schaute über das Feld und murmelte etwas vor sich hin. Wahrscheinlich übte er seine nächste Ansprache.

„Es gibt keinen Grund, nervös zu sein", sagte Molly beruhigend. „Sei einfach du selbst."

„Im Gegensatz zu wem?", fragte Walker.

Luke lachte, als hätte Walker etwas Lustiges gesagt.

„Im Gegensatz zu jemandem, der nicht mehr weiß, warum er das hier macht?", sagte Molly mit einem scharfen, zu klugen Grinsen. „Denk daran, wir haben dich ausgewählt, Walker, unter Tausenden von Bewerbern, weil wir wissen, dass du Starpotenzial hast."

Walker lachte.

Molly zwinkerte. „So ist es richtig. Mach dich locker. Oh, und wirf ein paar Worte in deinem süßen Südstaatendialekt ein, Schätzchen, okay? Sei charmant."

„Sei du selbst oder sei charmant. Was denn nun?"

Molly drohte ihm mit dem Finger, als wäre er ein freches Kind, dann ging sie weg und stellte sich hinter einen der Kameramänner.

„Okay, machen wir weiter.", rief Andy. „Wir werden nicht ewig so gutes Licht haben, und ich schmelze hier."

Luke setzte ein gekünsteltes Lächeln auf und fing an, in die Kamera zu reden, die direkt vor ihnen stand.

„Und jetzt lassen Sie mich Ihnen ohne Umschweife den attraktiven, jungen Cowboy vorstellen, der die große Liebe sucht.", sagte er, und Walker riss den Kopf hoch. Er bekam heiße Wangen. „Wie ist dein Name?", fragte Luke mit funkelnden Augen, das Gesicht in die Kamera gerichtet, obwohl er Walker anschaute. Es war, als hätte er irgendwie ein inneres Licht angeknipst. Echt schräg.

„Äh, du kennst meinen Namen."

„Für die Kameras, bitte", sagte Luke mit einem fröhlichen Grinsen.

„Oh. Äh, ich bin Walker Reed.", sagte er.

„Molly!", schrie Andy, und sie schoss nach vorn.

„Walker, sieh mal. Du musst deinen Namen mit etwas mehr Selbstbewusstsein sagen, Süßer", sagte sie in einem Flüsterton, der immer noch laut genug war, dass Luke ihn hören konnte. „Du hast dich unsicher angehört, so als könntest du auch Jason heißen. Du weißt schon, was ich meine. Reiß dich zusammen." Dann ging sie wieder zurück zu ihrem Platz hinter der Kamera.

„Noch einmal, Walker", sagte Andy.

„Ich bin Walker Reed", sagte er und hob das Kinn. Er versuchte, sich vorzustellen, dass er sich einem anderen Rancher vorstellte, und nicht dem glänzenden Auge der Kamera.

„Perfekt. Mach das noch einmal, Walker", sagte Andy. „Und dieses Mal schau Luke dabei an."

Walker sagte noch einmal seinen Namen, und dieses Mal schien er es richtig hinbekommen zu haben, denn Andy sagte weiter nichts dazu.

„Freut mich, dich kennenzulernen", sagte Luke und streckte die Hand aus. „Wie fühlt es sich an, der Auserwählte zu sein?"

„Äh." Er schaute in die Kamera, neben der Andy stand.

„Versuch, nicht in die Kameras zu sehen", rief Molly ihm zu. „Es ist okay, wenn es dir mal passiert, aber es ist einfacher, wenn es nicht so kommt. Antworte einfach so natürlich, wie du kannst, auf Lukes Fragen."

„Ja, Ma'am."

Luke fächerte sich das Gesicht, bevor er wieder in seine TV-Rolle schlüpfte und Walker ermutigend anlächelte. „Also, wie fühlt es sich an?"

„Oh, es fühlt sich ziemlich gut an, glaube ich." Er warf einen Blick zu Andy, der jetzt wilde Gesten machte, die entweder bedeuteten, dass Walker es besser machen musste, oder aber Andy wurde gerade von Moskitos angegriffen. Beides war möglich, denn um diese Jahreszeit schlüpften die Moskitobabies aus ihre Eiern. „Ich meine, ja, es fühlt sich an wie eine große Chance, die man nicht jeden Tag bekommt?"

„Ist das eine Frage?", fragte Luke ein wenig harsch.

„Nein."

„Luke, bleib bei der Sache", sagte Andy. „Molly!"

Sie trat erneut näher. „Was wir uns hier vorstellen, Walker, ist, das du aufgeregt bist und dich freust, in der Show zu sein, und nicht erwarten kannst, die Liebe deines Lebens unter unseren heißen Kandidaten zu finden."

„Muss ich das exakt so sagen?"

„So ziemlich, ja."

„Oh, Gott."

„Ich glaube an dich." Sie tätschelte seinen Arm, dann ging sie wieder.

„Es ist aufregend, der erste Bachelor für *Schwul sucht Mann zum Heiraten* zu sein. Das wird das Abenteuer meines Lebens, und ich kann es nicht erwarten, den sexy Mann kennenzulernen, mit dem ich vielleicht den Rest meines Lebens verbringen werde." Er kam sich ein bisschen wie ein dreckiger Lügner dabei vor, aber die Reed Ranch war es wert, und Tessa hatte gesagt, es wäre ok, ein wenig zu flunkern, oder? Jedenfalls hatte sie nicht gesagt, er solle nicht bei der Show mitmachen, nachdem Marlon ihn heimlich angemeldet und Andys Team sich gemeldet hatte. Sie hatte gesagt: „Das Leben ist nicht nur schwarz und weiß, Schatz, du musst tun, was für dich richtig ist."

Luke lächelte erneut gewinnend. „Erzähl uns ein bisschen über dich, Walker."

„Richtig." Gott, es war die reinste Folter. Walker zog den Kopf ein und rieb sich den Nacken. Wobei er sich den Hut mehr in die Augen schob. Sie hatten ihm einen furchtbaren, fake Cowboyhut gegeben, in dem er nicht mal tot gesehen werden wollte, daher trug er einen von seinen eigenen. „Na ja, wie ich schon sagte, mein Name ist Walker Reed, und ich führe die Reed Ranch. Sie gehörte zuvor meinem Vater Joe Reed, aber er hat sie mir vor zwei Jahren übertragen."

„Wie aufregend," sagte Luke. Walker hob eine Braue. „Ich habe schon jetzt so viel Neues gelernt, seit wir hier auf der Ranch filmen. Kannst du uns ein bisschen darüber erzählen, was du von einem potenziellen Partner erwartest? Ich weiß, dass unsere eifrigen Kandidaten gern wissen würden, was dein zukünftiger Ehemann mitbringen muss. Sie alle wollen der Beste für dich sein."

Großer Gott. Er erwartete, sich durch diese ganze verdammte Fake-Show durchzumogeln und dann denjenigen, der am Ende übrigblieb, mit einen Klaps auf die Schulter, den herzlichsten Wünschen und der Hälfte des Preisgeldes nach Hause zu schicken, und weiter hatte er noch nicht gedacht. Das Beste, worauf er hoffen konnte, war, dass er einen der Jungs vielleicht tatsächlich mögen würde, einfach so als Mensch, aber wirklich, so weit hatte er nie gedacht. Und jetzt sollte er darüber sprechen, wie er sich seinen potenziellen Gefährten vorstellte, und er musste es gut klingen lassen.

Walker rutschte auf seinem Hocker herum, bis Molly sich betont räusperte. Es war alles okay. Er bekam das hin.

„Auf einer Ranch zu leben, ist harte Arbeit, ist ja klar." Er warf noch einen Blick zu Andy, dann riss er den Blick weg und versuchte, Luke anzulächeln. Er musste wenigstens so tun, als wäre er gern hier. „Wir haben hier etwa hundertfünfzig Hektar Land. Wir züchten Rinder für die Fleischgewinnung, und in unseren besten Zeiten haben wir hier etwa zweihundert Kopf."

„Dann müsste dein Zukünftiger also damit zurechtkommen, dass du am Abend schmutzig und nach harter Arbeit und nach Schweiß riechend heimkommst?", witzelte Luke.

Walker bekam eine trockene Kehle. Er rieb sich über den Mund und schob erneut seinen Hut zurück. Obwohl es noch früh am Tag war, knallte die Sonne schon ziemlich heftig auf ihre Köpfe herunter. Schweiß lief ihm die Schläfen herunter. Der Wind frischte auf und brachte den Duft von frisch gemähtem Gras mit sich. Das erinnerte Walker an das Endspiel. „Ja, das müsste er. Ja." Dann versuchte er sich an einem frechen Grinsen. Er musste es wohl hinbekommen haben, denn Luke entspannte sich sichtlich.

„Wie sieht so ein ganz gewöhnlicher Tag auf der Ranch aus?"

Walker wischte sich die Handflächen an seiner Jeans ab. „So etwas wie einen gewöhnlichen Tag auf der Ranch gibt es gar nicht", sagte er. „Es passiert immer irgendetwas Unerwartetes, mit dem wir uns befassen müssen. Irgendwas mit dem Vieh, das irgendwo herumtollt, wo es nicht sein soll, sodass wir alles stehen und liegen lasen müssen, um es wieder einzufangen, bis hin zu einem Kalb, das nach einem Hurrikan in einem Schlammloch feststeckt. Aber ja, wir haben auch regelmäßige, einfache Pflichten. Zum Beispiel müssen wir auch mehrmals am Tag routinemäßig nach dem Vieh sehen. Im Frühling und Sommer führen wir Gesundheitschecks durch, schneiden und bündeln das Heu und pflegen die Weiden. Und im Herbst bearbeiten wir die Heufelder, pflanzen Wintervorräte, und im Winter, wenn die Kühe wieder anfangen zu kalben, geht die Arbeit erst richtig los. In dieser Zeit des Jahres kaufen wir auch mehr Einjährige für die Zucht hinzu und–"

„Okay, warte, warte!" Andy massierte sich die Nasenwurzel. „Dreh weiter", wies er den Kameramann an. „Molly!"

Sie näherte sich mit ernster Miene. „Sieh mal. Ich bin sicher, das alles ist sehr faszinierend, wenn man tatsächlich, du weißt schon, eine Farm leitet. Aber unsere Zuschauer sehen die Show, weil sie Liebe sehen wollen, Süßer. Über Rinderzucht zu reden, ist nicht sehr romantisch. Können wir vielleicht ein bisschen mehr Cowboy im Sattel, der in den Sonnenuntergang reitet haben?"

„Ihnen ist doch klar", begann Walker, „dass ein echter Cowboy jetzt schon seit Sonnenaufgang im Sattel gesessen und gearbeitet hat, ja?"

Molly hob die Augenbrauen, und nun sah sie nicht mehr nur ernst, sondern geradezu furchterregend aus.

Er schluckte.

„Ja, sicher, wie auch immer. Jedenfalls reden wir hier nicht mehr über Rinderzucht." Sie lächelte ihn beruhigend an, was deutlich besser war als die erhobenen Brauen.

Nachdem sie sich wieder hinter den Kameras positioniert hatte, warf Luke einen entschuldigenden Blick in Walkers Richtung, und Walker studierte den Mann einen Moment lang. Luke trug eine künstlich wirkende Sonnenbank-Bräune, hatte künstliche Zähne und einen aalglatten Haarschnitt, und Walker hatte ihn dementsprechend gleich abgeurteilt. Aber vielleicht hatte er das vorschnell getan. Er nahm einen tiefen Atemzug und erwiderte Lukes Lächeln.

„Okay, Walker, warum erzählst du mir nicht ein bisschen darüber, was dein Partner mitbringen muss?"

Walker ließ einen langen Atemzug entweichen. Alle, mit denen er arbeitete, wussten, dass er schwul war, und kümmerten sich entweder überhaupt nicht darum oder waren bereits abgehauen, als er sich im Teenageralter geoutet hatte. Das hieß jedoch nicht, dass er öffentlich im TV darüber reden wollte , was ihn bei einem Mann anmachte.

„So als Mensch", ermunterte ihn Luke. „Wie sollte er sein?"

Walker entspannte sich wieder. „Oh. Er sollte Sinn für Humor haben", sagte er.. Den braucht man, wenn man auf einer Farm lebt. Und er muss mich zum Lachen bringen können. Das gehört zu den Dingen, bei denen ich keine Kompromisse eingehe."

„Sag uns, wieso du gerade jetzt heiraten willst."

Walker blinzelte heftig. „Ich, äh, na ja. Es ist ganz schön viel für mich, die Ranch ganz allein zu führen, und ich–"

„Stopp mal", rief Andy. Walker unterdrückte eine ärgerliches Seufzen. „Ja, also, da brauchen wir schon ein bisschen mehr von dir, Walker, Süßer. Du kannst nicht einfach–"

„Ich mach das schon, Andy", sagte Molly und hielt eine Hand hoch, um Andys Redefluss und das, was immer er als Nächstes sagen wollte, zu stoppen. „Niemand will hören, dass du vorhast, einen Mann zu heiraten, damit er dir hilft, die Ranch zu führen", sagte sie, als sie an seiner Seite angekommen war. „Zu heiraten, um eine kostenlose Arbeitskraft zu gewinnen, ist seit dem Mittelalter aus der Mode gekommen, oder zumindest sollte es so sein. In dieser Show geht es um wahre Liebe. Erzähl uns, wie einsam du bist, Walker."

„Ich bin nicht einsam."

Sie hob erneut eine Augenbraue, drehte sich zu Andy um, dann wieder zurück zu Walker. Andy machte eine frustrierte Geste, aber Molly nahm Walkers Kinn in die Hand und richtete dessen Aufmerksamkeit wieder auf sich. „Sieh mal. Niemand macht bei einer Show wie dieser mit, wenn er nicht einsam ist, Süßer. Kein Geld der Welt wäre es wert, wenn du stattdessen jeden Abend einen lieben Mann im Bett hättest, oder?"

„Ich … hör zu, über solche Sachen werde ich nicht reden."

„Doch, das wirst du."

„Werde ich nicht."

Mollys Griff an seinem Kinn wurde fester. „Walker, Süßer, du wirst hier nachgeben müssen. Du hast dir diesen Weg ausgesucht. Also geh ihn!"

„Was willst du, dass ich sage?"

„Erzähl uns, warum du einsam bist." Sie ließ ihn los.

„Ich habe schon sehr lange keinen festen Freund mehr gehabt. Mein Vater war sehr krank, und meine Stiefmutter musste alles mit nur ihren zwei Händen zusammenhalten; da war ans Daten nicht einmal zu denken. Sicher, ich habe tolle Freunde und treue Rancharbeiter, aber ich vermisse die Wärme und Intimität einer Beziehung."

„Welche Art von Wärme?"

„Nicht, was Sie jetzt denken. Ich meine die Wärme zu wissen, dass man jemanden hat, mit dem man alles teilen kann – das Gute sowie auch das Schlechte."

„Perfekt", sagte Andy. „Hast du das?"

Der Mann mit der Kamera auf der Schulter rief zurück: „Japp!"

„Ihr habt das gefilmt?", flüsterte Walker.

„Wie haben so unsere Tricks. Aber keine Sorge, das war nicht peinlich oder so. Die Hälfte unserer Kandidaten wird sich auf der Stelle in dich verlieben, wenn sie den Clip sehen." Sie tätschelte seine Wange. „Du bist hinreißend, wenn du aufrichtig bist."

Walker nahm seinen Hut ab und fuhr sich mir den Fingern durchs Haar. Er war sich vage der immer noch laufenden Kameras bewusst. Es war zum Brüllen – da wollte sie, dass er „aufrichtig" war, dabei fabrizierten sie um ihn herum ein komplexes Lügengebilde. „Dann gibt es also überhaupt keine Geheimnisse? Keine Gespräche oder Orte, die heilig sind, wenn gedreht wird?"

Andy schürzte die Lippen, überlegte einen Moment, dann zuckte er die Achseln. „Ja, kann man so sagen."

„Nein. Ich habe ein Recht zu erfahren, wenn ich gefilmt werde."

„Vergiss es", sagte Andy. „Im Vertrag steht eindeutig, dass du komplett uns gehörst, wenn wir auf dem Set sind."

„Okay, vergessen wir's." Walker stand von seinem Barhocker auf. „Ich habe zu arbeiten." Er schickte sich an fortzugehen. Das Gras knirschte unter seinen Stiefeln und wirbelte eine Wolke kleiner Stechmücken auf.

Molly rief ihm nach: „Ich möchte dich daran erinnern, dass, wenn du den Vertrag brichst, du die bereits fertiggestellten Arbeiten an deiner Scheune voll bezahlen musst, und auch die Zeit und das Geld erstatten musst, das die Firma–"

Walker blieb wie angewurzelt stehen. „Ihr seid Arschlöcher."

Molly lächelte fröhlich. „Solange du dich wieder hinsetzt und uns etwas lieferst, womit wir arbeiten können, kannst du uns nennen, wie du willst, Cowboy."

„Wir benötigen nicht mehr viel", warf Andy hastig ein. Er eilte herbei und wollte Walker eine Hand auf den Arm legen, überlegte es sich dann aber scheinbar anders und zog die Hand wieder zurück. „So schlimm ist es doch gar nicht", flüsterte er. „Die meiste Arbeit bei dieser Show werden die Kandidaten leisten."

Molly lächelte wieder freundlich. „Du schaffst das, Walker. Ruiniere diese Chance nicht, nur weil dir einmal das Temperament durchgegangen ist."

„Hör auf die Lady", ermutigte Andy ihn und stellte sich wieder vor die Kameramonitore.

„Ich hasse es", grummelte Walker und machte sich keine Mühe, dabei besonders leise zu sprechen.

„Ich weiß. Du und die Kandidaten werden es sogar noch mehr hassen, bevor alles vorbei ist", flüsterte Molly ihm zu. „Aber glaub mir, abzubrechen lohnt sich nicht."

Walker nickte ergeben.

„Dann lass uns das hier zu Ende bringen, damit du zu deinen Rindern zurück kannst."

Als Walker Molly zurück vor die Kameras folgte, belohnte Andy ihn mit einem kleinen Lächeln, sagte jedoch nichts weiter, sondern dirigierte Walker lediglich wieder zu seinem Barhocker und deutete so huldvoll darauf, als wäre es ein Thron.

Walker hätte ihm am liebsten einen linken Haken verpasst. Stattdessen nahm er Platz.

„Also tun wir's einfach. Ich werde scheiß-charmant sein."

„So ist es recht", rief Andy begeistert. „Kameras ab!"

Der Rest des Interviews lief so gut, wie man nur erwarten konnte angesichts dessen, dass Walker ein bisschen dick auftrug, und das anfangs so gute Licht sich langsam in etwas verwandelte, das Andy nicht besonders gefiel. Aber dann war es vorbei, bevor die meisten Menschen auf der Erde gefrühstückt hatten, und es war nicht einmal Mittag, bevor er sich Marlon und Dennis bei der Heuernte anschließen konnte.

„ALLES KLAR BEI dir?", fragte Marlon, als sie mit dem Auslegen des Heus fertig waren und sich daran machten, die Ballen aufzuladen, um sich danach auf die Ankunft des verspäteten Viehtrucks vorzubereiten, der die letzten Kälber abholen würde.

„Es geht mir bestens."

„Und warum ziehst du dann so ein Schmollgesicht, Boss?"

„Ich schmolle nicht.", sagte Walker.

Aber Marlon schnalzte missbilligend mit der Zunge und schüttelte den Kopf. Sein Hut hatte das Meiste von seinem dunklen Gesicht verdeckt, aber Walker konnte am Leuchten seiner großen, weißen Zähne erkennen, dass er grinste.

„Es ist nichts, Ich sollte mich nicht beklagen. Ich wusste, worauf ich mich einlasse."

Er wollte eigentlich sagen: „Ich wusste, was *du* mir eingebrockt hast", aber er verstand, dass Marlon die Bewerbung aus reiner Verzweiflung und Liebe zur Reed Ranch abgeschickt hatte. Und nicht in einer Million Jahren hätte Marlon damit gerechnet, dass man Walker tatsächlich auswählen würde. Außerdem hatte ja niemand Walker mit vorgehaltener Pistole gezwungen, den Vertrag zu unterschreiben – weder

Tessa noch sein Vater und schon gar nicht Marlon, der zwar aufgeregt gewesen war, dass sein Plan wie durch ein Wunder geklappt hatte, aber auch von Anfang an skeptisch.

Marlon hob den Kopf und runzelte die Stirn über seinen dunklen Augen. "Qui c'est q'ca?"

„Für die nächsten sechs Wochen werde ich keinerlei Privatsphäre haben, außer vielleicht beim Scheißen", sagte er zu Marlon, der ihn anstarrte und dann durch die Zähne pfiff.

„Das können sie tun?"

„Sieht ganz so aus."

Marlon leckte sich die Mundwinkel. Eine feine Schweißschicht glänzte auf seiner Oberlippe. „Das tut mir leid."

„Hör zu. Wie ich schon sagte, ich kann mich nicht beklagen. Ich wusste ja, was im Vertrag steht, als ich ihn unterschrieben habe. Wenn der versprochene Geldpreis mir den Verstand vernebelt hat, dann ist das mein Problem, das ich nun ausbaden muss."

„Wie's aussieht, hast du davon eine ganze Menge."

Walker richtete sich auf. Ja, das stimmte. Aber wer hatte schon keine Probleme? Nach dem letzten Hurrikan litten alle Farmen in Louisiana. Wenigstens war er kein Milchfarmer. So wie die Milchpreise gefallen waren, gaben immer mehr Milchfarmen in der Gegend auf. Es hätte alles noch viel schlimmer sein können, und jetzt hatte er diese sechs Wochen lange Chance, sich aus dem letzten Schuldenloch wieder herauszugraben. Das war es wert. Marlon hatte etwas Gutes getan, indem er Walker hierbei angemeldet hatte.

Er klopfte seinem Freund auf den Rücken. „Ich muss nur damit klarkommen, das ist alles. Mach jetzt nur keinen Babbin", sagte er, und benutzte scherzhaft Marlons Cajun Slang-Ausdruck für Schmollmund.

Den Rest des Nachmittags über redeten sie nicht mehr viel. Die Kälber zu verladen war ein lärmendes Geschäft, und Walker versuchte erfolglos, nicht an die Show und das ganze Drum und Dran zu denken. Was hatte er sich nur dabei gedacht, so etwas zu unterschreiben? Und schlimmer noch, ja zu sagen zu allem, was dazu gehörte? Seine Privatsphäre aufzugeben, war eine Sache. Aber so zu tun, als wäre er jemand, der er nicht war – nämlich ein wohlhabender Cowboy und Ranchbesitzer – das war etwas ganz anderes. Ein Blick auf die „Luxusrenovierung" der alten Scheune, und seine Nachbarn würden vor Lachen zusammenbrechen. Und wenn die Show ihn dann auch noch als gute Partie zum Heiraten präsentierte, würden sie nur noch mehr lachen. Aber am Ende würde er dreihunderttausend Dollar haben, und die würden ihm leichter heruntergehen als der beste Whisky seines Vaters.

Das war es wert.

Das musste es sein.

Schließlich waren die letzten Kälber verladen. Die Trucks fuhren rumpelnd davon, und zurück blieb nur eine Staubwolke, fast gespenstische Stille und die untergehende Sonne. Walker ging zu den Ställen und sattelte Cormac, sein altes Quarter Horse. Heutzutage wurde die meiste Arbeit von Maschinen erledigt, aber ab und zu am Ende eines Tages sattelte er gern sein Pferd und machte mit ihm die letzte Runde.

„Wie ein echter Cowboy", neckte ihn seine Stiefmutter gern. Und Scheiße, das traf es genau. Zumindest, was das anging, brauchte er nicht so zu tun, als ob. Er war ein amerikanischer Cowboy durch und durch, und nirgends fühlte er sich so frei wie im Sattel.

Scheiß auf Verträge, die ihn zu einem Sklaven Hollywoods machten.

KAPITEL 2

„COPPERHEADS. WATER MOCCASINS. Ich dachte, Mokassins wären Schuhe. Wolfsspinnen? Oh, mein Gott." Roan Carmichael verzog das Gesicht zu einer fassungslosen Miene und starrte seine Mutter an, die mit einer warmen Decke über den Beinen auf ihrem Chintz-Sofa saß. „Braune, krabbelige, riesige Giftspinnen."

„Aber denk an all das gute Essen", sagte seine Mutter. Sie schloss die Augen. „Austern. Zarte Fischfilets, Jambalaya und Boudin."

„Ich weiß nicht einmal, was das ist."

„Es ist köstlich. Das Beste, das ich je hatte, war in Ville Platte."

„Wann warst du denn in Louisiana?", fragte Roan und klickte hastig das Bild weg, welches die Bisse der braunen Giftspinne zeigte, weil heilige Scheiße. Nein, nein, nein.

Seine Mutter seufzte leise. „Vor langer Zeit. Als ich noch jung war." Dann sagte sie nichts mehr. Er ließ es auf sich beruhen.

„Also, das Essen dort ist gut, hm?"

„Wundervoll. Und sie haben da auch tolle Cocktails, so weit ich mich erinnere."

„So, so. Also geht man hauptsächlich nach Louisiana, um zu essen und zu trinken und dann einen grausamen Tod durch Spinnenbisse zu sterben."

„So ziemlich." Das Lächeln seiner Mutter erstarb ein wenig. Sie griff nach seiner Hand, und er schob seinen Laptop zur Seite. Ihre Finger waren spröde und kalt. „Du weißt, dass du das nicht machen musst."

„Machst du Witze? Es ist die allererste Staffel von *Schwul sucht Mann*

",

zum Heiraten, und das Motto lautet *Cowboy sucht Ehemann..* Der Bachelor wird reinstes Sexappeal sein, hineingegossen in eine enge Jeans. Ich wette, sobald ich ihn sehe, werde ich freiwillig mit einer Copperhead-Schlange kämpfen. Ist dir kalt? Ich mache Kaffee."

„Danke, Liebes."

Roan ließ ihre Hand los und stand auf. Er fand die Kaffeedose – Instantkaffee – im Schrank über dem Kühlschrank in ihrer winzigen Küche. Er nahm zwei Becher und setzte Wasser auf. In seinen eigenen Becher fügte er noch einen Löffel Zucker hinzu und versuchte, nicht an den guten hawaiianischen Kaffee zu denken, an den er sich auf dem College gewöhnt hatte. Vierunddreißig Dollar das köstliche Pfund, seinem reichen Ex-Freund-Schrägstrich-Mitbewohner sei Dank.

Sobald das Wasser ungeduldig im Kessel blubberte, goss er es über die billige Instantmischung in den Bechern, dann ging er zurück ins Wohnzimmer. Es hatte Monate gedauert, bis er sich daran gewöhnt hatte, wieder in dem Zuhause seiner Kindheit zu leben, aber der Universitätsabschluss kam ihm nur noch wie ein ferner Traum vor.

„Vergiss nicht, ich habe dir alle Notfallnummern an den Kühlschrank geklebt."

„Ich weiß, Roan. Ich bin kein Kind, das ist dir doch klar, oder?"

„Und ruf Lindsay von nebenan an, wenn du etwas brauchst, okay?"

Sie wand sich ein wenig auf ihrem Sitzplatz und verzog gequält das Gesicht. „Ich komme schon zurecht. Wann kommt dein Taxi?"

„Morgen früh um sechs. Du musst nicht mit mir aufstehen."

„Natürlich stehe ich auf. Ich will mich ordentlich verabschieden. Sechs Wochen sind eine lange Zeit."

Oder gar keine Zeit, wenn man stirbt.

Roan verzog das Gesicht und ließ den Kopf hängen. Scheiße.

Sie streichelte sanft seine Fingerknöchel. „Schon gut."

„Ruf die Produktionsfirma an, wenn du mich sprechen willst oder etwas von mir brauchst. Das ist die Nummer, die ich mit Neongelb markiert habe, okay? Sie lassen mich gehen, wenn du mich hier brauchst. Das habe ich in meinen Vertrag schreiben lassen. Versuch nicht, stark zu sein. Wenn du mich brauchst – oder auch nur hier haben willst – dann setzte ich mich in das erste Flugzeug, ich schwöre. Ich werde hier sein, falls–"

Sie lächelte ihn an, aber ihre Augen waren feucht. „Ich verspreche es."

Er nickte. „Gut."

Seine Mutter holte tief Luft und wackelte mit dem, was früher einmal ihre Augenbrauen gewesen waren. „Du weißt, das Cowboys immer sehr knackige Ärsche haben, ja? Das kommt vom vielen Reiten. Sehr schöne, knackige Ärsche."

„Mama!", stotterte Roan.

„Ich sag's ja nur!"

Er setzte sich neben sie und lachte herzhaft, verbarg sein Gesicht an ihrem Hals und ließ sich von ihr im Arm halten wie früher, als er noch ein kleiner Junge gewesen war. Er sog ihren Duft auf und hoffte, dass all die Zeit, die er von ihr getrennt sein würde, nicht umsonst sein würde.

„Lass uns zu Bett gehen", flüsterte sie schließlich. „Ich bin müde."

Er half ihr in ihr Zimmer, dann ging er in sein eigenes, kletterte in das Jugendbett, das er vor sechs Jahren als dummes Kind hier zurückgelassen hatte, ohne eine Ahnung, was die Zukunft bringen würde. Jetzt wäre er gern noch einmal dieses Kind gewesen.

Nachdem er sich eine ganze Weile schlaflos hin und her gewälzt hatte, nach einer Fahrt in einem stinkenden Taxi und einem fünfstündigen Flug von Ohio nach Lafayette betrat Roan in schwüler, heißer Luft den Asphalt des Rollfelds. Er keuchte und rang nach Sauerstoff; es war die schlimmste Luftfeuchtigkeit, die er je erlebt hatte. Sofort bereute er die Entscheidung, an diesem Tag eine Skinny Jeans angezogen zu haben, und das nicht nur wegen der fünf Stunden, die er zusammengequetscht im Flugzeugsitz zugebracht hatte, weil der heterosexuelle Kerl neben ihm einen übertrieben breitbeinigen Machositz an den Tag gelegt hatte. Nein, die schwüle Luft machte jede Stelle, wo die Kleidung seine Haut berührte, feucht und eklig. Roan eilte in das glücklicherweise klimatisierte Terminal.

Er war dankbar dafür, noch eine Nacht im Hotel zu haben, bevor er den Cowboy-Bachelor treffen würde, denn er fühlte sich ziemlich verschwitzt und zerknittert, und das war nicht gerade ein sexy Look. Und falls *Schwul sucht Mann zum Heiraten* so war wie die anderen Shows, die er in den letzten Monaten begeistert geschaut hatte, dann würde er scharfe Konkurrenz haben. Und gutaussehende. Aber hoffentlich nicht allzu clevere.

Trotz all des Dramas und der Albernheiten, die typisch für diese Realityshows waren, war Roan aufgefallen, dass die Leute, die diese Shows machten, ein gewisses Maß an Intelligenz mitbrachten und meistens recht cool blieben. Er fragte sich, gegen was für Leute er wohl antreten würde und wie viele davon tatsächlich einen Cowboy heiraten und auf einer Ranch in Louisiana leben wollten. Sicher waren die meisten wie er selbst und machten wegen des Geldes mit, oder? Die Vorstellung, sich während eines solchen im TV ausgestrahlten Wettbewerbs zu verlieben, war nun wirklich lächerlich für jeden geistig gesunden Menschen. Aber Mann, sollte er es bis ins Finale schaffen und das Geld kassieren, das wäre phänomenal.

Und er brauchte nicht einmal zu gewinnen, damit es sich lohnte mitzumachen. Er bekam eine Gage von fünftausend Dollar pro Woche. Also, selbst wenn er den Hauptpreis nicht gewann, zwanzig- oder dreißigtausend würden ihm sehr helfen, seine Mutter in dieser teuren, experimentellen Medikamentenversuchsreihe unterzubringen, die möglicherweise ihr Leben verlängern konnte. Ganz zu schweigen davon, dass sich bereits jetzt daheim die unbezahlten Arztrechnungen stapelten.

Und falls er gewann, wären all ihre finanziellen Probleme auf einen Schlag gelöst. Und in seinem Vertrag stand nichts davon, dass er den Cowboy tatsächlich heiraten musste. Nicht einmal Hollywood konnte ein solches Ergebnis forcieren. Falls er also gewann, würde er dem feuchten Traum höflich für seine Gastfreundschaft danken, erklären, dass die Beziehung leider doch nicht funktionierte, auf Wiedersehen und alles Gute. Und falls es einen Knutscher oder zwei geben sollte, bevor das passierte, dann würde er sich nicht beschweren. Es war ein Jahr her, seit er zuletzt flachgelegt worden war, und es wurde so langsam mal wirklich wieder Zeit.

Im Gate wartete ein Mann in einem schlecht sitzenden Anzug auf ihn und hielt ein Schild hoch, auf dem Roan Carmichael stand.

„Hi. Das bin ich. Ich bin Roan."

Der Typ nickte, beäugte Roans zwei Koffer und hob dann den kleineren auf.

Ha. Selbst schuld. Der war nämlich der schwerste.

„Hier entlang."

Roan musste sich beeilen, um mitzukommen. Sobald sich die automatischen Türen öffneten, traf ihn erneut die unerträgliche Hitze wie ein Vorschlaghammer. „Großer Gott, ich kann nicht fassen, wie heiß es ist. Schmelzen Sie nicht in dem Anzug?"

Der Typ warf ihm einen säuerlichen Blick zu.

Oh. Wahrscheinlich saß der Anzug deswegen so schlecht. Der Typ sagte: „Sie sind wohl nicht von hier."

„Ist das so offensichtlich?"

Noch so ein Blick. Dieses Mal starrte er auf Roans Schuhe und dann auf seine rasche dahinwelkende Frisur. Der Kerl lachte schnaubend. „Ja."

Na gut.

Weitere Worte wurden auf dem Weg zum Hotel nicht mehr gewechselt. Aber Roan gab dem Mann trotzdem ein gutes Trinkgeld. Jeder, der gezwungen war, in dieser Hitze zu arbeiten und dabei einen Anzug zu tragen, verdiente ein anständiges Trinkgeld. Oder ein Eis.

Es war nicht das eleganteste Hotel, aber das Zimmer war sauber und der Wasserdruck in der Dusche in Ordnung. Auch wenn es ihm egal war, ob er den eigentlichen Wettbewerb gewann, in Roans Magen tanzten nervöse Schmetterlinge. Was stand ihm nun bevor? Wer würden seine Mitbewerber sein? Was, wenn er nicht hatte, was nötig war, um die erste Eliminierungsrunde zu überstehen?

Ich bin jetzt hier im Hotel, schrieb er seiner Mutter. *Es ist heißer als in der Hölle hier draußen. Und furchtbar schwül.*

Ich bin froh, dass du heil angekommen bist, antwortete sie. *Und vielleicht behältst du deinen Sinn für Humor während des Wettbewerbs für dich. Wenigstens für eine Weile.*

Roan schickte ein Emoji mit einem empörten Gesichtsausdruck. *Ich bin der lustigste Mensch, den du kennst!*

Ich kenne ja nicht viele Menschen.

Er verdrehte die Augen und grinste. *Großer Fisch in einem kleinen Teich. Damit kann ich leben.*

Wann geht es los?

Morgen früh. Sie holen mich vom Hotel ab und bringen mich dahin, wo ich für die nächsten sechs Wochen wohnen werde, wo immer das auch sein mag. Kein Telefonkontakt, bis die ganze Show abgedreht ist und ich wieder nach Hause geschickt werde.

Das hatte er ihr alles schon vorher erklärt, aber er wollte sie noch einmal erinnern.

Dann ist das jetzt das letzte Mal, dass ich von dir höre, bis du den Cowboy und den Geldpreis im Lasso hast?

Und du beschwerst dich über meinen Sinn für Humor?

Ich bin die lustigste Person, die du kennst, gab sie ihm seine eigenen Worte zurück.

Er grinste erneut. *Ja, das bist du.*

Ich liebe dich, mein Junge.

Ich liebe dich auch. Es war früher Nachmittag, und er wusste, dass sie nun ein Nickerchen brauchte. *Wir reden nachher nochmal, Mama.*

Ich werde auf deinen Anruf warten.

Mann, Roan würde sein Handy vermissen. Der Vertrag, den er unterschrieben hatte, versprach seiner Mutter Zugang zu einer Nummer, unter der sie ihn im Notfall erreichen konnte, aber trotzdem machte es ihn nervös, die direkte Verbindung zu ihr aufgeben zu müssen, wenn sie so krank war. Dieses Risiko wäre er nie eingegangen, wäre die teure medizinische Versuchsreihe nicht ihre einzige Hoffnung.

Um sich abzulenken, legte er die Kleidung heraus, die er am nächsten Tag tragen wollte, damit sie ein wenig lüftete, dann verschaffte er sich einen Überblick über das Angebot der Essens- und Getränke-Automaten des Hotels. Er sicherte sich zwei Snickers und eine Dose Dr. Pepper. Er aß die Schokoriegel und blätterte durch eine der Touristenbroschüren aus einem Wandhalter in der Lobby.

Er fragte sich, wo die anderen Kandidaten wohl waren. Er hatte angenommen, dass sie alle die erste Nacht im selben Hotel verbrachten, aber er sah niemanden hier, abgesehen von einem älteren Herrn mit grauem Haar und einer Schar Mädchen im Teenageralter, die mit ihren Eltern zum Pool schlenderten.

Hoffentlich hatte der Cowboy mehr zu bieten als einen vom Reiten wohlgeformten Arsch, sonst könnte es sich als schwierig erweisen, Interesse vorzutäuschen. Roan drehte sich ein wenig der Magen um vor Nervosität. Er musste sich so lange in der Show halten wie möglich. Er war charmant, das wusste er, aber was hatte er sonst noch einem Mann zu bieten, dem eine Rinderranch gehörte? Ein hübsches Lächeln? Einen eigenen knackigen Arsch?

Roan beschloss, sich noch für eine Weile allein auf sein Zimmer zurückzuziehen und sich vielleicht einen runterzuholen. Es würde eine ganze Weile vergehen, bevor er wieder genug Privatsphäre genießen können würde, um das zu tun. Bei den meisten Realityshows, die er im Fernsehen verfolgt hatte, um sich vorzubereiten, hatten sich die Kandidaten mit ihren Mitbewerbern Zimmer teilen müssen, manchmal sogar sehr kleine Räume. Selbst unter der Dusche waren sie diskret gefilmt worden, vielleicht um zu verhindern, dass die Kandidaten etwas miteinander anfingen. Also würde Roan nicht mal im Bad Gelegenheit haben, sich schnell mal einen runterzuholen.

Es war kein Problem, sich auf dem Smartphone ein paar Pornos zu laden und eine Stunde Zeit totzuschlagen.

Danach lag er verschwitzt und schwer atmend auf dem Bett und starrte an die Decke. Er wünschte, die Zeit würde schneller vergehen. Er war erpicht darauf, dass es endlich losging. Schließlich stand er auf und duschte, aber der warme Wasserdampf machte, dass er sich im Badezimmer fühlte wie im Schlund eines Riesen. Er zog eine frische Boxershorts an, kletterte zurück ins Bett und wartete darauf, dass sich sein Herzschlag wieder normalisierte und sein nervöser Magen beruhigte. Leider passierte weder das eine noch das andere.

Die Klimaanlage klapperte und beklagte sich. Zwar pustete sie eiskalt in den Raum, aber die Luft im Zimmer war dennoch stickig, schwül und klebrig. Roan öffnete die App-Liste auf seinem Smartphone, aber ein Mann konnte nicht endlos durch Facebook und Instagram scrollen; nach einer Weile hätte er am liebsten sich selbst und seine Facebook-Freunde erstochen, die angeblich alle ein wahnsinnig tolles Leben voller Reisen, Wein, hübscher Kinder und strahlendem Dauerlächeln führten. Keiner von denen hielt sich derzeit in Satans glühendem Arschloch auf und versuchte, sich irgendwie abzukühlen. Keiner von denen fragte sich gerade, ob sie Idioten waren, weil sie einen verzweifelten Deal eingegangen waren.

Er hasste es, sich wie ein Scheiß-Verlierer zu fühlen, der voller Neid auf das perfekte Leben anderer Leute starrte. Aber Mann, was würde er darum geben, sich keine Sorgen darum machen zu müssen, dass seine Mutter Schmerzen litt, oder woher sie das Geld für die Krankenhausrechnungen nehmen sollten. Oder darum, ob er sie für immer verlieren würde. Er rieb sich die Augen und stöhnte verzweifelt. Warum konnte sein Leben nicht aus erfundenen Reisen nach Fire Island bestehen, und aus Schwimmunterricht für niedliche, kleine Gören, und malerischen Gärten voll mit frischem Gemüse, genug, um es mit Kollegen auf einer spontanen, spaßigen Büroparty bei seinem schicken Job zu teilen? Wie schafften es überhaupt seine Freunde, solche Leben zu haben? Wann und wobei hatte er den falschen Weg eingeschlagen?

Er würde all seine so normalen Lebensträume aufgeben im Tausch gegen die Gesundheit seiner Mutter. Er würde alles aufgeben, um sie gesund zu machen.

Er tupfte sich den Schweiß von der Stirn und beschloss zu versuchen, einfach so auf dem Bettzeug liegend etwas zu schlafen, auch wenn er es gruselig fand, weil er sich dabei irgendwie verwundbar fühlte. Er ergriff ein Kissen und hielt es vor seinem Magen fest, um so sein Gehirn auszutricksen und den Eindruck zu erzeugen, dass seine inneren Organe einem möglichen Messerangriff durch einen Psychopathen weniger schutzlos ausgesetzt wären. Der kleine Junge in ihm hatte nie aufgehört, an den magischen Schutz zu glauben, den Kissen boten.

Der Schlaf wollte jedoch nicht kommen. Roan schob sich ein zweites Kissen unter den Kopf und schaltete den Fernseher ein. Fünfhundert Kanäle altmodisches Kabelfernsehen. Die Sommersonne versengte die Welt vor dem Fenster, und er verbrachte seine letzten Stunden als freier Mann damit, ziellos durch die Sender zu zappen und sich über die endlose Dummheit der Menschheit zu wundern.

Schließlich blieb er bei *Nackt in der Wildnis* hängen und starrte den Bildschirm an. Was immer er sich auch eingebrockt hatte, zumindest hatte er sich nicht bei dieser Show beworben. Das war wirklich Irrsinn. Obwohl er sich gerade hier und jetzt in der Hitze dieses Hotelzimmers genau so verwundbar vorkam, wie die nackten Kandidaten dieser Show aussahen.

Er drückte ein zweites Kissen auf seinen Bauch.

„Es sind nur sechs Wochen. Sie wird noch sechs Wochen durchhalten."

Er betete, das möge die Wahrheit sein.

WOCHE EINS

ERSTE EINDRÜCKE UND EIN ERSTES DATE

Kapitel 3

ROAN STÖHNTE ERBARMUNGSWÜRDIG, als der Weckalarm seines Smartphones ihn um sechs Uhr morgens aus dem Schlaf riss. Die Bettdecke unter ihm klebte an seiner Haut, und sein Nacken war klatschnass. Als er sich aufsetzte, um den verdammten Alarm auszuschalten, wackelte sein Haar auf seinem Kopf haltlos hin und her. Das hatte er davon, dass er mit nassen Haaren eingeschlafen war.

Er war überrascht darüber, dass er überhaupt geschlafen hatte, nachdem er sich vier Folgen von *Nackt in der Wildnis* reingezogen und noch mehr Beute aus dem Snackautomaten verzehrt hatte. Danach hatte er noch einmal geduscht, sich einen runtergeholt und wieder geduscht und war in einen unruhigen, gestückelten und hochgezuckerten Schlaf gefallen. Jetzt war er noch so müde, dass er erwog, sich nochmal umzudrehen und weiterzuschlafen, aber er musste sich fertigmachen und dabei besondere Sorgfalt an den Tag legen. Heute würde er den Cowboy kennenlernen, und er hatte vor, den besten ersten Eindruck zu machen, den er konnte. Also schwang er die Beine über die Bettkante und stolperte ins Bad.

Bevor er von Zuhause aufgebrochen war, hatte er sein Outfit sorgfältig zusammengestellt und bedauerte den Umstand, dass er den Cardigan weglassen musste. Der war eine wahre kleine Schönheit aus Kaschmir, aber in dieser Hitze war nicht daran zu denken, ihn zu tragen. Außerdem würde das kurzärmelige Hemd mit der Fliege und den Hosenträgern auch so gut aussehen. Seine Jeans war eng, aber nicht zu skinny, gerade genug, um seine langen Beine und schmalen Hüften zu betonen. Er schlug die Hosenbeine einmal um, dann machte er sich daran, sein Haar zu zähmen. Es war auf dem Oberkopf länger, aber an den Seiten kurz, und er kreierte gern ein paar geordnete Wellen oben auf dem Kopf. Dieser Style ließ seine Wangenknochen und braunen Augen mehr auffallen.

Mit dem keinen Finger verteilte er eine winzige Menge Lipgloss, dann drückte er seine Lippen zusammen und öffnete sie wieder mit einem lauten Schmatzen. Zum Schluss setzte er die Brille auf, die er vor einer Woche in einer süßen, kleinen Boutique gekauft hatte. Sie war nicht billig gewesen, aber er sah damit absolut schnuckelig aus, fand er jedenfalls selbst.

In den Anweisungen für das erste Treffen war das Tragen eines Anzugs vorgeschlagen worden, aber Roan fand, dass er sich in seinen eigenen Sachen mehr aus der Gruppe herausheben würde.

Um halb acht war alles gepackt, und er war bereit, nach unten zu gehen. Er war nervös und hatte Hunger, deshalb fühlte sich sein Magen etwas flau an, aber es war zu spät, um noch zu frühstücken. Er schickte seiner Mutter noch eine schnelle, letzte „Ich liebe dich"-Nachricht, denn er wusste nicht, wann er wieder die Chance bekommen würde, mit ihr zu kommunizieren. Er ging davon aus, dass sie heute Morgen sein Handy einkassieren würden, da es ja nun zum Drehort ging. Mit einem schnellen Gebet verließ er die Sicherheit seines Hotelzimmers.

Unten tummelte sich ein Haufen Leute in der Lounge. Sie hatten augenscheinlich etwas mit der Show zu tun, denn es standen Taschen mit Filmequipment herum. Aber Roan war nicht sicher, ob auch Kandidaten unter ihnen waren oder nicht.

Wo die alle am Abend zuvor gewesen sein mochten, als er sich nach etwas unterhaltender Gesellschaft gesehnt hatte, wusste er nicht. Er wäre jedenfalls erleichtert gewesen, hätte sich einer von ihnen gezeigt. Er hätte sich mit ihnen unterhalten, seinen Charme spielen lassen und versucht, im Voraus etwas mehr über den Wettbewerb zu erfahren. Das hätte ihm gewiss einen Vorteil verschafft. Aber na ja …

Er mischte sich unter die Leute, schob seine Tasche auf die andere Schulter und setzte ein künstliches Lächeln auf.

„Hi", sagte jemand direkt neben seinem Ohr, und Roan zuckte zusammen. Er wirbelte herum und stand Angesicht zu Angesicht einem blonden Sportskanonen-Typ gegenüber, der ihn mit hyper-gebleichten Zähnen anlächelte.

„Hi", erwiderte Roan und musterte den Kerl unauffällig, aber gründlich. War er ein Mitglied der Crew? Nein, wahrscheinlich ein anderer Kandidat. Er sah eher aus wie ein professionelles Model oder sowas, mit seinem ebenmäßigen Gesicht und der wahnsinnig glatten Haut. Wer sah schon in Wirklichkeit so aus und nicht in irgendwelchen gephotoshoppten Magazinen? Offensichtlich dieser Kerl.

„Ich bin Chad. Du bist auch wegen der Show hier, richtig?"

„Richtig." Roan schüttelte die angebotene Hand. Chads Griff war fest und trocken. Scheiße, an irgendeinem Punkt würde Roan dem Cowboy die Hand schütteln müssen, und bis dahin waren seine Hände wahrscheinlich total verschwitzt. Er merkte bereits, wie ihn die schwüle Luft einhüllte, und seine Jeans klebte an seinen Beinen. Er hatte nervöse Schmetterlinge im Bauch, und auf seiner Oberlippe stand schon Schweiß. Na, toll!

Chad hob eine Braue und kicherte gutmütig.

Mist. Er hatte sich nicht mal vorgestellt. Das fing ja gut an. Dabei wollte er ein besonders cleverer Kandidat sein, der auch unter Druck cool blieb. „Oh, ich bin Roan."

Chad lachte. „Schön, dich kennenzulernen, Roan. Du siehst verwirrt aus, wenn ich das sagen darf."

„Das bin ich wohl auch." Er hatte erwartet, dass die Dinge etwas besser organisiert sein würden. Stattdessen gewann er den Eindruck, auf einem chaotischen Schulausflug zu sein. Alle hingen an ihren Handys und redeten entweder wie ein Wasserfall oder schrieben hektisch und mit genervten Mienen Nachrichten. Die besonderes genervten mussten wohl Mitglieder der Crew sein. Ein paar andere verabschiedeten sich offenbar von den Familienmitgliedern, die sie in den kommenden sechs Wochen vermissen würden, was sie zu Roans Mitbewerbern machte. Oder wenigstens ein paar von ihnen.

„So weit ich das beurteilen kann, geht es hier drunter und drüber", sagte Chad achselzuckend. „Aber so ist das eigentlich immer am Anfang eines Projekts."

Dann kannte Chad sich also mit diesen Dingen aus. Vielleicht war er Schauspieler? Roan schob seine Brille hoch. Sie war ziemlich hipstermäßig, und er fand, dass er damit ziemlich schnuckelig aussah, aber die Luftfeuchtigkeit war nicht sein Freund, und das Gestell rutschte immer wieder an seiner Nase herunter.

Chad schmunzelte ein wenig, aber er fragte nicht unfreundlich: „Sind die Gläser echt? Ich meine, brauchst du die Brille, um besser sehen zu können?"

„Ähm, nein."

„Ein gut gemeinter Tipp: Dann lass sie weg. Sie sieht super-süß aus, genau wie du, aber sie macht dich mega-großstadtmäßig." Er tippte sich an einen unsichtbaren Hut. „Wir fahren gleich auf eine Farm", sagte er in einem starken Akzent, der nicht die geringste Ähnlichkeit mit denen hatte, die Roan seit dem Verlassen des Flugzeuges in Louisiana gehört hatte.

„Oh. Okay." Roan nahm die Brille ab und steckte sie in eine seiner Taschen. „Danke."

„Kein Problem, Mann. Ich bin hier, weil ich Spaß haben will. Ich werde niemanden auf dem Weg zum Ende des Rennens niedertrampeln, weißt du?"

„Sicher." Roan nagte auf seiner Unterlippe und wandte sich wieder der Gruppe zu.

Chad lachte. „Ganz ruhig. Wird schon alles klappen. Komm, lern die anderen kennen, bevor der Funkelfuß aufkreuzt."

„Wer?"

Funkelfuß? Sollte das ein Schwulenwitz sein? Von einem wahrscheinlich schwulen Mann? Roan wusste nicht, was er davon halten sollte.

„Andrew Towes", sagte Chad bei Roans verwirrtem Gesichtsausdruck. „Genannt Andy. Er leitet den Laden hier. Die ganze Show ist seine Erfindung. Hast du keine Emails von ihm bekommen? Oder Anrufe?"

„Nein, ich habe immer nur mit einer Dame gesprochen."

Chad zog die Brauen zusammen, aber sein Lächeln blieb. „Auch gut. Ich bin sicher, dass Andy viele solche Aufgaben delegiert. Jedenfalls ist er ein ziemlich anständiger Kerl für einen aus Hollywood. Komm, ich mache dich mit den anderen bekannt."

„Woher kennst du die anderen Kandidaten?"

„Wir haben uns alle in der Lobby getroffen und sind gestern alle zusammen essen gegangen."

„War das so geplant?"

„Nein, das ist eher spontan entstanden. Die Produzenten waren sogar sauer deswegen." Er lachte. „Wir sollten uns eigentlich vor heute morgen gar nicht begegnen. Tut mir leid, dass du nicht dabei warst. Wir hatten viel Spaß. Kam dein Flieger gestern Abend erst spät an?"

„Nein. Ich war den ganzen Abend über hier. War vielleicht einfach nur blödes Timing." Roan trat von einem Fuß auf den anderen. Wie hatte er nur die anderen verpassen können? Dabei hätte er gestern Abend so gern etwas Gesellschaft gehabt, und einige der Kandidaten vor der Show kennenzulernen, wäre gut gewesen, um Allianzen zu bilden und sich Strategien zu überlegen. Aber hoffentlich würde das keine allzu große Rolle spielen. Schließlich waren es nicht die anderen Kandidaten, die entschieden, wer wann die Show zu verlassen hatte. Das tat allein der Cowboy … wer immer er auch war.

Roan folgte Chad und schleppte sein Gepäck zu dem der anderen in eine Ecke, dann wurde er seinen Mitbewerbern vorgestellt, deren Namen er auf der Stelle er wieder vergaß.

Mit Ausnahme von Bens.

Ben sah umwerfend aus. Er war abgesehen von Roan der Einzige, der nicht im Anzug erschienen war. Er hatte einfach ein weißes T-Shirt und eine enge Jeans angezogen, und verdammt, das war ein genialer Move. Sie waren unterwegs zu einer Farm, und nicht zu einer Party. Bens Tattoos betonten wohlgeformte Bizeps, und Roan hätte gern einen näheren Blick darauf geworfen. Aus allernächster Nähe. Vielleicht mit der Zunge.

Verdammt.

„Du sabberst", flüsterte Chad ihm ins Ohr.

„Kannst du mir das verübeln? Ich sollte einfach packen und wieder nach Hause fahren. Habe ich überhaupt eine Chance?"

„Ich weiß es nicht." Chad musterte Roan einmal kurz von oben bis unten. „Du bist selbst nicht so übel, Schnuckelchen."

Roan wurde rot, freute sich aber über das Kompliment. Er wollte gerade auch etwas Nettes zu Chad sagen – bitte Gott, lass mich nicht aus Versehen seine blind machenden, weißen Zähne erwähnen – als jemand laut in die Hände klatschte. Alle in der Lobby drehten sich um, das Hotelpersonal und andere Gäste, die mit der Show nichts zu tun hatten, eingeschlossen. Ein feminin wirkender Kerl in enger Hose und einem geblümten Oberteil stand da, die Hände in die Hüften gestemmt.

Das musste dann wohl Funkelfuß sein.

„Alle mal herhören. Mein Name ist Andy, und für die nächsten sechs Wochen –" Er schmunzelte „– falls ihr so viel Glück habt, bis zum Ende dabei zu sein – werdet ihr genau das tun, was meine Produzenten und ich euch sagen. Verstanden?"

Roan verdrehte die Augen, und als er wieder geradeaus schaute, stellte er fest, das Ben ihn ansah. *Oh, hallo, Blauauge.* Roan leckte sich die Lippen. Verdammt, er konnte sich verlieren in jenen blauen Augen. Ben schenkte ihm ein kleines, aber verwegenes Grinsen, dann wandte er seine Aufmerksamkeit wieder Andy zu.

Der redete immer noch. Roan hatte den Eindruck, dass Andy das sehr gern tat. Sehr, sehr gern.

„Wir werden heute zu zwei verschiedenen Drehorten fahren. Zuerst werden wir die Intros aufnehmen. Vielleicht wird nicht jeder von euch heute schon drankommen, aber das macht nichts. Ihr werdet viel herumsitzen und warten, Leute. Also bereitet euch darauf vor, dass es langweilig werden könnte. Es ist nicht alles Spaß und eitel Sonnenschein hier."

Roan warf einen Blick zu Chad. Er fühlte sich nur noch verwirrter als zuvor schon. Chad nickte lediglich, als wüsste er ganz genau, wovon Andy redete.

„Bevor wir abfahren, werden wir euch in Gruppen aufteilen, und ihr werdet euren jeweiligen Produzenten kennenlernen. Euer Produzent ist eure Rettungsleine, Kinder. Er oder sie ist derjenige, an den ihr euch mit all euren Fragen und Problemen wendet, alles klar? Nicht an mich, nicht an den Art Director, und vor allem nicht an den Bachelor. Euer Produzent steht an eurer Seite und will euch helfen, in der Show gut auszusehen und zu glänzen. Also, wenn ihr wisst, was gut für euch ist, dann tut ihr genau das, was sie euch sagen. Wenn euch das nicht gefällt, dann schluckt ihr es und tut es trotzdem, richtig?"

„Nett", flüsterte Roan sarkastisch, und Chad schnaubte.

„Also, los geht's", sagte Andy und sah auf sein Clipboard. „Unsere erste Gruppe wird von Rhonda produziert. Das wären Nick, Taylor, Davis und Jaden", rief Andy. Zwei Muskelpakete, ein magerer Kerl und ein Rothaariger, alle in billigen Anzügen, traten vor. „Oh, und vergesst nicht, eure Handys, Laptops, Bücher und jede andere Art von Unterhaltung bei Jillian abzugeben", sagte er und deutete auf eine junge Frau in einem Florence & the Machine-T-Shirt und mit einem Pixie-Schnitt. „Sie passt darauf auf, bis ihr wieder nach Hause geschickt werdet."

„Die nächste Gruppe wird von Molly produziert." Andy zeigte mit dem Daumen in die Richtung einer Frau mit frischen, roten Wangen, scharfem Blick und noch schärferem Lächeln. Sie trug ein locker sitzendes T-Shirt und eine zur Shorts abgeschnittene Jeans, sah aber irgendwie mordsgefährlich aus und gleichzeitig auch, als käme sie gerade frisch vom College. Roan schluckte nervös. „Genau. Also, das wären Chad, Victor, Roan, Ben und Antoine."

Na, toll.

Roan schüttelte seine feuchten Hände aus und versuchte zu lächeln. Molly winkte ihre Gruppe zu sich. Der gutaussehende Ben, einer der Muskelpakete in einem grauen Anzug und ein unscheinbar wirkender Kerl im braunen Anzug versammelten sich um sie, und Roan wünschte, er müsste noch etwas länger warten.

„Na, komm, Süßer", sagte Chad und stupste Roan mit der Schulter an. „Gehen wir und lassen uns produzieren."

„HABEN SIE UNS jetzt ernsthaft eingeschlossen?"

Nachdem sie das Hotel verlassen hatten und in separaten SUVs, aufgeteilt in die unterschiedlichen Produzentengruppen, zum ersten Drehort gebracht worden waren – ein verlassenes Einkaufszentrum aus den achtziger oder neunziger Jahren, so wie es aussah – hatte man sie einfach sitzen gelassen, eingezwängt in den SUVs. Nachdem Molly ihnen gesagt hatte, dass sie warten sollten, hatte sie die Türen von außen abgeschlossen und war mit den anderen Crew-Mitgliedern und Produzenten im Inneren des Gebäudes verschwunden, eine Zigarette zwischen den Lippen. Die Autoscheiben waren dunkel getönt und ließen die Welt draußen grau und trüb erscheinen.

„Ja, das haben sie ernsthaft getan", sagte Chad leise.

„Ist wohl das normale Protokoll", sagte der hübsche Ben vom Rücksitz aus, wo er ganz allein saß. Seine Stimme klang rau und tief auf eine Art, bei der Roan sich auf angenehme Weise winden wollte.

Auf der Fahrt hatten die Männer keine Gelegenheit gehabt, miteinander zu sprechen, da Molly die ganze Zeit über den Cowboy geredet hatte – einen gewissen Walker Reed, der ziemlich gut aussah, dem Foto nach zu urteilen, das sie herumgereicht hatte. Und mit „ziemlich gut" meinte Roan „Heilige Scheiße, wow!“. Aber jetzt, nachdem sie fast eine Stunde lang gewartet hatten, wurden sie allmählich besorgt genug, um miteinander zu reden.

„Was, wenn ich pinkeln muss?“, fragte der geradezu lächerlich muskulöse Kerl namens Victor, Seine Stimme war tief und sanft, und er zappelte unruhig auf dem Sitz vor Roan herum.

„Musst du?“ fragte der unscheinbare Mann neben ihm – Roan glaubte, sein Name war Antoine – leise. Er spielte an seiner dünnen Krawatte herum.

„Ja, irgendwie schon.“

„Vielleicht könnten wir das Fenster herunterkurbeln und nach dem Fahrer rufen.“

Wie sich herausstellte, waren auch die Fenster verriegelt. „Fantastisch“, sagte Chad, runzelte die Stirn und fuhr sich mit der Hand übers Haar. „Das ist ein Scheißplan. Mein Anzug wird aussehen wie Scheiße, bevor wir überhaupt angefangen haben.“

„Ich hoffe, das geht nicht die nächsten sechs Wochen so weiter“, sagte Roan leise.

„Was meint ihr, wie lange wir noch warten müssen?“

So weit Roan es aus dem Fenster sehen konnte, holten sie die Männer einen nach dem anderen aus dem SUV vor ihnen, behielten sie für ein paar Minuten im Gebäude und schickten sie dann wieder zurück. „Nicht mehr lange, denke ich. Sie haben jetzt alle vier aus dem Wagen vor uns geholt. Wir sollten wohl als Nächste dran sein.“

Wie aufs Stichwort tauchte ein Kerl in Shorts und T-Shirt und mit dunklen Augenringen auf und kam auf ihren SUV zu. Er hatte ein Clipboard bei sich, sowie einige Wasserflaschen und den automatischen Türöffner, um sie aus ihrer Gefangenschaft zu erlösen.

„Roan!“, rief der Kerl und riss die Autotür auf. „Du bist dran.“

„Viel Glück“, sagte Chad und klopfte Roan auf die Schulter.

Roan musste praktisch über Chad klettern, um auszusteigen, aber schließlich trat er an die frische Luft und stöhnte über die Hitze.

„Er muss pinkeln", sagte Antoine und zeigte auf seinen Sitznachbarn.

„Ja? Kannst du noch etwas aushalten?"

Victor nickte, und der Kerl sagte: „Ich nehme dich als Nächsten dran. Victor, richtig? Mach dir nicht in die Hose. Dauert nicht mehr lange." Dann schlug er die Tür zu, schloss sie wieder ab, und brachte Roan zu dem heruntergekommenen Gebäude.

„Hi, mein Name ist Dave. Ich bringe dich zu deiner Produzentin." Der T-Shirt-Typ lächelte schief, während sie den Parkplatz überquerten und dann den kühlen Hauptkorridor des Einkaufszentrums betraten. „Ich würde dir ja auch die Kamera- und Soundcrew vorstellen, aber du kannst heute sowieso nicht alle Namen lernen. Am besten lassen wir das nach und nach ganz natürlich stattfinden."

„Hi", sagte Roan. „Werden wir uns in den nächsten Wochen oft sehen?"

„Wahrscheinlich. Du wirst uns schon bald alle nicht mehr sehen können. Hier entlang."

Er führte Roan durch einen schmalen Seitenkorridor in einen kleinen Konferenzraum- Der Tisch war zur Seite geschoben worden, genauso wie die meisten Stühle, und in einer Ecke hinter einer gewaltigen Kamera stand ein Barhocker. Dahinter war wie ein Vorgang ein weißes Tuch aufgehängt, das sanft in der Luft der Klimaanlage wehte. Molly saß neben dem Kameramann und tippte ungeduldig mit einem Stift gegen eine Aktenmappe.

„Hi", sagte Roan. „Ich bin–"

„Ja, ja, der Junge mit der traurigen Geschichte, ich weiß. Setz dich."

Roan starrte Dave an, der das Gesicht verzog und entschuldigend die Achseln zuckte, bevor er seinen Platz neben der Kamera einnahm.

„Entschuldigung?", fragte Roan und rieb sich verwirrt die Ellenbogen. Was hatte sie für ein Problem mit ihm?

„Hör mal, gibt es irgendwelche Schwierigkeiten? Wir müssen uns beeilen; dein Interview ist nicht das Einzige, das wir heute schaffen müssen, und du verschwendest unsere Zeit.“

„Es ist nur, dass–“

„Nein. Setz dich. Was hat Andy euch über die Anweisungen der Produzenten gesagt?“

Roan blinzelt sie an. Sie war ihm schon auf der Fahrt wie eine Zicke vorgekommen, aber auch, als wäre sie auf der Seite der Kandidaten. Sie hatte betont, dass es ihr Job war, sicherzustellen, dass einer von ihnen es bis ins Finale schaffte, und dass sie sich darauf verlassen konnten, dass sie tat, was für sie das Beste war.

Aber im Augenblick machte es ganz den Eindruck, als würde sie ihn hassen.

Sie hob eine Braue und lächelte böse. „Ich habe mindestens zehn andere Bewerber in mein Handy programmiert, Roan. Meine Bosse mögen dich ja für die Show gewollt haben, aber das heißt nicht, dass ich dich nicht vor die Tür setzen kann, wenn du den Betrieb aufhältst. Also setz dich, damit wir fertig werden.“

Roan setzte sich mit klopfendem Herzen und wartete. Molly blätterte mit schnellen, abgehackten Bewegungen durch eine Akte und murmelte vor sich hin. „Okay, hier steht, dass wir Walker nichts von der Krankheit deiner Mutter sagen sollen.“ Sie hob den Kopf. „Warum das?“

„Ich … das ist persönlich“, antwortete Roan. Seine Hände begannen nun ernsthaft zu schwitzen. „Ich will nicht bemitleidet werden.“

„Okay. Also, in einer Minute laufen die Kameras, und ich werde dich fragen, warum du hier bist. Was wirst du mir antworten?“

Diesen Teil hatte Roan geprobt. „Ich wollte schon immer auf einer Farm leben. Als Kind–“

Molly hob eine Hand und massierte sich die Nasenwurzel mit der anderen. „Oh. Diese Geschichte habe ich mindestens schon tausendmal gehört. Nein, nein. Okay, Folgendes werden wir tun. Walker und die anderen Bewerber werden diesen Clip erst sehen, wenn die Show längst abgedreht ist und du zurück in Minnesota bist oder wo immer du herkommst.“

„Ohio."

„Mir wurscht. Folgendes ist deine Geschichte: Du erzählst der Kamera alles über deine Mama und den wahren Grund, warum du hier bist. Geld. Dann, im Laufe der Show, verliebst du dich in Walker, und das Geld wird nebensächlich. Die Zuschauer werden das lieben. Du bist der Underdog, der aus den falschen Gründen hergekommen ist, aber aus Verzweiflung geboren, was dir Sympathien einbringen wird. Und dann, wenn du dich verliebst, werden sie dich nur noch mehr mögen. Perfekt!"

„Das werde ich nicht–" Roan schüttelte den Kopf.

„Jetzt werde nur nicht zimperlich, Schätzchen. Hattest du nicht sowieso vor, so zu tun, als würdest du auf den Cowboy stehen?"

Roan nickte schamhaft. „Ja."

„Na, also."

„Aber ich will nicht meine Mutter benutzen."

„Du benutzt sie nicht. Du sagst nur die Wahrheit." Sie verengte die Augen. „Stimmt's?"

„Großer Gott, ja. Natürlich."

„Na, dann." Sie nickte den Kameramännern zu, setzte ein falsches Lächeln auf, obwohl sie gar nicht mit aufs Bild kam, dann sagte sie: „Willkommen, Roan. Bitte erzähl uns, warum du beschlossen hast, an der ersten Staffel der LGBTQ-Realityshow *Schwul sucht Mann zum Heiraten* teilzunehmen."

Roan holte tief Luft, schloss für einen Moment die Augen und faltete die Hände im Schoß. „Meine Mutter hat Eierstockkrebs im letzten Stadium. Ich war auf der Uni, als wir das letztes Jahr erfuhren. Ich brach das Studium ab, um bei ihr daheim sein zu können. Es ist … es ist hart. Das Geld ist knapp. Und es gibt eine experimentelle Medikamentenstudie, in die ich meine Mutter bringen will, aber falls uns das nicht gelingt, dann …" Er breitete frustriert die Arme aus. Seine Wangen brannten, und er bekam gegen seinen Willen feuchte Augen. „Also ja, ich bin wegen des Geldes hier." Er starrte seine weißen Knöchel an. Erneut überkam ihn Scham, und er zitterte.

Nicht für eine Sekunde glaubte er, dass die anderen Bewerber hier waren, um die wahre Liebe zu finden, und nicht wegen des fetten Schecks, der am Ende auf sie wartete, aber sie schämten sich wahrscheinlich nicht so sehr deswegen wie er. Vielleicht hatten sie wirklich vor, oder hofften zumindest, sich zu verlieben. „Ich weiß, dass ich aus den falschen Gründen mitmache", gab er leise zu. „Aber ich bin verzweifelt. Ich wusste nicht, was ich sonst tun sollte." Dann verstummte er.

Einige lange Sekunden später murmelte Molly: „Perfekt. Gut gemacht. Ich freue mich zu sehen, dass man dich tatsächlich produzieren kann. Vielleicht besteht doch noch Hoffnung für dich."

Roan legte die Arme um sich selbst. „Kann ich jetzt gehen?"

„Ja. Bitte tu das. Und kein Wort zu den anderen über das, was wir hier besprochen haben."

„Okay." Roan stand auf, wandte sich zur Tür und blieb stehen. „Man hat mir zugesagt, dass meine Mutter anrufen kann und ich nach Hause kann, falls es ihr schlechter gehen sollte."

Molly notierte etwas in ihre Akte und blickte nicht auf. „Ja, das ist richtig."

Als Molly nichts weiter hinzufügte, verließ Roan den Raum.

„Alles in Ordnung?", fragt Chad, als Roan zurück in den Wagen kletterte. „Du siehst ziemlich mitgenommen aus. Was ist passiert?"

„Sagen wir einfach, Molly ist ein zu lieblicher Name für die Hexe. Wir brauchen einen andern."

„Molly, die Fiese?"

„Ich dachte eher an sowas wie Krötenbuckel."

Chad hob den Kopf. „Shakespeare? Nett." Als Roan ihn mit offenem Mund anstarrte, lachte Chad. „Hauptfach Englisch", sagte er. „Und nur, damit du es weißt …" Er zeigte auf Victor, der in diesem Moment von Dave weggeführt wurde, dessen holpriger Gang aber vermuten ließ, dass er immer noch pinkeln musste. „Biochemischer Ingenieur." Der unscheinbare Antoine drehte sich in seinem Sitz herum, um Chad und Roan besser sehen zu können, und Chad deutete in seine Richtung.

„Buchhalter." Ben da hinten ist Mechaniker. Wir sind also nicht alles Dummköpfe hier."

„Das habe ich auch nie gesagt."

„Nein, aber gedacht. Ich übrigens auch. Mach dir keine Sorgen. Was ist mit dir? Ich schätze, du bist auch kein Armleuchter, oder?"

„Ich?"

„Ja, was ist dein Fachgebiet?"

„Umweltwissenschaften."

Chad starrte ihn stumm an, dann fing er an zu lachen. Laut. „Heilige Scheiße, und nun wirst du sechs Wochen lang auf einer Rindfleischfarm leben. Ich wette, sie hoffen auf einen handfesten Grundsatzstreit zwischen dir und Walker."

Roan lehnte sich verdattert zurück. „Meinst du wirklich?" Stundenlange Psychotests und Interviews, und jetzt war er wegen seines abgebrochenen Studiums hier? Da war er sich nicht so sicher. Molly hatte das mit keinem Wort erwähnt. Sie war mehr an seiner traurigen Geschichte interessiert gewesen.

„Ja, Mann. Jetzt, da wir das herausgefunden haben, werden die Produzenten mächtig enttäuscht sein, oder?"

„Ich weiß nicht. Kann sein." Roan verzog das Gesicht. „Rinderfarmen sind wichtig für die amerikanische Wirtschaft, aber es gibt sauberere Arten, sie zu führen, ohne die Umwelt zu schädigen. Ich hege keinen Groll gegen sie. Denkst du wirklich, sie haben mich deswegen ausgewählt? Meine …" Er wollte seine Mutter nicht noch einmal erwähnen. „Meine Persönlichkeit hat nichts damit zu tun?"

„Ach, Mist." Chad tätschelte Roans Oberschenkel. „Hör gar nicht auf mich. Was weiß ich schon? Ich spekuliere nur, um mich ein wenig mehr in Kontrolle zu fühlen. Du weißt, wie das ist."

„Genau", sagte Roan ein wenig niedergeschlagen. Es spielte keine Rolle, weshalb sie ihn ausgewählt hatten – traurige Geschichte oder abgebrochenes Studium. Er musste nur versuchen, möglichst die ganzen sechs Wochen durchzuhalten.

Er brauchte das Geld.

Kapitel 4

„Eine Anzug? Haben die verdammten Produzenten den Verstand verloren? Da draußen herrschen über dreißig Grad und–"

„Hundert Prozent Luftfeuchtigkeit, ich weiß. Hör auf zu jammern und lass mich deine Krawatte richten." Tessa fummelte an dem schwarzen Seidending, das eine Frau aus der Requisite oder wie das hieß ihm um den Hals gehängt hatte. „Du kannst froh sein, dass du hier in deinem eigenen Zuhause sein darfst. Wenn es nach dem anderen Regisseur gegangen wäre–"

„Dem Showmaster."

„Wie auch immer. Wenn es nach ihm gegangen wäre, dann wärst du jetzt irgendwo am Arsch der Welt in einem Wohnwagen oder so. Du kannst diesem Andy also dankbar sein." Sie legte ihre Hände an sein Revers und lächelte ihn an. „Bitte sehr."

„Danke, Tess." Als könnte er es sechs verfluchte Wochen irgendwo in einem Wohnwagen aushalten. Dafür hatte er viel zu viel Arbeit zu erledigen.

Tessa legte ihre Hände an ihre rosigen Wangen. „Mein hübscher Junge. Sieh dich nur an."

„Ich bin ja wohl kaum noch ein Junge." Er verzog das Gesicht. „Einige der Kids, die hier sind, um mich zu bezirzen, sind zehn Jahre jünger als ich."

„Sie sind alle volljährig und freiwillig hier, Schatz."

Er schnaubte und schaute noch ein letztes Mal in den Spiegel, dann legte er Tessa sanft eine Hand an den Rücken und führte sie aus seinem

Zimmer. Sie reichte ihm kaum bis zur Schulter, seine zuckersüße Stiefmama, und er musste den Drang unterdrücken, ihr den Kopf zu tätscheln. „Sie sind aus dem gleichen Grund dabei wie ich. Wegen des Geldes." Ihm war nicht klar gewesen, das er die vage Hoffnung gehegt hatte, vielleicht jemand Wahrhaftigen kennenzulernen, der es wert wäre, bis er seine eigene kalte Erklärung laut ausgesprochen hörte.

Hoffnung war lächerlich. Niemand fand bei diesen Shows Liebe.

Tessa drehte sich um und legte ihm eine Hand auf den Arm. „Man kann nie wissen", sagte sie. „Das Leben ist unberechenbar. Und die Liebe erst recht."

„Ich weiß. Sieh nur, wie du und Paps zueinander gefunden habt."

„Niemand hat das kommen sehen", stimmte sie zu. „Na, komm jetzt. Zeig deinem Vater, wie gut du aussiehst, und dann raus mit dir. Das Letzte, was ich will, ist noch eine von diesen kleinen Nervensägen in meinem Haus, die uns sagt, was wir tun und lassen sollen."

Walker lachte und folgte ihr die knirschenden Stufen hinunter. Das Farmhaus war alt, aber groß genug, dass er kein Problem hatte, mit seinen Eltern unter einem Dach hier zu leben. Der gesamte Dachboden war zu einer Wohnung für ihn ausgebaut worden, inklusive Badezimmer und Büro.

Sein Vater packte in der Küche ein Lunchpaket, und Walker sah gerade noch, wie er das Marmeladenglas – mit der vollen Ladung Zucker – wieder ins Regal zurückschmuggelte.

„Du sollst doch die zuckerfreie Marmelade nehmen", sagte Walker zu ihm, und sein Vater wirbelte erschrocken herum, die Wangen verschämt gerötet.

Im hellen Licht der alten Landküche mit den weißen Tüllgardinen, der riesigen Spüle, dem Kohleherd und dem altmodischen Kühlschrank wurde Walker plötzlich bewusst, dass er gerade vielleicht seinem Spiegelbild gegenüber stand, wie es in dreißig Jahren aussehen mochte. Wettergegerbt und faltig, mit einem drahtigen Körper, von Jahrzehnten harter Arbeit geformt. Aber die Augen seines Vaters waren gütig, und wenigstens die Hälfte der Falten um seinen Mund stammten vom Lachen. Es gab schlechtere Arten zu altern.

„Ich ess, was mir gefällt", sagte Paps. „Was zum Teufel hast du da an, Junge?" Er grinste Walker an. „Denkst du, dass du dir so einen Mann angelst? Mit diesen Klamotten?"

„Sie haben mir gesagt, dass ich das anziehen soll."

„Werden da auch ein paar Frauen sein?"

„Nicht für mich, nein", sagte Walker verwirrt.

„Ich meinte, bei der Crew, Sohn." Er legte einen Arm um Tessa. „Vielleicht schaue ich mal nach, ob ein paar hübsche dabei sind." Er kratzte sich am Kinn. „Ich habe über ein Upgrade nachgedacht."

„Joe Reed!", sagte Tessa lachend. „Wenn jemand in diesem Haus ein Upgrade verdient, dann ja wohl ich. Vielleicht schaue ich mir mal die Männer in der Crew an und suche mir einen aus."

Paps tat so, als würde er rückwärts stolpern, und griff sich ans Herz. „Also, Tess. Sag doch nicht sowas. Mein armes, altes Herz hält das nicht aus." Er zog sie enger an sich. „Und du weißt, für mich gibt es keine andere Frau als dich."

„Weil dich keine andere nehmen würde", sagte sie, ließ sich aber näher ziehen und lächelte beschwichtigt. Als sie einander küssten, drehte Walker sich rasch um.

„Trotzdem muss ich das nicht sehen. Bis später, Leute."

„Viel Glück!", rief Tessa ihm nach.

„Schnapp dir einen, der gebaut ist wie ein Pferd", rief Paps. „Einen guten, kostenlosen Arbeiter können wir immer brauchen."

„Ich werde ihn nicht wirklich heiraten, Paps", rief Walker über die Schulter zurück.

„Das sagst du jetzt. Aber die, die wie ein Pferd gebaut sind, sind überall so gebaut, und dein–" Der Rest des Satzes ging im Schlagen der Fliegentür unter, als Walker das Haus verließ.

Es war nicht immer leicht gewesen, mit zwei Menschen aufzuwachsen, die so offen zärtlich miteinander umgingen und über Sex redeten –

vor allem, als er noch ein Teenager gewesen war – aber anders würde Walker es gar nicht haben wollen. Meistens jedenfalls.

Die schwüle Hitze traf ihn wie ein Güterzug, und der Drang, seine Krawatte zu lockern, war überwältigend, aber er beherrschte sich. Er warf den Schlüssel zum Truck in die Luft und fing ihn wieder auf, während er zu dem schrottreifen, alten Ford ging. Ein schwarzer Range Rover kam in diesem Moment die Auffahrt heraufgefahren, deren Asphaltbelag dringend einmal aufgefrischt werden musste. Eine der Aufgaben, der er sich widmen würde, sobald diese lächerliche Show abgedreht war.

Ein Mann mit struppigem, blonden Haar und einem müden Lächeln kurbelte das Fenster herunter. „Tach", rief er. „Ich soll dich abholen."

Walker blieb wie angewurzelt stehen, nahm seine Sonnenbrille ab und starrte den Mann an.

„Ich kenne den Weg zu meiner eigenen Scheune."

Der Kerl zwinkerte. „Ich befolge lediglich Anweisungen."

Walker rührte sich nicht. „Ernsthaft? Ich kann nicht selbst zu meiner Scheune fahren?"

„Sorry, Mann. Das sind die Regeln."

Absurd. Aber nicht die Schuld dieses Mannes. Walker schmunzelte und setzte die Sonnenbrille wieder auf. „Angst, dass ich kalte Füße kriege und mich aus dem Staub mache, hm?"

„An Staub mangelt es ja hier nicht, wer weiß?"

Walker lachte leise, umrundete die Motorhaube des SUV und öffnete die Beifahrertür. „Wann werden sie hier sein?", fragte er und ließ sich in den Sitz sinken. Er musste ihn etwas zurückschieben, um seine langen Beine hineinzubekommen.

„Nervös?"

Walker zupfte an seinen Hemdsärmeln. „Ich würde gern nein sagen, aber das wäre gelogen."

Der blonde Kerl lachte und lenkte den Wagen vom Haus weg. „Ich bin übrigens John, dein neuer Produzent. Mein Beileid, dass du dich für den Intro-Dreh mit Molly herumschlagen musstest." Er zwinkerte und grinste. „Sie ist ein Barrakuda. Ich hoffe, du hattest sie nicht allzu lieb gewonnen. Sie haben sie ein paar der Kandidaten zugeteilt, was bedeutet, dass du jetzt mit mir vorlieb nehmen musst."

Walker grinste schief. „Und wirst du mich ebenfalls manipulieren, Dinge zu sagen und zu tun, die ich nicht tun will? Darin war Molly nämlich verdammt gut."

John schnaubte, als sie die Auffahrt hinunter rumpelten. „Ob du's glaubst oder nicht, so schlimm ist sie gar nicht, wenn man sich erst an sie gewöhnt hat. Sie neigt nur dazu, die Leute bei der Show wie ein Produkt zu behandeln anstatt wie Menschen."

„Und du tust das nicht?"

„Ich gebe mir Mühe." Er lächelte erneut, und Walker gefiel seine entspannte Art. „Aber ich gebe zu, ich habe einen Job zu erledigen, und ich bin gut darin."

„Alles klar. Also, was passiert als Nächstes?"

„Jede Menge Warterei, fürchte ich. Du bekommst jetzt erstmal schnell alle Bewerber zu sehen, und Andy wird dir erklären, wie es weitergeht – er ist heute selbst auf dem Set – und dann, sobald die Kameras laufen, musst du so tun, als würdest du die Jungs zum allerersten Mal sehen."

Walker verzog das Gesicht. „Klingt spaßig."

„Du kriegst das schon hin", sagte John und klopfte Walker auf die Schulter. „Anfangs ist jeder nervös."

„Hast du solche Shows schon vorher mal produziert?"

„Ein paar."

„Welche, die ich kenne?"

John schaute ihn an. „Siehst du viele Realityshows?"

Walker wandte den Blick ab und starrte aus dem Fenster. „Ich nicht, aber meine Stiefmutter."

„Ja, klar …"

WIDER ALLEN ERWARTUNGEN war die Scheune rechtzeitig fertig geworden.

Nicht, dass Walker besonders viel davon sehen konnte bei den Dutzenden Crewmitgliedern, die überall herumwuselten und die Kulissen, das Licht und die Kameras herrichteten. Walker nutzte es aus, dass abgesehen von John noch niemand besonders auf ihn achtete, und versuchte zu sehen, was alles geschafft worden war.

Von den strohbedeckten Böden und spinnwebverzierten Wänden war nichts mehr zu sehen. Auch war alles sehr viel dezenter geworden, als er befürchtet hatte, wenn er all das Filmequipment und die wilden Aktivitäten einmal außer acht ließ. Er hatte üppige Boudoir-Farben und dekadente Möbel erwartet, aber stattdessen war alles modern und gleichzeitig rustikal geworden, die Wände in sanften Beige- und Grautönen gestrichen, und der Holzboden glänzte dunkel unter seinen Füßen. Gemütliche, weiße Sofas waren so in einem geräumigen Wohnbereich verteilt, dass noch genug Platz für die Kameramänner blieb, um sich dazwischen zu bewegen. Auch die Küche war sehr groß, was die Frage aufwarf, wie viel Raum für die Schlafzimmer geblieben war.

Es waren lediglich zwei davon oben eingerichtet, wo zuvor der Heuboden gewesen war, jedes mit einem Badezimmer mit Dusche und Whirlpool. Tessa und Paps würde das sehr gefallen, wenn sie nach der Show hier einzogen. Walker musste ein wenig lachen, als er sich die beiden zusammen im Whirlpool vorstellte. Er nahm sich vor, vorsichtshalber niemals seinen eigenen Schlüssel zu benutzen, wenn die zwei allein daheim waren.

In jedem Schlafzimmer standen zwei Etagenbetten sowie ein normales Einzelbett, und er beneidete die zwölf Männer nicht, die sich die beiden Räume teilen mussten. Er fragte sich, ob sie sich mit der

Benutzung der Einzelbetten wohl abwechseln würden.

Draußen war das Schlagen von Autotüren zu hören, und sein Herz begann, schneller zu schlagen. Er holte tief Luft und atmete durch die Nase aus. Es würde schon alles gut gehen. Es waren ja nur Männer, die hier waren, um sein Herz zu gewinnen und bei Erfolg das Geld zu kassieren. Das war alles.

Als er wieder nach unten stieg, schaltete sich die Klimaanlage ein, und die kühle Luft war eine große Erleichterung an seinem verschwitzten Nacken. Er kratzte sich das stoppelige Kinn und fragte sich, ob er sich nicht doch noch hätte rasieren sollen. Aber er wollte nicht so tun, als wäre er jemand, der er nicht war.

Abgesehen natürlich von dem Anzug.

Und der umgebauten Scheune.

Und dem vorgetäuschten Wohlstand.

Ja.

Dann betrat Andy das Haus, gefolgt von einer kleinen Armee schäbig gekleideter Crewmitglieder. „Da bist du ja. Also, wie findest du es? Nein, vergiss es. Ist mir eigentlich egal. Die Bewerber drehen noch eine Runde mit ihren Produzenten in den SUVs, damit wir ein paar Aufnahmen von ihrer freudigen Erregung darüber, endlich hier zu sein, bekommen", sagte Andy mit der fröhlichsten Stimme, die Walker je gehört hatte. „Aber sie werden in einer halben Stunde hier sein. Willst du etwas trinken?"

Ohne eine Antwort abzuwarten, marschierte Andy in die Küche und riss den riesigen Kühlschrank auf, der bis zum Rand mit Essen gefüllt war. „Wow. Wer wird denn für die Jungs kochen?", fragte Walker.

Andy schnaubte und schnappte sich eine Flasche Wasser. Er ließ die Tür offen, damit Walker sich selbst bedienen konnte. „Das müssen sie unter sich selbst ausmachen. Die Damen, nehme ich an." Andy machte mit den Fingern Anführungszeichen in der Luft, und Walker hob die Augenbrauen.

„Das ist ganz schön beleidigend."

Andy schmunzelte. „Ach, komm, Walker. Ich bin eine schmutzige, alte Queen." Er deutete auf sein geblümtes Shirt. „Ich kann sagen, was ich will."

„Du versuchst nur, mich auf die Palme zu bringen. Macht ihr Leute das immer so? Um eine Reaktion für die Kameras zu provozieren?"

Andy lachte, und er schien sich zu entspannen. Er nahm einen tiefen Schluck aus seiner Flasche und schmatzte. „Glückwunsch. Die meisten Leute merken das erst, wenn sie schon ein paar Wochen dabei sind. Du bist clever." Er wackelte mit den Brauen. „Die Show braucht immer Drama, weißt du? Die Produzenten produzieren das Drama, und ich leite die Show, was bedeutet, dass ich sowohl ein Produzent als auch alles andere Wichtige bin. Abgesehen vom Star natürlich."

„Also, unter all dem hier …" Walker deutete auf Andys Gesicht und Kleidung. „bist du auch noch ein Arschloch." Walker schüttelte den Kopf und nippte an seinem kalten Wasser.

„Oh ja, absolut." Andy tätschelte den Kühlschrank. „Sonst könnte ich den Job gar nicht machen. Frisches Essen wird all drei Tage geliefert. Die Bewerber können eine Liste mit ihren Wünschen schreiben, darum musst du dir also keine Gedanken machen."

„Hatte ich nicht vor."

Andy grinste. „Du bist selbst ein kleines Arschloch, oder?"

Walker trank erneut aus seiner Flasche und zuckte mit den Schultern. „Manchmal."

„Dachte ich mir. Okay, die Leute vom Make-up werden nochmal einen Blick auf dich werfen wollen." Er betrachtete Walkers Gesicht. „Sie werden etwas mit deinen Haaren machen und sich wahrscheinlich darüber aufregen, dass du nicht rasiert bist. Mir gefällt's", sagte er, als Walker anfing, sich zu entrüsten. „Damit siehst du aus wie ein echter Rancher. Setz auch deinen Cowboyhut auf." Er stupste Walker scharf mit dem Ellenbogen an. „Hast du noch einen übrig, den ich aufsetzen kann, wenn ich zu meinem Mann nach Hause fahre?"

„Ich bezweifele, dass er dir passt", sagte Walker. „Bei deinem dicken

Schädel.“

Andy lachte. „Ich schicke die Make-up-Leute rein. Und wenn die mit dir fertig sind, lernst du die Bewerber kennen. Oder wie Luke sagen würde, deinen zukünftigen Ehemann.“

„Noch mehr Manipulation“, sagte Walker.

„Oh ja. Und das Beste daran: Selbst, wenn du es weißt, funktioniert es trotzdem.“

Walker sagte nichts. Er setzte sich auf einen Barhocker in der glänzenden Küche und wartete. Alles war in größter Eile umgebaut worden, und er nahm an, dass es schon bald Probleme mit Teilen der Konstruktion geben würde, aber dennoch war es eine Verbesserung. Seine Eltern würden gern hier wohnen, wenn die Show vorbei war. Und er hätte das Farmhaus ganz für sich allein. Vielleicht würde es ein wenig einsam sein, aber vielleicht fand er auch eines Tages jemanden, mit dem er das alte Haus teilen konnte. Jemand Echtes.

Eine Make-up-Künstlerin, die Walker bisher noch nicht getroffen hatte, ein junges Mädchen mit sehr kurzem und sehr schwarzem Haar, platzte in die Küche. Sie trug eine große, weiße Tasche über der Schulter. Sie hatte unter ihrem knappen Tanktop wenigstens so viele Muskeln wie Walker.

„Ma’am“, sagte Walker, erhob sich und nickte höflich. „Wie geht es Ihnen?“

„Oh, du bist ja ein Süßer. Ich bin Kylie.“ Sie streckte ihre Hand aus, und Walker fiel auf, dass ihr gesamter Arm von einem durchgehenden Tattoo bedeckt war.

„Walker. Schön, Sie kennenzulernen. Ich weiß, dass Sie wegen des Make-ups hier sind, aber ich brauche eigentlich keins.“

Sie hielt einen Finger vor seinem Gesicht hoch. „Erstens bin ich für dein Gesicht verantwortlich, wann immer es vor einer Kamera erscheint. Ich wollte dir eigentlich sagen, dass du dich rasieren musst, aber Andy gefällt es so, du hast also Glück. Außerdem ist es da draußen heiß wie in der Hölle. Eine halbe Minute in der Hitze, und du siehst aus wie eine schmelzende Wachsfigur. Du wirst Make-up tragen."

„Wird es davon denn nicht nur noch schlimmer?", fragte er und betrachtete die Tasche argwöhnisch.

Sie grinste ihn an und klopfte auf den Barhocker, von dem er gerade aufgestanden war. „Überlass das nur mir." Mit einem Finger unter seinem Kinn drehte sie sein Gesicht in diese und jene Richtung und starrte es eindringlich an. Er konnte sich nicht erinnern, einer anderen Frau außer Tessa jemals so nah gewesen zu sein, seit Sarah Bordelon in der neunten Klasse versucht hatte, ihn zu küssen. „Gute Haut", murmelte sie vor sich hin. „Mit dem Bart kann ich arbeiten, aber deine Brauen werde ich zupfen müssen." Sie schnalzte mit der Zunge. „Das hätte alles schon heute morgen passieren müssen."

„Ich war beschäftigt. Und äh, was? Was stimmt denn nicht mit meinen Augenbrauen?"

Sie klimperte mit ihren dunklen Wimpern. Sie waren unnatürlich lang, und er fragte sich, ob sie künstlich waren. „Gar nichts. Aber wir müssen die Stelle über der Nase zupfen, wo sie zusammengewachsen sind."

„Zusammengewachsen?" Walker berührte die Stelle zwischen seinen Brauen. So haarig fühlte sie sich nicht an.

Kylie rümpfte die Nase und nickte. „Nur ein bisschen."

Die Art, wie sie ihre Tasche öffnete und darin herumwühlte, erinnerte ihn an die Besuche des alten Arztes auf der Ranch, als er noch ein Kind gewesen war. Walker versuchte, nicht zu schlucken, als sie eine Pinzette herausholte und etwas, das aussah wie Hautlotion.

Sie wackelte mit ihren Brauen. „Keine Bange. Es tut nicht sehr weh."

UND TATSÄCHLICH, KYLIES Geplapper und ihre intensive Aufmerksamkeit auf sein Gesicht entspannten Walker ein wenig, und er fühlte sich sehr viel sicherer, als er schließlich hörte, wie die SUVs vor der Scheune anhielten. Bei der Vorstellung, eine halbe Stunde lang über die Schlaglöcher der alten Auffahrt zu holpern, verzog er mitfühlend das Gesicht. Die armen Jungs.

„Ich glaube, du sollst hier drin warten", sagte Kylie, als er aufstand und zur Tür ging.

„Wahrscheinlich", antwortete Walker grinsend, blieb aber nicht stehen. Andy stand bereits draußen, zusammen mit John, und sprach mit den Kameraleuten.

„Okay", sagte er gerade zur offenen Tür des ersten SUV herein. „Ich will eine Aufnahme davon, wie ihr alle aussteigt und ganz aufgeregt seid, hier zu sein. Ich weiß, es ist nur eine Scheune, aber in den nächsten fünf Minuten tut ihr so, als wäre es ein verdammtes Märchenschloss, alles klar? John, die zweite Mannschaft soll ein paar Aufnahmen von den Feldern und allem anderen romantischen Scheiß machen, den sie finden können. Scheiße, wie kam ich nur auf die Idee, eine Ranch wäre eine gute Location?" Er dreht sich um und erstarrte eine Sekunde lang, als er Walker mit verschränkten Armen dastehen sah. Aber er erholte sich rasch wieder. „Du sollst doch drinnen warten."

„Ich werde genau hier warten", sagte Walker. „Ich werde nicht im Weg stehen." Einen Augenblick lang dachte er, Andy würde ihn anschreien, ihm mit dem Vertrag drohen oder sowas, aber stattdessen wechselte er nur einen Blick mit John und zuckte die Achseln.

„Okay", rief Andy. „Alle aussteigen, meine Damen. Und Vorsicht mit euren Absätzen."

Über den erneuten „Damen"-Kommentar knirschte Walker mit den Zähnen und zog sich ein bisschen weiter in den Schatten der Veranda zurück. Kylie stand neben ihm.

„Gott", flüsterte sie. „Er kann so ein Arsch sein."

„Ein Produkt seiner Generation vielleicht."

„Lahme Ausrede."

„Ja. Oh, da kommen sie."

Zwei Männer waren aus dem ersten SUV gestiegen, einer davon ein hagerer Kerl im grauen Anzug mit einer schmalen Krawatte. Er tänzelte auf und ab und klatschte aufgeregt in die Hände, als er die Scheune sah. Walker versuchte, nicht das Gesicht zu verziehen und keine unfreundlichen, stereotypen Gedanken zu haben, wie etwa, dass der kleine Kerl beim ersten Anblick einer Kuh in Ohnmacht fallen würde. Der andere Mann neben ihm hatte die Hände in die Jackentaschen gestopft und grinste. Etwas zurückhaltender, aber mit einem erfreuten Funkeln in den Augen.

Dann stieg ein dritter Mann aus dem Wagen, und, heiliges Kanonenrohr, das war besser. Ein Schrank von einem Mann in einem weißen T-Shirt und Jeans, der einen Augenblick zögerte und dann erneut auftauchte und dann die Hand eines süßen, aber geeky aussehenden Jungen – und Junge war das richtige Wort – in einem kurzärmeligen Hemd und Fliege hielt. War das eine Skinny Jeans? Oh, Mann.

Sobald der Junge aus dem SUV war, ließen die beiden einander rasch los.

„Ich persönlich", murmelte Kylie, „Stehe auf den im weißen T-Shirt. Schau dir die Arme an. Lecker."

Walker beäugte eher den Hintern des Mannes, nickte aber zustimmend.

Schweigend beobachteten sie alle zwölf Kandidaten beim Aussteigen. Sie alle blinzelten in die Sonne, bevor sie Begeisterung vortäuschten. Nur der mit der Fliege und der große Kerl im weißen T-Shirt zogen keine Show ab. Sie sahen sich ein wenig zurückhaltender um, und Fliege riss ein wenig die Augen auf, als er Walker entdeckte. Walker besann sich auf seine eigene Rolle und lächelte. Dann hob er eine Hand und winkte.

Selbst aus der Entfernung konnte er sehen, dass der Junge mit der Fliege rot wurde.

Ah, Mist, der war *wirklich* schnuckelig.

„Alles klar, geht jetzt alle rein, bevor noch einer einen Hitzschlag bekommt", rief Andy. Dann sagte er zu John: „Besorg mir irgendwas

Kühlendes zum Einsprühen und erinnere mich daran, die nächste Staffel in Alaska zu drehen oder so. Das hier ist Wahnsinn."

John sprach in sein Headset und verdrehte die Augen. „Deo ist unterwegs. Und du solltest da drinnen bei den Monitoren sein und alles andere dem Art Director, Molly und mir überlassen."

„Ich hasse den Mistkerl", sagte Andy und warf finstere Blicke zu einem Kerl in angeschnittener Jeans und Dead Kennedys-Shirt. „Er denkt, er weiß, was ich will." Er rümpfte die Nase. „Es ist besser, wenn ich alles selber mache."

„Du hast ihn angeheuert."

Andy zuckte die Achseln und rief: „Versuchen wir noch eine Aufnahme." Dann marschierte er zur umgebauten Scheune.

John fing Walkers Blick auf und kam zu ihm. „Typisch Andy", sagte er.

„Delegieren liegt ihm nicht so, hm?"

„Nein. Aber es wird besser."

„Was passiert jetzt?", fragte Walker, als die Produzenten die Bewerber wieder zurück zu den SUVs scheuchten. Die Männer stöhnten, und einige deuteten ungeduldig zur Scheune. „Warum steigen sie wieder in die Autos?"

„Andys neuer Plan. Er will die Ankunft noch einmal drehen. Das kann jetzt ein Weilchen dauern. Warum kommst du nicht erstmal rein?"

Eine halbe Stunde später – Walker saß gerade gemütlich auf dem Sofa – öffnete jemand, dem Walker bisher nicht vorgestellt worden war, eine Flasche Champagner und füllte zwölf Gläser, die er auf einem Silbertablett in der Mitte des großen Couchtisches stehen ließ. John drückte eins davon Walker in die Hand.

„Was?", fragte John, als Walker das Gesicht verzog.

„Ich hasse Champagner."

„Dann halte einfach das Glas. Du musst ja nicht trinken. Steh auf. Versuch, lässig auszusehen."

Oh Gott, das war so gar nicht er.

Er hatte jedoch keine Zeit, länger darüber nachzudenken, denn schon schrie jemand: „Action!"

Die Vordertür ging auf, und zwölf schöne Männer stolperten laut redend herein. Die meisten von ihnen bemerkten gar nicht, dass Walker dort stand. Der mit der Fliege aber sah ihn, genau wie der Typ im weißen T-Shirt. Jetzt, da Walker die beiden mehr aus der Nähe sehen konnte, erkannte er sie von den Fotos wieder, die er in der Woche zuvor zusammen mit einigen Infos über die Kandidaten erhalten hatte. Roan und Ben.

Andy klatschte in die Hände, und die Aufregung legte sich etwas. „Leute, das ist Walker Reed, der heiße Cowboy, den es zu bezirzen gilt. Walker, das sind unsere Bewerber." Walker machte den Mund auf, um Hi zu sagen, aber Andy redete weiter. „Wir verlieren Tageslicht, und abends kommen die Mücken raus, also müssen wir uns beeilen. Folgendes machen wir jetzt. Jeder von euch kann sich eine Flasche Wasser nehmen–"

„Aber hier steht Champagner", wandte jemand ein, und die anderen lachten. Das war Chad gewesen, falls Walker sich nicht irrte.

„Der ist nur zur Show", sagte Andy. „Für den Moment jedenfalls. Nehmt euch Wasser, denn erstmal geht's zurück in die SUV–"

Alle stöhnten, aber das kümmerte Andy nicht.

„Kriegt euch wieder ein, ihr Süßen. Oder wollt ihr lieber draußen warten? In der Sonne? Und der Hitze? Dachte ich mir. Also, ihr kommt noch einmal wie vorhin aus den Autos, einer nach dem anderen, und dann begegnet ihr Walker zum ersten Mal im Schatten der Veranda."

„Warum können wir nicht im Haus warten?", fragte ein Wagemutiger unter den Bewerbern.

„Weil ich es sage", keifte Andy. „Hinterher filmen wir eine längere Begrüßungsszene im Haus, und Walker kann sich aussuchen, mit wem er reden will, aber es wird die ganze Zeit über eine Kamera laufen. Danach könnt ihr euch eure Zimmer aussuchen. Und das wär's dann. Die Küche ist da entlang; ihr habt zwei Minuten."

Niemand schien sich besonders beeilen zu wollen. Es erhob sich allgemeines Gemurmel, und einige musterten Walker verstohlen, andere weniger verstohlen. Ein schmächtiger, blonder Kerl kam auf ihn zu, und Walker erstarrte, aber einer der Produzenten hielt den Kerl auf und drehte ihn geschickt in die andere Richtung. Die Miene des blonden Mannes erinnerte Walker an ein verschrecktes Kaninchen.

„Du hast Glück", sagte John. „Du kannst hier im klimatisierten Haus warten, anstatt auf der Landstraße wie ein Tennisball herumgeschleudert zu werden."

„Wie lange wird das noch dauern?" Walker senkte seine Stimme, als einige der Bewerber, die aus der Küche zurückkamen, ihm neugierige Blicke zuwarfen. „Ich habe noch zu tun."

„Für die nächsten sechs Wochen gehört deine Zeit ganz uns." John klang fast entschuldigend, aber nicht ganz. „Daran wirst du dich gewöhnen müssen. Und versuch, nicht so auszusehen, als wolltest du jemanden ermorden. Du machst unseren neuen, kleinen Freunden Angst."

„Das sind nicht meine Freunde."

„Stimmt", sagte John trocken. „Es sind deine zukünftigen Ehemänner."

Walker musste gegen seinen Willen lachen, als er den Männern beim Verlassen der Scheune zusah. Und er wünschte, er hätte ein stärkeres Deo benutzt. Seine Achselhöhlen waren klatschnass. Dabei war er derjenige, der in der Scheune warten durfte. Die anderen Jungs taten ihm echt leid.

„Du hast recht", sagte er zu John. „Es gibt nichts, worum ich mir Sorgen machen müsste. Nur ein Haufen notgeiler, geldgieriger, schöner Männer, die es auf mein nicht existierendes Vermögen abgesehen haben."

„Jetzt hast du es geschnallt", sagte John lachend. „Andy sagte mir, dass du clever bist."

Walker rieb sich den Nacken und fragte sich, wie clever er wirklich war, bei etwas so Albernem wie dieser Show mitzumachen.

Kapitel 5

EINER NACH DEM anderen stiegen die anderen Bewerber aus den SUVs, und die verbliebenen Männer, Roan eingeschlossen, wurden erneut über das Grundstück kutschiert. Roan nippte an seinem Wasser, aber es schwappte in seinem Magen umher, und die zehnte Runde vorbei an dem alten Farmhaus und der renovierten Scheune fühlte sich an wie eine Million Schlaglöcher.

„Alles in Ordnung mit dir?", fragte Chad. Nur noch er und Victor waren bei Roan im Wagen. Ben und Antoine waren bereits in der Scheune.

„Ja, alles gut." Roan unterdrückte ein Rülpsen und sah durch die getönten Scheiben nach draußen. Die Welt dahinter sah so trüb und dunkel aus wie in einem dystopischen Science Fiction Roman.

„Er sah ziemlich gut aus, oder?" Chad stupste ihn an, und Roan warf ihm einen Blick zu. Ihm wurde ein wenig übel. Scheiße, er musste sich dringend hinlegen. „Er hatte ein Auge auf dich geworfen, weißt du?"

„Wahrscheinlich hat er nur versucht herauszufinden, wer wer war." Roan schaute zu Victor, der immer wieder in seine Jackentasche griff. Wahrscheinlich suchte er nach seinem Handy, das nicht da war. „Gott, ist es heiß hier drin."

Chad zuckte die Achseln. „Geht so. Aber draußen ist es heiß. Daran werde ich mich erst gewöhnen müssen."

Roan hatte Kopfschmerzen und einen flauen Magen. Er hatte lange Autofahrten und kurvige Straßen noch nie besonders gut vertragen. Nach all den Stunden im SUV war ihm nun übel. Er versuchte verzweifelt, an etwas anderes zu denken und wandte sich an Chad: „Woher stammst du?"

„Ursprünglich aus Michigan, aber ich bin in Boston zur Uni gegangen und dann da hängen geblieben."

„Dann bist du solche Hitze also auch nicht gewohnt."

Chad schaute aus dem Fenster. „Nein. Ist schon heftig. Oh, da wären wir wieder."

Der Wagen hielt an, die Tür ging auf und ließ blendendes Sonnenlicht herein. Roan blinzelte. Ein scharfer Schmerz flammte in seiner linken Schläfe auf. Beinahe wünschte er, die Scheiben wären nicht getönt. Dann wären sie wenigstens an das Licht gewöhnt.

„Roan, du bist dran", sagte Molly und lehnte sich in den Wagen, ein Klemmbrett in der Hand und ein Headset mit Mikrofon am Ohr befestigt. „Hopp, hopp."

„Gott sei Dank", söhnte er und kletterte über Chad hinweg.

„Viel Glück", sagte Chad, aber Roan antwortete nicht. Er hatte es zu eilig, aus dem Auto zu kommen.

Und in die Übelkeit erregende Schwüle.

Sofort begannen seine Hände zu schwitzen, und sein Hemd klebte ihm am Rücken, genau wie beim ersten Aussteigen.

Mist.

Und da war Walker, stand im Schatten der Veranda, genauso ruhig und gefasst wie beim ersten Mal. Absolut cool. Selbst in dem Anzug sah er aus wie jede Cowboyfantasie, die Roan jemals gehabt hatte. Inklusive Drei-Tage-Bart, der super-sexy war, und dem Cowboyhut. Roan beeilte sich, aus der Sonne zu kommen, auch wenn er dabei nicht gerade lässig wirkte.

Er wischte sich unauffällig die Handflächen an seiner Jeans ab, bevor er Walker die Hand reichte. „Hi", sagte er. Ihm wurde ein wenig schwindelig, als sich seine Augen an den Schatten zu gewöhnen versuchten. „Ich bin Roan."

Das Summen der Insekten, das Stöhnen der Klimaanlage in der

Scheune und das Geräusch der Reifen des abfahrenden SUVs bildeten eine seltsam hohle Geräuschkulisse. Der Schweiß auf seiner Oberlippe schien zu Eis zu werden. Irgendwo zu seiner Linken liefen die Kameras.

Eine warme, trockene Hand legte sich um Roans. „Walker. Schön, dich kennenzulernen, Roan."

Oh, verdammt.

Roan blieb keine Zeit zum Denken; er beugte sich einfach über das Geländer der Veranda und kotzte in Walkers Büsche.

Und dann würgte er noch einmal, brachte aber nichts weiter als Wasser und Magensäure hoch.

Walker ließ hastig seine Hand los – das konnte Roan ihm kaum übelnehmen. Tränen traten ihm in die Augen, während er versuchte, seinen krampfenden Magen unter Kontrolle zu bringen. Als es schließlich ein Ende hatte, wischte er sich mit dem Handrücken über den Mund.

„Es tut mir so leid", krächzte er. Irgendwer klopfte ihm auf den Rücken, aber die Berührung war ganz leicht. Er blickte auf und sah Walkers Produzent wild gestikulieren. Und von irgendwo hinter ihm rief Molly: „Einen Sani! Sofort! Und bringt etwas Wasser für Roan, bitte!"

„Hier, setz dich", sagte Walker und deutete auf ein Rattansofa hinter sich.

Roan ließ sich mit zitternden Händen und Knien darauf fallen. Er konnte Walker nicht einmal ansehen und kniff fest die Augen zu. Walker stand neben ihm und legte eine Hand auf seine Schulter, sagte aber weiter nichts.

Eine Frau im Krankenschwester-Outfit joggte um die Ecke der Scheune. Sie sah so sauber und adrett aus, dass Roan sich fragte, ob hinter der Scheune Wohnwagen für die Crew standen.

„Alles in Ordnung?", fragte sie.

„Nur ein bisschen übel von der Autofahrt", murmelte er. Die Demütigung war schlimmer als die verdammte, schwüle Hitze.

„Keine Sorge. Das ist nicht zum ersten Mal auf dem Seit einer Realityshow passiert." Sie wandte sich Walker zu, der bei ihrer Ankunft ein paar Schritte zurückgetreten war, und lächelte schief. „Allerdings ist es das erste Mal, dass beinahe jemand den Bachelor vollgekotzt hätte. Das habe ich vorher noch nie erlebt." Roan starrte die Krankenschwester an, denn Walkers Gesichtsausdruck wollte er lieber nicht sehen. „Hier, trink etwas Wasser", sagte sie, als ein Crewmitglied mit einer Flasche auftauchte, die immer noch ganz feucht von der Kondensierung war.

Er nahm sie dankbar entgegen, lehnte sich auf das Verandageländer und spülte sich den Mund aus. Dann drückte er die eiskalte Flasche gegen seine Stirn und in seinen Nacken. Langsam schien das Blut in sein Gehirn zurückzukehren. Verstohlen wischte er sich die Tränen von den Wangen. Mist. Er würde wohl als Erster wieder nach Hause fahren, wenn das so weiterging. Da war er sich sicher. Alles vergebens. Er hatte versagt und seine Mutter enttäuscht.

„Danke", sagte er der Schwester mit Verspätung, während sie zusah, wie er ein paar Schlucke nahm. Dann nahm sie ihm die Flasche wieder weg.

„Keine Sorge, Schätzchen. Setz dich einen Moment, dann checke ich deinen Blutdruck, um sicherzugehen, dass du keinen Hitzschlag hast." Er folgte der Aufforderung und versuchte, das ungeduldige Getue der Crew um ihn herum zu ignorieren. „Zumindest hast du einen bleibenden Eindruck hinterlassen."

Hinter ihm schnaubte Walker.

Na ja. Er konnte sich ja nicht ewig verstecken, also drehte Roan sich um.

„Tut mir leid", sagte er, den Blick auf Walkers Schuhe gesenkt. Die waren sauber und glänzten, aber neu waren sie nicht. Aus irgendeinem Grund half das Roan, sich zu entspannen.

„Alles gut? Oder musst du dich hinlegen?", fragte Walker.

„Nein." Ihm war immer noch etwas schwummerig, aber ins Bett musste er nicht. „Mir wird nur im Auto manchmal leicht schlecht. Das wird schon wieder." Er sah an sich herab, konnte aber nirgends auf seiner Kleidung Kotze entdecken, Gott sei Dank.

Walker beugte sich ein wenig näher zu ihm. „Es sieht alles gut aus", sagte er mit einem milden Lächeln. „Hier." Er fischte etwas aus seiner Tasche und hielt es Roan hin. Roan streckte automatisch die Hand aus, um es zu nehmen, und Walker ließ ein Pfefferminz in seine Handfläche fallen. „Mach dir keine Sorgen. Wenn du erst beim Kalben geholfen hast, macht dir ein bisschen Kotze auch nichts mehr aus."

Kalben? Er? Tatsächlich eine Kuh anfassen? Während sie ein Kalb gebar?

„Ähm, danke", murmelte Roan. Der SUV hielt erneut vor dem Haus. Roan warf sich das Pfefferminz in den Mund. Die willkommene Frische vertrieb die letzte Bitterkeit von seiner Zunge.

„Wenn du dich jetzt besser fühlst …", sagte die Krankenschwester. Er nickte, und sie erhob sich.

„Machen wir uns jetzt bereit, Leute", rief Molly. „Von Roan haben wir alles, was wir brauchen. Danke für das Drama, Junge. Jetzt ist Chad dran." Sie winkte ihn davon. „Jemand soll bitte Roan wegbringen."

Walker verdrehte ein wenig die Augen, und Roan grinste schwächlich. „Ich sollte jetzt wohl …" Er zeigte auf die Tür.

Walker nickte. „Wir unterhalten uns später noch. Obwohl es bisher sehr interessant war." Er lachte leise und rumpelnd, und Roan musste schwer schlucken.

„Ja, ähm. Ich werde versuchen, nicht zu kotzen, wenn wir uns wiedersehen."

„Das weiß ich zu schätzen, Sir." Walker machte eine Bewegung, als wollte er sich an den Hut tippen, bremste aber im letzten Moment. Es war liebenswert. „Ich könnte es persönlich nehmen, falls es noch einmal passiert."

Roan neigte verlegen den Kopf und lachte. „War schön, dich kennenzulernen." Jemand ergriff seinen Ellenbogen, und Roan ließ sich noch einmal zur Krankenschwester bringen. Als sie sicher war, dass es ihm gut ging, nahm ihn ein anderer Produzent mit in die Scheune. Über seine Schulter hinweg hörte er, wie Molly Chad und Walker erklärte, was als Nächstes kam.

Sobald er das Haus betrat, kam einer aus einer anderen Produzentengruppe – Roan meinte sich zu erinnern, dass er Peter hieß –auf ihn zu. „Hast du allen Ernstes gerade Walker vollgekotzt?", fragte der Kerl und lachte schallend. Er war recht klein, was er offenbar dadurch auszugleichen versuchte, besonders laut zu sein. Das Kleiner-Hund-Syndrom, dachte Roan bissig.

„Nur ins Gebüsch, nicht wirklich auf ihn", sagte er.

Peter lachte noch mehr und schwankte ein wenig. Hinter ihm lungerten die anderen Bewerber herum, die Walker bereits vorgestellt worden waren. So wie es aussah, hatten sie bereits ordentlich von dem Champagner gekostet. Roan lutschte sein Pfefferminz und schenkte Peter ein Lächeln.

„Ich nehme mir noch ein wenig von dem Wasser."

Peter rief: „Hey, Leute, Roan hat wirklich den Bachelor vollgereihert."

Gelächter erhob sich, dann rief jemand: „Ha! Reiher-Roan!"

Was war das hier? Die Grundschule? Er verzog das Gesicht und schlich in die Küche. Er erschrak darüber, dass sich ein paar der Bewerber in ihr tummelten.

„Hör gar nicht auf sie", sagte Ben, der einfach dastand und sein T-Shirt mit all seinen Muskeln ausfüllte, und seine Jeans mit dem, was er in der Hose hatte, und das war beeindruckend.

„Ja, schon klar." Roan stand verlegen in dem hellen, weißen Raum und starrte Ben an, der seine große Pranke um eine Dose Cola gewickelt hatte. „Trinkst du keinen Alkohol?"

„Nein."

„Oh. Okay. Ich wollte auch nur Wasser." Als Roan zum Kühlschrank gehen wollte, kam Ben ihm zuvor, griff hinein und reichte ihm eine Flasche. „Äh, danke." Schweigen. „Ich sollte wohl ..." Roan deutete über seine Schulter.

„Scheint noch eine ganze Weile zu dauern, bis der nächste Teil ge-filmt wird. Vielleicht möchtest du lieber hier drin warten?" Auch in der Küche liefen Kameras, aber zumindest schien Ben nicht die Mentalität eines Zwölfjährigen zu haben.

„Oh ja, bitte", sagte Roan und stöhnte erleichtert auf.

Ben rückte etwas zur Seite, und Roan lehnte sich neben ihn an den Küchenschrank. „Fühlst du dich jetzt besser?", fragte Ben.

„Nein."

„Soll ich die Krankenschwester holen?"

„Ich meine, ja, es geht mir jetzt wieder gut. Ich schäme mich nur furchtbar, das ist alles. Davon abgesehen ist alles bestens."

Ben lächelte ihn an. Seine blauen Augen funkelten warm. Er hob den Arm, um aus seiner Coladose zu trinken, wobei sich die Muskeln unter seinem weißen T-Shirt ballten. „Freut mich zu hören."

Gott, Roan hatte nicht die geringste Chance. Der Mann war ein Traum.

Und er hatte vor dem Bachelor gekotzt. Na, toll.

ROAN FÜHLTE SICH bedeutend besser, als Andy, Walker und John endlich hinter dem letzten Bewerber hereinkamen. Er konnte sich nicht vorstellen, dass sie heute noch viel filmen würden, denn alle sahen entweder verschwitzt oder betrunken aus, oder beides.

Andy war offensichtlich anderer Ansicht. „Großer Gott, seid ihr alle scheiß-besoffen?" Er grinste und klatschte fröhlich in die Hände. „Hervorragend. Normalerweise müssen wir uns viel mehr anstrengen."

„Bellamy hat den Champagner gesucht", sagte Peter. „Und gefun-den!" Er hob sein Glas.

„Wenigstens ist Roan der Einzige, der bis jetzt gekotzt hat", sagte Antoine und stieß mit dem Kerl neben sich an. Roan warf ihm finstere Blicke zu. Wer hätte gedacht, dass der unscheinbare Buchhalter sich als kleines Arschloch erweisen würde?

„Ja, aber er ist auch der Einzige, der noch halbwegs anständig aus-sieht", rief Molly und trat in die Mitte des Raumes. „Die Sache ist die: Wir haben für die bisherigen Aufnahmen so lange gebraucht, dass wir das erweiterte Kennenlernen abblasen müssen." Unter den Bewerbern erhob sich allgemeines Stöhnen. Molly hob die Hand, um sie zum Schweigen zu bringen, und fuhr dann fort: „Morgen früh drehen wir das Gruppen-Date. Das heißt, unser Walker hier wird euch auf der Ranch herumführen und erklären, was hier so abgeht." Sie schaute Walker an. „Und mach, dass es interessant klingt, Cowboy. Ihr alle bekommt Gelegenheit, euch mit ihm vor den Kameras zu unterhalten. Versucht, euch nicht wie notgeile Hunde zu benehmen, es sei denn, ihr könnt euch absolut nicht beherrschen, dann lasst euch nicht bremsen. Wir werden alles fröhlich filmen."

„Darauf trinke ich", rief Andy, schnappte sich ein Glas Champagner und nahm einen großen Schluck.

Molly verdrehte die Augen.

„Bleibt er hier und feiert mit uns?", fragte Peter, als wäre Walker gar nicht anwesend.

„Nein", sagte Walker brüsk. Molly schaute ihn finster an, und Walker zog die Schultern hoch. „Das hier ist eine echte Farm, auf der gearbeitet wird", erklärte er. „Ich muss früh zu Bett und bei Sonnenauf-gang aufstehen. Ob wir filmen oder nicht – es gibt Dinge, die ich erledigen muss."

„Ach …" Peter zog einen Schmollmund, und Walker lächelte ihn entschuldigend an.

„Wie ihr wisst", warf Molly ein, „Bleibt der Bachelor nie bei den Bewerbern. Daran ist nichts Neues. Heute Abend ist eure Gelegenheit, euch gegenseitig kennenzulernen und eure Konkurrenz einzuschätzen."

Andy klatschte in die Hände. „Also könnte ihr Prinzessinnen euch jetzt oben eure Bettchen aussuchen."

„Hey!", sagte Walker streng.

Andy grinste. Er war offenbar zufrieden damit, Walker erneut auf die Palme gebracht zu haben. „Es werden die ganze Zeit Kameras laufen, Leute. Ihr könnt schlafen gehen, wann immer ihr wollt. Macht was draus. Ich will eine gute Show. Die Toiletten in den Badezimmern sind in geschlossenen Kabinen und der einzige Ort, wo ihr nicht gefilmt werdet. Aber alles andere – auch die Duschen und Wannen – sowie alles, was ihr sagt, gehört uns."

Also hatte Roan recht. Nicht mal unter der Dusche konnten sie wichsen.

„Benehmt euch", sagte Andy, schien aber das genaue Gegenteil zu meinen. „Wir sehen uns morgen früh um sieben wieder."

„Sieben?", riefen mehrere Leute entsetzt. Chad, Ben und Roan blieben als Einzige still. Roan entging nicht Walkers Schmunzeln, als der zur Tür ging.

„Gute Nacht, meine Herren", sagte er in seinem weichen Akzent.

Peter warf ihm eine Kusshand zu, und Roan verdrehte die Augen.

Als Walker weg war, senkte sich eine eigenartige Stille über das Haus. Dann wollten plötzlich alle gleichzeitig die Leiter nach oben nehmen. Nur Ben und Roan blieben, wo sie waren.

„Kommst du dir auch vor wie ein Außenseiter?", fragte Roan ihn.

Ben lachte – ein überraschend fröhlicher Laut von einem so großen, stillen Kerl. „Das kannst du laut sagen."

Dann nahmen sie ihre Taschen und gingen ebenfalls nach oben. Als sie dort ankamen, war in jedem Zimmer nur jeweils noch ein Bett übrig. Roan schaute Ben an, der mit den Schultern zuckte. „Es sind beides obere Betten."

„Typisch."

Ben nahm das Rechte, und Roan wandte sich nach links. Er hatte schließlich das Zimmer mit Victor, Jaden, Peter, Chad und Antoine.

„Hey, da ist Reiher-Roan", rief Antoine. „Alter, auf keinen Fall schläfst du über mir, klar? Was, wenn du nochmal kotzen musst?"

„Lass ihn in Ruhe", sagte Jaden, bevor Roan den Mund aufmachen konnte. Er lag auf einer Seite des Einzelbetts, und Victor hatte sich auf der anderen Seite ausgestreckt. „Du kannst mit mir tauschen, wenn du willst, Roan. Falls du nicht über dem Idiot liegen magst, weißt du?"

Antoine stotterte entrüstet: „Als wenn er überhaupt weiß, wie man oben liegt!"

„Danke", sagte Roan und betrachtete das Einzelbett. Victor nahm zwei Drittel der Matratze ein, und Jaden sah ein wenig eingezwängt aus. „Aber es geht schon." Er starrte Antoine finster an. „Und falls ich kotzen muss, dann werde ich auf dein Gesicht zielen."

„Arschloch!", murmelte Antoine, wurde aber knallrot und wandte sich ab. Typisch feiger Schikaneur.

„Also, wie findet ihr das alles hier?", fragte Peter. „Ich muss schon sagen, die Unterkünfte bei den anderen Shows, die ich gesehen habe, waren bedeutend schicker."

„Es ist eine Farm", sagte Victor und reckte die Arme über den Kopf. „Was hast du erwartet?"

Roan hörte gar nicht hin. Er suchte nach einem Platz, um seine Sachen aufzuhängen. Es gab genug Schränke und ein Regal für jeden Bewerber. Roan hatte genug gepackt, um zwei Wochen lang nichts waschen zu müssen. Zwar würde er manche Outfits mehrmals anziehen müssen, aber dagegen ließ sich jetzt nichts machen. Im Vertrag stand, dass, wer immer es bis zu den beiden letzten Wochen schaffte, von den Sponsoren der Show eingekleidet werden würde. Das war ziemlich cool.

Die beiden letzten Wochen. Würde er bis dahin durchhalten? Die anderen sahen alle so gut aus. Und waren recht skrupellos. Und sie hatten bereits Pluspunkte gesammelt, weil sie nicht vor den Augen des Cowboys gekotzt hatten.

Die Sonne ging unter. Roan hatte keine Lust, den ganzen Rest des Abends im Haus abzuhängen. Sie würden sich schon bald genug als Gruppe unterhalten müssen. Zum Beispiel über das Essen. Und übers Putzen. Zwölf Leute unter einem Dach – das würde nicht einfach werden, auch wenn ab nächster Woche die Ersten heimgeschickt wurden. Würde er unter ihnen sein? Vielleicht packte er seine Tasche ganz umsonst aus. Er ließ seine Sachen einfach fallen und überließ es den anderen, miteinander zu reden. Aus dem Schlafzimmer gegenüber drang lautes Gelächter. Roan war insgeheim froh, dass er nicht dort schlafen musste.

Für den Moment vergaß er einfach alles, ging nach unten und verließ die Scheune durch die Hintertür in der Küche.

„Du kannst raus auf die Veranda, aber weiter nicht", sagte jemand zu seiner Rechten. Er fing an, sich so sehr an die ständige Gegenwart der Crewmitglieder zu gewöhnen, dass er den Kerl nicht einmal bemerkt hatte.

„Okay."

Es waren immer noch überall Leute, aber bedeutend weniger. Die Lichter mehrerer Kameras blinkten ihn an, als er in die Hitze hinaustrat. Das leise Zirpen der Grillen war den ganzen Tag über zu hören gewesen, aber je tiefer die Sonne sank, umso lauter schien es zu werden. Roan schlug nach einem ihm unbekannten Insekt, während er die große Hinterveranda und die sanfte Graslandschaft erforschte. Es war hier weniger hügelig als in Ohio, aber auch nicht so flach, wie er es sich vorgestellt hatte. Hier und da unterbrachen große Eichenbäume den Horizont und breiteten dramatisch die Äste aus. Nicht allzu weit entfernt glitzerte ein Teich in der Abendsonne. Roan riss die Augen auf. Waren da Alligatoren drin? Würden die bis zum Haus kommen? Er hoffte, nicht.

„Oh, hey."

Er wirbelte herum und stand von Angesicht zu Angesicht vor Ben. Sie schienen so sehr denselben Rhythmus zu haben, dass er nicht einmal überrascht war, ihn zu sehen. „Hi."

Ben lächelte nett. „Auch ausgebüchst, hm?"

„Ja. Es war ein ziemlich wilder Tag. Ich wollte nur ein bisschen Ruhe."

„Ich kann wieder gehen, wenn du willst." Ben deutete mit dem

Daumen über seine Schulter zum Haus.

„Nö.“ Roan grinste und setzte sich auf einen der Schaukelstühle, von wo aus man das Feld mit den grasenden Rindern überblicken konnte. „Ich glaube, du bist ein ziemlich ruhiger Typ.“

Ben lächelte kein zweites Mal, aber er setzte sich neben Roan, der sich der auf sie gerichteten Kameras plötzlich deutlich bewusster war. „Ja, ich glaube, das bin ich.“ Ein leichte Brise wehte von den Feldern herüber, und sie seufzten beide, dann lachten sie leise. „Woher kommst du, Roan?“

„Ohio. Und du?“

„Florida.“

„Ernsthaft? Dann fühlst du dich in dieser Hitze wohl wie zuhause?“

Ben grinste. „So ziemlich.“

Ja, Roan hatte keine Chance gegen ihn. Ben würde gewinnen. Wieso auch sollte Walker sich so eine Mimose wie Roan aussuchen, wenn er einen so gutaussehenden wie Ben haben konnte? Roan fragte sich unwillkürlich, wieso Ben überhaupt hier war? Auch wegen des Geldes? Und Walker selbst? Verdammt, war überhaupt irgendwer bei dieser Show wirklich auf Liebe aus? Falls ja, dann war es wahrscheinlich Ben. Er hatte so etwas an sich.

Etwas Perfektes.

Roan biss sich auf die Unterlippe und hoffte trotz allem, lange genug bleiben zu können, um seiner Mutter zu helfen. Mehr brauchte er nicht. Sollten doch Ben und die anderen Walker haben. Vielleicht nur nicht gerade Antoine oder Peter. Oder sonstwer, der ihn Reiher-Roan nannte.

Aber Ben? Klar, wieso nicht. Er war ein netter Kerl, und außerdem schien er wirklich auf die Reed Ranch zu passen.

Wie ein weiterer Teil der schönen Landschaft.

ROAN KONNTE VOR drei Uhr morgens nicht einschlafen, dank des heftigsten nächtlichen Gewitters, das er je erlebt hatte. Anfangs machte es ihm eine Heidenangst, aber als die Scheune nicht zusammenbrach, beruhigte er sich und lauschte dem Donner. Nachdem der sich allmählich entfernt hatte, fand er den Regen recht friedvoll. Weniger friedvoll war dagegen Antoine und sein ängstliches Quieken nach jedem Donnerschlag. Außerdem war Roan es gewohnt, auf jedes Geräusch aus dem Zimmer seiner Mutter zu achten, sodass das leiseste Schnarchen oder Stöhnen ihn sofort weckte.

Gegen sechs Uhr morgens kletterte er zerrumpelt und groggy aus dem Bett, da er vor allen anderen im Bad sein wollte, um genug heißes Wasser zum Duschen zu haben. Das rote Kontrolllicht der Kamera fiel ihm auf, aber sie schien so aufgestellt zu sein, dass sie ihn nur von der Brust aufwärts filmte. Hoffte er wenigstens.

Als er die beschlagene Duschkabine verließ, hätte er beinahe aufgeschrien. In der Badewanne saß Victor – von Schaum bedeckt. Gott sei Dank dafür.

„Sorry." Ein langes, muskulöses Bein erschien unter den Schaumblasen, und Victor begann, es einzuseifen. „Ich dachte mir, auf diese Weise verschwenden wir weniger Zeit. Victor zwinkerte ihm zu.

„Ähm, ich kann später wiederkommen und mich rasieren", sagte Roan und schlurfte zur Tür.

„Bis dahin wird es hier drin voll sein und wie in einem Friseursalon riechen. Rasier dich lieber jetzt, Alter. Echt. Ich werde nicht aufstehen, falls du das nicht sehen willst."

„Okay", krächzte Roan und fragte sich, ob er beim Rasieren die Augen schließen sollte. Er wickelte sich das Handtuch um die Hüften, ohne dass Victor mehr zu sehen bekam, als er bereits gesehen hatte, dann seifte er sich das Gesicht ein.

„Mmh, irgendwie finde ich es unheimlich sexy, einem Mann beim Rasieren zuzusehen", sagte Victor, und Roan erstarrte. Er lachte. „Kümmere dich einfach nicht um mich. Von jetzt an werde ich dich im Auge behalten. Großer Gott, du bist ganz schön blass, oder? Keine

Tattoos, nicht mal ein einziges?"

„Nein", antwortete Roan. Er musterte Victor im Spiegel und erkannte an dessen Miene, dass er die kleinen Barbells in Roans Brustwarzen bemerkt hatte, aber zum Glück gab er keinen Kommentar dazu ab.

Roan reckte das Kinn vor, um die Stoppeln darunter zu erwischen.

„Vielleicht solltest du über ein Tattoo nachdenken", sagte Victor. „Irgendwas Hübsches, so wie du."

Roan ignorierte das Flirten. „Hast du welche?"

Victor grinste ihn im Spiegel an, und Roan konzentrierte sich hastig wieder auf seine Rasur. „Eins auf jeder Backe." Er stützte seine Arme auf den Wannenrand. „Willst du sie sehen?"

„Nein, danke. Nicht nötig." Normalerweise machte Roan Nacktheit nichts aus. Er hatte in einem Studentenwohnheim gelebt – aber irgendwas an der ganzen Situation machte ihn nervös. Das rote Kontrolllicht der Kamera schien ihn direkt zu durchbohren. Er rasierte sich schneller als gewöhnlich, weil er aus dem Badezimmer wollte. Und falls er ein paar Barthaare übersah, sei's drum. Er würde schließlich heute mit niemandem Wange an Wange tanzen.

Als er aus dem Badezimmer schlurfte, wartete vor der Tür bereits Peter darauf, eintreten zu können. „Oh, hey, Alter."

„Äh, du kannst noch nicht rein", sagte Roan.

Peter schaute ihn an, als wäre er verrückt. „Was? Wieso nicht?"

Roan verzog das Gesicht. „Weil Victor noch drin ist."

„Aber du– und er–" Dann schwieg Peter und lauschte. „Er nimmt ein Bad? Und du warst da drin? Du Ferkel!"

„Nein, so war das nicht. Er kam herein, während ich unter der–" Zu spät. Peter drehte sich hämisch grinsend um und rief ins Schlafzimmer: „Roan hat gerade zusammen mit Victor geduscht!"

Roan drängte sich an ihm vorbei. „Scheiß drauf", murmelte er, als die anderen lachten. Er würde bei ihren albernen Spielchen nicht mitmachen. Unter seinem Handtuch schlüpfte er in eine Unterhose, dann hängte er das Handtuch zum Trocknen über das Geländer des oberen Etagenbetts.

Heute war offensichtlich die Farmbegehung dran. Also, was sollte er anziehen? Jeans, aber keine zu enge. Er hatte eine schöne, dunkle von Calvin Klein, die nicht zu dick war und in der seine Beine gut aussahen. Und dazu ein sehr dünnes, pinkfarbenes Shirt mit kurzer Knopfleiste. Es war so dünn, dass seine Nippel darunter zu sehen waren, wenn man genau hinsah. Ein ziemlich schwules Outfit, aber hier musste er sich ja nicht verstecken. Er hatte es jetzt echt eilig, nicht länger nackt zu sein, und zog hastig die Jeans über seine Hüften und das Shirt über seinen Kopf.

Und genau in diesem Moment betrat Walker Reed das Schlafzimmer.

Antoine gab ein Quieken von sich – schon wieder – und verkroch sich unter der Bettdecke. Dann schlenderte Victor herein, in nichts weiter als einem winzigen Handtuch – irgendwie noch kleiner als Roans. Vielleicht lag es an all den Muskeln. Mit all der nackten, nassen Haut zur Schau gestellt, warf Victor Walker einen langen und bewundernden Blick zu. Roan wurde knallrot und wandte sich ab.

Was ihn und seinen immer noch offenen Hosenstall genau in Walkers Weg positionierte. Roan wollte seinen Reißverschluss hastig schließen, befürchtete aber, das würde nur die Aufmerksamkeit darauf lenken, also rührte er sich nicht.

„Morgen", sagte Walker. Als Victor erneut an ihm vorbeiging und Walker auf dem Weg zum Kleiderschrank streifte, bemerkte Roan, dass auch Walkers Wangen gerötet waren. Offenbar ließ Victors Waschbrettbauch niemanden kalt.

Walker trug seinen Cowboyhut, den er nun abnahm. „Sir", sagte er mit einem kleinen Nicken in Victors Richtung, dann schaute er rasch weg. Sein Blick begegnete Roans, hielt ihn aber nicht, sondern landete auf den Hügel von Antoines Körper unter der Decke. „Ich weiß, ich tauche hier unangekündigt auf. Sorry." Er sagte das wie *sah-wie*, und

Roan fand das super-süß. „Aber wie ich sagte, wir fangen heute sehr früh an. Ihr habt eine halbe Stunde, um euch fertig zu machen."

Antoine setzte sich auf, die Decke immer noch über dem Kopf. „Die nächste Dusche ist meine", rief er, dann stolperte er aus dem Bett, knallte gegen die Wand, dann gegen die offene Tür, bis schließlich Roan seine Schultern packte und ihn in die Richtung des Badezimmers drehte. „Peter", rief Antoine und schlug mit seiner kleinen Faust gegen die Tür. „Deine Zeit ist um."

„Du kannst reinkommen", rief Peter zurück. Antoine zögerte eine Sekunde lang, dann öffnete er die Tür und verschwand im Bad.

„Ich sehe euch dann unten." Walkers Grinsen war beinahe bösartig. „Auf dem Traktor."

Sobald Walker gegangen war, machte Roan seine Jeans zu und strich sein Shirt glatt. Er hoffte sehr, dass Walker nicht bemerkt hatte, dass seine Unterhose herausgeguckt hatte.

Aber was erwartete Walker, wenn er unangekündigt in eins der Schlafzimmer marschierte? Außerdem hatte der Anblick von Victor in all seiner Pracht wahrscheinlich jeden anderen Gedanken ausgelöscht. Es war wirklich nicht fair, wie scharf die anderen Jungs alle waren.

Moment. Wieso scherte Roan sich darum? Er war ja nicht hier, um wirklich zu gewinnen.

Victor bemerkte, dass Roan ihm dabei zusah, wie er in eine enge Jeans und ein ärmelloses T-Shirt schlüpfte. Er grinste, als wüsste er genau, was Roan gedacht hatte.

Plötzlich wurde Roan etwas über die Show klar. Obwohl es keine Rolle spielte, wer am Ende gewann, jedenfalls nicht, was seine eigene Motivation anging, gab es doch den Drang, dieses Ding irgendwie zu gewinnen. Ein Teil von ihm wollte unbedingt besser sein als alle anderen. Entweder, weil er die meisten der anderen Bewerber nicht sonderlich mochte, oder weil er einfach einen starken Wettbewerbsgeist besaß. Egal.

Seine Motivation hatte sich bereits geändert. Es ging nicht mehr nur ums Geld. Er wollte, dass der Cowboy ihn lieber mochte als die anderen Spinner. Falls er schon nicht den Krebs seiner Mutter besiegen konnte, dann konnte er wenigstens das kleine Arschloch Antoine und den sexuell aggressiven Victor schlagen.Und so *etwas* gewinnen.

Vielleicht nicht Walkers Herz, aber eine Woche länger auf der Ranch als diese Armleuchter?

Ja. Das würde ihm schon reichen. Und das konnte er schaffen. Mit Kotzen oder ohne.

Er straffte die Schultern und hob das Kinn. Er war Roan Carmichael, hingebungsvoller Sohn einer starken Frau und ein echter Kämpfer. Und heute würde er *gewinnen*.

KAPITEL 6

WALKER RISS DEN Kühlschrank auf, nahm eine Flasche Wasser heraus und trank sie halb aus. Sein Produzent John, der ihm auf Schritt und Tritt folgte, lehnte sich an den Küchenschrank während ein Dutzend Kameraleute geheimnisvolle Dinge mit ihrer Ausrüstung anstellten.

„Natürlich kannst du dich hier bedienen", sagte John. „Aber eigentlich ist das für die Bewerber. Essen und Kaffee gibt es da vorn am Tisch, falls du was willst."

„Oh. Na klar." Walker betrachtete schuldbewusst die Wasserflasche, aber John lachte nur und tätschelte seinen Arm.

„Na komm, Cowboy, iss und trink etwas."

Walker verdrehte die Augen, aber folgte John nach draußen.

„Du scheinst ein bisschen neben dir zu stehen", sagte John, als sie in dem großen Zelt standen, das im Schatten einer alten Eiche aufgebaut war und ein üppiges Buffet beherbergte. Walker betrachtete es hungrig und war zufrieden zu sehen, dass, wer immer das Essen besorgt hatte, offensichtlich an die Hitze gedacht hatte. Keine leicht verderblichen Lebensmittel. „Alles klar?", fragte John und neigte neugierig den Kopf zur Seite.

„Ja, Sir", antwortete Walker. Er musterte das Obst, die Sandwiches, Donuts, Gummibärchen und jede Menge anderes Zeugs. Dann schnappte er sich einen Müsliriegel. „Alles bestens."

„Ja, klar. Wir haben dich nach oben ins Schlafzimmer geschickt, und seitdem stört dich irgendwas." John gestikulierte irgendwem, und

Walker wusste, dass die Kameras auf ihn gerichtet waren und sein Körpermikro jedes Wort aufnahm.

Er zuckte die Achseln.

„Na, komm. Wer war nackt?", fragte John lachend. Walker verdrehte die Augen, denn er nahm an, dass das einfach zur Show gehörte.

„Victor."

„Ohh, unser Biochemiker?" John wackelte mit den Brauen. „Sexy," Er grinste.

War John überhaupt schwul? Walker wusste es nicht.Aber das gehörte wahrscheinlich zum Produziert werden, dass sie immer alles ganz genau wissen wollten.

„Du warst derjenige, der mich raufgeschickt hat", sagte Walker.

„Ich weiß", lachte John. „Habe sie dich auch beäugt?"

„Wie Haie."

„Haie. Sie werden dich zerfleischen wollen."

„Sie kennen mich ja noch gar nicht."

John lachte laut auf, dann drehte er sich um und schenkte sich Kaffee ein.

„Du bist grausam."

„Japp. Ist mein Job." Er schlürfte seinen Kaffee und verzog das Gesicht. „Könnte besser sein", urteilte er.

„Ist noch ein bisschen früh, um Drama zu machen", sagte Walker.

„Ist schon halb sieben durch", sagte John. „Da müssen die sich dran gewöhnen."

„Sicher. Für mich ist das Alltag. Aber diese armen Würstchen …"

John grinste. „Dein Zukünftiger muss sich an das raue Farmleben gewöhnen, Da können sie auch jetzt schon anfangen."

Walker verdrehte erneut die Augen, bekam aber heiße Ohren. Er wünschte, sie würden die Bewerber nicht ständig als seine Zukünftigen bezeichnen, auch wenn das die Prämisse der Show war. Es war nur einfach so absurd, dass er nicht glauben konnte, dass die Zuschauer darauf hereinfielen. „Ich glaube, ihr bringt einfach gern Leute aus der

Fassung. Ja, das tut ihr."

John schwenkte seinen Kaffeebecher, und genau in diesem Moment gesellte sich Luke zu ihnen an den Tisch, bereit, die Eröffnungssequenz des Tages zu drehen, oder was auch immer. „Ja, ja. Hey, Luke, aufgepasst. Andy sagt, in der nächsten Staffel nehmen wir einen Barbesitzer aus Alaska oder so. Er hat genug von der Hitze."

„Alles klar. Da bin ich dabei", sagte Luke. „Ich kriege ganz dicke Beine von der schwülen Luft."

Kylie trat an den Tisch und nahm sich ebenfalls einen Kaffee, während Luke seltsame Stimmübungen machte.

„Hat er vor zu singen?", fragte Walker.

John erschauerte und nippte an seinem Kaffee. „Ich hoffe nicht. Ich habe ihn schon singen gehört, und schön ist anders."

„Ich erwarte dich in fünf Minuten in meinem Trailer", sagte Kylie zu Walker, drehte sich auf dem Absatz um und ging.

„Ach", grummelte Walker. „Ich glaube, dafür brauche ich Whisky in meinem Kaffee."

John schüttelte den Kopf. „Showbiz, Schätzchen."

Mit seiner Kaffeetasse, aber ohne Whisky ließ Walker Kylie ihr Ding durchziehen. Er fand nicht, dass er sehr viel anders aussah, als sie fertig war. Nur ein wenig … glatter.

John wartete auf ihn, als er aus dem Make-up-Trailer trat. „Andy will ein paar Aufnahmen davon, wie du die Bewerber begrüßt, wenn sie zum Frühstück herunterkommen. Ich würde mir darüber keine großem Gedanken machen. Diese Aufnahmen werden kaum je verwendet. Die sind mehr, um später was zum Schneiden zu haben."

„Damit alles anders aussieht, als es in Wirklichkeit ist."

John zuckte leicht mit den Schultern und ging zum Haus. Walker folgte ihm in die Küche, wo immer noch genau so viele Crewmitglieder abhingen wie am Tag zuvor.

Auf der Treppe waren Schritte zu hören. Walker drehte sich um, um zu sehen, wer als Erster erscheinen würde. Es war der Junge, der gestern

Abend gekotzt hatte. Er trug ein pinkfarbenes Shirt. Was eigentlich nicht gut aussehen sollte, es aber doch tat, vor allem, so wie die Jeans an seinen extrem schmalen Hüften hing.Von den eindeutige gepiercten Nippeln ganz zu schweigen.

Walker starrte ihn an und bemühte sich zu lächeln. „Roan, guten Morgen."

„Morgen", krächzte Roan, dann leuchteten seine dunklen Augen auf. „Ist das Kaffee? Ich brauche Kaffee." Er machte gierige Greifbewegungen mit den Fingern und marschierte zu der Kaffeemaschine, die hinter ihnen gurgelte. John trat zur Seite, damit die Kameras freie Sicht auf Roan hatten.

Walkers Blick ruhte auf Roans süßem Arsch in seiner Jeans. Und dann konnte er nicht widerstehen und ließ den Blick langsam an seinem schlanken Torso aufwärts zu seinem hübschen Lockenkopf wandern. Roan nahm einen Becher aus dem Schrank, drehte sich um und errötete unter Walkers aufmerksamem Blick. „Ähm, willst du auch einen?"

Walker hatte seinen Becher in Kylies Trailer gelassen. „Ja, bitte." Er leckte sich die Lippen und fügte hinzu: „Mit Sahne." Fasziniert beobachtete er, wie Roans Gesicht noch röter wurde. Scheiße, er hatte nicht so anzüglich klingen wollen, aber sein Tonfall hatte ihn verraten.

Als Roan den Kaffee einschenkte und Sahne hinzufügte, fragte Walker: „Fühlst du dich heute Morgen besser?" Denn er konnte einfach nicht anders. Und japp, da ging es los. Roans rosige Wangen wurden puterrot.

„Äh, ja.Tut mir wirklich leid deswegen. Das war super-peinlich. Aber ja, ich fühle mich viel besser. Danke."

„Das freut mich, Sir. Ich nehme auch etwas Zucker."

Roan nickte, sah ihn aber nicht an. Er bewegte sich mit Bedacht, als würde er versuchen, so wenig Lärm wie möglich zu machen. Auf der Suche nach einem Löffel öffnete er jede Schublade fast lautlos und achtete darauf, sie auch ganz leise wieder zu schließen. Als er Walkers Kaffee umrührte, berührte der Löffel weder die Seiten noch den Boden des Bechers.

„Hier, bitte", sagte Roan, sah Walker aber immer noch nicht an.

„Danke."

Schließlich blickte Roan auf, und Walker schenkte ihm ein kleines, schiefes Lächeln. Roans Augen leuchteten auf, und Walker fand den Jungen irgendwie liebenswert. Genau sein Typ, um ehrlich zu sein. Aber das würde er nicht zugeben.

„Also …", begann Roan, verstummte aber gleich wieder.

Schritte donnerten die Stufen herab, und Walker hätte beinahe das Gesicht verzogen. Er hatte nicht die geringste Lust auf dieses sogenannte „Gruppen-Date", sondern hätte Roands Gesellschaft allein gern noch etwas länger genossen.

Die Küche verwandelte sich in ein lärmendes Chaos, während die anderen Bewerber Kaffee und Tassen suchten. Es erhob sich lautes Gemurmel von „Hat irgendwer Kräutertee gesehen?" und „Ich glaube, es gibt Müsliriegel."

Walker sah John an und hob die Augenbrauen. John kam näher und sagte: „Ich dachte, du wärst es gewohnt, Tierherden zu hüten?"

Roan verschluckte sich beinahe an seinem Kaffee.

„Oh, nein. Ich glaube, er kotzt gleich wieder", rief ein schmächtiger Kerl. Walker erinnerte sich, dass er Antoine hieß. Der Buchhalter. Seine Bio und die Fotos hatten Walker vermuten lassen, er wäre eine sichere Wahl, um ihn bis zum Ende dazubehalten. Vielleicht sogar ein wenig langweilig. Aber er hatte in seinem ganzen Leben noch nie einen Mann getroffen, der so zickig und unreif war. Er warf ihm finstere Blicke zu, und Antoine grinste frech. Walker sortierte ihn entschlossen in die Nach-Hause-schicken-Sparte ein. Er wollte sich ohnehin in niemanden verlieben, aber er wollte auch keine Zeit mit einem Arschloch verbringen. Das Leben war zu kurz für so etwas.

Ein rothaariger Kerl namens Jaden verschüttete Saft auf dem Küchenschrank, zog eine Grimasse und fluchte leise vor sich hin, aber ein grobschlächtig aussehender Kerl dessen Name nach Walkers Erinnerung

Clark war, half beim Saubermachen. Und verflucht, wenn die Blicke zwischen den beiden etwas zu bedeuten hatten, waren sie bedeutend mehr daran interessiert, einander kennenzulernen als ihn. Perfekt. Er würde die zwei eine Woche oder zwei dabehalten und sie danach sich selbst überlassen, vorausgesetzt, sie standen dann immer noch aufeinander.

Walker musterte die anderen Männer, auf die er bisher noch nicht so geachtet hatte.

Da war zum einen Bellamy, ein Radiosprecher aus Arkansas. Er war nicht besonders attraktiv, besaß aber eine Stimme, die einen Raum füllen konnte, oder ihn leeren. Im Augenblick redete er lautstark darüber, dass er sein Rasierzeug vermisste. Angesichts der unordentlichen Stoppeln zweifelte Walker nicht daran, dass irgendeine Art von Sabotage im Spiel war. Die Make-up-Leute konnten ihm wahrscheinlich helfen.

Dann war da Taylor, ein großer, schlanker Typ in einem engen T-Shirt und bequem aussehender Cargohose. Er war Grundschullehrer, wenn Walker sich recht erinnerte und hatte am Vorabend ständig davon gesprochen, wie sehr er sich darauf freute, mit Erwachsenen abzuhängen anstatt mit kleinen Monstern. Offenbar mochte Taylor seinen Job nicht besonders und hoffte, das Preisgeld möge ihm helfen, seine Karriere zu ändern, falls er bis zum Ende durchhielt. Allerdings war Walker nicht sicher, wie erwachsen die Jungs überhaupt waren, angesichts des Reifegrads von Antoine und Peter. Vielleicht war Taylor mit einer Klasse Grundschulkinder besser dran.

Dann gab es noch Nick und Davis, zwei blonde Jungs, die sich offenbar bereits angefreundet hatten. Sie standen eng zusammen, schlürften Kaffee, unterhielten sich flüsternd und schienen irgendeinen Plan auszuhecken, so wie sie gestikulierten und zu den übrigen Bewerbern nickten, bevor sie Walker eindringlich musterten. Walker erinnerte sich, dass sie beide irgendwelche langweiligen Jobs hatten. Er wollte sie möglichst bald nach Hause schicken. Aus keinem anderen Grund, als dass er sie nicht besonders interessant fand. Er hatte nicht den geringsten

Wunsch, auch nur eine weitere Stunde seiner kostbaren Zeit mit einem dieser Männer zu verbringen.

„Alles klar, Produzenten." Andy platzte in die Küche wie ein Hurrikan. Er trug einen weißen Jumpsuit mit kurzer Hose und hielt eine Flasche Eau de Cologne in der Hand. „Macht eure Jungs bereit. Sät den Keim für reichlich Drama. Lasst die Show beginnen. Molly, du hast die Leitung, Süße." In Walkers Schläfe pulsierte eine Vene.

Molly betrat die überfüllte Küche. Ihr junges, sommersprossiges Gesicht sah im hellen Morgenlicht verschlagen aus. „Alle mal herhören! Wenn ihr Kaffee habt, trinkt ihn jetzt. Wenn ihr noch keinen habt, Pech gehabt, denn wir brechen sofort auf. Walker, such dir jemanden aus, der bei dir auf dem Beifahrersitz mitfährt."

Der nervtötende Kerl namens Peter erschien wie aus dem Nichts und hakte sich bei Walker ein. „Hi", sagte er und klimperte mit den Wimpern. „Kann ich bei dir mitfahren?" Zwölf Augenpaare und ebenso viele Kameras waren auf ihn gerichtet. Die plötzliche Stille schien geladen zu sein.

Um nicht unhöflich zu sein, sagte Walker: „Ja, Sir. Natürlich." Es erhob sich unzufriedenes Gemurmel, aber das war ihm egal. Er wollte einfach nur diesen Tag – diese ganze Show – hinter sich bringen.

„Ah, du bist ja wirklich ein Süßer", sagte Peter an Walkers Arm. Er trug ein gelbes Hemd mit passender Mütze und die unpassendsten Schuhe, die Walker sich für eine Farm in Louisiana vorstellen konnte. Am Ende des Tages würde Peter knietief im Schlamm stehen. Peter tätschelte Walkers Brust und ließ seine Hand dort liegen.

„Hier entlang." Walker trat einen Schritt zurück und deutete mit der Hand, um Peter vorausgehen zu lassen, aber er wollte auch nicht länger von dem Mann angefasst werden. Peter strahlte ihn mit blendend weißen Zähnen an. *Haie*, dachte Walker. Vielleicht hatte John gar nicht so unrecht, und sie wollten ihn wirklich zerfleischen. Walker setzte seinen Hut auf.

Der kleine Feld-Traktor war hinter der Scheune geparkt, um zu vermeiden, dass nach dem nächtlichen Gewitter der Auffahrtsweg noch mehr in Mitleidenschaft gezogen wurde. Die Show hatte es geschafft, irgendwo einen roten Heuwagen aufzutreiben – auf einer echten Farm wurde so ein Ding nie benutzt. Sie hatten ringsum an den Seiten Heuballen aufgeschichtet und sie mit Decken bedeckt, damit die anderen etwas zum Sitzen hatten. Die Decken sollten wohl die empfindlichen Körperteile davor schützen, zerkratzt zu werden, nahm Walker an. Er lachte vor sich hin bei dem Gedanken.

„Oh, wie drollig", sagte Peter und klatschte in die Hände. Walker half ihm auf den Beifahrersitz des Traktors, dann ging er hinten herum zum Anhänger, damit er auch den anderen hinaufhelfen konnte. Er wurde mit vielsagenden Blicken und festen Händedrücken belohnt, wahrte aber reine Höflichkeit und eine gewisse Distanz. Lediglich der große Kerl – Ben – schlug ihm auf die Schulter, bevor er sich ohne Walkers Hilfe selbst auf den Anhänger hievte.

Roan nahm Walkers Hilfe an, schaute aber auf seine Füße. „Danke", murmelte er, dann löste er sich von Walkers Hand und setzte sich.

„Ein Produzent wird hinten bei euch sitzen", rief Molly, als John sich auf den Heuwagen hievte. „Und vorn am Traktor sind ebenfalls Kameras, aber wir werden hauptsächlich filmen, wenn wir an unserem Ziel angekommen sind. Versucht, aufgeregt und wach auszusehen, wenn wir da sind, Leute. Wir werden mit den Autos hinterherfahren."

Andy rief: „Habt Spaß, Mädels. Während ihr da draußen gekocht werdet, bleibe ich hier, um mir im klimatisierten Kontrollraum alles anzuschauen."

Heute waren sogar noch mehr Crewmitglieder anwesend. Sie waren praktisch überall. Auch Kylie stieg in eins der Autos. Zweifellos, um zwischen den Takes Lukes glänzendes Gesicht zu pudern.

Mit einem Blick zur Weide setzte Luke sein künstliches Grinsen auf und fing an, in eine der Kameras zu quatschen.

Da niemand zu Walker gesagt hatte, dass er auf irgendetwas warten musste, kletterte er in den Fahrersitz des Traktors, warf einen Blick zurück über seine Schulter und drehte den Zündschlüssel. Der Traktor erwachte lautstark zum Leben.

Crew-Mitglieder sprangen zur Seite. Lukes Gesicht verwandelte sich in eine Grimasse. Walker steuerte zur Vorderseite der Scheune.

„Das ist ja so aufregend", schrie Peter ihn an. Walker schenkte ihm ein höfliches Lächeln und fuhr in Richtung des Haupthauses. Die Tour begann.

„ES GIBT DREI, die ich schon jetzt gern nach Hause schicken würde", beklagte Walker sich zwei Tage später bei Tessa. Sie standen am Küchenfenster und beobachteten das Brunch-Picknick draußen im Partyzelt. Seine Eltern waren angewiesen worden, sich möglichst unsichtbar zu machen, und keiner der Bewerber durfte das Haupthaus betreten. Marlon, Dennis und Paps arbeiteten draußen auf den Heufeldern, und Walker war um drei Uhr nachts aufgestanden, um nach den Rindern zu sehen. Er war bereits todmüde, dabei war es nicht einmal zehn.

„Gibt es jemand Bestimmten, von dem du willst, dass er bleibt?", fragte Tessa, während sie ihren Kaffee schlürfte. Dann fuhr sie fort: „Ich meine, sieh dir diesen Baum von einem Kerl da drüben an. Er sieht wirklich gut aus."

„Das ist Ben." Und ja, er war attraktiv. Und außerdem der Einzige, der ihn bisher nicht angeschmachtet hatte, angesehen von Roan. Der sich nach dem Kotz-Zwischenfall leider so weit entfernt von Walker hielt wie nur möglich. Vielleicht war das aber auch seine Strategie? Sich rar zu machen und cool zu bleiben? Damit Walker ihm nachlief? Oder vielleicht wollte er einfach nicht noch mehr Aufmerksamkeit auf sich ziehen aus Angst, nach Hause geschickt zu werden.

„Und was stimmt nicht mit Ben?", fragte Tessa.

„Gar nichts. Ben ist toll."

„Das ist er wohl.“

Walker verdrehte die Augen. „Ich sollte wieder da raus gehen. Mein Produzent will mich dabei filmen, wie ich mit diesen Leuten Privatgespräche führe.“ Bei dem Wort privat machte er mit den Fingern Anführungszeichen. „Ich weiß nicht einmal, was ich zu ihnen sagen soll.“

„Bring sie dazu, über sich selbst zu sprechen“, sagte Tessa. „Jeder redet gern über sich selbst, besonders Leute, die bei einer Show wie dieser mitmachen. Und du wirst so eine Menge über sie erfahren.“

„Danke, Tess.“ Er beugte sich nach vorn, um sie auf die Wange zu küssen. Sie duftete nach Zimt und Apfelkuchen. Er nahm sie in den Arm und drückte sie.

„Hab Spaß, Schatz“, ermunterte sie ihn und klopfte ihm sanft auf den Rücken. „Ich mein’s ernst, Walker. Es ist wirklich okay, Spaß mit ihnen zu haben.“

„Ja, Ma’am“, sagte er, dann ging er nach draußen.

Nach dem nächtlichen Gewitter war es nun weniger schwül, aber die immer noch andauernde Hitze hatte jegliche Erleichterung, die Walker in der Nacht bei seinem Kontrollgang zu den Rindern gespürt hatte, wieder ausgelöscht. Er begrüßte Victor mit einem Fingertippen an seinen Hut, als er an das Ende des Tisches trat, wo Molly gerade mit Luke redete.

„Soll ich einfach jemanden aussuchen und ein Gespräch beginnen?“

„Genau. John wartet da hinten unter dem großen Baum auf dich.“ Sie deutete in die Richtung einer alten Eiche, wo ein Kamerastände auf einem Holzklotz stand, damit er nicht in dem aufgeweichten Boden einsinken konnte. Andere Kameraleute warteten mit ihren Handkameras im Schatten.

„Es gibt Orte hier, wo der Boden trockener ist“, sagte Walker, aber Molly winkte nur ab und wandte sich wieder Luke zu. Sie zahlten Walker fast siebzigtausend Dollar dafür, die Ranch als Drehort benutzen zu dürfen. Wenn sie also im Schlamm herumkriechen wollten, dann würde er sie das tun lassen. Er berührte Bens Schulter.

„Hey, Mann“, sagte er und fühlte sich sehr verunsichert. „Wir müssen da drüben hin und miteinander reden.“

„Entschuldige?“

Walker drehte sich um, und da stand John mit einem Kameramann, den Walker noch nicht kennengelernt hatte. „Ja?“

„Kannst du ihn etwas romantischer fragen?“

„Was?“

„Du weißt schon. Nimm seine Hand und frag ihn, ob er gern mit dir unter vier Augen sprechen würde oder so.“

„Ernsthaft?“

John starrte ihn an. „Ja.“

Walker schnaubte. Er bekam heiße Wangen, als er sich wieder zu Ben umdrehte, der den Wortwechsel mit einem Funkeln in den Augen verfolgt hatte. Sicher, Walker würde ihn nett bitten. Aber er würde dabei nicht die Hand eines Mannes halten, der größer war als er, oder seine Frage zweideutig formulieren. „Ben, würdest du dich für eine Unterhaltung zu mir setzen?“

„Natürlich“. sagte Ben. Er schwang seine langen, muskulösen Beine über die Bank, auf der er saß, und erhob sich.

Verdammt, Walker spürte, wie ein Anflug von *etwas* Aufregendem sein Rückgrat hinauflief.

„Nach dir“, sagte er und hielt dann an Bens Seite Schritt.

„Ist irgendwie peinlich, oder?“, flüsterte Ben in Walkers Ohr.

Walker schaute ihn überrascht an. „Ja, ist es. Ich hatte gar nicht darüber nachgedacht, wie es für dich sein muss. Aber wahrscheinlich ist es für dich sogar noch komischer. Besonders, weil du dich mit all den anderen befassen musst, Wie waren die letzten Nächte in den Etagenbetten so?“

„Gar nicht so übel. Der kleinste Kerl im Raum schnarcht am lautesten, ob du’s glaubst oder nicht.“

Walker lachte leise. „Kein Scheiß?“

Ben nickte, sagte aber weiter nichts. Auf Walker wirkte er ein wenig unbehaglich, daher beschloss er, die Führung zu übernehmen und so zu tun, als wären John und die Kameras gar nicht da.. Er pflanzte seinen Hintern auf einen tief hängenden Ast, auf den eine der Kameras gerichtet war, schob sich den Hut aus der Stirn und fragte: „Du bist also Mechaniker, ja?"

„Stimmt. In Florida. Da geboren und aufgewachsen."

Walker schlug nach einer Fliege. „Dann stört dich die Hitze wohl nicht so sehr?"

„Oh doch. Sie stört mich. Aber vom Jammern wird es auch nicht kühler." Ben grinste, und seine blauen Augen funkelten. Er zuckte mit den muskulösen Schulter. „Was ist mit dir? Bist du auf dieser Farm groß geworden?"

„Japp." Walker rutschte etwas zur Seite, damit die Borke des großen Astes sich nicht so durch seine Jeans bohrte. Ben lacht leise und setzte sich zu ihm. Da sie im Schatten der Baumkrone saßen, schob Walker seinen Hut noch etwas weiter aus dem Gesicht, damit er Bens schöne Augen besser sehen konnte. „Diese Ranch gehört meiner Familie seit vier Generationen."

„Leben deine Eltern noch?"

„Japp. Sie leben zusammen mit mir im Farmhaus", sagte Walker und nickte hinüber zum Haupthaus. „Meine Großeltern sind tot. Erst vor kurzem gestorben." Er kreuzte die Arme über der Brust. „Hat meinen Vater schwer getroffen."

„Tut mir leid."

Erneut schaute Walker Ben in die Augen und fand nichts als Aufrichtigkeit in ihnen. „Danke. Also, erzähl mal. Was führt dich hierher? Du wirkst auf mich nicht wie der typische Realityshow-Typ, wenn ich das so sagen darf." Molly würde nicht gefallen, das er das gesagt hatte, aber egal. Wenn sie die Szene erst geschnitten hatten, würde es am Ende sowieso aussehen, als wäre es um etwas ganz Anderes gegangen.

Ben rieb sich den Nacken, und der Ärmel seines weißen T-Shirts schien unter der Spannung zerreißen zu wollen. „Das bin ich auch nicht, nein. Ich …“ Er zögerte und sah einen Moment lang echt gequält aus.

„Hey.“ Walker drehte sich ein wenig seitlich zur Kamera, sodass sein Profil einen Hauch Privatsphäre bot. Aber das sorgte nur dafür, dass eine andere Kamera ihn einfing. „Wenn du nicht darüber reden willst, sag es einfach. Ich improvisiere nur. Ich habe selbst keine Ahnung, was ich hier tue.“

Ben hob den Kopf und starrte Walker an. Eine Minute lang schien er mit sich zu hadern, dann seufzte er und wandte den Blick ab. „Mit sechzehn habe ich ein Mädchen geschwängert. Wir haben extrem jung geheiratet. Mein Kind ist jetzt schon zwanzig, kannst du das glauben?“ Er lachte humorlos. „Mir ist erst sehr viel später klar geworden …“

„Dass du schwul warst?“, half Walker nach, als Ben verstummte. Dann fiel ihm ein, dass es noch andere Möglichkeiten gab, und er fügte hinzu: „Oder bi?“

Ben verzog ein wenig das Gesicht. Er hatte ein winzige Narbe auf der linken Wange, und ein paar sehr alte Pockennarben. Walker wurde klar, dass die ursprüngliche Akne wahrscheinlich immer noch da gewesen war, als Ben zum Vater geworden war. Gott, der arme Kerl.

„Bi, ja“, sagte Ben. „Vor ein paar Jahren haben wir uns scheiden lassen. War nicht leicht. Sie war diejenige, die vorschlug, dass ich mich bei dieser Show bewerben soll.“ Er schüttelte den Kopf und lachte erneut. Er klang verlegen. „Sie denkt, dass ich mehr auf Männer stehe.“

„Und was denkst du?“

Ben rieb sich den Nacken und starrte hinaus auf die Weide. „Ich weiß nicht.“

„Ben.“ Walker wartete, bis Ben ihn ansah. „Bist du überhaupt schon einmal mit einem Mann zusammen gewesen?“

Dunkle Flecken tauchten auf Bens Wangen auf. „Ein paar schnelle Nummern hinter irgendwelchen Bars und in dunklen Gassen. Mann, ich bin ein laufendes Klischee, oder? Aber das ist auch alles. Ich habe noch nie … eine Beziehung mit einem Mann gehabt.“ Er starrte auf seine Hände und sagte leise: „Oder einen geküsst."

Oh, *Gott.*

Walker versuchte, das nicht anziehend zu finden. Es gelang ihm nicht.

ALLE ANDEREN EINZELGESPRÄCHE waren weit weniger interessant, abgesehen von dem mit Victor, der Walker eher einschüchterte. Er war geistreich und schien direkt durch Walker hindurchzusehen. *Falls er auch nur eine Sekunde lang glaubt, dass ich hier bin, um die wahre Liebe zu finden,* dachte Walker, *dann bin ich geliefert.* Er kam sich dumm vor und schämte sich ein wenig und wünschte zum x-ten Mal, er hätte dieser verdammten Show nicht zugestimmt.

Mit einer Sache jedoch hatte seine Stiefmutter vollkommen recht – die Bewerber redeten gern über sich selbst.

Alle abgesehen von Roan.

Walker hatte wirklich keine Ahnung, wieso, aber er hatte sich Roan für den Schluss aufgespart. Als Roan sich schließlich zur ihm unter die alte Eiche gesellte, stand die Sonne höher, und sie mussten sich aneinander lehnen, um noch etwas Schatten zu finden. Das machte die Unterhaltung etwas unangenehm, da sie auf diese Weise beide geradeaus in die Kameras schauten.

„Wie alt bist du?", fragte Walker als Erstes. „Ich habe eure Lebensläufe gelesen, aber ich konnte mir nicht vom jedem alle Details merken, tut mir leid."

„Oh, Gott, nein, das muss dir nicht leid tun. Ich kann mir kaum alle Namen merken, dabei habe ich mit den anderen mehr Zeit verbracht als du. Ähm. Ich bin siebenundzwanzig."

Walker riss ungläubig die Augen auf. „Wirklich?" Das Wort war draußen, bevor er es aufhalten konnte. Roan biss die Zähne zusammen.

„Ja. Ich weiß, dass ich jung aussehe. Ich kann dir meinen Führerschein zeigen, wenn du willst."

Walker schob sich den Hut etwas mehr in die Augen. „Nein, schon gut."

„Scheiße", flüsterte Roan so leise – Walker bezweifelte, dass das plüschige Mikrophon über ihren Köpfen es einfangen konnte. Aber dafür waren wohl die Körpermikrophone da, nahm er an. „Tut mir leid, ich wollte dich nicht so angiften. Mir ist unheimlich heiß, und ich habe die letzten paar Nächte nicht gut geschlafen, weil es immer so gewittert hat, und–"

„Du magst keine Gewitter?" Wer mochte denn keine Gewitter? Walker liebte sie. Es wurde immer kühler nach einem Gewitter. „Wir haben hier nämlich ziemlich oft welche. Wirklich oft."

„Nein, im Allgemeinen machen sie mir nichts aus. Ich habe nur noch nie zuvor so heftige Gewitter erlebt." Roan erschauerte ein wenig.

„Ah." Okay, das war irgendwie drollig. Walker verspürte den Drang, schützend den Arm um den Jungen zu legen und ihm zu sagen, dass alles in Ordnung ist. „Du kommst aus Ohio?"

„Ja."

Walker wartete, ob er mehr sagen würde, aber Roan schwieg. „Und in deinem Lebenslauf stand, dass du studiert hast und kurz vor dem Abschluss standest."

„Ja." Erneut knirschte Roan mit den Zähnen, und seine Kiefermuskeln spannten sich an.

„Also gut." Walker lachte leise vor sich hin. „Sieh mal, wenn du nicht mit mir reden willst, dann musst du nicht."

„Das ist es nicht." Roan straffte die Schultern, dann trat er einen Schritt vom Baum zurück, sodass er mit dem Rücken zur Kamera stand. Die Männer mit den Handkameras bewegten sich mit ihm, um seinen Gesichtsausdruck einzufangen. „Hör zu, ich weiß nicht, ob das in meinem Lebenslauf stand oder ob sie es weggelassen haben oder so, aber ich bin– ich *war* Student der Umweltwissenschaften. Das heißt aber nicht, dass ich wegen des potenziellen Dramas hier bin, okay? Ich weiß, dass Rinderfarmen wichtig für die amerikanische Wirtschaft sind, und dass ihr wirklich schwer arbeitet. Ich habe sogar Einiges darüber gelernt, was ihr Farmer so tut, um der Umwelt zu helfen, und ich finde das wirklich toll." Er klappte den Mund zu und schaute weg.

Roan hatte ein hübsches Profil. Einen scharfen Adamsapfel, ein markantes Kiefer, aber weiche Lippen und lange, dunkle Wimpern, die seine braunen Augen beschatteten. Sein Haargel hatte der Hitze nicht standgehalten, und das längere, schwarze Haar auf dem Oberkopf lockte sich. Walker hätte gern seine Finger darin vergraben und es noch mehr zerzaust.

Roan hatte die Hände in die Taschen seiner Jeans gestopft, was seine schmalen Hüften hervorstechen ließ. Und ein Streifen seines blassen Bauches mit einem überraschend dichten Streifen Haar zwischen Bauchnabel und Jeansbund war zu sehen. Sein pinkfarbenes T-Shirt zeigte Schwitzflecken unter den Achseln. Walker unterdrückte den spontanen Drang, näher zu treten und herauszufinden, wie Roan roch. Oder wie sich seine Nippelpiercings anfühlten.

„Du sagtest ‚war'."

„Hm?" Sein Ausbruch war Roan peinlich; das sah Walker ihm an. Er hatte eine Abwehrhaltung angenommen. Es erinnerte Walker an ein Video, das er gesehen hatte über ein Löwenbaby, das zu brüllen versuchte, und er musste lächeln.

„Du sagtest, du *warst* Student. Es klang, als hättest du das Studium nicht beendet."

„Nein." Roan erklärte es nicht weiter, aber er sah nicht länger wütend aus. Nur traurig. „Nein, habe ich nicht."

Walker wechselte das Thema. „Könntest du dir vorstellen, jemals auf einer Ranch zu leben?"

Roan sah so verdattert aus, wie Walker sich fühlte. Er hatte keinem der anderen diese Frage gestellt.

Weil er nicht vorhatte, einen von ihnen bei sich einziehen zu lassen. Nicht einmal sexy, schlanken Jungs mit der dunklen Bauchbehaarung, die absolut sein Typ waren.

„Ganz ehrlich?", flüsterte Roan, und Walkers Überraschung – und widerwillig gestand er sich ein, auch sein Respekt – wuchs, als er Roan in die Augen sah, und der sagte: „Nein, kann ich mir nicht vorstellen."

Walker ließ ihn gehen. Als Roans linker Schuh im sumpfigen Gras versank und er stolperte, musste Walker sich beherrschen, um nicht aufzuspringen und Roan zu stützen. Als Roan wieder zurück beim Brunchtisch war, wo die anderen dabei halfen, alles einzupacken, wirkte er niedergeschlagen. Das kleine Arschloch Antoine rief irgendwas über Reiher-Roan, was einige der anderen zum Lachen brachte. Walker gab so etwas wie ein leises Grollen von sich.

Er hatte sich von Anfang an vorgenommen, dass, sollte er sich zu einem der Bewerber ernsthaft hingezogen fühlen, er diesen sofort nach Hause schicken würde, weil er es sich nicht leisten konnte, sich ablenken zu lassen. Aber das Arschloch Antoine musste auf jeden Fall als Allererster verschwinden. Walker konnte jedoch jede Woche zwei aussuchen. Roan sollte einer davon sein. Aber Walker wusste, er würde es nicht tun. Er war mit dem Jungen noch nicht fertig.

Das Kamera- und Soundteam begann ebenfalls zusammenzupacken, und John suchte Walkers Blick. „Das letzte Gespräch hat mir gefallen. Das mit Roan, meine ich", sagte John und sah sich um, um sicherzugehen, dass Molly nicht irgendwo in der Nähe war. „Schick ihn nicht zu bald weg."

„Werde ich nicht", sagte Walker und zog seinen Hut noch tiefer in die Augen. Dann ging er zum Haus. Er hatte noch recht viel übrig vom Tag, und die Winterbepflanzung musste geplant und bestellt werden.

„Hey, Walker, warte!"

Er verdrehte die Augen, blieb aber stehen und drehte sich um. Mehrere SUVs fuhren vor dem Haus vor, um die Bewerber abzuholen und zurück zur Scheune zu bringen. „Molly", sagte Walker und nickte zum Gruß.

„Siehst gut aus heute, Cowboy. Hast dich gut gekleidet, und es sah toll aus auf den Monitoren. Jedenfalls … ich muss kurz mit dir reden, aber ich gehe ein in dieser Hitze. Können wir reingehen?"

„Sicher", sagte er, auch wenn er innerlich aufstöhnte. „Aber ich habe nicht viel Zeit."

„Deine Zeit–"

„Gehört euch, schon klar." Walker marschierte in Richtung des Hauses und schaute nicht zurück, um zu sehen, ob Molly ihm folgte. Er zweifelte nicht daran, dass sie würde. „Würden Sie gern etwas trinken?", fragte er, als sie die Küche betraten, und verfluchte gleichzeitig die Gastfreundlichkeit und die Generationen Südstaatenleben, die ihm in Fleisch und Blut übergegangen waren.

„Habt ihr Eistee?"

„Süßen Tee? Ja, Ma'am." Walker griff in den Kühlschrank, dann schenkte er zwei Gläser Eistee ein. „Also, was gibt's?"

„Ich weiß, wir hatten gesagt, dass du morgen zwei Bewerber heimschicken musst. Aber wir ändern das. Es sind jetzt drei."

„Was? Wieso?"

Molly grinste ihn verschlagen an. „Ich würde nur ungern die Überraschung verderben." Sie nahm einen Schluck Eistee und verzog das Gesicht. Dann hob sie das kalte Glas und drückte es an ihre Stirn.

Walker bekam ein flaues Gefühl im Magen und stellte sein Glas zur Seite, ohne getrunken zu haben. „Drei Bewerber wegschicken. Okay, das kriege ich hin."

„Gut. Zu denen, die unbedingt bleiben müssen, gehören Peter und Ben."

Walker verengte die Augen und atmete langsam durch die Nase aus. „Schön. Würden Sie mir sagen, warum?"

„Nö. Außerdem möchten wir, dass Antoine bleibt, wenn es dir nichts ausmacht."

Walker klappte die Kinnlade herunter. „Was? Nein, auf keinen Fall. Er muss als Erster gehen. So ein Arschloch."

Molly lachte. „Ganz genau. Er ist gut für die Show. Bringt auf jeden

Fall mehr Action rein als Roan. Ich hatte große Hoffnungen für Roan, aber er hat sich als langweilig herausgestellt.. Leider ist er einer von meinen. Ach, na ja." Sie nippte erneut an ihrem Tee.

Walker hatte Mühe, sich nicht für Roan zu entrüsten. „Wäre das alles?"

„Nein. Eine Sache noch. Du gehst morgen mit einem von ihnen auf ein Date, und ich empfehle dir sehr, ihn zu küssen. Wähle also klug."

„Was zum Henker? Werden Sie mir etwa auch sagen, wann es Zeit ist, einen von ihnen zu bumsen?"

„Wenn du's genau wissen willst, ja."

„Das können Sie nicht machen."

„Natürlich nicht." Molly schnaufte empört, stellte ihr Teeglas neben Walkers auf den Küchenschrank und verschränkte die Arme vor der Brust. „Alles, was wir tun werden, ist zu filmen, wie sich die Tür hinter dir und dem Mann, den du– ich zitiere: bumsen willst – schließt. Dann legen wir etwas kitschige Musik drunter, und fertig." Molly vollführte zu ihren Worten mit den Hüften einen verschwitzen, kleinen Tanz, von dem Walker hoffte, ihn nie wieder sehen zu müssen.

„Das ist widerwärtig."

„Liegt nun mal in der Natur der Sache. Und jetzt geh und zieh dein Cowboy-Ding durch, während du dir überlegst, wen du morgen knutschen willst."

„Welches Date ist morgen dran?"

Molly grinste gemächlich. „Das Schmuse-Date."

Walker konnte nicht anders. Er musste lachen. Er wusste ganz genau, wen er auf ein Date einladen würde. Und was den Kuss betraf … na ja, damit würde er schon klarkommen.

Kapitel 7

„WIR MACHEN WAS?"

„Wir nudeln." Walker wirkte eindeutig zu gelassen. Und ein wenig selbstgefällig. Roan vermutete, dass das Anzeichen bei Südstaaten-Cowboys für drohende Gefahr waren.

„Und dazu sind die hier nötig?" Roan hielt die wasserdichte Latzhose hoch.

Walker schmunzelte. Er hatte die Arme vor der Brust gekreuzt und lehnte im Türrahmen der Küche. Dort war Roan von Walker und John eingekesselt worden, als er gerade dabei gewesen war, Tee zu machen.

„Nicht unbedingt, aber ich denke, du wirst froh sein, sie tragen zu können."

Roan verengte die Augen. „Aber das bedeutet wohl, dass wir irgendwo ins Wasser gehen. Ich weiß, was hier im Süden im Wasser lebt. Alligatoren. Und Giftschlangen. Das habe ich gegoogelt."

„Wieso hast du das getan?" Walker schlug sich dramatisch an die Stirn, dann beugte er sich näher, als wollte er Roan ein Geheimnis zuflüstern. Auch Roan beugte sich nach vorn, trotz seines drohenden Ablebens auf diesem sogenannten Date angezogen von Walkers festem, muskulösen Körper und seinen funkelnden, braunen Augen. „Die Sache ist die: Alligatoren sind eigentlich nicht aggressiv. Wahrscheinlich kriegst du nicht mal einen zu Gesicht. Sie wollen dir genauso wenig nahekommen wie du ihnen."

„Wirklich?"

„Nein. Aber es fällt leichter, ins Wasser zu gehen, wenn man sich das einredet.“

Roan starrte ihn an.

„Aber jetzt mal ernsthaft. Ich habe keine Angst vor Alligatoren, und wenn eine echte Gefahr bestünde, dann würden sie uns nicht mal in die Nähe des Wassers lassen, das wissen wir beide.“

Roan schluckte schwer. Das Morgenlicht vom Küchenfenster betonte die kleinen Fältchen an Walkers Augenwinkeln. Wahrscheinlich verursacht davon, dass er den ganzen Tag lang auf die Felder hinausblinzelte. Der Mann roch sogar nach frisch gemähten Gras und frischer Luft.

„Und was die Giftschlangen angeht, tja … na ja.“ Walker zuckte die Achseln. Du musst einfach nur aufpassen, nicht in ein Moccasin-Nest zu treten. Außerdem bin ich sicher, unsere Krankenschwester hat für alles Mögliche das passende Gegengift zur Hand.“

„Wasser-Moccasins. Die Schuhschlangen.“

„Sie sehen kein bisschen wie Schuhe aus.“

Roan legte die wasserdichte Latzhose auf den Küchenschrank. „Oh, mein Gott. Ich werde sterben.“

Walker richtete sich auf, und das anziehende, neckische Grinsen auf seinem Gesicht erstarb. „Ernsthaft, wenn du das nicht tun willst, sag es einfach. Daraus wird dir keinerlei Nachteil erwachsen.“

Roan murmelte etwas vor sich hin. Walker musste lachen, und Gott. Er sah so verdammt gut aus. Roan spürte, dass er errötete, und sah hinunter auf die trockene Latzhose. Das Material war recht dick. Vielleicht würde es einem Schlangenbiss standhalten. „Na schön. Ich komme mit.“

„Freut mich mächtig.“

„Das sollte es auch.“

Die Gefahr, von wilden Kreaturen gebissen zu werden, Walkers hinreißender Akzent und seine willkommene Aufmerksamkeit machten Roan ein wenig schwindelig. Er ließ seinen Tee stehen, ohne ihn gekostet zu haben, und stapfte davon, um sich irgendwo in Ruhe umzuziehen. Er ignorierte John, der sagte: „Das war wahrscheinlich die widerwilligste Zusage zu einem Date, die ich je gesehen habe. Andy wird es lieben.“

„NUDELN, BEN“, BEKLAGTE sich Roan stöhnend bei Ben, der auf dem großen, leeren Bett in Roans Zimmer saß und eine Zeitschrift las, um sich von seinen nervtötenden Zimmergenossen abzulenken. „Weißt du überhaupt, was das bedeutet? Ich vermisse Google.“

„Ich weiß, was das normalerweise beinhaltet“, sagte Ben und blätterte eine Seite um. „Aber es wird mehr Spaß machen, wenn du es selbst herausfindest.“

„Gemein.“ Roan zog eine Jeans und ein T-Shirt aus dem Kleiderschrank, bei denen es ihm nichts ausmachen würde, falls sie ruiniert wurden. Dann warf er einen Blick zu Antoine, der schlafend auf seinem Bett unter dem von Roan lag. Roan senkte seine Stimme, obwohl er wusste, dass das Mikro an seiner Brust dennoch jedes Wort aufnehmen würde. „Ich bin irgendwie nervös. Er sieht so gut aus. Wahrscheinlich werde ich total tollpatschig sein und ständig das Falsche sagen.“

Ben blickte von seiner Lektüre auf. „Du magst ihn, hm?“

„Ich weiß nicht“, stöhnte Roan und schlug sich an die Stirn. Dann schlüpfte er aus der engen Jeans, die er heute Morgen angezogen hatte, und stieg in die saubere, aber entbehrliche Jeans. „Er hat einfach nur diesen stereotypen Cowboy-Gang, und sein Akzent ist so …“ Er wedelte vage mit der Hand in der Luft. „Scheiße, er ist umwerfend.“

Ben kicherte. „Du machst das schon. Geh und beeindrucke ihn damit, wie gut du mit Alligatoren ringen kannst.“

„Gott, ich hoffe, das sollte ein Witz sein.“

Roan zog das T-Shirt über, und als er sich umdrehte, sah er Walker in der Tür stehen, der die wasserdichte Latzhose in der Hand hielt und etwas verdattert aussah. „Das war eine private Unterhaltung“, sagte Roan und bekam einen heißen Kopf.

Ben hob die Augenbrauen und steckte seine Nase wieder in die Zeitschrift.

„Ich habe nicht viel mitbekommen. Die hier hast du vergessen.“

„Ziehe ich die nicht über meine Jeans an?“

„Nein. Das wird viel zu heiß. Trag sie einfach anstelle der Jeans.“

Roan nahm die wasserfeste Hose und machte seine Jeans auf. Er zögerte, bevor er sie wieder auszog. „Und was genau hast du mitbekommen?“

„Na ja.“ Walker grinste schief. „Dass ich anscheinend gut aussehe und mein Akzent umwerfend ist.“ Das Grinsen verschwand, und er senkte den Blick. „Und dass du befürchtest, ständig das Falsche zu sagen. Aber das tust du nicht.“

Roan blinzelte, als Walker sich umdrehte und davoneilte.

„Klingt, als würde er dich mögen, auch wenn du ihn nicht magst“, murmelte Ben.

Roan gab einen leisen, verwirrten Laut von sich, denn zog er seine Jeans wieder aus. Die Latzhose knirschte und quietschte, als er sie anzog. Roan seufzte. Er würde sich durch das Date quietschen. Toll.

Als er schließlich quietschend die Treppe herunterkam, warteten Walker und John bereits draußen. Die meisten der anderen hatte man schon in die SUVs verfrachtet. Sie waren in die Stadt gefahren, um einzukaufen. Roan genoss die seltene Stille für einen Moment, bevor er in die schwüle Hitze hinaustrat. Die in der Gummilatzhose zehnmal schlimmer war. Und er konnte regelrecht *fühlen*, wie sein Haar sich unkontrolliert lockte.

In der Auffahrt stand ein alter Ford-Truck mit laufendem Motor. Auf der Rückbank saßen die Kamera- und Soundleute mit ihrem Equipment. Der Umstand, dass alle Fenster heruntergekurbelt waren, ließ für das eventuelle Vorhandensein einer Klimaanlage nichts Gutes hoffen.

„Sexy“, schmunzelte Walker, als Roan sich quietschend um die Motorhaube herumbewegte. Roan rümpfte die Nase.

„Du wolltest, dass ich das mache." Roan öffnete die Tür, kletterte in den Truck, und knallte die Tür wieder zu. Walker stieg an der Fahrerseite ein.

Walker ergriff das Lenkrad. Die Haut seiner Hände war gebräunt und wettergegerbt. Deutlich mehr als sein Gesicht, wofür er wohl dem Cowboyhut danken musste, wie Roan vermutete. Verdammt, wahrscheinlich sollte er selbst auch einen tragen. Die Sonnencreme mit Lichtschutzfaktor fünfzig, die er jeden Morgen auf sein Gesicht aufgetragen hatte, reichte vielleicht nicht. „Du kannst immer noch einen Rückzieher machen", sagte Walker leise. „Du musst es einfach nur sagen."

„Ich komme mit", antwortete Roan und verschränkte die Arme. „Aber ich kann dir nicht versprechen, dass ich ins Wasser gehe."

Walker zögerte. „Aber schwimmen kannst du, ja?"

„Ja, er kann schwimmen", sagte John vom Rücksitz her, wo er zusammen mit einem der Soundleute eingezwängt war. „Das war ein Punkt auf dem Fragebogen bei der Bewerbung."

Walker grinste, ließ den Motor aufheulen, und dann holperten sie los.

Roans Hose quietsche bei jedem Schlagloch, das sie passierten, was ganz schön viele waren. Und je weiter sie sich entfernten, umso schlimmer wurde es. Roan hatte erwartet, dass sie irgendwann auf Asphalt treffen würden, aber stattdessen blieben sie auf Feldwegen, die kaum mehr als zwei Fahrspuren im Gras waren, wo Rinder weideten. Er schaute über die Schulter, um zu sehen, ob John filmte, aber offenbar war es dazu zu holprig: Oder aber die festen Kameras, die am Armaturenbrett montiert waren, fingen für den Moment genug ein, um jede von Roans Grimassen zu zeigen.

„Also …", begann Roan, der beschlossen hatte, aktiv zu werden und das Eis zu brechen. „Was hat dich dazu bewogen, bei dieser Show mitzumachen?"

Eine Sekunde lang schwieg Walker. Sein Blick wanderte zum Rückspiegel. „Meine Stiefmutter schaut alle Realityshows. Sie mag besonders die romantischen. Sie und mein Vorarbeiter hörten, dass es eine Realityshow geben würde, die nach einem schwulen Mann mit einem interessanten Beruf als Bachelor suchte. Sie redeten darüber, dass es witzig wäre, wenn ich mich dafür bewerben würde. Ich dachte erst, dass sie scherzen. Aber dann ist Marlon, mein Vorarbeiter, tatsächlich hingegangen und hat eine Bewerbung für mich eingereicht."

„Wow."

„Ja. Das ging eigentlich zu weit. Aber na ja …" Er zuckte die Achseln.

„Und jetzt bist du hier."

„Ja. Hier bin ich nun. Wir waren alle überrascht, als ich tatsächlich ausgewählt wurde, um ehrlich zu sein. Und zuerst wollte ich es nicht machen. Jedenfalls beim ersten Anruf von einem der Produzenten noch nicht. Ich hatte kein Interesse daran, jemanden vor laufenden Fernsehkameras kennenzulernen." Er schob seinen Hut aus der Stirn und lächelte Roan an, aber es wirkte ein wenig verlegen.

„Aber dann hast du deine Meinung geändert. Offensichtlich. Wieso?"

Walker runzelte kurz die Stirn, dann seufzte er. „Es ist nicht leicht, den Menschen zu finden, ,mit dem man sich ein gemeinsames Leben aufbauen kann, wenn man eine Ranch führen muss, ganz zu schweigen davon, wenn man dann auch noch schwul ist. Da dachte ich mir, warum nicht? Was habe ich zu verlieren?"

„Nichts außer einem Haufen Geld, wenn du nein gesagt hättest."

Walker räusperte sich und zuckte mit den Schultern. „Genau. Aber dann wurde alles real. Das wurde mir erst richtig klar, als ihr Jungs tatsächlich vor meiner Tür standet. An die Situation muss ich mich erst gewöhnen."

„Musst du dich manchmal zusammenreißen, um den Produzenten nicht die Tür vor der Nase zuzuknallen?"

Hinter ihnen hörten sie John lachen, und Walker kniff die Lippen zusammen. „Jeden verdammten Tag. Und du? Was hat dich dazu bewogen, bei der Show mitzumachen?

Roan öffnete den Mund, aber John beugte sich nach vorn und unterbrach ihn. „Wenn es euch nichts ausmacht — das ist eine Unterhaltung, die ich gern aufnehmen würde, wenn wir aus dem Auto sind."

SIE HIELTEN AN ihrem Ziel an, einer Fläche aus … Schlamm. Das war der einzige Gedanke, der Roan kam, um es zu beschreiben. Matschige Erde mit ein paar Bäumen, und ein schmutziger, kleiner Fluss, der sich hindurchschlängelte. Hier war die Landschaft deutlich weniger grün als überall sonst, wurde aber wieder mehr, als sie sich einem kleinen Wäldchen näherten.

„Hübsch", murmelte Roan zweifelnd bei einem Blick aus dem Fenster. Er drehte sich in seinem Sitz um und fragte John, ob die Krankenschwestern wirklich Gegenmittel gegen Schlangengifte dabei hatten. Dann merkte er, dass Walker ihn scharf beobachtete. Roan atmete langsam die Luft aus, die er eingeatmet hatte, um seine Frage zu stellen.

„Denkst du das wirklich?", flüsterte Walker.

Roan lächelte. „Ja, das tue ich." Aber vielleicht meinte Walker gar nicht Roans Bemerkung über die Landschaft. Vielleicht redeten sie in Wirklichkeit gerade über die raue Schönheit von Walkers Gesicht und sein markantes Kiefer. Hübsch könnte Vieles bedeuten, und Walker fiel auf jeden Fall auch unter diese Definition.

Walker nickte zu dem Gewässer hinüber. „Hier ist der beste Platz zum Nudeln, weil die Welse hier nicht allzu tief leben."

Roan klappte den Mund auf, dann wieder zu. Schließlich sagte er: „Welse?"

Walker grinste. Seine Zähne waren strahlend weiß. „Ja."

„Also … das bedeutet, wir gehen fischen." Roans Schultern fielen vor Erleichterung herab. Er war oft mit Roger, dem Ex-Mann seiner Nachbarin Lindsay fischen gegangen. Auch wenn es hier um ganz andere Fische ging, so war er jedenfalls nicht völlig inkompetent. Er reckte den Hals, um an Walkers Seite aus dem Fenster zu schauen. „Wo ist das Boot?" Er runzelte die Stirn. „Und die Ausrüstung? Ich habe hinten im Truck keine gesehen. Und sind Welse nicht ziemlich groß?" Walkers Grinsen wurde immer breiter. „Ich werde es noch bereuen, erleichtert zu sein, oder?"

„Willst du es ihm sagen, John?", fragte Walker. „Oder soll ich?"

„Das würde ich, ehrlich gesagt, auch gern draußen filmen. Vielleicht mit dem Fluss im Hintergrund." John stupste den Tontechniker neben sich an, dann stiegen sie aus dem Wagen.

„Ist das irgendein altertümlicher Initiationsritus oder so?", fragte Roan.

Walker sah plötzlich nicht mehr so selbstzufrieden aus. „Nein, das nicht. Aber es hat Tradition. Es geht auf die amerikanischen Ureinwohner zurück, aber während der Großen Depression wurde es auch von Ranchern und anderen Leuten aufgegriffen, da es kostenloses Essen auf den Tisch brachte. Es gehört zu den Dingen, die hier in der Gegend vom Vater zum Sohn weitergegeben werden."

„Oh." Jetzt tat es Roan leid, sich so zickig angehört zu haben. „Lebt dein Vater noch?", platzte er heraus. Gott, warum? Warum?

Walker schaute ihn eindringlich an. „Ja", antwortete er schließlich. „Er lebt mit meiner Stiefmutter und mir zusammen im Farmhaus. Er ist jetzt im Ruhestand, hilft aber immer noch aus. Was ist mit deinem Vater?"

Roan schüttelte den Kopf, sagte aber weiter nichts. Ein zweiter Wagen hielt hinter ihnen an. Roan hatte nicht einmal bemerkt, dass ihnen weitere Crewmitglieder gefolgt waren. Obwohl er sich das hätte denken können.

„Wir sind so weit, Leute", rief John vom Flussufer her. „Sobald ihr bereit seid, können wir loslegen.“

Roan griff nach dem Türhebel, aber Walker legte ihm eine Hand auf den Arm und bremste ihn. „Wirklich, wenn du das lieber nicht machen willst …“

„Schon gut“, sagte Roan. Seine Gummilatzhose machte ein lustiges Pfft-Geräusch, als er vom Ledersitz rutschte. Das Zeug haftete bereits an seiner Haut wie Klebstreifen. Er schlang die Arme um sich selbst und ging dahin, wo die Crew wartete. „Ist hier okay?“, fragte er.

„Perfekt“, sagte John. Roan spürte so etwas wie einen sachten Stromstoß, als Walker hinter ihn trat, und rückte ein Stück zur Seite. Seine unwillkürliche, körperliche Reaktion auf den Mann verunsicherte ihn. „Und … Kamera ab.“

„Also… nudeln wir.“ Walker schenkte Roan noch ein atemberaubendes Lächeln, dann fing er an, sein Hemd aufzuknöpfen.

Roan blinzelte. Halluzinierte er etwa? Die Sonne war heiß, aber Gott, er hatte doch noch keinen Hitzschlag, oder? „Warum … ziehst du deine Sachen aus?“

„Weil wir jetzt ins Wasser steigen und ein paar Welse fangen.“ Walkers Grinsen wurde verwegen. Als Reaktion darauf wurde es Roan noch heißer. „Mit unseren bloßen Händen.“

Roan klappte die Kinnlade herunter. „Wie bitte?“ Er warf einen fassungslosen Blick hinüber zu dem trüben, schlammigen Wasser. An der Oberfläche schimmerte ein Ölfilm. „Wir steigen tatsächlich da rein?“

„Japp.“ Walker hätte nicht aufgeregter klingen können. Und Obwohl das wirklich drollig war, war es auch beängstigend. „Welse vergraben sich in Löchern im Flussbett. Und wenn wir die Hand in so ein Loch stecken, dann beißt der Wels hinein.“ Walker illustrierte seine Erklärung mit einer kleinen Pantomime. So lebendig hatte Roan ihn bisher noch gar nicht erlebt. „Dann haken wir unsere Finger in die Kiemen und ziehen ihn heraus.“

Roan fehlten die Worte. Er war absolut sprachlos. Erneut klappte ihm der Mund auf. Aber es waren so viele Insekten in der Luft, dass er ihn genauso schnell wieder zuklappte, um keine zu verschlucken.

„Sag etwas, Roan", rief John ihm zu.

„Haben Welse Zähne?", fragte Roan mit sich überschlagender Stimme.

Walker Augen funkelten. „Sie haben Hornplatten im Maul, und das kann ein wenig zwicken. Aber keine echten Zähne."

Roan nickte und schluckte schwer. Okay. Das machte die Vorstellung, seine Hand in das Maul eines lebenden Fisches zu stecken, auch nicht anziehender. „Also hat noch niemand dabei seine Hand verloren oder sowas?"

„Höchstens mal einen Finger."

Roan riss die Augen auf.

Walker lachte leise. Er amüsierte sich offenbar köstlich. „Aber nicht, weil der Fisch ihn abgebissen hat", erklärte er. „Zumindest habe ich noch nie von einem solchen Vorfall gehört. Aber in seltenen Fällen kann es vielleicht mal zu einer unerwarteten bakteriellen Infektion infolge von Kratzern kommen. Die wirkliche Gefahr im Wasser geht von den Schlangen und Schnappschildkröten aus."

„Schnappschildkröten?" Das wurde ja immer schlimmer!

„Ja. Die bauen ihre Nester manchmal in verlassene Welslöcher. Wir müssen uns die also sorgfältig aussuchen."

„Jetzt machst du Witze, oder?" Roans Herz pochte. Er hielt sich an Walkers Armen fest.

Walker hob die Augenbrauen. „Nein", sagte er todernst, dann zog er auch noch sein Unterhemd aus.

„Oh, wow", flüsterte Roan, bevor er sich bremsen konnte. Seine Hände hingen direkt vor Walkers Brust und der gespannten, glatten Haut über den harten Muskeln. Aber er berührte sie nicht. Walkers Unterarme und sein Hals waren gebräunt, aber der Rest von ihm überraschend blass, beinahe zerbrechlich im Ton. Eine Schweißperle rann in der Mitte an seinem Brustbein herab.

Roans Blick zuckte zurück zu Walkers Gesicht. Walker wirkte verblüfft und für eine Sekunde auch ein wenig verwundbar. Roan biss sich auf die Unterlippe und wünschte, die Latzhose hätte Taschen, in die er seine Hände hätte vergraben können. Stattdessen ließ er beide Arme einfach seitlich herunterhängen.

„Bist du bereit?"

Roan schluckte heftig. „Mist. Ähm. Okay. Wie fangen wir an?"

„Wir gehen ins Wasser. Ich gehe vor, und du kannst auf mich aufpassen."

„Ich weiß nicht, was das bedeutet." Er sah zu, wie Walker in ein Paar Watstiefel stieg, die er von der Ladefläche des Trucks geholt hatte. „Und warum trägst du keine Latzhose, so wie ich?"

„Ich dachte mir, du würdest sicher nicht deine Designerjeans ruinieren wollen." Walker deutete auf seine eigene, verwaschene Wranglers. „Meine Jeans ist mir egal."

Roan bekam heiße Wangen. „Oh. Okay." Er wusste, dass seine Sachen teuer aussahen, aber wäre sein Ex Philip nicht gewesen, hätte er sich nichts davon leisten können. Die Sachen waren alles, was ihm aus seinem Uni-Leben geblieben war, und er hütete sie wie einen Schatz. „Also, wie passe ich auf dich auf?"

„Achte darauf, dass ich nicht unter Wasser gezogen werde, falls ich einen großen fange. Ganz einfach."

Roan wurde ein wenig schwindelig. „Klar, ganz einfach." Er zog sich sein T-Shirt über den Kopf und versuchte, sich nicht wegen seiner schmalen, blassen Brust zu schämen. Ganz bewusst schaute er Walker nicht an, als er sein Shirt zur Seite warf. Er wollte nicht sehen, was Walker über seinen Mangel an Muskeln dachte. Er war weiß Gott kein Ben.

„Bereit?", fragte Walker und reichte ihm ein Paar Handschuhe, bevor er selbst welche anzog.

Roan holte tief Luft und streifte die Handschuhe über. „Nein. Aber … nach dir."

Walker lachte. Ein leiser, leicht rumpelnder Laut, bei dem Roan lächeln musste, obwohl er nervös war. Dann ging Walker zum Fluss und watete vorsichtig ins Wasser. Dabei streckte er Roan eine Hand hin und und winkte ihn zu sich. Seine Augen funkelten. Sein Brust glänzte im Sonnenlicht, das wohl nicht mehr lange anhalten würde. Am Horizont brauten sich dunkle Sturmwolken zusammen. Walker hatte seinen Cowboyhut im Wagen gelassen. Sein Haar war ein wenig plattgedrückt, sah aber immer noch weich und dicht aus. Seine Augen waren wie Gold. Löwenaugen.

„Das gefällt mir nicht", murmelte Roan vor sich hin. Er richtete die Träger seiner wasserdichten Latzhose aus. „Das gefällt mir ganz und gar nicht. Brauche ich nicht eigentlich eine Lizenz, um hier zu fischen?"

„Ist alles geregelt", sagte John.

Großer Gott. War das ein Krankenwagen, der hinter dem zweiten Auto anhielt?

John folgte Roans Blick. „Nur eine Vorsichtsmaßnahme."

„Ja, klar." Das Wasser war so trüb, dass Roan den Grund nicht sehen konnte. Er hatte keine

Ahnung, was darin alles schwimmen mochte. Im Geiste sah er all die Bilder, die er sich zur Vorbereitung auf die Show bei seinen Internet-Recherchen angesehen hatte. Und wirklich – wieso hatte er sich je dieses ganze Zeug angeschaut? Er sah Walker in die Augen, richtete sich auf und trat von der sumpfigen Uferbank. Sein Stiefel sank in das nasse, glitschige Flussbett ein. „Keine Alligatoren?", fragte er.

„Bleib einfach in meiner Nähe", antwortete Walker leise. Eine Sekunde lang hielt er Roans Hand fest und drückte sie kurz. „Versuch, Spaß zu haben."

Roan bekam einen ganz trockenen Mund, aber er nickte. „Okay."

Sein zweiter Stiefel sank ebenfalls ein, als er versuchte, einen Schritt zu machen, und der schlammige Grund saugte daran und wollte den Stiefel kaum wieder loslassen. Roan schauderte heftig trotz der drücken-den Hitze.

„Siehst du?", ermutigte ihn Walker. „Du bist drin. Das Schlimmste ist geschafft.“

Roan lachte leicht verzweifelt und sagte: „Das bezweifle ich.“

JOHN UND DER Tontechniker folgte ihnen am Flussufer mit einer tragbaren Kamera sowie einem Mikrofon, während die zusätzlichen Crewmitglieder in einem kleinen Boot hinterher kamen, das sie mitgebracht hatten. Einer von ihnen watete vor Walker und Roan mit einer Schulterkamera durchs Wasser.

Irgendwo ganz tief in seinem Inneren fand Roan die ganze Situation saukomisch, aber er war zu sehr damit beschäftigt, das Wasser zu beobachten und zu versuchen, seinen Oberkörper und seine Arme über der Oberfläche zu halten, als dass er hätte lachen können. Aber interessant war das Ganze, so viel stand fest, und er war zwischen Panik und Humor hin- und hergerissen.

Walker schien die Gefahr, jeden Moment durch Schlangen- oder Alligatorenbisse zu sterben, nicht das Geringste auszumachen. Er marschierte so unerschrocken durchs Wasser, als handle es sich um einen gechlorten Swimmingpool. Ab und zu wedelte er mit den Armen, während er nach den Welslöchern suchte. Seine Haut glänzte nass.

Roan wünschte, er wäre nicht zu ängstlich, um den Anblick wirklich zu genießen.

„Hier“, rief Walker schließlich. Trotz des Grinsens von vorhin war ihm nun der Adrenalinstoß anzusehen. Walker war angespannt; seine Muskeln traten hervor, während seine Hände tasteten. Seine Augen funkelten, und er atmete schnell und tief. Einer der Kameramänner, die ihnen an Land folgten, kletterte die Uferböschung so weit hinab, wie er wagte und beugte sich über einen dicken Ast, der über dem Wasser hing, während John Anweisungen gab und ein weiteres Crewmitglied hinter ihnen im Boot sein gigantisches und Plüschiges Mikrofon hochhielt.

„Hier?“, fragte Roan. „Woher weißt du das?“

„Schh. Ich weiß es einfach. Mach dich bereit, mich zu packen, wenn nötig. Und wenn es ein großer ist, musst du mir beim Tragen helfen."

„Verflucht nochmal, wir werden sterben", keuchte Roan. Dann hob er entschlossen das Kinn. „Na gut. Los geht's."

Walker lachte und gab Roan spielerisch einen kleinen Schubs, ergriff aber sofort seinen Arm, bevor Roan, der mit beiden Füßen im Schlick steckte, umfallen konnte.

„Bereit?"

Roan lockerte seine Schultern und den Nacken, dann nahm er einen festen Stand ein, an den er sich vom Football aus seiner Zeit in der Highschool erinnerte. „Ja. Lass uns nudeln, Baby."

Walker lachte laut und klopfte Roan auf den Rücken, dann holte er tief Luft und steckte seinen Arm in einen tieferen Abgrund am Boden des Flusses. Er spannte erneut sämtliche Muskeln an, die entlang seines Rückgrats verliefen, dann schrie er überrascht auf und machte einen Satz nach vorn. Ohne nachzudenken packte Roan ihn um die Taille und zog. Walker stolperte zurück. Er schien zehnmal so viel zu wiegen, wie er eigentlich sollte.

„Pack den Wels!", rief Walker. Erst da bemerkte Roan, dass Walkers Hand in dem hässlichsten Fisch steckte, den Roan je gesehen hatte. Walker packte den Kopf des Fisches und wies Roan an, den Körper zu halten. Also schob Roan beide Hände unter den Bauch des Ungeheuers.

„Ohgottogott, er ist so zappelig, argh." Roan atmete so schwer, dass seine Lungen schmerzten, und das Ding schien eine Tonne zu wiegen. Es zappelte und wehrte sich wie verrückte und schlug Roan mit seinem Schwanz. Walker zog seine Hand aus dem Maul des Fisches.

„Habt ihr das auf Film, John?"; rief Walker.

„Ist drauf!", rief John zurück.

„Okay, lass los!"

„Moment, was?"

Aber es war zu spät. Walker hatte den Wels bereits losgelassen, und der Fisch nutzte seine plötzliche Freiheit für einen Riesensprung zurück ins Wasser. Dabei erwischte er Roan schmerzhaft an den Rippen, bevor er einfach so unterging. Wasser schwappte über Roans Kopf, in seinen Mund und die Kehle hinunter.

Er war jedoch nicht lange unter Wasser. Walker zog ihn fast sofort wieder hoch, aber es reichte trotzdem, um Roan für ein Leben zu zeichnen. Er würgte und spuckte. Noch nie hatte er derart ungefiltertes Dreckwasser im Mund gehabt.

„Oh Gott, dieses Wasser ist wahrscheinlich voller Salmonellen. Und e-coli. Und was weiß ich noch. Wahrscheinlich werde ich davon sterben." Er hatte gar nicht bemerkt, dass er in Walkers Armen lehnte, aber dann fühlte er eine warme, schwielige Hand, die die Kurve seines unteren Rückens erforschte. Er bekam davon etwas weiche Knie. Er grinste Walker an. „Aber wir haben einen verdammten Wels gefangen."

Walker lachte. Seine Hand blieb noch eine Sekunde länger, wo sie war, selbst als Roan sein Gleichgewicht wiedergefunden hatte. Dann fragte er: „Willst du es auch einmal versuchen?"

„Ich? Meine Finger in so ein Loch stecken?"

Walker hob die Brauen. Sein Lächeln zeigte eine ganz neue Facette von Belustigung. „Wenn du magst."

Roan wischte sich das Wasser aus dem Gesicht, schlang seinen Arm um Walkers Schulter und machte für die Kamera ein Daumen-hoch-Zeichen. „Niemand soll mir nachsagen können, dass ich davor zurückscheue, meine Finger in dunkle, feuchte Löcher zu stecken. Darin bin ich praktisch Profi."

John brach in Gelächter aus, und Walker kicherte an Roans Seite. Roan hatte das nicht erwartet, aber er und Walker waren annähernd gleich groß, was ihm gefiel. Natürlich war Walker viel muskulöser, aber er überragte Roan nicht so, wie der es gedacht hatte.

Es war schön, so mit ihm da zu stehen, auch wenn Roan wahrscheinlich für den Rest seines Lebens Alpträume über dieses verfluchte Date haben würde. Es war ihm egal. In diesem Moment fühlte er sich gut und unbesiegbar, und die Welt und alle Sorgen lösten sich auf.

Er stemmte die Fäuste in die Hüften. „Zeig mir ein hübsches Loch, Cowboy."

Walker schüttelte den Kopf und lachte über Roans Neckerei, aber seine Wangen röteten sich. „Hast wohl deinen Mut gefunden, kleiner Löwe?"

„Der hält nur bis Mitternacht an, also los jetzt."

Nur fünf Minuten später fand Walker ein weiteres Welsloch. „Ich bin ziemlich sicher, hier steckt einer. Hoffentlich nur ein Wels, und nichts anderes …" Er grinste, und Roan verdrehte die Augen. „Steck einfach deinen Arm rein und wackele mit den Fingern. Der Wels wir sie attackieren und zubeißen. Dann musst du flink nach seinen Kiemen tasten, deine Finger darin einhaken und ziehen. Ich bin gleich hinter dir. Ich werde nicht zulassen, dass du unter Wasser gezogen wirst."

Roan nickte und atmete ein paarmal tief durch. Dann flexte er die Finger seiner rechten Hand. „Okay, alles oder nichts", murmelte er und versenkte seine Hand in der Dunkelheit. „Oh Gott, oh Gott, ich fühle etwas. Oh, mein Gott!" Etwas Schleimiges packte seine Hand, und sein erster Instinkt war es, seine Hand sofort zurückzureißen. Aber Walker hinter ihm rief Ermutigungen, und weitere Rufe erreichten ihn vom Flussufer.

John fing hoffentlich alles auf Film ein, weil Roans Mutter ihm sonst niemals glauben würde. Roan biss die Zähne zusammen, ach zum Teufel, krümmte die Finger um die schmale Öffnung, die er fühlen konnte und zog.

Der Wels zog in die andere Richtung, und etwas zerkratzte Roans Hand. Noch bevor er den Mund öffnen und um Hilfe rufen konnte, war Walker bereits da und umschlang Roans Taille. „Hast du ihn?"

„Er ist riesig! Ich kann ihn nicht rausziehen." Auch der Schlick arbeitete gegen ihn, aber er hörte John etwas zu dem Tontechniker sagen, gefolgt von einem lauten Platschen.

„Pass auf, dass er nicht untergeht", sagte Walker, dann war er fort. Roans Muskeln schrien ihren Protest, als er sich anstrengte, den Fisch nicht loszulassen. „Wackel ein bisschen hin und her. Lass ihm etwas Spiel, das hilft.“

Roan keuchte, als Walker völlig unter der Wasseroberfläche verschwand. Er bewegte seinen Arm zusammen mit den Bewegungen des Welses, der an seinen Fingern nagte. Er schrak zusammen, als noch etwas anderes sein Bein berührte, bis ihm klar wurde, dass es Walker war. Der Fisch wehrte sich weiterhin vehement, aber dann gab er plötzlich nach.

Roan stolperte rückwärts. Walker kam keuchend an die Oberfläche und schüttelte den Kopf, sodass Wasser aus seinen Haaren in hohem Bogen durch die Luft spritzte. Er fluchte laut, und John rief seiner Crew etwas zu, aber Roan hörte ihn nicht. Denn genau hier in seinen Armen lag der größte Fisch, den er je gesehen hatte.

Kapitel 8

„Das Ding muss um die 60 Pfund gewogen haben, wenn nicht noch mehr", sagte Walker, als er Roan folgte, der recht unelegant zurück ans Ufer stapfte.

„Ist das nicht ein bisschen groß, um in ein so enges Loch zu passen?" Roan sah ein wenig gequält aus, als Walker schnaubend lachte, und ihm bewusst wurde, was er da gerade gesagt hatte. Walker grinste. Der verdammte Junge war einfach zu drollig. „Trotzdem, ich bin froh, aus diesem Wasser herauszukommen. Oh, mein Gott."

John blieb zurück, um sich die Aufnahmen anzusehen, aber ein Assistent und ein Kameramann gingen mit ihnen zusammen zurück zum Truck. „Ich habe Handtücher dabei. Und auch eine trockene Jeans."

„Super. Und danke für den Overall. Andernfalls hätte ich meine Jeans wohl verbrennen müssen." Roan löste den Latz und ließ ihn herunterhängen.

Walker benagte seine Unterlippe. Er spürte einen Anflug von Erregung im Bauch. „Es war gar nicht so schlimm, oder?"

„Schlimm?" Roan sah ihn mit großen Augen an. Sein dunkles Haar klebte nass an seinen Schläfen, und seine blassen Schultern röteten sich. Roans Brust war nicht muskulös, aber ein verführerischer Pfad dunkler Haare verlief in der Mitte hinab, und auch seine braunen Nippel waren von leichtem, dunklen Flausch umgeben. Walker gestattete sich erst gar nicht, über die verdammten Piercings nachzudenken, die in der Sonne glitzerten. Aber am schwersten fiel es Walker, nicht den dunklen Pfad von Haaren anzustarren, der unter dem Taillenbund der Wathose verschwand.

„Es war grauenhaft", fuhr Roan fort, und Walker riss seinen Blick hoch. Falls Roan aufgefallen war, dass er beäugelt wurde, so ließ er sich nichts anmerken. „Und großartig."

„Ja? Das freut mich zu hören." Sie erreichten den Truck. Aus dem Augenwinkel sah er John, der ihm ermutigend zunickte. Walkers Magen dreht sich ein wenig um, und er wandte sich von der Kamera ab. „Ziehen wir uns um."

„Nur zu gern."

Walker griff in den Truck und reichte Roan ein Handtuch. Dann sah er zu, wie Roan sich eifrig das Haar trocknete. Als sein Gesicht wieder aus dem Handtuch auftauchte, war Roans Haar ein wildes, aufrecht stehendes Chaos, das er vergeblich versuchte, irgendwie glattzustreichen. Walker knöpfte seine Jeans auf und zog sie aus, dann trocknete er sich selbst ab, bevor er auch seine Unterhose auszog. Roan gab einen verblüfften Laut von sich, aber Walker achtete nicht auf ihn, sondern trocknete sich nur ab und schlüpfte ihn seine trockene Jeans. Ohne Unterhose.

Roans Gesicht war genauso rot geworden wie seine verbrannten Schultern, und er war noch nicht weiter gekommen als seine Daumen in den Bund seiner Latzhose zu haken, um sie herunterzuziehen. Walker sah Roan geradewegs stur in die Augen.

An der Seite wartete John. Verflucht, Roan musste es jetzt hinter sich bringen.

„Hey, hör zu." Walker zögerte kurz, dann legte er eine Hand an Roans Wange und beugte sich vor. „Ich hatte viel Spaß. Danke für dieses Date."

Roan starrte ihn stumm und mit großen Augen an, und verdammt, er konnte es nicht tun. Nicht nur wegen der Show. Walker küsste Roan zärtlich auf die Wange. Er ließ seine Lippen dort etwas länger ruhen, als er geplant hatte. Dann drückte er seine Nase gegen Roans Wangenknochen. Irgendwie wurde daraus etwas noch Intimeres als ein einfacher

Kuss auf den Mund. Roan roch gut. Nach Wasser und Schweiß und darunter etwas Frisches und Würziges, wie Cilantro.

Scheiße.

Roan stand wie angewurzelt da, mit geschlossenen Augen. Walker erstarrte und fragte sich, ob er zu weit gegangen war. Das Herz klopfte ihm bis zum Halse. „Roan? Ich … stimmt etwas nicht?"

„Da ist etwas", flüsterte Roan, „auf meinem Bauch."

Walker packte Roans Schultern und sah nach unten. Und da war es und klebte an der weichen Haut, gleich neben dem scharf hervorstechenden Hüftknochen. „Das ist ein Blutegel."

„Oh Gott." Roan schwankte leicht und wurde leichenblass. Walker hielt ihn etwas fester.

„Die Kameras laufen noch, also werd bitte nicht ohnmächtig." Er tätschelte sanft Roans Schulter. „John? Wir haben ein Problem."

„Was ist los?" John trat zu ihnen und riss die Augen auf, als er sah, worauf Walker deutete. „Was ist das?"

„Ein Blutegel."

„Ist das ein Problem?"

„Das muss medizinisch behandelt werden."

John nickte, dann rief er: „Sani!"

Die Männer, die am Krankenwagen lehnten, kamen herüber. „Oh, cool. Blutegel. Das hatte ich noch nie … Alkohol, richtig?" Der Größere der beiden sah zu seinem Kollegen. „Hast du schon mal? Ich musste noch nie einen entfernen."

„Schon okay", sagte Walker. „Ich kann das machen. Ist nicht mein erster." Er tätschelte beruhigend Roans Wange. „Mach die Augen auf, Baby. Na, also. Ich mach ihn ab, ist keine große Sache. Aber du wirst dich ganz ausziehen müssen, damit ich nachschauen kann, ob da noch mehr sind. Ich sag den anderen, dass sie gehen sollen."

„Nein. Wir filmen das", sagte John. Walker warf ihm einen finsteren Blick zu. „Es steht so im Vertrag. Wir dürfen alles aufnehmen, mit Ausnahme der Genitalien."

„Schön. Wie auch immer. Aber lasst ihm etwas Luft zum Atmen, verdammt."

Sie zogen sich ein wenig zurück, aber die Kameras blieben dennoch auf Roan gerichtet, obwohl Walker sie am liebsten weggeschoben hätte.

„Wieso habe ich das nicht gemerkt?", fragte Roan mit wackeliger Stimme. Der kleine Löwe hatte scheinbar seinen Mut verloren. Walker nahm ihm das nicht übel. Von allen Kreaturen in Louisiana ekelte auch er sich am meisten vor Blutegeln.

„Sie verspritzen irgendein betäubendes Sekret, sodass man ihren Biss nicht spürt. Darum kannst du auch nicht wissen, ob noch mehr von den Dingern an dir hängen. Kannst du Blut sehen?"

Eine Sekunde lang ging Roans Blick ins Unendliche. „Ja, damit komme ich klar."

„Okay, gut. Es kann nämlich sein, dass recht viel Blut fließt." Zu den Sanitätern sagte er: „Ich brauche ein paar Tupfer, Alkohol und Pflaster."

Roan sah blass aus. Seine Hände zitterten, und Walker drückte kurz eine Hand.

„Soll man nicht eigentlich Salz draufstreuen? Das killt sie, oder?", fragte einer der Sanitäter.

„Ja, aber nicht, solange sie noch an der Haut sind. Sie könnten dann das Blut zurück in den Körper würgen und eine Infektion verursachen.

„Oh, Gott …" Roan schloss die Augen, und Walker ging auf die Knie.

„Das wird schon. Du wirst gar nichts spüren, versprochen." Er hob den Kopf und grinste Roan an. Roan starrte auf ihn hinab. „Denk dran, Aderlass per Blutegel wurde jahrhundertelang praktiziert."

„Genau wie das Schädel aufbohren."

Walker lachte, dann betrachtete er wieder den Egel. Sanft rieb er mit einer Hand Roans Bauch. „Bereit?", fragte er.

„Nein. Aber tu es trotzdem."

„Kleiner Löwe", flüsterte Walker, dann berührte er sanft die Haut rund um den Egel und tastete nach der schmalsten Seite. Er schob seinen Fingernagel unter das Tier und löste den Blutsauger vorsichtig ab. Blut tropfte an der Seite herab. Walker hielt den in Alkohol getränkten Tupfer bereit. Sobald der Egel losließ, schnippte Walker ihn zur Seite, damit er sich nicht an seiner Hand festsaugen konnte, dann drückte er den Tupfer gegen Roans Hüfte. Die Watte sog sich sofort voll Blut.

„Kannst du das für eine Sekunde so halten?", fragte er den Sanitäter.

Roan schaute nach unten, als der Sanitäter seine Hand gegen die Wunde drückte, während Walker einen neuen Tupfer mit Alkohol bereit machte. „Hier, lass mich." Er rieb den Alkohol in die Wunde, nahm mit der freien Hand noch mehr Watte heraus, die er wiederum gegen Roans Hüfte drückte. „Jetzt halte das hier und drück fest drauf. Ich schaue nach, ob da noch weitere Egel sind, okay?"

„Okay."

„Weißt du", sagte einer der Sanis beiläufig. „Es werden immer noch Blutegel in der Medizin benutzt. Zum Beispiel, wenn abgetrennte Finger wieder angenäht werden oder in anderen Fällen, wo anschließend geronnenes Blut aus der Wunde entfernt werden muss."

Walker musterte den Kerl. „Ja. Aber das hier ist etwas ganz anderes. Ich brauche hier drüben mehr Druck, bitte", sagte er und schnippte einen weiteren Egel zurück ins Wasser.

„Zweite Crew", hörte Walker John rufen. „Geht nachsehen, ab da irgendwo Alligatoren sind." Dann zu dem Kameramann, der Roan filmte: „Das hier ist ernsthaft gutes Material."

„Ja, ich fühle mich echt gut umsorgt, John", murmelte Roan sarkastisch.

John ignorierte ihn und sprach in sein Mikro: „Bereitet drüben beim Boot ein Set für ein Interview vor. Ich will das Wasser im Hintergrund haben. Sobald das hier erledigt ist, drehen wir anschließend ein kurzes Interview mit den Sanis. Dann haben wir das im Kasten und müssen es nicht im Nachdreh machen."

Walker erhob sich auf seine Füße und suchte Roans Brust und Rücken ab. Er hatte wirklich einen ganz schönen Sonnenbrand, wie Walker bemerkte. Roan würde etwas Aloe brauchen. Dann checkte er Roans Ohren. Dabei stand er wieder aufrecht vor ihm. Er hob Roans Gesicht an und schob seine Finger in Roans dichte Locken, um seine Kopfhaut abzutasten. Er schaute ihm in die Nase, dann sagte er: „Öffne deinen Mund."

Roan blinzelte ihn an. „Im Ernst?"

„Voller Ernst."

„Wirklich?", fragte einer der Sanitäter. „Ich wäre nie darauf gekommen, da nachzusehen."

Roan blickte zur Seite und öffnete seinen Mund. „Heb deine Zunge an. Okay, alles klar." Walker wartete, bis Roan ihn wieder ansah. „Ich weiß, das ist alles peinlich. Wir können auch warten, bis wir zurück im Haus sind, dann kannst du das selbst machen, aber ..." Er deutete auf Roans untere Hälfte.

„Tu es einfach", flüsterte Roan und schloss die Augen.

DIE WATTE HATTE sich erneut mit Blut vollgesogen. Die Sanitäter wechselten den Tupfer, während Walker behutsam die Latzhose über Roans schmale Hüften zog. Roan hielt sich an Walkers Schulter fest, während Walker seine Füße und Waden checkte.

„Die muss ich auch ausziehen", flüsterte Walker. Sein Herz begann zu rasen, als er auf Roans Unterhose deutete. „Du kannst vorn nachschauen, und ich checke deinen Po."

„Okay." Roans Stimme klang ein wenig erstickt.

Walker wusste bereits, was er finden würde, als er Roan die Unterhose über den Hintern zog. Er hatte den den Umriss des kleinen Blutsaugers durch Roans klatschnassen, weißen Slip gesehen. „Hier ist noch einer", sagte er. Ihm war etwas schwindelig.

Mist.

Roans Arsch war umwerfend. Fest und rund. Und er betonte Roans lange, lange und wunderschöne Beine.

„Ist es schlimm?", fragte Roan mit einem Anflug von Panik in der Stimme.

„Nein, der hier ist kleiner als die anderen. Das wird nicht so sehr bluten." Walker hielt die Hand auf, und einer der Sanitäter reichte ihm weitere alkoholgetränkte Wattetupfer. Dann entfernte Walker auch diesen Egel so wie die anderen.

Er hielt die Watte gegen die blutende Wunde, bis Roan sagte: „Diese Egel-Nummer ist nicht das, was ich normalerweise im Sinn habe, wenn ich daran denke, den Arsch gelutscht zu kriegen."

Walker lachte überrascht auf und spürte ein plötzliches Aufwallen echter Zuneigung. Er nahm noch etwas frische Watte aus der Tüte und befestigte sie mit einem Pflaster. Roan schaute über seine Schulter; er sah sehr verlegen aus.

„Entschuldigung. Ich sage immer so peinliche Sachen, wenn mir etwas … nun ja, peinlich ist."

„Das muss dir nicht peinlich sein", sagte Walker. „Nicht im Geringsten. Wie sieht es vorn aus?"

„Da ist nichts. Gott sei Dank."

Auch Walker war erleichtert. Er war wirklich nicht scharf darauf, einen Blutegel von Roans Eiern oder seinem Schwanz zu entfernen. „Gut. Zieh diese Jeans an." Walker stand auf und griff in den Truck, während die Sanitäter Pflaster auf die anderen kleinen Wunden klebten. „Die Bisse können noch eine ganze Weile bluten, aber ich bin sicher, es gibt im Haus einen Erste-Hilfe-Kasten, falls du die Pflaster wechseln musst."

„Ich mache deine Jeans ganz blutig."

„Das macht nichts." Walker betrachtete seine alte Wranglers. Er und Roan hielten sie beide fest. Er wollte sie gerade loslassen, als er einige Kratzer an Roans rechter Hand bemerkte. „Ist das von dem Wels?"

Roan hob seine Hand. Seine Wangen waren gerötet; und Walker fiel erst jetzt auf, dass Roan immer noch splitternackt war. Er behielt den Blick auf Roans Hand gerichtet. „Ja", sagte Roan. „Ich glaube schon? Irgendwas hat mich durch den Handschuh gekratzt, als ich mit der Hand in seinem Maul war." Er begann zu lachen, und Walker wurde klar, dass die Wirkung des Adrenalins nachließ. Er musste den kleinen Löwen dringend nach Hause bringen.

„Ich werde das reinigen", sagte einer der Sanitäter. „Und etwas desinfizierende Salbe drauftun. Nur zur Sicherheit."

„Du kehrst mit Kriegswunden von diesem Date heim." Walker riskierte einen Blick in Roans Gesicht und stellte fest, dass Roan ihn musterte. Er zwinkerte ihm zu. „Du hast das super gemacht heute. Um ehrlich zu sein, habe ich dir das gar nicht zugetraut."

Roan lachte, aber es klang müde. „Ich auch nicht."

„Okay, Jungs, zieht euch an; wir müssen los", sagte John.

„Tut mir leid, aber ich muss zuerst noch Walker untersuchen", sagte der Sanitäter. „Bitte zieh deine Sachen aus." Walker nickte. Er wartete, bis Roan in die Jeans geschlüpft war und John ihn zusammen mit dem anderen Sani zum Interview weggeführt hatte. Beinahe war er enttäuscht darüber, dass Roan ihn nicht auch nackt sehen würde. Wie du mir, so ich dir und so. Nach wenigen Minuten bestätigte der Sanitäter, dass Walker frei von Blutegeln war. Roan musste wirklich gut schmecken, dass er so viele Blutsauger angezogen hatte, obwohl Walker bedeutend länger im Wasser gewesen war als er.

Roan wirkte erschöpft, als Walker sich am Flussufer erneut zu ihm gesellte.

John sah auf die Uhr, dann sagte er: „Wir interviewen dich später, Walker. Wenn wir zurück im Haus sind. Wir haben jetzt ohnehin kein gutes Licht mehr, und das Wetter wird schlechter. Ich gehe und suche unsere Alligatorenjäger."

„Ich komme mit dir", sagte Walker. Er drehte sich um, um John zu folgen, verließ Roan jedoch nur widerwillig. Aber er zwang sich dazu und schaute nur zweimal zurück und sah Roan zu, als der mit den anderen Crewmitgliedern zurück zum Truck ging.

Als auch die zweite Crew dazustieß, saß Roan bereits auf dem Beifahrersitz und lehnte seinen Kopf ans Fenster.

„Oh, dein Junge ist müde", flüsterte John. „Du musst dich um ihn kümmern."

Walker verdrehte die Augen.

John grinste. „Wir haben heute ein paar gute Aufnahmen gemacht. Super. Andy wird sehr zufrieden sein."

„Mit dem Nudeln? Das will ich doch hoffen. Das war ein Mordsbrocken von Fisch, den er da rausgezogen hat."

„Ja, das auch. Aber wie ihr zwei gekuschelt habt und euch gegenseitig schöne Augen gemacht habt, und das gleich beim ersten Date. Andy wird geradezu sabbern."

Walkers Stimmung verdüsterte sich zusehends. Erstens fühlte es sich falsch an, solche kleinen Momente im Fernsehen zu zeigen, und zweitens hatte er Roan tatsächlich schöne Augen gemacht. Er konnte gar nicht anders. Auch konnte er es sich nicht leisten, sich in einen dieser Männer zu verlieben, aber Roan nach allem, was sie heute miteinander erlebt hatten, nach Hause zu schicken, würde schwer sein. Und morgen musste er noch einen dritten Kandidaten eliminieren.

„Hey." Roan setzte sich aufrechter hin, als Walker die Fahrertür öffnete, und lächelte verschlafen. „Haben die Alligatoren die anderen gefressen?"

„Nö", sagte John, womit er Roans Aufmerksamkeit auf sich zog. Walker atmete erleichtert auf. „Ihr könnt jetzt aufhören zu filmen", sagte John zur Crew und wies sie an zusammenzupacken. „Wir haben gutes Zeug im Kasten. Die im Wagen befestigten Kameras laufen natürlich weiter." Walker hielt während des ganzen Rückwegs den Blick auf die Straße gerichtet, weil die Schlaglöcher in dem alten Ford einfach brutal waren, was nicht wirklich eine Entschuldigung war, aber er nutzte sie nur allzu gern.

Sie fuhren schweigend, und als sie ankamen, stieg Walker nicht aus, um Roans Tür zu öffnen. Er blieb im Fahrersitz und wartete. Roans Knie waren weich, als er aus dem Wagen sprang, und Walker zuckte zusammen und war automatisch bereit, nach ihm zu greifen.

Roan schloss die Tür und lehnte sich an das nun offene Fenster. „Trotz der Blutegel hatte ich wirklich Spaß. Ganz ehrlich."

Walker nickte kurz, sagte aber weiter nichts. Roan wandte sich ab. Er wirkte verwirrt. Mit hochgezogenen Schultern betrat er das Haus. Die Krankenschwester dort war offenbar vorgewarnt worden, dass es einen medizinischen Zwischenfall gegeben hatte, denn sie tauchte fast sofort auf und folgte ihm in die renovierte Scheune. Die Jungs mit dem Krankenwagen waren fort.

Bevor Walker wegfahren konnte, war Molly da. „Morgen hast du ein Date mit vier Personen", verkündete sie ohne Einleitung. „Ben und Peter müssen dabei sein, aber abgesehen davon hast du die freie Wahl. Nur Roan kannst du nicht mitnehmen, da du heute mit ihm zusammen warst. Und was ist eigentlich jetzt gerade los mit ihm? Er sah aus wie ein getretener Hund, als er reinkam."

Walker ignorierte sie. „ Willst du mir erklären, wieso ich Ben und Peter aussuchen muss?

Molly verdrehte die Augen und sagte: „Also gut. Gott! Wir wollen einen von beiden in die nächste Staffel mitnehmen, okay? Also müssen sie es bis zur Schlussrunde schaffen oder wenigstens in die Nähe, aber sie dürfen nicht gewinnen."

„Oh. Okay, das macht Sinn."

Molly schnaubte. „Schön, dass wir dein Einverständnis haben. Nicht, dass wir es brauchen. Weißt du schon, wen du heute nach Hause schickst?"

„Japp."

„Sagst du mir, wen?"

„Nö."

Molly verdrehte die Augen so sehr, dass Walker dachte, sie wolle ihr eigenes Gehirn betrachten. „Schön, wie auch immer. Die Kostümleute haben einen Anzug für dich. Trag ihn bei der Zeremonie. Und gib jedem, der bleiben soll, ein Hufeisen."

„Ein Hufeisen?"

Gott.

Molly schlug Walker auf die Schulter, und ihr jugendliches Gesicht verzog sich zu einem breiten Grinsen. „Es ist nun mal ein kitschiges Format. Du schaffst das." Sie schlug einmal mit der flachen Hand auf das Dach des Ford, dann ging sie.

DIE KOSTÜMASSISTENTIN SAH abgekämpft aus, als sie Roan den Anzug brachte. Er hatte verlegen zugegeben, keinen zu besitzen und sich dafür hundertmal bei ihr entschuldigt, bevor sie wieder davongeeilt war.

„Ich weiß gar nicht, wieso du dir überhaupt noch die Mühe machst", rief Antoine ihr hinterher. „Heute Abend heißt es *Auf Nimmerwiedersehen, Reiher-Roan.*"

„Halt die Klappe, Antoine", sagte Peter zu Roans Überraschung. Er hatte nicht erwartet, irgendwelche Unterstützung zu bekommen. „Bis jetzt ist er der Einzige, der ein Einzel-Date mit Walker hatte, also ist er uns um Meilen voraus." Er warf Roan finstere Blicke zu.

Hm. Also doch keine Unterstützung.

Antoine schnaubte entrüstet, während er sich eine schreckliche, knallrote Krawatte band. „Wahrscheinlich haben die Produzenten angeordnet, dass er es etwas dramatischer machen soll, wenn er heute Abend abgesägt wird." Er zog theatralisch einen Finger über seine Kehle.

Roan erinnerte sich an den Moment, als Walker vor ihm gekniet hatte, um den Egel zu entfernen. Und dann an die sanfte Fürsorge, als er den Rest seines Körpers abgesucht hatte. Die zarte, fast nicht spürbare Berührung an der Unterseite seines Hinterns. Walkers liebevollen Blick, und wie er beschützend die Kameraleute versucht hatte wegzuschicken. Roan bekam heiße Wangen, als ihm bewusst wurde, dass er noch nicht nach Hause geschickt werden wollte. Und das nicht nur wegen des Geldes.

Verdammt.

Er hängte den Anzug auf seine kleine Kleiderstange, dann begann er sich umzuziehen. Würde Walker ihn nach Hause schicken? Da war ein guter Vibe zwischen ihnen gewesen, und Walker hatte Roan „kleiner Löwe" genannt. Aber vielleicht war das nur so ein Südstaaten-Ding, und jeder bekam Spitznamen? Vielleicht hatte Walker schon für jeden Kandidaten einen. War das alles nur für die Kameras gewesen? Ganz am Schluss war Walker seltsam und distanziert gewesen.

Roan zog das neue, weiße Oberhemd an, dann machte er sich auf die Suche nach einem freien Spiegel, um sich ordentlich die Krawatte zu binden, Das hatte seine Mutter ihm vor langer Zeit beigebracht. Gott, er vermisste sie.

„Geht es dir gut, Mama?", fragte er sein Spiegelbild. Ihre braunen Augen in seinem eigenen Gesicht erwiderten seinen Blick. „Ich hätte nicht gehen sollen. Ich meine, es gefällt mir hier. Es ist irgendwie schön. Aber ich mache mir Sorgen um dich."

Würde sie genug schlafen? Sicher kam Lindsay jeden Tag vorbei. Und falls sich ihr Zustand verschlimmerte, würde ihn jemand informieren. Oder? Die Produzenten der Show würden doch sicher nicht *so gemein* sein.

Er schloss die Augen und stellte sich vor, wie er ihr vom Nudeln und den Egeln erzählte. Sie würde gleichzeitig entsetzt und schrecklich belustigt sein.

Tränen stiegen ihm in die Augen. Es musste ihr einfach gut gehen. Und nicht nur im Augenblick. Sie musste wieder gesund werden und noch für lange Zeit seine Mama sein. Er hatte sonst niemanden. „Ich liebe dich", flüsterte er und schickte ihr über die Meilen hinweg seine Emotionen.

Roan schüttelte sich und öffnete die Augen. Walker stand hinter ihm.

„Und schon wieder eine private Unterhaltung", sagte er.

Walker schaute ihn verdattert an. „Es bist nur du und dein Spiegelbild."

„Na ja. Ich wollte mich nur ein bisschen aufbauen."

„Ich verstehe. Es ist gut, sich selbst zu lieben. Also … okay."

Ein Kameramann tauchte hinter ihnen auf. Aber da sie ohnehin ständig von zwei fest montierten Kameras beobachtet wurden und auch gerade nichts wirklich Interessantes taten, verschwand er schnell wieder.

Sie verfielen in angenehmes Schweigen, und Roan erinnerte sich daran, dass er immer noch keine Hose anhatte. Er deutete auf seine untere Hälfte. „Wir sollten wohl damit aufhören, uns so zu treffen, richtig?"

Walkers Augen funkelten belustigt- „Oh, ich weiß nicht. Mir gefällt es irgendw–"

„Da seid ihr ja. Wir müssen noch ein paar einleitende Szenen filmen." John warf einen Blick auf Roan, dann sah er noch einmal hin. „Ah, die gute, alte Ich-bin-zufällig-gerade-nackt-Strategie. Gefällt mir, Roan. Na ja, mir persönlich würde es noch besser gefallen, wenn du eine Frau wärst. Aber wenn es für Walker hier funktioniert, ist es gut für die Show." Er wandte sich direkt an Walker. „Ich hab's dir gesagt. Es sind Haie. Sie alle, sogar die schnuckeligen."

„So ist das nicht …", sagte Roan, aber John war schon dabei, Walker aus dem Raum zu ziehen. Roan klappte den Mund zu. Es spielte nicht die geringste Rolle, was Walker dachte, solange er Roan nicht schon jetzt nach Hause schickte. Er brauchte das Geld für die Behandlung seiner Mutter. Alles andere war unwichtig – weder der Vibe von vorhin, noch die Schmetterlinge in seinem Bauch jedes Mal, wenn er Walker sah, und auch nicht seine schwitzenden Hände bei jeder Begegnung. Nichts zählte, nur die Gesundheit seiner Mutter.

Er schwitzte wie verrückt und musste seine Krawatte dreimal neu binden. Aber es war ein schöner Anzug, ein weicher dunkelgrauer Stoff mit feinen Nadelstreifen. Und Chad konnte von ihm aus eine Zitrone lutschen – Roan würde seine Fensterglas-Brille tragen. Sie war für ihn ein bisschen wie eine Rüstung. Etwas, um sich dahinter zu verstecken.

Er hatte das Gefühl, so etwas zu brauchen.

UND JA, ER brauchte so etwas. Als Rüstung gegen die Langeweile. Roan unterdrückte sein millionstes Gähnen des Abends, während Andy, Molly und John über die aufgenommenen Reaktionsszenen diskutierten.

„Aufgepasst", rief Molly. „Kommt alle her, und auf drei klatscht und jubelt ihr! Eins …"

„Gott. Ich möchte bitte eliminiert werden, bevor ich an diesem hirnverbrannten Blödsinn sterbe", murmelte Chad in Roans Ohr. Dann stieß er einen Jubelschrei aus, während Roan die „Drei" verpasste.

„Jetzt", sagte Molly. Es klang, als wären ihre Zähne zusammengeklebt. „Versuchen wir es noch einmal, aber ohne die fischartig offenstehenden Münder." Sie starrte Roan an.

„Vielen Dank auch", murmelte Roan und stupste Chad in die Seite. Der grinste nur.

„Drei!"

Roan klatschte in die Hände und jubelte. Ein bisschen. Er hasste das. Ben, der neben ihm stand, schien das alles sogar noch mehr zu hassen. Er hatte einmal kurz seine Faust hochgereckt, dann hatte er die Hände in die Hosentaschen gestopft, was die Konturen seines Anzugs ruinierte.

„Okay, machen wir jetzt mit den Eliminierungen weiter. Die letzten Drei treten vor, alle anderen bleiben bitte auf ihren Markierungen", rief John.

Roan, Antoine und Bellamy stellten sich auf ihre Markierungen in der Mitte des Raums, die anderen standen in einem Halbkreis hinter ihnen. Die Visagistinnen fummelten ein wenig an Lukes Haar herum, dann gab Andy das Zeichen zum Weitermachen.

„Ja, wir haben uns heute Abend schon von einem Bewerber verabschiedet, und auch wenn es erst unser erster Eliminierungsabend ist, ich habe eine wichtige und … unerwartete Verkündung zu machen", sagte Luke, als würde er die Anweisung dazu mitten im Satz bekommen. Roan nahm an, das war auch der Fall. Sie hatten die Szene schon mehrmals gefilmt, und er hatte keine Ahnung, wie spät es war, wie viel Champagner er gehabt hatte, oder wieso er überhaupt hier war. „Heute Abend gibt es eine Extra-Eliminierung!"

„Moment mal … was?"

Die Worte klangen in Roans Ohren hohl. Sie mussten ihn meinen. Wozu sonst der Aufwand? Vielleicht hatte Antoine recht und das ganz „Date" mit Walker war ausschließlich für die Kameras arrangiert worden, um alles dramatischer zu machen, wenn er nun eliminiert wurde. Vielleicht war da überhaupt kein Vibe gewesen. Es war eine verdammte TV-Show. Alles nur gespielt. Er versuchte, sich unauffällig die schwitzigen Handflächen an den Hosenbeinen abzuwischen, aber die Kameras waren unablässig auf die drei Finalisten gerichtet, die ihr Schicksal erwarteten. Es war nur noch ein einziges Hufeisen übrig, und das Einzige, was Roan noch Hoffnung gab, war das verdatterte Gesicht von Antoine neben ihm.

„Das war eine gute Reaktion", rief Molly. Sie lächelte ihr Barrakuda-Grinsen, das auf ihrem süßen Gesicht stets so befremdlich aussah. „Aber ich würde es gern noch einmal machen. Auf drei reagiert ihr alle. Eins …"

Roan musste sich nicht einmal besondere Mühe geben. Er schien die entsetzte Miene überhaupt nicht mehr loszuwerden. Oh, Gott. Nicht nur würde er ohne irgendwelche nennenswerte Geldsummen nach Hause gehen, sondern auch gleich in der ersten Woche rausgeschmissen zu werden? Das war erniedrigend.

„Super. Könnt ihr drei Finalisten ein bisschen Solidarität demonstrieren, bitte?", sagte Molly und deutete auf sie. „Nehmt euch bei den Händen oder umarmt euch oder sowas."

Roan schluckte heftig, aber er erschauerte nicht einmal, als er spürte, wie Antoines ebenfalls verschwitzte Hand seine ergriff.

„Perfekt. Mach weiter, Walker", ordnete Molly an.

Walker sah aus, als wäre ihm das alles schrecklich unangenehm, während er die erforderlichen letzten zehn Sekunden hinauszögerte, bevor er das letzte Hufeisen hochhob. Es war mir einer roten Rose und einer Schleife verziert.

Roan fragte sich, ob auch die anderen sein rauschendes Blut und seinen schweren Atem hören konnten. Er selbst konnte kaum etwas anderes hören.

Ich will heute Abend nicht nach Hause geschickt werden, dachte er. Walkers Blick hing an ihm, und Roan wurde ein wenig schwindelig. *Und nicht nur wegen des Geldes.*

Er wusste, das war die Wirkung der Show auf ihn, mit ihrem ganzen Drum und Dran. In diesem Haus zu sein, mit all den anderen, die die Gunst desselben Mannes zu erringen versuchten, verdrehte ihm den Kopf und rief Gefühle hervor, die nicht echt waren. Aber verdammt, hier schwitzend unter den Scheinwerfern zu stehen, machte es schwer, sich daran zu erinnern. Er wollte einfach noch nicht nach Hause müssen.

Walker marschierte geradewegs zu Roan. Seine Miene zeigte feierlichen Ernst mit einer leichten Note Bedauern.

„Hey, kleiner Löwe. Willst du noch eine Woche bleiben und mit mir nudeln?", fragte er, und Roan brach in fröhliches Gelächter aus, bevor er sich zusammenriss und versuchte, cool zu wirken.

Neben ihm schrie Antoine: „Was zum Henker? Das ist nicht fair! Ich habe nicht einmal eine Chance bekommen!"

Walker sah ihn nicht einmal an. Er beugte sich ein wenig näher zu Roan und murmelte: „Sie haben dich bis zum Schluss warten lassen, damit es spannender wird. Tut mir echt leid."

„Okay. Das kannst du vor der Kamera nicht so sagen", unterbrach Molly. Sie legte eine Hand an ihren Ohrhörer und lauschte auf das, was

Andy vom „Kontrollraum" draußen im Van zu sagen hatte. „Andy möchte noch einmal die Stelle mit dem kleinen Löwen haben; das kannst du also wiederholen. Und Antoine, der säuerliche Ausdruck auf deinem Gesicht war super, aber bitte lass das Fluchen weg, ja? Machen wir es noch einmal."

Dieses Mal fühlte Roan sich beim Drehen bedeutend besser.

„Ich würde unheimlich gern bleiben", sagte er, als Walker ihn zum zweiten Mal fragte. „Aber ich bin nicht sicher, was das Nudeln angeht."

„Das ist okay für mich." Walker setzte sein schiefes Grinsen auf, das Roan inzwischen schon so vertraut und auch lieb geworden war. „Ich habe noch viele andere Ideen für spannende Dates."

„Oh, ja? Wieso fürchte ich mich jetzt?", fragte Roan, und sie beide lachten.

Neben ihnen kochte Antoine. Roan ging zu den anderen zurück, während Walker sich bemühte, ein paar höfliche Worte mit Antoine zu wechseln. Aber der Kerl wollte davon offenbar nichts mehr wissen. Stattdessen wandte Walker sich Bellamy zu, dem anderen ausgeschiedenen Bewerber, der sein Los bedeutend besser hinnahm.

„Hey, Mann."

Roan riss den Blick von Walker weg und stellte fest, dass Ben neben ihm stand. „Oh, hey."

„Ich freue mich, dass es die beiden erwischt hat und nicht dich."

Roan lächelte ihn an. „Danke. Ich freue mich auch."

Ben legte Roan einen Arm um die Schultern und schüttelte ihn ein bisschen. „Du bist der Einzige hier, dem ich nicht was aufs Maul hauen will."

Roan lachte, und ein Kameramann trat näher, um alles aufzunehmen. „Chad ist ganz in Ordnung."

„Chad würde dich ohne zu überlegen vor die Hunde gehen lassen."

Roan zuckte die Achseln und sagte: „Ich hole mir was zu trinken."

Es wurden an diesem Abend beinahe alle ziemlich betrunken, Walker eingeschlossen, als er beschloss zu zeigen, wie gut er Cocktails mixen konnte. Das war ein witziges Schauspiel, besonders da Walkers Grinsen mit jedem Glas, das er trank, dusseliger aussah. Nach einer Weile schienen die Leute zu vergessen, warum sie hier waren, und dann wurde der Abend wirklich lustig. Roan selbst hielt sich beim Trinken zurück. Er mochte das Gefühl von Kontrollverlust nicht, aber es war super, die anderen dabei zu beobachten, wie sie jede Vorsicht aufgaben und einfach nur Spaß hatten. Alle außer Ben, wie es schien.

Walker hatte die Aufgabe, mit jedem der Bewerber, die noch stehen konnten, ein kleine, „private" Unterhaltung zu führen. Antoine hatte mürrisch seine Sachen gepackt und war zu einem örtlichen Hotel gefahren worden. Als Walker mit Ben zur hinteren Veranda ging, zog Chad Roan nach draußen, und beide ließen sich in je einen der Schaukelstühle plumpsen, die vor dem Haus standen.

„Also, komm schon, Mann, spuck's aus. Was ist wirklich abgegangen, als ihr zwei Nudeln wart? Oder sollte ich besser Knuddeln sagen?" Chad lachte sich halbtot über seine eigenen Worte, als hätte er den größten Witz aller Zeiten erzählt. Roan starrte ihn nur an, bis er sich wieder beruhigte. „Nein, ernsthaft, was ist passiert? Walker kann die Augen gar nicht mehr von dir lassen."

„Antoine würde sagen, dass er wahrscheinlich einfach nur Angst hat, ich könnte umkippen oder mich übergeben oder so etwas."

„Alter, komm schon." Chad legte Roan einen Arm um die Schultern. „Erzähl es Onkel Chad."

Roan schüttelte den Arm ab und lachte. Also gut, Chad würde sich morgen sowieso an nichts mehr erinnern. Aber die Kameras schon. „Okay, na ja, es war so, wie ich es dir schon erzählt habe. Wir haben wirklich Welse gefangen, mit bloßen Händen." Er wackelte mit den Fingern und zeigte Chad die Hautabschürfungen, die er selbst durch die Handschuhe hindurch davongetragen hatte. „Aber danach hat er mich auf die Backe geküsst."

„Ohhhh", machte Chad spöttisch, aber es klang immer noch gutmütig. „Auf die *Backe*, ja?"

„Ja, aber dann bin ich total ausgeflippt, weil ich merkte, dass etwas Ekliges und Schleimiges an meinem Bauch klebte.

Chad starrte ihn mit offenem Mund an, dann lachte er erneut. „Bist du wirklich sicher, dass du schwul bist?"

„Nein, ernsthaft!, sagte Roan lachend. „War ein Blutegel."

„Oh, Scheiße, nein."

„Japp. Walker musste ihn von mir abziehen. Ich schwöre, die Wunde hörte eine halbe Stunde lang nicht auf zu bluten. Und dann ..." Er war froh, dass es auf der Vorderveranda so dämmerig war, denn er fühlte, wie sich seine Wangen erhitzten. „Ich musste mich ganz nackt ausziehen, weil Walker sehen wollte, ob da noch mehr Egel waren."

„Ist ja nicht wahr! Dieser Perversling!"

„So war es nicht. Er fand noch einen an mir, also war es gut, dass er nachgesehen hat."

„Oh, eklig. Wo war der Egel?"

„Auf meinem Arsch", gab Roan zu, und Chad brüllte vor Lachen. Er war vornüber gebeugt und wischte sich Tränen aus den Augen, da kam Walker aus dem Haus.

„Woher wusste ich, dass ich dich hier draußen finden würde?", fragte er Roan. „Komm, diesmal haben wir eine nicht ganz private Unterhaltung." Er nickte mit dem Kopf in Richtung des Hauses. Roan stand auf, als Walker wieder im Haus verschwand. Chad hörte auf zu lachen und ergriff Roans Handgelenk.

„Niemand von dem Rest von uns hat die geringste Chance", sagte Chad. „Gott, wie er dich ansieht!"

„Du bist betrunken", sagte Roan, aber er konnte nichts gegen die Schmetterlinge tun, die in seinem Bauch aus ihrem langen Dornröschenschlaf erwachten.

„WOW, IST DAS gemütlich hier." Roan bewunderte die kleine, überdachte und windgeschützte Terrasse an der rechten Seite der Scheune. Da hatte bisher niemand reingedurft. Es gab dort eine bequeme Couch, und man hatte einen schönen Blick durch die Glaswände, mit der Farm in der Ferne. Aber drei Kameras waren auf die Couch gerichtet, und darüber hing ein Mikrophon. „Ich komme mir vor, als stünde mir ein Verhör bevor oder sowas."

„Kommt der Sache nahe", sagte Walker. Er nahm behutsam Roans Arm und schob ihn zur Couch. „Hier sollst du mir nun deine dunkelsten Geheimnisse anvertrauen."

Walker verdrehte drollig die Augen, als er das sagte, und warf einen Blick zu den vier Crewmitgliedern, die ihre Nasen und Kameras in ihre Angelegenheiten steckten. Roan wollte nach einem Kissen greifen und es sich vor den Bauch halten, aber er beherrschte sich. Stattdessen zog er ein Bein unter seinen Hintern und drehte sich ein bisschen, sodass er Walker ins Gesicht schauen konnte und nur in eine der Kameras anstatt alle drei.

„Und? Wie fandest du die erste Eliminierung", fragte Walker. „Freut es dich, dass du noch bleibst?"

„Es war nervenzerfetzend", gestand Roan, dann schlug er Walker spielerisch auf den Arm. „Danke vielmals, dass ich bis ganz zum Schluss da stehen musste. Und dann Antoine. Ausgerechnet. Ich meine, Bellamy war ein feiner Kerl, aber Antoine? Ernsthaft …"

Walker wurde rot und hob beschwichtigend die Hände. „Das war nicht meine Entscheidung, glaub mir. Sie wollten einfach mehr Drama oder so. Ich wusste die ganze Zeit über, dass ich dich behalten würde." Er sagte das, ohne zu lächeln. Vielmehr runzelte er eine Sekunde lang die Stirn.

„Nun flipp nicht gleich aus vor Freude darüber", neckte Roan ihn sarkastisch.

Walker lachte leise und rieb sich mir den Händen übers Gesicht. Dann hob er die Hände und starrte sie an, als wären sie schmutzig. „Sorry, es war ein langer Tag. Sie zwingen mich, Make-up zu tragen.

Wusstest du das?"

„Ja. Kylie hat mich ebenfalls mit einem Lippenstift verfolgt." Roan biss sich auf die Innenseite seiner Wange und versuchte, etwas Interessantes zu finden, das er sagen könnte. Er fühlte sich ein wenig bloßgestellt oder wie in einem Bewerbungsgespräch. Er unterdrückte den Drang zu erzählen, wie schnell er tippen konnte und dass er beim Bedienen eines Apple Macintosh Rechners auf dem neuesten Stand war. „Ich habe in deinem Lebenslauf gelesen, dass du auf der Uni warst", sagte er schließlich ins Blaue hinein. „Wo hast du studiert?"

Walker sah einen Moment lang verdattert aus, dann drehte er sich ein wenig auf der Couch, sodass er seine Hand auf die Rückenlehne legen konnte. „Ich war auf der LSU. Go, Tigers. Ich habe Agrarwissenschaften studiert."

Roan war total abgelenkt von Walkers Hand, die sanft über dem Stoff der Couch hin- und her rieb. Seine Fantasie lieferte ihm ein Bild von ihnen beiden allein auf eben dieser Couch, ohne Kameras oder adleräugige Produzenten. Er würde seine Hand auf Walkers legen, ihre Finger miteinander verschränken, Walkers gebräunte Knöchel küssen und ihn an sich ziehen. Er räusperte sich. „Ich wette, sie konnten dir dort nichts Neues mehr beibringen."

„Oh, du würdest dich wundern. Ich wusste kaum etwas über die finanziellen Aspekte bei der Führung einer Farm. Oder über Marketing und dergleichen. Ich lernte viel darüber, wie ich unsere Ranch modernisieren, die Produktion nachhaltiger gestalten und anders mit der Feldbewirtschaftung umgehen konnte."

„War dein Vater damit einverstanden?"

„Sicher." Walkers Blick fand Roans. Seine Augen funkelten amüsiert. „Er tut so, als wäre er ein sturer Brummbär, aber er ist froh darüber, dass ich die Farm jetzt führe und so Manches verbessere."

„Hat es Spaß gemacht, für eine Weile fort zu sein und zur Uni zu gehen?"

Walkers Lächeln wurde ein wenig hintergründig. „Das kann man so sagen.“ Er hüstelte. „Aber genug von mir. Erzähl mir ein bisschen was über dich. Hattest du irgendwelche dauerhaften Beziehungen?“

„Wow. Gleich auf den Punkt, hm?“, lachte Roan und wandte den Blick ab. Er hatte ganz vergessen, dass da Kameras waren. Hastig schaute er wieder Walker an. „Ich hatte einen festen Freund auf der Uni, das hat jedoch nicht gehalten. Aber wir haben eine Weile lang zusammen gewohnt. Seine Mutter war Modedesignerin, und ich wurde immer zu irgendwelchen schicken Partys mitgeschleift. Es war irre. Seine Mutter steckte mich in ihre selbstentworfenen Klamotten. Ich habe hier und da für sie gemodelt. Ich, äh …“ Er errötete, fuhr aber fort: „Ich muss zugeben, dass mir ihre Sachen gefielen. Der Rest der Beziehung eher nicht so sehr.“

Walkers Hand fiel herab auf Roans Knie. „Mir ist gleich aufgefallen, dass du immer sehr gut gekleidet bist. Das ist ein ganz anderes Leben als das auf einer Farm.“

„Ich habe bereits ein ganz anderes Leben“, flüsterte Roan. „Die Kleidungsstücke sind alles, was davon noch übrig ist.“ Walkers Hand blieb wo sie war. Roan ergriff sie und streichelte sanft die Adern, die unter der Haut sichtbar waren. Walker hatte gepflegte, kurzgeschnittene Nägel und lange, kräftige Finger. Seine Handflächen waren breit und ein wenig rau. Es waren zuverlässige Hände. Walker packte Roans Finger, als der seine Hand zurückziehen wollte, und drehte seine Handflächen nach oben.

„Was machen deine Verletzungen? Haben die Egelbisse aufgehört zu bluten?“

„Ja, das haben sie.“

Er fuhr mit den Daumen über Roans Lebenslinien. „Keine Anzeichen für eine Infektion?“

„Nein, sieht nicht so aus.“

„Gut“, flüsterte Walker. Roan bekam wohlige Gänsehaut an den Armen. Es war, als wären Walkers Hände magnetisch, und Roan hatte keine Chance, ihrer Anziehung zu widerstehen. „Das ist gut.“ Walkers

Pupillen waren geweitet, als er Roan in die Augen sah. „Die Situation ist ganz schön seltsam, oder?"

„Sehr seltsam", stimmte Roan zu. „Ich wünschte, wir könnten einfach allein sein und … du weißt schon."

Walker Augenbrauen hoben sich. „Ich glaube nicht, dass ich *schon weiß*", sagte er, und Roan bekam heiße Wangen. „Bitte erleuchte mich."

„So habe ich das nicht gemeint", protestierte Roan. Walker schmunzelte. „Ich wünschte nur, wir könnten frei und unbeobachtet miteinander reden, weißt du?"

„Ja, ich weiß, was du meinst." Eine Weile sagte Walker nichts. Er musterte Roan, als würde er nachdenken. Dann beugte er sich vor, ließ Roans Hand los, umfasste stattdessen Roans Nacken und zog ihn zu sich heran. „Wir könnten ja versuchen, uns irgendwo allein zu treffen, wenn du magst", flüsterte Walker in Roans Ohr. Roan erschauerte unter Walkers heißem Atem.

Er zweifelte nicht daran, dass die Kamera trotz des Flüsterns jedes Wort einfing, aber vielleicht gehörte das alles zum Spiel.

„Ist das erlaubt?", fragte Roan und drehte ein wenig den Kopf. Seine Lippen streiften Walkers Bartstoppeln, und er schloss die Augen.

„Nein", hauchte Walker. „Kümmert uns das?"

Roan schüttelte den Kopf. Der Moment dehnte sich. Die Zeit schien aus nichts weiter als ihrem Atem und dem Blinzeln ihrer Augen zu bestehen, als sie sich voneinander lösten und sich ansahen. Roans Magen dreht sich um.

„Viel Glück bei dem Versuch, euch heimlich zu treffen, Jungs", sagte John fröhlich und verdarb den Moment. „Aber danke für die Aufnahme. Wir haben gutes Zeug im Kasten. Die Zuschauer werden es lieben."

Roans Wangen glühten noch heißer, aber Walker drückte seine Hand.

John wandte sich an einen Assistenten. „Die Nächsten."

Dann wurde Roan von Walker weggezogen, und die Intimität des Augenblicks war endgültig dahin.

WOCHE ZWEI

DEN SAUSTALL AUSMISTEN

Kapitel 9

BEN HATTE IM Schlaf einen Arm über seinen Kopf geschlungen; der andere lag auf seiner Brust. Er atmete tief und gleichmäßig. Seine Augen tanzten unter den Lidern. Unten lugten seine Füße unter der Decke hervor – er war eindeutig zu groß für das Bett. Aus dem oberen Etagenbett über ihm kamen Schnarchgeräusche. Das Zimmer war vom blassen Grau des frühen Morgenlichts erfüllt.

„Du solltest eigentlich nicht hier sein.“

Walkers Herz setzte für einen Schlag aus, als er herumwirbelte und einem verschlafen aussehenden John gegenüberstand, komplett mit strubbeligen Betthaaren.

„Ich brauche Hilfe beim Reparieren des Traktors. Und er ist Mechaniker.“

„Tut mir leid, Mann. Aber die Regeln … Du kannst nicht einfach das Haus betreten, ohne es uns zu sagen. Aber ich kann dir einen Mechaniker besorgen in–“ Er schürzte die Lippen. „Warte, lass mich Andy anrufen.“ Er machte einen Schritt aus dem Zimmer, dann dreht er sich zu Walker um. „Ich darf dich nicht hierdrin mit den Kandidaten allein lassen. Kannst du bitte mit in den Flur kommen?“

Walker verdrehte die Augen. Was dachten sie, was er tun würde? Einen von ihnen anspringen und in den zwei Minuten, die John nicht dabei war, wilden Sex haben, solange die Kameras nicht liefen? Natürlich liefen die Kameras immer und überall, also würden sie nicht einmal etwas verpassen.

John bedeutete Walker, ihm zu folgen.

„Schön.“

Während John ein hektisches Telefongespräch nach dem anderen führte, lehnte Walker im Flur an der Wand, ein Bein angewinkelt und den Fuß dagegen gestemmt. Es war ihm gleich, ob er einen Fleck hinterließ. Er sah auf seine Armbanduhr. Der Morgen ging dahin, dabei hatte er noch jede Menge Arbeit zu erledigen, bevor diese alberne Fernsehshow den Rest seines Tages beanspruchen würde.

„Alles klar“, sagte John schließlich. „Eine Sound- und Camcrew ist unterwegs. Wir werden Ben wecken, ihn verkabeln und ihm dann sagen, dass er sich wieder hinlegen und so tun soll, als würde er noch schlafen. Dann kannst du dein Ding machen.“

„Was?“ Walker starrte John an.

„Andy ist der Meinung, das könnte ein tolles Mystery-Date werden.“

„Das soll wohl ein Scherz sein.“

„Ich fürchte, nein.“

„Dann nehme ich lieber den anderen Mechaniker, den ihr habt.“

„Witzig. Ah, da sind die Tontechniker.“ John drehte sich um und bedeutete den Männern, ins Schlafzimmer zu gehen. „Okay. Könnt ihr bitte Ben verkabeln?“

Aus dem Schlafzimmer drang jede Menge Gegrummel und Beschwerden. Walker verzog das Gesicht. Er war sicher, dass Ben ihm gern mit dem Traktor geholfen hätte, Aber als Date? Und das noch vor dem Morgengrauen?

John klatschte in die Hände. „Und jetzt Ruhe, bitte! Das gilt für alle. Tut alle so, als würdet ihr noch schlafen, besonders du, Ben.“ Er wartete ein paar Sekunden, bis das Rascheln von Bettzeug verstummte, dann sagte er: „Okay, Walker. Du bist dran.“

Walker kam sich vor wie der größte Idiot auf Erden.

„Ben“, flüsterte er. Ben öffnete die Augen und setzte sich sofort auf. Er war jetzt eindeutig hellwach.

„Nein, du musst verschlafener aussehen“, wies John ihn an. „So wie gerade, als wir dich geweckt haben..“

„Du meinst, als er nach seiner Mama gerufen hast", sagte jemand aus einem anderen Etagenbett.

„Halt die Klappe, Clark", sagte Ben, aber er grinste und legte sich wieder hin. Er zwinkerte Walker zu. „Verschlafen. Alles klar."

„Okay, Walker, wenn du nochmal rausgehen könntest? Dann komm wieder rein", sagte John.

Dies würde ein langer, langer Morgen werden.

Dieses Mal blinzelte Ben verschlafen und murmelte ein wenig vor sich hin, als Walker seinen Namen sagte. „Ich bin's nur. Tut mir leid, dich zu wecken, aber ich könnte deine Hilfe gebrauchen."

Ben blinzelte noch einmal langsam, bevor er Walker richtig ansah. „Oh. Sicher. Ja." Er schwang die Beine aus dem Bett und zog den Kopf ein, damit er nicht an das obere Bett stieß, dann schob er die Bettdecke zur Seite. Mit einem verlegenen Grinsen rückte er seinen Schwanz in seiner Boxershorts zurecht. „Das hast du davon, wenn du mich so früh am Morgen überraschst. Sorry."

„Dafür musst du dich bei mir nicht entschuldigen" sagte Walker und trat einen Schritt zurück, um Ben etwas Platz zum Aufstehen zu geben. „Ich warte unten."

„Fünf Minuten", sagte Ben. Walker nickte, dann verließ er das Zimmer.

Verdammt. Ben hatte ganz schön was in der Hose.

Walker wanderte in die Küche, um dort zu warten und sich einen Kaffee zu machen, damit er etwas zu tun hatte. Die Kameraleute waren ihm nach unten gefolgt, sodass die Jungs oben wenigstens in Ruhe duschen konnten, wie es schien. Er würde nachher Roan fragen müssen. Falls er überhaupt Gelegenheit bekommen würde, ihn zu sehen. Er hatte die ganze Nacht an Roan denken müssen – an seine perfekten, dunklen Brauen. Wie sie sich wohl unter seinen Fingern anfühlen mochten. Erneut traf ihn die Erinnerung an Roans nackten Körper wie ein Blitzschlag. Die Nippelpiercings. Der süße Hintern. Er hatte vergangene Nacht zu viele Stunden damit zugebracht, sich vorzustellen, was ohne

Kameras und Zeugen sowohl aus der Nacktheit nach dem Nudeln als auch aus dem zärtlichen Augenblick auf der Couch hätte werden können. Seine Eier kribbelten immer noch, so heftig war er gekommen.

Er räusperte sich und nippte an seinem Kaffee, dann lenkte er seine Gedanken weg von solchen Bildern, bevor er erneut einen Harten bekam.

„Hey, Mann. Oh, danke. Kann ich mir einen Kaffee nehmen?" Ben gähnte, klopfte Walker auf den Rücken und griff nach einem Becher. „Was hast du für ein Problem, bei dem du Hilfe brauchst?", fragte er, dann schaute er auf die Uhr an der Mikrowelle. „Um Viertel nach fünf am Morgen?"

„Sorry deswegen. Einer meiner Traktoren will nicht anspringen." Walker warf einen Blick zu John. Scheiß drauf. Sie konnten die Szene ja schneiden. „Für gewöhnlich kriege ich das irgendwie hingefummelt, aber heute nicht. Ich hatte die Hoffnung, du könntest dir das mal ansehen. Aber dann hat John mich erwischt, wie ich ins Schlafzimmer geschlichen bin, um dich um Hilfe zu bitten. Er wollte, dass ich daraus ein Mystery-Date mache."

Für einen langen Moment sagte Ben nichts, dann lachte er. „Klar, Mann. Ich habe schon lange nicht mehr mit schweren Maschinen gearbeitet, aber ich kann mir das mal ansehen." Er goss Milch in seinen Kaffee, schaute Walker an, dann rührte er um. Walker lächelte. „Also, wie würde dein Tag heute aussehen, wenn du nicht bei dieser Show mitmachen würdest?"

„Ich würde nach dem Vieh sehen und es füttern, die Winterweiden vorbereiten und alles für die Kälbersaison bereit machen. Manchmal ernten wir um diese Jahreszeit immer noch Heu, aber das haben wir Gott sei Dank schon erledigt. Im Juli müssen wir allerdings noch einmal mähen. Wenn die Dreharbeiten vorbei sind." Walker zuckte die Achseln. „Das alles hängt in Louisiana stark vom Wetter ab."

„Wer macht jetzt die ganze Arbeit, wo du so beschäftigt bist?"

Walker starrte aus dem Küchenfenster. Dichter Nebel hing am heller werdenden Horizont, aber Walker glaubte nicht, dass es lange hell bleiben würde. „Mein Vater hilft immer noch aus. Und ich beschäftige zwei Vollzeit-Farmarbeiter. Ich stelle weitere ein, wenn nötig."

„Ich wette, ein zusätzliches, ständiges Paar Hände wäre nicht schlecht, oder?" Bens Gesicht war halb hinter seinem Kaffeebecher verborgen, aber in seinen blauen Augen stand ein Hauch von Skepsis. Walker fragte sich, worüber er sich solche Sorgen machte.

Er wägte seine Worte sorgfältig ab, dann sagte Walker: „Sollte ich jemals jemanden finden – bei dieser Show oder sonstwie – dann würde ich denjenigen tun lassen, was ihm gefällt. Falls das die Arbeit auf einer Farm ist, großartig. Dann wäre ich gewillt, ihm alles beizubringen, was er wissen will. Aber wenn er schon einen Job hat und dabei bleiben will, ist das für mich auch in Ordnung. Ich werde ihn auf keinen Fall dazu bringen, eine Arbeit aufzugeben, die er liebt. Wieso lächelst du?"

„Dein Akzent wurde gerade stärker."

Walker musste widerwillig lachen. Er griff nach seinem Hut, den er auf dem Küchenschrank abgelegt hatte, und pflanzte ihn auf seinen Kopf, sodass er ihn über seine Augen ziehen konnte. „Na ja, du hast mich ein bisschen in die Ecke gedrängt."

„Das war nicht meine Absicht." Ben zögerte, dann stupste er Walker mit der Schulter an. „Dann lass uns mal deinen Traktor reparieren."

„Hier entlang." Walker brachte Ben zum Ford. Ein Mitglied der Crew fummelte mit der fest installierten Kamera im Wagen, und John stieg bereits auf den Rücksitz. Privatsphäre. Walker war nie wirklich klar gewesen, wie viel davon er gehabt und wie sehr er das geschätzt hatte.

Ben trug wieder eines seiner weißen T-Shirts und dazu eine alte, abgewetzte Jeans, was gut war, denn innerhalb von nur zehn Minuten waren seine Sachen ölverschmiert. Irgendwo im Hintergrund war Fluchen zu hören – einer von der Crew hatte auf die harte Tour gelernt, woraus Kuhfladen bestanden. Walker bemühte sich, nicht zu lachen. Ben murmelte vor sich hin, während er mit Walkers Werkzeug hantierte. Nachdem Walker dreimal gefragt hatte, ob er helfen konnte, Ben aber jedes Mal abgelehnt hatte, lehnte Walker sich einfach an den Traktor und gab sich damit zufrieden zuzusehen. Nach dem Winkel der Kamera zu urteilen, wollte auch John sichergehen, eine gute Aufnahme zu bekommen.

„Mit was für Motoren arbeitest du für gewöhnlich?", fragte Walker.

„Luxusautos meistens dieser Tage. Aber ich habe jahrelang mit schweren Lastwagen gearbeitet, falls du dir Sorgen darüber machst, ob ich weiß, was ich tue." Er straffte den Rücken und grinste Walker an.

„Nö, ich mache nur ein wenig Smalltalk", grummelte Walker.

Ben grinste breiter. „Und was ist mit dir? Wolltest du schon immer die Farm übernehmen?"

„Ich bin ein Einzelkind, also habe ich das nie in Frage gestellt. Aber ich hätte dieses Leben in jedem Fall gewählt. Ich liebe es."

Ben griff nach einem Lappen und wischte sich die Hände ab. „Es ist harte Arbeit."

„Das ist der Mechanikerjob auch."

„Aber das ist etwas anderes. Ich habe immer noch feste Arbeitszeiten, und meistens kann ich innen arbeiten. Du bist bei Wind und Wetter draußen. Von den Tieren ganz zu schweigen." Bens Grinsen ließ nach. Er nagte an seiner Unterlippe und verstummte. Dann sagte er: „Ich habe gehört, dass du ein paar Blutegel von Roan entfernen musstest."

Walker riss überrascht den Kopf hoch. „Das hat er dir erzählt?"

Erneut zögerte Ben. „Ich hörte, wie er es Chad nach der Hufeisenzeremonie erzählte. Er hat aber nicht damit angegeben oder sowas", fügte Ben hastig hinzu. Er rieb sich den Nacken und hinterließ dort einen Streifen Schmieröl. „Chad hat ihn gedrängt, Einzelheiten preiszugeben. Scheiße, ich hätte die Klappe halten sollen."

„Nein, schon gut." Walker lachte, obwohl ihm nicht danach zumute war. „Bei dieser Show ist sowieso nichts privat. Richtig?"

Ben verzog das Gesicht. „Richtig."

„Jungs", rief John. „Das hier ist nicht gerade spannendes Fernsehen. Entweder benimmst du dich eifersüchtiger, Ben, oder rede über etwas anderes. Und Ben, falls du an irgendeinem Punkt das T-Shirt ablegen willst, tu dir keinen Zwang an."

„Ablegen? Mein T-Shirt?" Ben sah auf drollige Art verwirrt aus. Und ein bisschen verlegen. „Wieso?"

Walker schaute John an und verdrehte die Augen. „Weil er ein Arsch ist. Und weil du versuchen sollst, mich zu verführen."

„Oh." Ben errötete bis unter die Haarwurzeln. „Ähm …"

„Ich mache nur Witze, und ihn kannst du ignorieren." Walker schlug gegen den Reifen des Traktors. „Also, wie lautet dein fachliches Urteil?"

„Ich fürchte, du wirst einige Ersatzteile bestellen müssen. Aber sobald die da sind, kann ich sie einbauen." Ben grinste, obwohl sein Gesicht immer noch knallrot war. „Du kannst mich mit Küssen bezahlen."

Walker lachte verdattert und sah Ben von oben bis unten an. Der Mann füllte seine Kleidung gut aus. Er war größer als Walker, und auch breiter gebaut, mit einem Gesicht, das dem eines männlichen Models würdig war. Hohe Wangenknochen, volle Lippen.

„Ich glaube, das würde mir nicht schwerfallen", flirtete Walker, aber es war ihm nicht ganz wohl dabei.

Es war nur um der Show willen, sagte er sich. Das Flirten mit Ben jedenfalls. Gestern Abend mit Roan hingegen? Das war nicht für die Show gewesen.

Mist. Er steckte schon zu tief drin.

VON DER GANZEN albernen Show war John wahrscheinlich der einzige Mensch in der Crew, den Walker mochte, aber in diesem Moment hätte er am liebsten mit harten Gegenständen nach ihm geworfen. Er saß auf der großen Rundum-Veranda seines Elternhauses. Es donnerte in der Ferne, während die Grillen lauter zirpten als jede Autohupe. Einer der

Tontechniker war auch da, aber Walker nahm an, sie würden den Lärm in der Nachbearbeitung heraus-editieren müssen. Er hatte einen Stapel mit Porträtfotos von den Bewerbern bekommen und sollte sich einen für das nächste Einzeldate aussuchen.

„Du siehst aus, als würdest du dein nächstes Mordopfer aussuchen, und nicht einen Kandidaten für ein romantisches Date", sagte John. „Ich weiß, dir macht das keinen Spaß, aber Andy sagte, ich soll hier stehen bleiben, bis wir eine Aufnahme haben, auf der du verschmitzt guckst oder sowas." Er seufzte. „Okay, wen willst du auf keinen Fall?"

„Davis", antwortete Walker ohne Zögern.

„Okay, und wen noch?"

Walker blätterte die anderen Fotos noch einmal durch. An ein paar Gesichter konnte er sich kaum erinnern. Dann schloss er auch Viktor und Chad aus. Als er Roans Foto in der Hand hielt – eine recht alberne Aufnahme von ihm, wie er in die Ferne blickte und seine falsche Brille in den Händen hielt – zögerte Walker. Als er dieses Foto zum ersten Mal gesehen hatte, hatte er auch schmunzeln müssen. Aber jetzt, da er Roan kannte und wusste, wie die Schenkel unter der albernen, roten Samthose aussahen …

Abrupt drehte er das Foto um, als ihm klar wurde, dass John ihn dabei filmte, wie er es beinahe liebkoste.

„Okay", sagte John. „Ich habe, was wir brauchen. Jetzt müssen wir über dein Date mit Ben von heute früh reden, und dann über deine Entscheidung, bei der ersten Eliminierung nicht Bellamy, sondern Roan zu behalten."

Walker stöhnte, dann stand er auf. „Schön. Aber ich brauche etwas zu trinken", sagte er und verschwand im Haus.

Auf dem Weg durch den schmalen Korridor lugte er ins Wohnzimmer. Paps lag leise schnarchend auf der Couch. Ab und zu zuckten die Finger seiner Hand, die auf seiner Brust lag.

Walker seufzte, ging weiter in die Küche und öffnete den Kühlschrank. Er griff nach der Karaffe mit dem Eistee. Dabei fielen ihm die

Insulinspritzen seines Vaters ins Auge. Leise schloss er den Kühlschrank wieder und ging zurück nach draußen zu John.

„Was willst du wissen?"

„Wie lief es heute Morgen so mit Ben?"

„Gut."

„Ach, komm, Walker. Wir müssen die Zuschauer unterhalten. Ein bisschen mehr muss da schon kommen."

Walker rieb sich den Nacken und sagte schließlich: „Ben war eine Mordshilfe mit dem Traktor. Wenn man eine Ranch führen muss, dann ist es großartig, einen Mann zu haben, der bei sowas einspringen kann. Ben ist eine große Hilfe. Ein Teamplayer."

„Und sexy ist er auch."

„Er sieht super aus; so viel steht fest." Walker nippte an seinem Tee und seufzte. Dann zuckte er die Achseln und drückte das kalte Glas an seine Stirn.

„Oh? Etwa nicht sexy?"

Walker seufzte noch einmal. „Er ist ganz objektiv ein sehr attraktiver Mann. Mordsbizeps. Füllt seine Jeans aus. Über sein Aussehen kann ich mich nicht beklagen."

„Aber er ist nicht Roan."

Walker errötete.

John lächelte. „Dann erzähl uns jetzt mal von Roan."

Erneut rieb Walker sich den Nacken. Er starrte hinaus auf die Felder. „Was willst du über ihn wissen?"

„Alles."

Walker stöhnte. „Gib mir wenigstens eine Richtung vor, ja?"

„Na gut. Bei der Hufeisenzeremonie, wieso hast du Bellamy gehen lassen?"

„Ich bin sicher, Bellamy ist ein feiner Kerl. Zugegeben, ich habe mit ihm nicht viel Zeit verbracht, aber das wollte ich auch nicht. Mein erster Eindruck von ihm war eigentlich nicht schlecht, ich habe nur keinerlei Verbindung zu ihm gefühlt." Er klang wie ein Idiot. Er *kam sich vor* wie ein Idiot. Er blinzelte in die untergehende Sonne. „Wir hatten offenbar nicht viel gemeinsam."

„Anders als Roan? Mit dem du *so viel* gemeinsam hast?", neckte John.

Walker brannten die Ohren. Und er hatte Molly für die Gemeinste aus dem Produzententeam gehalten. Aber John war augenscheinlich genauso schlimm, er machte es nur nicht so offensichtlich, sondern verbarg es, bis er es darauf anlegte und Walker dazu brachte, für die Kameras dummes Zeug zu reden. Produzenten … Dämonen. Manchmal bestand kaum ein Unterschied. Walker nahm noch einen Schluck Eistee.

John zwinkerte ihm zu. „Na, komm. Gib's zu."

„Was?"

„Du findest Roan schnuckelig."

Walker zuckte die Achseln. „Ja."

John krümmte die Finger einer Hand in einer ermutigenden Geste fortzufahren.

„Ja, na gut. Roan ist unheimlich schnuckelig."

„Und?"

„Und tapferer, als ich erwartet habe." Walker lehnte sich an das Geländer der Veranda und trank noch mehr Eistee, dann wischte er sich den Schweiß von der Stirn. „Hat auch ein hübsches Hinterteil." Er zog eine Grimasse, als er sich vorstellte, dass Tessa ihn das im Fernsehen sagen hörte. „Und ein liebes Wesen."

„Aber auch ein bisschen zimperlich", sagte John.

Walker grinste hilflos. „Ja. Ein bisschen zimperlich schon."

John lachte. „Aber das gefällt dir wohl, hm?"

Walker zuckte mit den Schultern. „Ich glaube, ja." E fuhr mit der Hand über sein Haar. „Ich fühle mich bei ihm männlich. Nicht im Vergleich oder so. Er ist absolut ein Mann." Walker dachte an Roans sexy Körperbehaarung. „Aber auf gewisse Weise ist er so …" Er verstummte. Das Wort, das ihm einfiel, war „verwundbar". Aber es kam ihm falsch vor, das zu sagen. Als würde er der ganzen Welt ein Geheimnis verraten, das Roan nicht einmal mit *ihm* geteilt hatte. Seine Ohren wurden noch heißer. „Ach, ich weiß auch nicht. Er ist schnuckelig."

„Perfekt." John gestikulierte dem Kameramann, sich etwas weiter zurückzuziehen. „Danke. Und hey, ich glaube ehrlich nicht, dass Roan nur vorgibt, auf dich zu stehen. Nicht so wie ein paar von den anderen. Ich denke, du hast ihn wirklich überrascht."

Walker unterdrückte den Impuls, John zu fragen, wie er zu diesem Schluss kam, Stattdessen nahm er noch einen großzügigen Schluck Tee. Er durfte nicht vergessen, dass Johns Interessen nicht die seinen waren. Walker den Eindruck zu verschaffen, dass einer der Bewerber sich wahrhaftig für ihn interessierte, war gut für die Show. Schlicht emotionale Manipulation, die später dem Drama diente. Aber trotzdem …

John und die Kameraleute sammelten ihre Ausrüstung ein. Als die Sonne tief genug stand, dass Walker ins Haus gehen und nach dem Abendessen sehen konnte, stand sein Entschluss fest, Roan bei der nächsten Hufeisenzeremonie nach Hause zu schicken. Er hing bereits jetzt zu sehr an dem Mann, und sich mitten in diesem ganzen Unsinn einer solchen Fantasievorstellung hinzugeben, würde niemandem nützen. Bei dieser Show ging es doch allen nur ums Geld.

Walker wusch sich in der Küchenspüle die Hände. Dabei dachte er immer noch an Roan. Er stieß einen langen Seufzer aus. Sein Abendessen nahm er allein zu sich, froh darüber, dass Tessa und sein Vater bereits gegessen hatten und zu Bett gegangen waren. Er wollte nicht auch noch ihnen Fragen über die Show und seine Gefühle beantworten müssen. Das „Verhör" von John war schon verstörend und erhellend genug gewesen. Ja, er musste Roan loswerden.

Aber dieser Hintern. Und dieses Lächeln. Die Nippelpiercings. Gott.

Als Walker schließlich seinen Teller geleert hatte, hatte er seine Meinung bereits wieder geändert.

Roan würde bleiben. Vorerst. Walker musste zunächst noch mehr über den Mann erfahren. Zum Beispiel, warum er wirklich hier war. Und ob das, was John gesagt hatte, stimmte oder nicht.

Und vielleicht, wie Roans Lippen schmeckten.

Und ob er stöhnen würde, wenn Walker ihn ernsthaft küsste.

Vielleicht war Walker kein guter Mann, aber er wollte dringend wissen, wie Roan gern gefickt wurde oder fickte.

Nein, Roan konnte noch nicht nach Hause gehen.

ANDY SORGTE DAFÜR, dass Walker sich mehr mit den Kandidaten befasste, mit denen er bisher wenig Kontakt gehabt hatte. Nicht, weil Andy die Bewerber am Herzen lagen, sondern weil er sie für die „dramatische Spannung" einfach häufiger vor die Kamera bekommen musste. Mit Betonung auf dem dramatischen Aspekt, da zwischen diesen anderen Männern und Walker keinerlei natürliche Spannung existierte.

Trotzdem … Walker tat wie ihm geheißen. Nicht nur, weil es von ihm erwartet wurde, sondern auch, weil es ihm leid tat, dass sie alle hergekommen waren, und er hatte sie im Grunde die ganze Zeit über ignoriert.

Also verbrachte er ein wenig Zeit damit, Nick, Jaden und Davis zu zeigen, wie man die Kühe melkte, die er auf der Ranch für den persönlichen Gebrauch hielt. Normalerweise machte das Tessa, denn sie verkaufte frische Milch, Sahne und Butter auf örtlichen Bauernmärkten. Aber heute übernahm Walker den Job, und die Männer schienen Freude daran zu haben, sobald sie erst den Dreh raus hatten. Anscheinend war es „gutes Fernsehen", wenn erwachsene Männer sich gegenseitig mit Milch aus dem Euter einer Kuh bespritzten, und ein paar verlorene Eimer Milch würden Tessa nicht allzu sehr fehlen. Auch wenn es eine bedauerliche Verschwendung war.

Ein paar Tage später nahm er Peter mit auf ein „Date" zum Viehfutter kaufen und um in der Stadt einen Milchshake zu trinken. Der Mann war nett und auch gutaussehend, aber nichts im Vergleich zu Roan. Walker musste die ganze Zeit vorgeben, an ihm interessiert zu sein, und als sie sich am Ende des „Dates" die Hände schüttelten, hatte er den Eindruck, dass auch Peter froh war, es hinter sich zu haben.

Um ehrlich zu sein, freute Walker sich auf die nächste Eliminierungsrunde. Er konnte es kaum erwarten. Nicht weil es jemanden gab, den er besonders nicht mochte, seit er Antoine nach Hause geschickt hatte, aber weil es danach weniger Bewerber geben würde, um die er sich kümmern musste. Er hatte sich nie als introvertiert betrachtet, aber die ständige Interaktion mit Leuten fing an, ihn zu erschöpfen. Jeden Abend fiel er völlig erledigt ins Bett, ausgelaugt auf eine Weise, die bis tief in seine Seele reichte, so wie es harte, körperliche Arbeit niemals tat.

Nur noch viereinhalb Wochen.

Walker hatte gescherzt, als er das Stall ausmisten als Gruppen-Date vorgeschlagen hatte. Aber die Produzenten waren begeistert von der Idee. Sie behaupteten, schmutzige Farmarbeit würde „gutes Fernsehen" ergeben. Walker durfte die Gruppe nicht selbst zusammenstellen. Wenigstens schafften es Victor, Peter, Clark und Jaden, die traditionelle Cowboy-Arbeit – Pferdescheiße schaufeln – gut aussehen zu lassen. Keiner von ihnen drückte sich, trotz des Gestanks. Obwohl Walker das Ganze allein viel schneller erledigt hätte, war es wahrscheinlich unterhaltsames Fernsehen, wie sie bei der Arbeit würgten und alles.

Während die Kameras liefen, gaben John, Molly und noch ein weiterer Produzent Anweisungen, die mehr wie Befehle waren, und Walker kam kaum dazu, auch nur eine Schaufel zu heben. Und schlimmer noch … wann immer sie auch nur für eine Sekunde allein waren, versuchte Peter, ihn zu begrapschen. Er war erstaunlich entschlossen, eine Handvoll von Walkers Arsch zu packen. Walker hatte Molly in Verdacht, hinter dieser plötzlichen Fixierung zu stecken, denn Peter hatte bei ihrem Milchshake-Date keine Anzeichen gemacht, so auf Walker zu stehen. Aber er konnte das nicht sicher wissen, deshalb versuchte er einfach, Peter so gut wie möglich aus dem Weg zu gehen.

Die Zeit in den Ställen erinnerte Walker daran, dass er mit Marlon über das Winterfutter sprechen musste. Er duckte sich in einer der sauberen Pferdeboxen, um den Kopf klar zu kriegen und eine geistige Liste all der Dinge zu machen, bei denen er jetzt schon im Verzug war. Er dachte daran, dass sie schon bald die verbliebenen Bullenkälber kastrieren mussten, als ganz kurz blondes Haar über der Seitenwand zu sehen war. Walker erschrak und befürchtete, dass Peter ihn entdeckt hatte, aber es war nur der Schweif von Tessas braver Palomino-Stute.

Victor und einer der Tierpfleger, die von der Show engagiert worden waren, führten die Stute zurück in ihre saubere Box.

„Würdest du uns diese Herzchen reiten lassen?", fragte Victor, der Walker in der leeren Box entdeckte.

„Du kannst reiten?" Walker ging hinüber, um Callies Hals zu streicheln. Sie rieb ihre Nüstern an ihm, und er lachte leise. „Tut mir leid, Süße. Ich habe keine Äpfel dabei."

Victor lächelte. Es war das aufrichtigste Lächeln, das Walker bisher an ihm gesehen hatte. „Ich bin früher geritten. Aber das ist schon eine Weile her."

„Bist du auf einer Farm groß geworden?"

„Nein." Victor schüttelte den Kopf und streichelte Callies Flanke. „Aber ich hatte als Kind Reitunterricht. Damals war ich von Pferden geradezu besessen." Victor starrte Callie wehmütig an. Walker unterdrückte ein Lachen.

„Verliebst du dich gerade, Cowboy?"

Victor grinste erneut. „Ein bisschen."

Walker schaute ihn an. Victor musterte ihn ebenfalls, aber ohne den raubtierhaften Vibe, den er bisher ausgestrahlt hatte. „Du musst Andy fragen, ob das versicherungstechnisch in Ordnung geht, aber was mich betrifft … klar, du kannst reiten."

„Ist das dann ein Date?", neckte Victor, und Walker musste wieder lachen. Er hob die Hände.

„Ich verspreche nichts", sagte er und schlüpfte aus der Box, bevor Victor ihn auf irgendetwas festnageln konnte. Aber er ging hinüber zu John, um die Idee zur Sprache zu bringen. Er hatte nicht annähend genug Zeit auf dem Rücken seines Pferdes Cormac verbracht, und mit Victor zusammen auszureiten würde ihm leichter fallen, als sich mit dem Mann unterhalten zu müssen.

John hielt es für eine großartige Idee. Was wäre eine Cowboyromanze, bei der der potentielle Liebhaber nicht auf ein Pferd gesetzt wurde? Aber natürlich wandte Andy ein, dass sie dafür nicht versichert waren. Dennoch brachte Victors Bitte, reiten zu dürfen, Andy auf die Idee, ein zweites Gruppendate am Nachmittag in den Plan zu quetschen. Und dieses Mal mit allen verbliebenen Kandidaten.

Er wollte, dass sie eine Zeitlang mit den Pferden spielten – sie streichelten und mit Äpfeln fütterten – Und dann sollten sie lernen, wie man ein Pferd sattelte und dann Zaumzeug und Sattel wieder entfernte. Das fand Walker völlig okay, denn all seine Pferde waren so ruhig und duldsam, wie ein Tier nur sein konnte. Er hatte Vertrauen zu ihnen. Aber die meisten der Kandidaten hatten nicht Victors Erfahrung und brauchten genaue Anweisungen, wie sie sich zu verhalten hatten. Wenigstens ergaben sich so ganz von selbst Gespräche.

Molly nahm ihn ganz am Anfang beiseite und informierte ihn, dass Andy heute wieder einen Kuss wollte. Oder besser, zwei Küsse. Mit zwei verschiedenen Männern

„Und keiner von beiden darf Roan sein. Oder Ben."

„Wieso nicht Ben?", fragte Walker.

Molly hob die linke Augenbraue. „Oh, du würdest gern Ben küssen?"

„Nein."

Oder doch? Vielleicht? Zum Teufel, wenn er wüsste, was er mit Ben machen wollte. Er mochte ihn, aber es sprühten keine Funken zwischen ihnen, so wie bei nur einem Lächeln von Roan.

„Nein? Schade. Küsse heute jemanden, Walker. Auch wenn Andy sagte, dass du nicht Ben küssen sollst – ich würde ein Auge zudrücken, wenn du es tust. Ich finde, es wäre gutes Fernsehen. Wenn du es so machen kannst, dass die anderen Jungs es sehen und für die Kameras so tun, als wären sie eifersüchtig, umso besser."

Dann ging sie weg, bevor Walker überhaupt etwas erwidern konnte. Er drehte sich um, um zu sehen, was da zwischen den Männern und den vier Pferden, die er für sie ausgesucht hatte, gerade passierte.

Victor hatte nicht geschwindelt. Man konnte ihn getrost sich selbst überlassen. Gerade half er Chad mit dem Sattel. Auch Ben ging gut um mit dem Pferd, das ihm zugewiesen worden war. Anscheinend hatte seine Familie in Florida Land besessen, mit Pferden und Ziegen, als er noch klein gewesen war. Walker verschränkte die Arme vor der Brust und beobachtete, wie Ben Roan die Grundlagen nahebrachte.

Er runzelte die Stirn, als er bemerkte, dass Ben Roan immer wieder unnötigerweise berührte, während er ihm zeigte, was er tun sollte. Die Nähe zwischen ihnen schlug Walker auf den Magen. Aber es war eindeutig, dass Ben alles wusste, was es über das Satteln eines Pferdes zu wissen gab. Roan war also bei ihm gut aufgehoben.

Peter hatte endlich aufgehört, Walkers Hinterteil zu begrapschen und schenkte stattdessen einem der Kameramänner viel Aufmerksamkeit, was Molly zu gefallen schien. Clark und Nick schienen mit den Pferden so halbwegs gut zurechtzukommen, nachdem Walker ihnen ein paar kleine Tipps gegeben hatte, aber Davis und Jaden benahmen sich, als hätten sie es mit wilden Tigern oder so etwas zu tun. Sie hielten sich aneinander fest und kreischten, sobald eines der Pferde sich auch nur bewegte. Also nahm Walker sich viel Zeit, um die beiden zu beruhigen.

Gegen Ende der ganzen Aktion wurde der Druck, die Angelegenheit voranzutreiben und jemanden zu küssen, verschärft, nach den Blicken zu urteilen, die Molly ihm zuwarf. Walker beschloss, sie noch einmal zur Rede zu stellen. Sie stand im Schatten des Baldachins, den die Crew für die Monitore aufgebaut hatte, und starrte stirnrunzelnd auf ihr Clipboard. Er überließ die Männer und Pferde einen Moment sich selbst und stellte sich neben Molly. Er musste ihr helfen, die Dinge von seinem Standpunkt aus zu betrachten.

Er rieb sich den verschwitzten Nacken und schaute unbehaglich unter der Krempe seines Huts auf sie herab.

„Ja?“ sagte sie und bedeutete ihm mit einer Geste zu sagen, was er auf dem Herzen hatte, blickte aber nicht von ihrem Clipboard auf.

„Ich bin mir wegen dieser ganzen ,Küsse ein paar verschiedene Männer‘-Sache nicht so sicher“, begann er. „Ist das wirklich nötig? Ich dachte, Andy wollte die Show ohne die üblichen LGBT-Klischees promoten. Gehört dazu nicht auch, das übermäßig Sexuelle zu vermeiden? Oder Promiskuität?“

Molly unterschrieb etwas und setzte den Stift so hart auf, dass das Papier ein wenig zerriss, dann schickte sie den Kerl, der das Clipboard für sie hielt, weg. Ihre hellen Augen fanden Walkers, und ihr Blick war scharf. „Wenn ich mich recht erinnere, sagte Andy, dass diese Show genauso behandelt werden soll wie jede andere, heterosexuelle Version davon, die bereits gelaufen ist. Richtig?“

Walker schluckte und nickte. Er wusste bereits, worauf sie hinauswollte.

„Und weißt du, was die Kandidaten in heterosexuellen Shows machen? Sie knutschen. Sie fassen sich an. Heimliche Blowjobs. Ich finde, wir sind schon ganz schön weit weg von dem Klischee des sexuell übermäßig aktiven, schwulen Mannes. Du hast einen Bewerber auf die Wange geküsst. Einem anderen hast du Küsse versprochen, aber nicht geliefert – du Riesenquälgeist – und einigen anderen hast du männlich auf die Schultern geklopft. An diesem Punkt sind wir geradezu prüde, wenn wir dir sagen, dass du ein paar der Jungs auf den Mund küssen sollst, zumindest im Vergleich zu den Hetero-Shows.“

Walker trat von einem Fuß auf den anderen. Immer noch wollte er niemand anderen als Roan küssen, und er sträubte sich dagegen, es gegen seinen Willen zu tun. Er öffnete den Mund, um genau das zu sagen, aber Molly kam ihm zuvor.

„Hey, genau genommen kann ich dich zu nichts zwingen, wie ich bereits sagte.“ Sie blickte sich um, aber der einzige Mensch in der Nähe war ein einsamer Tontechniker, und Molly schien ihm keine Bedeutung beizumessen. „Du machst das hier wegen des Geldes, Schätzchen. Diese Show wird deine Taschen füllen, aber nur, wenn du uns das richtige Drama lieferst. Ich weiß, was du brauchst, Walker. Ich kenne deine Situation und wie viel die Stürme der letzten Hurrikane-Saison dich und die Ranch gekostet haben. Vom Diabetes deines Vater und den Behandlungskosten ganz zu schweigen…"

„Rede nicht von ihm oder seiner Krankheit." Für wen zum Henker hielt sie sich, im Leben seiner Eltern herumzuschnüffeln? Woher wusste sie das über Paps?

„Na gut. Aber alles zusammen sagt mir, dass du Geld brauchst. Du wirst in der Lage sein wollen, Folgeinterviews zu geben. Was ich sagen will, ist, du wirst dieses Ding melken wollen."

„Nein, wirklich nicht."

Molly verdrehte die Augen. „Dann bist du für diese Show der Falsche, was ich Andy tatsächlich schon ganz zu Anfang gesagt habe. Aber es ist deine Entscheidung." Sie schüttelte den Kopf und machte ein finsteres Gesicht. „Willst du wissen, wieso du sonst noch nicht der Richtige für diese Show bist? Du willst zu sehr, dass die Leute dich mögen."

„Was? Ich habe mich noch nie darum geschert, was andere von mir dachten." Walker sträubte sich. Sein Ego war angegriffen von der Vorstellung, dass er die Show nicht tragen konnte, dass er nicht genug war.

„Aber es *ist* dir wichtig. Du willst höflich und charmant sein, wie es in den Südstaaten üblich ist." Sie betonte ihre Worte, indem sie erneut die Augen verdrehte. „Aber weißt du, was viel wichtiger ist als gemocht zu werden? Die Zuschauer dazu zu bringen, zurückzukommen, und die nächste Folge einzuschalten. Sie sollen sich hin- und hergerissen fühlen über die Frage, mit wem du zusammen sein willst. Einige Zuschauer sollen für Ben sein, andere für Roan, und einige auch für Victor oder Chad. Du musst sie dazu bringen, etwas zu *fühlen*, Walker. Du willst doch nicht als der schwule Bachelor bekannt sein, der die Zuschauer zu

Tode gelangweilt hat! Wir verkaufen hier Emotionen. Und glaub mir, die Medien sind gnadenlos."

„Du *bist* die Medien."

Molly grinste. „Genau davon rede ich. Sieh mal, dir ist doch klar, dass überall im ganzen Land Leute – hetero. schwul, bisexuell – mehrere Leute gleichzeitig daten, oder? Und sie küssen sie sogar, und – keuch – haben manchmal Sex mit ihnen."

„Ja", sagte Walker, „aber für gewöhnlich tun sie das nicht im Fernsehen."

Molly wackelte mit den Augenbrauen. „Das kommt ganz darauf an, was du dir im Fernsehen ansiehst. Okay, also reden wir mal Tacheles. Was ist das Problem hier? Hast du dich bereits zu sehr in einen der Jungs verguckt? Willst du ausschließlich Roans süße Lippen küssen?" Molly schmunzelte. „Na gut. Wenigstens ist er einer von meinen Jungs."

Walker runzelte die Stirn.

Molly fuhr fort: „Ich produziere Roan. Daher würde es mich natürlich glücklich machen, sollte er gewinnen. Aber sieh mal, ich verstehe das. Das Herz lässt sich nicht bevormunden und so weiter." Sie stemmte ihre Hände in die Hüften. „Aber du küsst immer noch deine Mama, oder?"

„Schon, klar."

„Du musst ja niemanden mit Zunge küssen. Die Küsse müssen nur *gut aussehen*. Täusche ein bisschen Leidenschaft vor. Verkauf Emotionen, Walker." Ihr Grinsen wurde raubtierhaft. Die Sonne betonte die Sommersprossen auf ihrem jugendlichen Gesicht. „Ich finde, du solltest bald Ben küssen. Und Roan wird höchstwahrscheinlich sogar gewillt sein, dir einen echten Zungenkuss zu geben. Hey, das trifft auf all die Jungs zu. Deshalb sind sie hier. Sie erwarten das, genau wie die Zuschauer. Du kannst sie fragen." Ihr Telefon klingelte. Ohne noch einmal zu ihm zurückzublicken, drückte sie es an ihr Ohr und ging weg.

Walker schob seinen Hut ein wenig herunter und sah sich um. Chad, Victor und die anderen waren dabei, zwei der Pferde zu striegeln.

Ben hatte einen Arm um Callies Hals geschlungen, während Callie an Roans Hand nibbelte. Roan lachte fröhlich, und als er seine Hand wegzog, sah Walker, dass er einen Apfel hielt. Walker unterdrückte ein Lächeln. Er hatte Callie schon vor Jahren beigebracht, kleine Bissen von einem Apfel abzubeißen , anstatt das ganze Ding auf einmal zu verschlucken.

Ben fraß Roan mit den Augen auf, als wäre er eine Süßigkeit, und Walker konnte das verstehen. Wirklich. Aber den irrationalen Anflug von Ärger, der sich mehr und mehr in ihm aufbaute, je länger er den beiden zusah … Den verstand er ganz und gar nicht.

Auf was war er eifersüchtig? Er kannte die beiden Männer kaum. Aber sie kannten einander, oder? Das war ziemlich offensichtlich, so sehr, wie sie die Gegenwart des jeweils anderen genossen. Und da gab es diese Leichtigkeit, mit der sie lächelten und zusammen lachten. Sie hatten Zeit gehabt, eine Bindung aufzubauen, nicht wahr? Die ganze Zeit, die sie mit den anderen Bewerbern in der umgebauten Scheune zusammengepfercht waren …

Walker beobachtete sie noch ein wenig länger, bis ihm klar wurde, dass sein Gesichtsausdruck wahrscheinlich auf eine Weise gefilmt wurde, die es leicht machte, die Szene aus dem Zusammenhang zu reißen und zu manipulieren. Und japp, es waren zwei Kameras strikt auf ihn gerichtet. Walker wusste, welchen der beiden Männer er küssen wollte. Aber das bedeutete nicht, dass er Mollys Rat in den Wind schlagen sollte. Er wusste ja nicht einmal, ob seine Gefühle überhaupt erwidert wurden. Und er wollte als Bachelor nicht versagen und damit eine der ersten, wirklich schwulen Realityshows verderben, nur weil er nicht von seiner Sturheit lassen konnte, wenn er Roan am Ende sowieso nicht bekam. Molly hatte recht, er machte das hier wegen des Geldes. Wie die anderen auch. Seine Gefühle für Roan waren lächerlich und unverhältnismäßig.

Er atmete tief durch und sog die salzig-süße Luft durch seine Nase ein. Dann atmete er ganz langsam wieder aus. Sein Entschluss stand nun fest. Er würde zu den beiden gehen und ihre traute Zweisamkeit stören, um Ben für morgen auf ein Date einzuladen. Und er würde ihn ganz kurz küssen. Vielleicht nicht auf den Mund, aber … nun ja.

„Hey, Mann,“ Walker zuckte überrascht zusammen, als plötzlich Chad neben ihm stand.

Molly schaute ihn an und hob ihre Augenbrauen, als wollte sie sagen: „Na los. Küss ihn!“

Walker wusste selbst nicht, wie er es gelernt hatte, ihre Mienen zu deuten, denn die meiste Zeit hatte er nur mit John zu tun. Aber Molly hatte eine Art an sich, einfach auszustrahlen, was sie von einem wollte, und ihr Blick war scharf genug, um selbst einen erwachsenen Mann wie ihn zu überzeugen, dass er besser tun sollte, was sie verlangte.

Chad legte seine Hand auf Walkers Unterarm und neigte den Kopf zur Seite, als er fragte: „Könnten wir einen Moment unter vier Augen reden, solange die anderen alle beschäftigt sind?“

„Sicher, Worum geht's?“ Walker nickte in Richtung der leeren Pferdebox und marschierte direkt los. Chad war ein attraktiver Mann, aber für Walkers Geschmack ein wenig zu künstlich aufgestylt. Walker hatte bisher nicht ungern Zeit mit ihm verbracht, aber es auch nicht wirklich genossen.

Kameras waren hinter ihnen her wie die Fliegen. Drei, um genau zu sein. Zusätzlich zu der, die in einer Ecke der Box installiert war. Gott, es war wirklich jeder Winkel der Ranch verdrahtet. Und waren da auch noch die Mikrofone, die sie alle am Körper trugen.

„Ich will einfach ehrlich mit dir sein“, sagte Chad und sah mit ernster Miene zu ihm auf.

„Also gut.“ Walker musterte ihn einen Moment lang, dann stellte er einen Fuß auf einer niedrigen Latte des Zauns ab und legte seine Arme auf die oberste. Er schob seinen Hut etwas herunter. „Schieß los.“

„Die Sache ist die: Ich bin Schauspieler. Ich mache hier mit, weil ich hoffe, so meine Karriere anzustoßen.“ Er warf Molly einen kurzen Blick zu. „Ich darf das eigentlich nicht sagen Sie würde mich heute Nacht im

Schlaf umbringen, wenn sie es wüsste, aber ich dachte mir, es wäre besser, mit dir ehrlich zu sein. Ich habe wirklich geglaubt, dass es mir hilft, beruflich weiterzukommen."

Walker zog die Brauen zusammen.

„Versteh mich nicht falsch, hätte ich hier einen tollen Typen kennengelernt, dann wäre das natürlich ein Bonus gewesen. Und du *bist* toll! Aber dieses Leben …" Er machte eine weitläufige Geste über die Ranch. „Das ist einfach nichts für mich. Das meine ich nicht böse."

„Ich weiß", sagte Walker ein wenig belustigt. „Wir zwei sind nicht gerade füreinander geschaffen."

Chads Miene erhellte sich. „Oder? Genau das meine ich. Ich wollte mit dir reinen Tisch machen, damit du Bescheid weißt. Du kannst mich gern jederzeit nach Hause schicken, ohne dich deswegen schlecht zu fühlen."

Walker schmunzelte. „Aber ich würde dir helfen, wenn ich dich noch eine Weile hierbleiben ließe, stimmt's?"

„Ja. Und wenn du öfter mit mir interagieren würdest. Aber das kann ich natürlich nicht verlangen. Wenn du mich nicht magst, dann ist das eben so. Und es geht völlig in Ordnung."

Walker nickte bedächtig und biss sich auf die Unterlippe. „Du bist ein anständiger Kerl, Chad. Ich habe das Gefühl, du bist der Einzige, der bisher vollkommen ehrlich zu mir war."

Chads Augen wurden ein wenig traurig. „Das muss nicht bedeuten, dass die anderen alle furchtbare Geheimnisse verbergen", sagte er. Sein Blick wanderte zu Roan und Ben, dann zurück zu Walkers Augen. „Oder dass sie nur vortäuschen, dich zu mögen."

„Ich weiß." Aus dem Augenwinkel sah er John herbeieilen, der die Stirn runzelte und grimmig den Kopf schüttelte. Wahrscheinlich kam er, um sie anzuschreien, weil nichts von ihrem Gespräch dazu taugte, gesendet zu werden. Walker kam eine Idee. „Du bist also Schauspieler, ja?"

„Ja. Ich versuche es zumindest."

„Und? Bist du gut?"

Chad schaute ihn neugierig an. Seine unnatürlich weißen Zähne leuchteten trotz des bedeckten Himmels. „Ich denke schon."

Walker neigte den Kopf zur Seite. John war fast da. „Dann spiel einfach mit, okay?"

„Okay." Chad grinste. Seine Augen funkelten neugierig.

Walker schob seinen Hut zurück, senkte den Blick und trat verlegen von einem Fuß auf den anderen. Dann ergriff er Chads Arm, ließ seine Hand von Chads Schulter bis hinunter zum Handgelenk gleiten und ergriff schließlich Chads Finger.

Chad rückte näher und neigte einladend den Kopf zurück. „Du hast Schwielen", sagte er und drehte Walkers Handfläche nach oben, um sie sanft zu berühren.

„Die Farmarbeit", erklärte Walker.

„Gefällt mir."

Walker grinste. Das hier könnte klappen. Er empfand nichts für Chad, keine Schmetterlinge im Bauch, kein rasendes Herz. Aber er konnte durchaus ein bisschen flirten.

„Also, ich hatte mich gefragt", sagte er, sobald er sicher war, dass John nahe genug war, um es zu hören. Er warf einen Blick hinauf zu der Kamera in der Ecke und achtete auch darauf, dass der Kameramann, der mit ihnen in der Box stand, ebenfalls freie Sicht auf sie hatte. „Wie wäre es mit einem Date? Nur du und ich. Und meine schwieligen Hände."

Chad war ein wirklich guter Schauspieler, das musste man ihm lassen. Seine Miene spiegelte geschmeichelte Überraschung wider, dann senkte er den Blick und machte auf schüchtern. „Meine Güte", sagte er und tat so, als müsste er ein Lächeln unterdrücken. „Ja, das wäre schön."

Ach, ja. Wer A sagt, muss auch B sagen.

„Gut", sagte Walker. Dann streichelte er Chads Wange, beugte sich vor und gab ihm einen keuschen, trockenen Kuss auf den Mund. Chad blinzelte überrascht, als Walker den Kopf wieder zurückneigte, aber dann grinste er. Er berührte seine Lippen mit den Fingern, und als er sie wieder wegnahm, grinste er noch breiter. „Ich freue mich auf unser Date, Großer."

„Gleichfalls."

So, jetzt hatte Molly ihren Kuss, und Walker hatte ein Date und musste sich keine Gedanken mehr machen, mit wem er ausgehen sollte. Und all das, ohne dass er sich eifersüchtig benahm und Ben um ein Date bat, nur um dessen Flirterei mit Roan ein Ende zu machen. Endlich hatte er das Gefühl, die Sache zu meistern. Vielleicht konnte er Chad und Roan bis zum Schluss behalten, wenn alle anderen bereits weg waren.

Sein Blick suchte automatisch nach Roan, der immer noch bei Callie war. Roan hatte seine Finger in ihrer Mähne vergraben, und sein Blick ruhte auf Walker. Ben war ebenfalls noch da. Er schaute stoisch drein, während Roans verwundeter Ausdruck die ganze Geschichte erzählte. Er wirkte absolut niedergeschlagen.

Walker zog seinen Hut herunter, dann ging er zu Davis und Jaden, um ihnen noch einmal beim Striegeln zu helfen. In der Ferne war Donner zu hören, was seine unmittelbaren Zukunftspläne im Nu änderte. Es würde stark regnen, und die Pferde – und wichtiger noch, die Sättel und das Zaumzeug – mussten im Inneren bleiben. Walker ignorierte die Schuldgefühle, die ihm den Magen umdrehten, während er allen zeigte, was als Nächstes zu tun war.

Auch die Crew geriet in hektische Betriebsamkeit, um das Equipment vor dem nahenden Sturm in Sicherheit zu bringen.

Als Ben Callie in den Stall führte, war Roan nicht bei ihm. Walker trat aus der Stalltür und schaute sich um. Der Regen begann in dicken Tropfen zu fallen, die Ringe im sandigen Boden erzeugten. Roan war nirgends zu sehen.

FÜR DIE ZWEITE Hufeisenzeremonie galt eine deutlich weniger strenge

Kleiderordnung. Sie wurden angewiesen, sich nett anzuziehen, aber Anzüge waren nicht vorgeschrieben. Das würde erst bei der letzten Zeremonie wieder der Fall sein. Roan hatte seine Lieblingsjeans angezogen, in der sein Arsch super aussah. Dazu ein rotes Oberhemd, von dem er wusste, dass es seine blasse Haut und sein dunkles Haar vorteilhaft betonte. Walker sah umwerfend aus in einer dunklen Wrangler und einem grünen Hemd, das seine Augen betonte. Roan fragte sich, ob das seine eigenen Sachen waren oder ob die Kostümleute sie ihm gestellt hatten.

Die Zeremonie wurde bei Sonnenuntergang auf der vorderen Veranda des Farmhauses abgehalten. Andy war wieder auf dem Set dabei, rannte umher wie ein geköpftes Huhn und kreischte, dass es heute Abend keinen Raum für Fehler gäbe. Sie mussten unbedingt das Licht ausnutzen. Sie hatten natürlich auch ausreichend künstliche Beleuchtung – sechs riesige Scheinwerfer, die die schwüle Luft noch mehr aufheizten.

Roan zerrte an seinem Kragen und schaute sich unter den verbliebenen Bewerbern um. Sie alle wirkten angespannt, aber es war offensichtlich, dass es einigen wichtiger war, noch bleiben zu dürfen, als anderen. Sie standen im Gras vor der Veranda, während sie ihr Schicksal erwarteten. Roan war hin- und hergerissen. Er wusste nicht, worauf er am meisten hoffte. Wenn er ganz ehrlich zu sich selbst war, dann wollte er bleiben, Aber er wollte auch nach Hause zu seiner Mutter, denn wer konnte wissen, wie viel gemeinsame Zeit ihnen überhaupt noch blieb. Zusätzlich wurde seine Entscheidungsfähigkeit von dem Umstand untergraben, dass sie wirklich das Geld für diese medizinische Studie benötigten. Was er wirklich fühlte und wirklich wollte, war ein heilloses Chaos und hatte nichts zu tun mit dem, was er in der Show fühlen und tun sollte.

Er nagte an seiner Unterlippe und ließ seinen Blick auf Walker ruhen, der in diesem Moment noch eine Runde unter Kylies Make-up-Pinseln erdultete, bevor sie wieder anfangen würden zu filmen. Roan lachte leise vor sich hin, als Walker das Gesicht verzog und sich unbehaglich wand.

Walker. Auch über ihn machte Roan sich seine Gedanken.

Er mochte Walker sehr. Mehr, als er je erwartet hätte, als er sich für die Show beworben hatte. Aber Roan war sich auch sehr bewusst, wie solche Emotionen in einer Situation wie dieser manipuliert werden konnten. Er hatte einen Zeitungsartikel über diese Art von Shows gelesen, um sich vorzubereiten. Darin waren die psychologischen Prinzipien sowie die biologischen Zwänge erklärt worden, die dabei im Spiel waren und es ihm nun unmöglich machten, Walker nicht begehrenswert zu finden. Er wusste, dass er manipuliert wurde, wenn auch nur dadurch, dass noch andere da waren, die alle Walkers Gunst erlangen wollten. Aber es fühlte sich trotzdem echt an.

Und selbst wenn sie sich in irgendeinem verrückten Universum tatsächlich gegenseitig wollen würden, wie könnte eine Beziehung je funktionieren? Walker konnte ganz offensichtlich nicht seine Farm verlassen, und Roan würde seine Mutter nicht verlassen. Nicht, bevor—

Er verzog das Gesicht und schob den Gedanken beiseite. Stattdessen konzentrierte er sich auf die Wolken über ihm. Eine sah aus wie ein Frosch. Eine andere wie ein Kaninchen. Ja, das war besser. Ein Schritt nach dem anderen, das war der Weg. Und sich dabei immer bewusst machen, dass, was er fühlte, künstlich hervorgerufen worden war und die Zeit nicht überdauern würde.

„Auf eure Positionen! Lasst uns anfangen, Leute!", rief Andy.

Molly geriet sofort in Bewegung und ließ ihre Peitsche knallen. Die Kandidaten reihten sich ein und betraten ihre Markierungen, oben auf der Veranda erhob sich auch Walker.

Luke stellte sich vor eine Kamera und zog sein Moderator-Ding durch, aber Roan hatte Schwierigkeiten, ihm zuzuhören. Er gab sich Mühe, nicht an seiner Krawatte herumzufummeln. Er fühlte sich heiß und schwach wegen der schwülen Luft. Er konnte das leise Zirpen der Grillen in den Bäumen hören. Er wusste, dass sie im Laufe des Abends nur lauter und lauter werden würden. Am Horizont braute sich erneut ein Gewitter zusammen und lud die Luft mit noch mehr Feuchtigkeit auf. Roan hoffte, dass Andys Tontechniker einen Plan dafür hatten. Roans falsche Brille rutschte ihm immer wieder von der Nase, und Ben beugte sich zweimal zu ihm, um zu fragen, ob alles in Ordnung war.

„Es geht mir gut", antwortete Roan ihm, aber er wünschte, sie hätten es bereits hinter sich und könnten wieder hinein gehen. Ob er gewann oder verlor, zumindest würde er wieder in klimatisierten Zimmern sein. „Mir ist nur heiß."

Ben nickte, sagte aber weiter nichts, weil der entscheidende Moment endlich gekommen war. Walker würde gleich verkünden, wer das erste Hufeisen bekam. Roan wurde vor lauter Nervosität und Unentschlossenheit ganz flau im Magen. Er wusste einfach nicht, was er wollte, das geschah. Er hoffte nur, dass Walker ihn nicht wieder bis ganz zum Schluss hier stehen ließ. Das würden seine Nerven kein zweites Mal mitmachen.

Aber Walker marschierte direkt auf ihn zu und hielt ihm das erste Hufeisen hin. „Ich habe einen Plan für unser nächstes Date, der das Nudeln weit übertreffen wird", sagte er etwas verlegen. Als würde auch nur einer hier ihm irgendetwas abschlagen können. „Bist du dabei?"

„Ja", sagte Roan und nahm das Hufeisen an. „Danke." Er schluckte heftig, und Walker verengte ein wenig die Augen unter zusammengezogenen Brauen. Er öffnete den Mund, um etwas zu sagen, da ertönte ein mächtiger Donnerschlag. Jaden kreischte.

„Ich habe ihnen gesagt, sie sollen den Doppler-Radar checken", sagte Walker. „Aber sie haben nicht zugehört."

Ein weiterer Donnerschlag kam, und er klang so nahe, dass alle zusammenzuckten, auch Roan.

Walkers Finger fanden die seinen. Er hielt Roans Hand ganz fest. Mit ihren freien Händen hielten beide noch immer das Hufeisen wie eine Wünschelrute.

„Ist alles in Ordnung bei dir?", flüsterte Walker. Von den anderen war erschrockenes Keuchen zu hören. Die großen Scheinwerfer flackerten kurz, gingen aus und dann wieder an. Die Mikrofone knisterten, und Andy stöhnte: „Alles okay. Das ist doch nur Donner."

Roan nickte.

„Meeting!", rief Andy. Er und John, Molly und einige andere Crewmitglieder steckten die Köpfe zusammen. „Doppler sagt, dieser Sturm bewegt sich schneller, als wir erwartet haben!", brüllte Andy, als die Diskussion nach ein paar angespannten Minuten endete. „Aber wir riskieren es. Dreht alles in einem einzigen, schnellen Take. Roan, tritt wieder von Walker zurück! Wir haben eure Szene schon im Kasten."

Walker sah Roan noch einen Moment lang ins Gesicht, dann ließ er das Hufeisen los.

Roan stellte sich auf die Bodenmarkierung für die „Gewinner". Er fragte sich, wie es möglich war, dass er immer noch ein Kribbeln spürte, wo Walker seine Hand gehalten hatte. Er sah zu, wie hastig die restlichen Hufeisen verteilt wurden.

Aber er war nicht länger verwirrt darüber, auf was er wirklich hoffte. Da war etwas an Walker …

Sein Puls raste noch ein bisschen schneller, und er bekam einen heißen Kopf. Ja, er wollte bleiben.

Genau in der Sekunde, als er sich das eingestand, brachen die düsteren Wolken über ihnen auf, und es begann zu gießen wie aus Eimern.

„GOTTVERDAMMT!"

Walkers Stimme riss Roan abrupt aus seinen Träumen. Sie alle waren hastig zurück in die umgebaute Scheune geschickt worden, nachdem der Himmel seine Schleusen geöffnet hatte. Roan war völlig durchnässt. Die Produzenten hatten ihnen keine Zeit gegeben, sich umzuziehen, sondern darauf beharrt, dass es noch viel im Inneren zu filmen gab. Roan war wiederum hinaus auf die kleine überdachte Veranda gestolpert, wo er und Walker ihr erstes, kuscheliges Interview abgehalten hatten. Zu seiner Freude war außer ihm niemand sonst dort. Er hatte es sich mit einer warmen Decke auf dem Sofa gemütlich gemacht, eine Weile dem Regen gelauscht, der auf das kleine Blechdach prasselte, und zugesehen, wie es draußen dunkler und dunkler wurde, während er darauf wartete, zum Filmen wieder hineingerufen zu werden.

Nun setzte er sich auf und verzog das Gesicht – er hatte einen ganz steifen Nacken, weil er so verkrümmt auf dem Sofa gelegen hatte. Er zitterte immer noch ein wenig in seinen vom Regen nassen Sachen, aber die warme Decke half. „Was ist los?"

Walker schaute mit finsterem Gesicht zurück durch die Tür in den Hauptteil des Hauses. Dort wartete John mit einem der Tontechniker. Andy war ebenfalls bei ihm.

Roan rieb sich die Augen und sagte: „Oh. Du sollst mich wohl wecken, damit sie mich filmen können, oder was?"

„Ja." Walker sah wütend aus.

„Ähm, tut mir leid. Ich muss eingeschlafen sein, weißt du?" Er gestikulierte mit der Hand in Richtung John. „Habe ich mein Stichwort verpasst oder sowas?"

Walker, der ihn noch immer nicht ansah, sagte: „Nein. Wir konnten dich nur nicht finden. Und aus irgendeinem Grund kam niemand auf die Idee, die Kameraaufnahmen aus diesem Raum zu checken. Wir haben das ganze Haus abgesucht. Molly wäre fast ausgerastet. Dachte schon, du hättest dich abgesetzt."

Roan räusperte sich, „Ähm. Nein. Das würde ich nicht tun. Wie ich schon sagte, es tut mir leid." Er machte Anstalten, vom Sofa aufzustehen, aber Walker stoppte ihn. Roan konnte sehen, dass John und ein Kameramann alles aufnahmen, genau wie die Kameras, die um sie herum installiert waren. Jetzt wurden die Aufnahmen aus diesem Raum auf jeden Fall angesehen.

„Nein, ich wollte auch gar nicht so zornig klingen. Es liegt nicht an dir, sondern an ihnen. An allem hier."

John hüstelte. „Jetzt kommt. Lasst uns etwas filmen, das wir nicht hinterher in kleine Stücke schneiden müssen."

Walker schaute ihn finster an, dann ging er zu Roan und setzte sich neben ihn aufs Sofa. Sein muskulöser Oberschenkel drückte gegen Roans, und sein Mund zuckte, als wollte er etwas sagen. Schließlich drehte er sich zu Roan um. Er wirkte beinahe getrieben, als er Roans Hände nahm und sagte: „Danke, dass du geblieben bist."

Roan drückte Walkers Finger und erwiderte: „Das ist mir nicht schwer gefallen."

Obwohl … das hätte ihm eigentlich schwer fallen müssen. Er hätte jetzt bei seiner Mutter sein können. Das war es was er sich wünschen sollte. Und er wollte ja auch für sie da sein, aber das hier – was immer es war – war auch sehr aufregend. Er wollte Walker kennenlernen. Ihn wirklich kennenlernen. Und wenn er dafür in dieser Show durch diverse Reifen springen musste, dann war er gewillt, auch das zu tun. Wegen des Geldes. Wegen der Chance seiner Mutter zu helfen. Um einen Mann kennenzulernen, dem er ohne die Show nie begegnet wäre.

„Du hattest genug Gründe, das Hufeisen nicht anzunehmen", sagte Walker stirnrunzelnd und betrachtete ihre verbundenen Hände. „Ich hätte es dir nicht übel nehmen können nach dem, was ich getan habe."

Roan neigte den Kopf. „Was hast du denn getan?"

„Vor deinen Augen Chad geküsst."

Roan lachte leise, und dann lauter. Die Lächerlichkeit ihrer Situation wurde ihm so richtig bewusst, und er könnte nicht aufhören zu kichern. Er beugte sich vornüber, vor Lachen geschüttelt, und drückte die Stirn an seine und Walkers verbundenen Hände.

Auch Walker lachte nun, aber nicht annähernd so heftig wie Roan. Er wirkte mehr als nur ein bisschen verwirrt, als er fragte: „Was ist denn so lustig, kleiner Löwe?"

„Du. Alles hier. Dieser Kuss."

„Ach ja?"

Roan setzte sich aufrecht hin, entzog seine Hände Walkers Griff, um sich die Lachtränen aus den Augen zu wischen, und sagte: „Ja.“

„Dann hast du geschauspielert? Als du deswegen so gekränkt ausgesehen hast?“

Roan schüttelte den Kopf und strich sich durchs Haar. Gott, er musste furchtbar aussehen. Er räusperte sich und versuchte, es zu erklären. „Es hat mich schon geärgert. Sehr sogar. Aber jetzt, hier in diesem Moment mit dir? Es ist absurd. Der Kuss hat keinem von euch beiden etwas bedeutet.“

„Hey!“, sagte John. „Das lassen wir die Zuschauer zuhause entscheiden.“

Sie ignorierten ihn. Walker schaute Roan in die Augen. „Nein, er bedeutete nichts.“

Roan zuckte die Achseln. „So läuft das nun mal. Diese Show, meine ich. Du musstest es tun.“

„Aber ich wollte es nicht. Das Einzige, was ich will, ist …“

Roan blickte zu Walker auf. Er wusste nicht, ob er wirklich hören wollte, wie der Satz weiterging, oder lieber nicht. „Ist schon in Ordnung, Walker. Und es tut mir leid, wenn ich dir den Eindruck verschafft habe, es wäre nicht so.“

Molly tauchte hinter John auf und drängte sich an ihm vorbei in den Raum. Sie verschränkte die Arme und starrte sie beide finster an. „Das ist alles zum Gähnen. Ihr müsst mir schon etwas Gutes liefern.“

„Roan und ich mussten nur etwas klären.“

„Mir ist egal, ob jemand gestorben ist und ihr die Beerdigung besprechen müsst“, sagte Molly. Roan verzog das Gesicht.

Walker wurde vor Wut rot im Gesicht. „Passen Sie auf, was Sie sagen“, fauchte er sie an, und Molly trat einen kleinen Schritte zurück.

Moment, wusste Walker von Roans Mutter?

„Spuckt etwas Romantisches aus“, fauchte Molly zurück. „Ihr Zwei seid das Beste, was diese Show zu bieten hat, und ihr benehmt euch wie alte Damen bei einem Kirchentreffen. Ist euch eigentlich klar, was hier auf dem Spiel steht? Wenn wir aus all diesen Aufnahmen keine gute

Show zusammenschneiden können, dann cancelt das Studio das ganze Projekt und stellt dir den ganzen Mist in Rechnung.“

Walker knirschte mit den Zähnen, während Roan ihn verdattert anstarrt. Molly stellte sich wieder hinter John. Sie wartete offenbar immer noch darauf, dass Walker und Roan etwas „Romantisches“ taten.

„Bei irgendeinem größeren Vertragsbruch meinerseits“, sagte Walker. Er warf Roan einen Blick zu, schaute aber hastig wieder weg. „Aber Molly wirft gern mit solchen Drohungen um sich. Mach dir deswegen keine Sorgen. Wir werden eine gute Show abliefern.“

Scheiße. Wie es aussah, hatte jeder bei dieser Show etwas zu verlieren. Abgesehen vom Studio. „Also, was wollen sie von uns? Was sollen wir jetzt hier draußen tun?“

„Ich schätze“, sagte Walker, „sie wollen, dass ich dich küsse.“

„Äh …“ Roan stand mit wackeligen Knien auf. Er fühlte sich seltsam und gar nicht wohl in seiner Haut.

„Warte, warte.“ Walker packte Roans Handgelenk. „Vertraust du mir?“

Roan blinzelte. Eigentlich tat er das, aber er war sich auch sehr bewusst, dass sie bereits gefilmt wurden. Und wer konnte wissen, was sie in der Nachbearbeitung aus dem Material machen würden? Er setze sich wieder neben Walker aufs Sofa.

Walker lächelte ihn zaghaft an und rieb ihm den Rücken. „Na komm, kleiner Löwe, spiel einfach mit.“ Dann verschränkte er seine Finger mit Roans, und das elektrische Kribbeln der Berührung spürte er den ganzen Arm hinauf.

Molly schmunzelte. „Na endlich. Ihr dreht das, ja, John?“

„Kamera läuft.“

„Wir editieren später ein bisschen von dem Mist mit Luke“, sagte Molly. „Also sagt mir, was habt ihr Turteltäubchen hier so ganz allein getrieben?“

„Wir hatten ja vorhin einen ganzen schönen Regenguss, und Roan hier war total durchnässt. Natürlich hat er gefroren und war wohl auch sehr müde. Ich glaube, er kam hierher, um eine Weile allein zu sein."

Roan nickte.

Walker fuhr fort: „Für gewöhnlich freut man sich auf einer Farm über Regen, aber wenn es zu viel des Guten ist, kann es die Heuernte vermasseln. Und daran dachte ich, als der Regen anfing. Ich habe nicht daran gedacht, wo Roan war, und auch nicht irgendeiner der anderen Bewerber, Ich sorgte mich einfach ums Heu und darum, ob meine Mitarbeiter alles unter Kontrol–"

„Überspring die langweilige Farmscheiße und komm gleich zu dem guten Teil."

Roan entrüstete sich ein wenig und drückte Walkers Hand. „Fühlst du dich eigentlich besser, wenn du zu anderen Leuten gemein und unhöflich bist?"

Molly lachte. „Oh, guckt euch das an. Unser kleiner Löwe zeigt Zähne."

Roan stockte der Atem. Er versuchte, seine Hand wegzuziehen, aber Walker hielt sie eisern fest. „Sie versucht nur, uns aufzustacheln. Eine Reaktion hervorzurufen. Das ist ihr Job. Sie ist die bisherigen Aufnahmen durchgegangen und hat gesehen, dass ich dich ein- oder zweimal so genannt habe. Und jetzt versucht sie, dich damit aus der Fassung zu bringen. Ich schätze, wenn sie nicht den Kuss bekommt, den sie will, nimmt sie statt dessen auch gern einen zickigen Streit."

Molly lachte. „Vorsicht, Vorsicht. Das Cowboy-Genie ist mir auf die Schliche gekommen."

„Okay, Sie wollen zum guten Teil kommen?" Walker drehte sich noch ein bisschen mehr auf der Couch, sodass er Roan direkt gegenüber saß und ihm ins Gesicht sehen konnte. „Wenn ich das hier alles noch einmal machen müsste, ich hätte mir keinen besseren Mann bei einer aufgeblasenen Realityshow kennenzulernen wünschen können. „

„Sag das nochmal, Walker, aber ohne das ‚aufgeblasenen'", verlangte Molly.

Walker ignorierte sie und beugte sich näher zu Roan. Sein Blick wanderte von Roans Lippen zu dessen Augen und wieder zurück.

Oh, mein Gott, dachte Roan. *Er wird mich küssen.*

Er wollte das, aber ohne Publikum. Aus dem Augenwinkel sah er, wie Molly ihnen das Daumen-hoch-Zeichen machte. Walker nahm Roans Gesicht in beide Hände, dann drückte er seine Lippen zärtlich auf Roans Wange.

„Ich will dich küssen", flüsterte er. Vielleicht hoffte er, dass das große Mikrofon seine leisen Worte so nicht aufnehmen konnte. Vielleicht war ihm das aber auch gleichgültig. „Aber nicht vor all den Deppen hier."

„Geht mir genauso", flüsterte Roan.

Walker richtete sich auf und zwinkerte ihm zu. Dann ging er.

„Alles, worum es mir geht", sagte Molly zu Roan, als er mit rotem Kopf und leicht genervt vom Sofa aufstand. „Ich wiederhole: *Alles*, worum es mir geht, ist, dass euer erster richtiger Kuss vor laufender Kamera stattfindet."

„Ja, ja." Roan machte Anstalten, sich an ihr vorbeizudrängen. Er wollte Walker ins Haus folgen, aber Molly stoppte ihn.

„Nicht ja, ja, Roan. Ihr zwei seid diejenigen, die uns das Geld bringen, ist das klar?"

Roan wischte sich mit der Hand über den Mund und starrte sie finster an.

„Eine Frage noch. Mach eine Nahaufnahme von seinem Gesicht", wies sie den Kameramann an. Roan glaubte zu sehen, dass John die Augen verdrehte. Aber er sagte nichts. „Wie fühlst du dich jetzt über deine Situation hier, Roan? Bist du immer noch nur wegen des Geldes hier? Du und Walker scheint euch hier drin ziemlich nahe gekommen zu sein, bevor wir reingeplatzt sind."

„Ich hoffe, Luke wird das nachher als anständige Frage formulieren", sagte Roan.

„Er wird dich fragen, was immer ich ihm sage, dass er fragen soll. Es hängt von deiner Antwort ab. Wir werden es gut aussehen lassen. Wir haben schon jede Menge Aufnahmen von dir, wie du Walker beobachtest, wenn er gerade nicht hinsieht, und oh …" Molly lachte. „Eine fantastische von deinem Gesicht, als er Chad diesen Kuss aufgedrückt hat. Du kannst sagen was du willst, Roan Schätzchen, aber du warst höllisch eifersüchtig. Wir werden das so schneiden, dass es klingt, wie wir wollen, dass es klingt." Dann wurde ihr Blick weicher, und ihre nächsten Worte hörten sich beinahe an, als wäre sie stolz auf ihn oder sowas. „Die Zuschauer werden total auf dich abfahren."

Roan seufzte. Er war plötzlich zu Tode erschöpft. „Ich mag ihn", sagte er und sah hinab auf seine Hände. „Ich mag ihn sehr. Und er verdient jemanden, der hier sein Leben mit ihm teilen kann. Auf dieser wunderschönen Farm. Irgendjemand wird das von ganzem Herzen tun können. Aber das werde nicht ich sein. Ich muss zurück nach Ohio, wenn das hier vorbei ist, ganz gleich, was passiert.

„Ach, kleiner Löwe", sagte Molly leise. „Du bringst mich noch zum Weinen."

„Nenn mich nicht so!", fauchte Roan und drückte sich an ihr vorbei ins Haus. Er hasste diese Frau.

Alle anderen schliefen bereits, als er aus dem Badezimmer kam und in sein Bett stolperte. Das Gute daran, dass schon fünf Leute nach Hause geschickt worden waren: Er konnte sich nun eines der unteren Etagenbetten aussuchen. Als er schließlich darin lag und seine Zehen in den Spalt zwischen das hölzerne Fußende und die Matratze steckte, war sein letzter Gedanke, wie sehr er Victor um sein Bett in Übergröße beneidet hatte. Und jetzt hatte er es ganz allein für sich.

Nein, das stimmte nicht – sein letzter Gedanke vorm Einschlafen war, dass er wünschte, er hätte im letzten Moment seinen Kopf gedreht und Walkers weiche Lippen geküsst. Scheiß auf die Kameras.

WOCHE DREI

SCHLANGENBISSE UND AUSRITTE

Kapitel 10

NACHDEM DAS ALBERNE Gruppen-Date des Tages hinter ihnen lag – ein Heuernte-Lehrgang auf einem unbedeutendem Feld – schienen die Produzenten mit dem gefilmten Material, das sie gesammelt hatten, recht glücklich zu sein. Walker hatte vor, sich in einem passenden Moment zu verdrücken, damit er noch etwas echte Farmarbeit erledigen konnte. Er ließ sich von dem Crewmitglied, das dafür verantwortlich war, sein Handy zurückgeben, dann ging er. Immer der Sonne entgegen. Und er freute sich darauf, mal wieder einen Nachmittag lang ordentlich zu schwitzen und sich schmutzig zu machen. Und für ein paar Stunden an nichts anderes zu denken als an Roans Lächeln. Seinem Lachen zu lauschen und sich über Roans Nähe zu Ben zu ereifern. Was *war* da zwischen den beiden? Nur Freundschaft oder etwas mehr?

Er schob seinen Hut zurück, dann drückte er ihn sich wieder tiefer ins Gesicht, als er John auf sich zukommen sah. *Oh nein, auf keinen Fall, Kumpel. Ich bin hier weg.*

„Falls du eine Sekunde hast, würde ich gern mit dir den Zeitplan für die nächste Woche durchgehen", sagte John und schnitt Walker den Weg ab, bevor er entkommen konnte. „Und wir müssen über die nächste Hufeisen-Zeremonie sprechen."

Walkers Handy klingelte, und er fischte es aus seiner Hosentasche. Er runzelte die Stirn, war aber auch erleichtert, als er den Namen des Anrufers auf dem Display sah. „Da muss ich rangehen." Walker ging zu seinem Truck und ließ John einfach stehen.

„Marlon. Was gibt's?" Er wusste, es musste etwas Schlimmes sein, denn Marlon hatte zugestimmt, für die Dauer der Dreharbeiten nur dann Walkers Handy anzurufen, wenn ein echter Notfall vorlag.

„Du musst zur östlichen Weide kommen, Boss. Wir haben einen Schlangenbiss."

„Oh, Scheiße." Walker rieb sich die Nasenwurzel. „Ins Maul?". Er kannte die Antwort bereits, dann mit einem Biss ins Bein wäre Marlon allein fertiggeworden.

„Ja, und … es ist Hannah. Sie hat auch Schwierigkeiten beim Atmen. Und ich bin hier ganz allein."

Walker knirschte so heftig mit den Zähnen, dass sie schmerzten. „Ruf den Tierarzt. Ich bin schon auf dem Weg." Er legte auf, dann rannte er zu seinem Ford. Er bewahrte in allen Scheunen verschiedene Erste-Hilfe-Kästen auf. Innerhalb von Sekunden startete er den Motor und fuhr mit schlitternden Reifen los.

Sein Telefon klingelte erneut. Molly. Walker musste zum zweiten Mal mit den Zähnen knirschen.

„Was?"

„Wohin willst du? Du kannst nicht einfach das Set verlassen, ohne unsere Zustimmung dazu einzuholen. Das steht so im Vertrag!"

„Eine meiner Kühe wurde von einer Schlange gebissen. Wahrscheinlich von einer Wassermokassinotter. Damit kommen sie für gewöhnlich gut zurecht, aber sie wurde ins Maul gebissen und hat Probleme beim Atmen. Das bedeutet, es gibt eine Schwellung. Sie könnte ersticken."

„Warte, bis ich eine Kamera-Crew–"

„Nein." Walker legte auf und starrte in die im Truck installierte Kamera, während er zur östlichen Weide raste, wo Marlons schrottreifer, alter Pick-up wartete. Walker schnappte sich den Erste-Hilfe-Kasten und eine alte Decke vom Rücksitz. In einem Wimpernschlag war er aus dem Truck.

Er fand Marlon und Hannah ein wenig abseits der Herde im Schatten einer alten Eiche. Marlon musste sie dort hingelockt haben, und

Walker dankte ihm innerlich dafür.

„Wie geht es ihr?"

„Sie ist im Stress." Marlon streichelte ihren Hals. „Nicht wahr, Süße? Die Giftschlange hat sie ganz schön erwischt."

Walker sah dem Tier in die sanften Augen mit den langen Wimpern und fürchtete das Schlimmste. „Alles gut, Hannah", tröstete er sie leise und streichelte ihre Nase. Er konnte die Schwellung um ihre linke Nüster fühlen. Eiter quoll aus einer kleinen Wunde hervor. „Das muss schon vor ein paar Tagen passiert sein."

„Japp. Es wäre nicht so schlimm, wenn es sich nicht entzündet hätte."

Hannah stand ganz ruhig da, aber ihre Flanken bebten, und sie atmete keuchend.

„Das wird alles zuschwellen", sagte Marlon.

„Ich weiß. Je schneller wir ihr helfen können, umso besser. Der Tierarzt ist unterwegs?"

„Wird in etwas zwanzig Minuten hier sein", sagte Marlon. „Aber ich glaube, so viel Zeit bleibt uns nicht."

„Nein", stimmte Walker grimmig zu. „Marlon, du musst sie ruhig halten, während ich sie intubiere."

„Ist nicht mein erstes Mal, Boss. Und wird auch nicht das letzte sein. Aber bist du dir sicher, dass du das hinkriegst?"

Walker antwortete nicht, sondern bückte sich lediglich, öffnete den ersten Erste-Hilf-Kasten und holte eine große Dose Vaseline heraus, sowie einen 20 cm langen Schlauch.

„Das ist nicht *irgendeine* Kuh."

„Marlon", murmelte Walker warnend, aber er wusste, es war sinnlos. Marlon würde die Geschichte erzählen, als wäre Walker damals nicht selbst dabei gewesen.

„Hannah war das erste Kalb, das du je auf die Welt geholt hast."

„Vor zweiundzwanzig Jahren, ich weiß, Marlon."

„Du warst schon immer sehr sentimental ihr gegenüber."

„Also gut, nimm die Decke und leg sie ihr über. Wir verschwenden kostbare Zeit." Er bestrich den Schlauch mit Vaseline. Dann sprach er leise und beruhigend zu Hannah, während er behutsam den Schlauch in ihr Nasenloch einführte.

Er wusste, dass er sentimental war. Aber es ließ sich nicht leugnen, dass er so gut wie alles mit Hannah machen konnte und sie es zuließ. Er hatte sich all die Jahre nicht von ihr trennen können, und ihm graute vor dem Tag, an dem sie nicht mehr zu ihm kommen würde, wenn er sie rief.

„Er ist drin. Ich werde jetzt die Wunde desinfizieren." Walker arbeitete eine Weile schweigend, fühlte aber Marlons Blick auf sich und war nicht überrascht, als Marlon fragte: „Wie geht es dir, Boss?"

„Alles gut. Falls Dr. Collins etwas DMSO dabei hat, kommt sie wieder in Ordnung. Aber sie wird wahrscheinlich Antibiotika brauchen."

„Das meinte ich nicht. Wie läuft es mit der Show?"

„Ich habe es schon tausendmal bereut."

Marlon schürzte die Lippen und nickte. „Irgendwer dabei, der dir gefällt?"

Walker seufzte und hielt kurz inne, um seinen längjährigen Farmarbeiter und Freund anzusehen. Hannah gab ein leises Geräusch von sich, und Walker streichelte sie beruhigend. „Sie sind alle aus demselben Grund dabei wie ich. Geld."

„Hmm. Irgendwer, dem *du* gefällst?"

Walker verdrehte die Augen und senkte den Blick, um zärtlich Hannahs Nase zu reiben und die Decke etwas hochzuziehen, damit sie ihn besser sehen konnte. „Dieser Wettbewerb macht die Leute ganz verrückt. Ich bin mir ziemlich sicher, keiner von denen würde mich im normalen Leben auch nur eines Blickes würdigen."

„Ach, nur nicht so bescheiden, mein Freund. Wer würde dich nicht wollen? Teufel, sogar ich würde dich mir schnappen, wenn ich könnte." Er schnaubte bedauernd. „Ich käme damit klar, dass du etwas zwischen den Beinen hast. Aber ich würde Titten vermissen."

„Ach, halt die Klappe", sagte Walker und lachte. Er hätte Marlon was hinter die Ohren gegeben wie üblich, aber er wollte Hannah nicht erschrecken. Er hasste es, dass sie gebissen worden war, aber ihm gefiel die Normalität des Augenblicks, weil keine Kameras dabei waren und er sein Leben selbst bestimmte – wenigstens für einen Moment.

Marlon streichelte Hannahs Hals. „Aber ernsthaft, fühlst du für keinen von ihnen etwas?"

„Ich weiß, du bist ein romantischer, alter Narr, aber du weißt auch, dass das nicht der Grund ist, aus dem wir das Theater hier mitmachen."

„Sicher, aber das schließt ja nicht aus, dass du dabei jemand Besonderen kennenlernst." Marlon schaute ihn vielsagend an. „Wie lange ist es jetzt schon her seit Mike?"

„Lass es gut sein", sagte Walker. Er hörte eine Frau rufen und schaute über seine Schulter. „Doc ist da." Im Flüsterton fügte er hinzu: „Und du weißt ganz genau, wie lange es her ist, weil wir nach Mikes Weggang Dennis angeheuert haben."

Marlon schmunzelte. „Ich wollte dich nur daran erinnern, wie viele Jahre seitdem vergangen sind. Lange, einsame Jahre ohne jemanden, der dich in den Armen hält."

„Wer sagt, dass es einsame Jahre waren? Aushilfs-Farmarbeiter werden auch mal geil."

„Von wem redest du? Erwartest du von mir zu glauben, der Boss würde sich an seinen Aushilfskräften vergehen? Nein, mein Freund. Du hast dich viele Jahre zurückgehalten. Du brauchst einen Mann in deinem Leben."

Walker zuckte die Achseln. Als die Tierärztin in Jeans, karierter Flanellbluse und mit entschlossener Miene neben ihnen auftauchte, war er froh über die Unterbrechung. Aber Marlon mochte recht haben. Vielleicht brauchte er einen Mann in seinem Leben, und vielleicht war er einem Mann begegnet, über den er mehr wissen wollte. Aber da war nichts Normales an dem Zirkus, den sie gegenwärtig mitmachten. Auf gewisse Weise machte er das verlogene Spiel einfach nur mit und hoffte, es hinter sich zu bringen. Und er fragte sich, ob er danach noch Gelegenheit haben würde, Roan wirklich kennenzulernen.

Er wusste, das war erbärmlich. Aber er hoffte wirklich, diese Chance mit Roan zu bekommen.

DER REST DER dritten Woche war die reinste Folter für Roan. Zuerst bekam Chad ein weiteres Einzeldate mit Walker, und dann durften alle außer Chad, Roan und Ben noch auf ein besonderes Gruppen-Date. Was bedeutete, dass Roan überhaupt keine Zeit allein mit Walker verbracht hatte seit ihrem Gespräch über den Kuss mit Chad, das ärgerlicherweise von den Reaktion produzierenden Produzenten unterbrochen worden war.

Dieser dumme Kuss mit Chad wurmte Roan immer noch, besonders, da Walker ihn bisher noch nicht auf den Mund geküsst hatte. Aber … das gehörte alles zum Spiel, richtig?

Trotzdem, die nächste Hufeisen-Zeremonie war schon morgen Abend, und er hatte keine Gelegenheit mehr gehabt, Zeit mit Walker zu verbringen, um ihn davon zu überzeugen, auch dieses Mal nicht weggeschickt zu werden. Vielleicht war Walker ja entgegen dem, was er zuletzt gesagt hatte, doch nicht so an Roan interessiert, oder vielleicht hatten die Produzenten beschlossen, Roan aus der Show zu schmeißen, weil er und Walker ihren Anweisungen nicht so folgten, wie sie es wollten.

„Wir sind geliefert", seufzte Roan. Er war zu Tode gelangweilt. Und er war all die Spielchen leid, die ihn unentwegt in Zweifel stürzten. Es regnete wie beim Weltuntergang, und er hoffte bockig, dass die anderen irgendwo draußen auf einem Feld festsaßen. Aber er machte sich auch Sorgen wegen des Dauerregens, weil Walker gesagt hatte, zu viel Regen würde der Farm schaden. Roan wollte nicht, dass Walker bei all dem Chaos, das die Dreharbeiten verursachten, noch zusätzlich mit Problemen zu kämpfen hatte.

„Nein, sind wir nicht", sagte Chad, der mit den Füßen auf dem Couchtisch auf dem Sofa herumlungerte, als würde ihm die unheimliche Langeweile nicht das Geringste ausmachen. Ben kritzelte auf einem Notizblock. Der Stift sah in seiner riesigen Pranke lächerlich klein aus. „Besonders nicht ihr beide. Ihr seid auf keinen Fall erledigt."

„Was?" Roan setzte sich auf. Während Ben sich gar nicht zu bewegen schien, fiel Roan jedoch auf, dass sein Stift nicht länger übers Papier tanzte. „Wieso sagst du das?"

„Das ganze Ding heute ist nichts weiter als ein Mitleids-Date. Es ist ziemlich eindeutig, dass er auf euch beide am meisten steht."

Ben hob den Kopf. „Ziemlich eindeutig inwiefern?"

Roan musterte Ben forschend. Natürlich würde Walker auf so einen Mann stehen. Wer nicht? Und Ben war auch ein ein toller Kerl. Es wäre also schön, ihn noch eine weitere Woche um sich zu haben, aber … Roan schluckte den seltsamen Anflug von Eifersucht herunter, der ihn bei dem Gedanken befiel, Walker könnte sich mehr für Ben interessieren als für ihn.

„Okay, lass mal sehen." Chad hielt einen manikürten Finger in die Höhe. „Von uns allen seid ihr die einzigen beiden, die er bisher von selbst ausgewählt hat." Er hob einen zweiten Finger. „Er starrt euch Zwei ständig an, und …" –Der dritte Finger – „die Produzenten sagen ihm immer wieder, er soll die Finger von euch beiden lassen, damit nicht zu früh offensichtlich wird, wen er bevorzugt." Chad grinste, und Roan wurde es ein wenig unbehaglich. Ben aber wirkte geradezu beschämt.

„Ich finde das falsch", murmelte Ben. „Liebe ist doch kein Wettbewerb."

„Nein, wirklich nicht", sagte Roan. Aber sie alle waren aus freiem Willen hier und konnten sich nicht beschweren.

„Nein? Ihr geht also nicht mit verschiedenen Männern aus, sortiert diejenigen aus, die euch nicht gefallen, behaltet die anderen und wartet, wie sich alles entwickelt?"

Roan stützte seine Ellenbogen auf die Knie. „Schon, aber das passiert über einen langen Zeitraum hinweg, nicht innerhalb von sechs Wochen. Die ganze Situation hier ist so künstlich und unnatürlich."

„Tja, das wusstet ihr schon vorher. Und glaubt mir, ihr Zwei seid die einzigen, die wirklich noch im Wettbewerb stehen."

„Das scheint dir gar nichts auszumachen", sagte Ben und schaute wieder auf seinen Notizblock.

„Na ja." Chad verschränkte die Hände hinter seinem Kopf. „Wir alle haben unsere Gründe, warum wir hier sind."

Roan dachte darüber nach, während er in die Küche ging, um etwas zu Abend zu essen. Sie hatten am Vorabend eine Riesenportion Lasagne gekocht, von der noch etwas übriggeblieben war. Er machte sich einen Teller davon zurecht. Dann rief er ins Wohnzimmer: „Wollt ihr auch noch etwas von der Lasagne?"

„Nein, danke", rief Ben zurück, und Chad rief: „Später vielleicht."

Während die Mikrowelle ihre Magie vollzog, trat Roan auf die windgeschützte und überdachte, kleine Veranda und starrte hinaus in den heftigen Regen.

„Das Geräusch würde dir gefallen, Mama", murmelte er. „Louisianas Regen auf einem Blechdach."

Sie fand Gewitter toll, und er fragte sich, ob sie hier gelernt hatte, Blitz und Donner zu lieben, als sie als junge Frau Louisiana besucht hatte. Ging es ihr gut? Er sehnte sich schmerzhaft danach, ihre Stimme zu hören. Wahrscheinlich hatte sie es sich in diesem Moment mit ihren Lieblingsdecken vor dem Fernseher gemütlich gemacht. Vielleicht mit einer Tasse Tee? Er konnte sich nicht erinnern, wann er sie das letzte Mal ohne dunkle Schatten unter den Augen und mit fahler, kränklicher Haut gesehen hatte.

Gott, was machte er überhaupt hier? Seine Brust zog sich schmerzhaft zusammen. Er stolperte einen Schritt nach vorn und konnte sich gerade noch am Windschutz festhalten. „Mama", krächzte er. Der Regen spritzte gegen den Windschutz. Roan wurde nass, aber das kümmerte ihn nicht. „Ich sollte nach Hause fahren", sagte er zu niemandem. Er hatte die fest installierten Kameras und das kleine Mikrofon, das er am Körper trug, ganz vergessen.

Er vergrub sein Gesicht in den Händen. Er gestattete sich nicht oft zu weinen. Er und seine Mutter hatten nach ihrer ersten Diagnose ein ganzes Meer von Tränen vergossen, aber in letzter Zeit war es ihm vorgekommen, als wäre dem Kummer nachzugeben dasselbe wie aufzugeben. Wenn er sich gestattete, das Schlimmste zu denken oder nicht mehr optimistisch zu sein, was ihre Chancen betraf, dann befleckte er ihr Schicksal. Er wagte nicht, in Hoffnungslosigkeit zu verfallen, denn ohne Hoffnung blieb ihm *gar* nichts. So lange, wie er sich erinnern konnte, waren es immer nur sie beide gewesen, er und Mama. Und falls diese medizinische Versuchsreihe sie nicht aufnahm oder sie nicht das dafür nötige Geld zusammenbekamen, wusste er nicht, was er tun sollte. Ohne seine Mutter war die Welt ein dunkler Ort und die Zukunft ein Ungeheuer, das nur drauf lauerte, ihn komplett zu verschlingen. Er hatte sonst niemanden, und die Vorstellung, ganz allein zu sein, ließ das Blut in seinen Adern gefrieren.

Roan machte seinen Rücken gerade und schniefte. Er wischte sich die Nase mit dem Handrücken ab. Er durfte nicht so denken. Er musste stark bleiben, für sie beide. Er drückte die Küchentür auf und erschrak, als er Ben in der Küche fand.

„Hey, ich hatte mich schon gefragt, wo du abgeblieben bist. Du hast deine Lasagne in der Mikrowelle gelassen. Ist alles in Ordnung mit dir?"

„Ja, alles gut. Ich bin nur–" Roan verzog das Gesicht, als er erneut einen Stich in der Brust verspürte. Er drückte die Handballen in seine Augen, bis hinter seinen Lidern Farben tanzten, um die Tränen zurückzuhalten.

„Roan? Was ist los? Komm mal her." Ben zog ihn auf einen der Küchenstühle. Hinter ihm aus dem Wohnzimmer drang Lärm. Scheiße, die anderen waren von ihrem Gruppen-Date zurückgekehrt.

„Ich muss nach oben gehen", krächzte Roan.

„Ja, okay. Aber bist du sicher, dass alles in Ordnung ist?"

„Es geht mir gut."

Ben zögerte für eine Sekunde. Dann beugte er sich näher zu Roan und legte ihm einen Arm um die Schultern. „Die anderen sind alle viel zu abgelenkt; sie werden dich gar nicht bemerken, wenn du dich jetzt nach oben verdrückst. Aber hör zu. Falls du reden willst, ich bin hier, okay? Abgesehen von all dem Mist hier, du bist mir wichtig. Ich mag dich."

„Okay", flüsterte Roan. Ben zog ihn an sich, und Roan ließ es zu. Er fand Trost in dem Gefühl eines starken Körpers und in zwei Armen, die gewillt waren, ihn zu halten, auch wenn es nur für einen Moment war.

„Danke, Ben. Für alles. Du bist ein guter Mensch."

Ben nickte kurz und presste seine Lippen zusammen, bis sie ganz blass wurden. Roan wappnete sich, dann schlüpfte er die Treppe hinauf und ins Schlafzimmer, um sich dort zu verstecken. Er hielt es einfach nicht länger aus. Der einzige Grund, aus dem er noch bleiben wollte, war, um Walker besser kennenzulernen, und er hatte ihn in der vergangenen Woche kaum zu sehen gekriegt.

Er rechnete ein wenig im Kopf. Ja, auch wenn er heute Abend eliminiert werden sollte, würde er genug Geld haben. Nicht so viel, wie er wirklich brauchte, aber genug, um seine Mutter hoffentlich in dem Forschungsprojekt unterzubringen. Und dann konnte er wieder bei ihr sein und ihr mit seiner Liebe und Hoffnung Kraft geben.

Er schloss die Augen. Eine Träne löste sich und lief seine Wange hinunter. Er fasste einen Entschluss. Morgen Abend, bei der nächsten Hufeisen-Zeremonie, würde er freiwillig gehen. Er würde es in der allerletzten Sekunde verkünden, dann würde es auch gutes Fernsehen sein. Sein ursprünglicher Grund, warum er überhaupt mitmachte, war erfüllt worden, und sein zweiter Grund hielt ihn nicht länger.

Es war an der Zeit, hier Schluss zu machen und zu seiner Mutter zurückzukehren. Es war an der Zeit, seinen Fantasien und den Schmetterlingen in seinem Bauch Lebewohl zu sagen. Zeit aufzuhören, so zu tun, als könnte zwischen ihm und Walker jemals etwas Echtes entstehen.

ROAN, WILLST DU noch eine weitere Woche bei mir bleiben?

Roan starrte das Hufeisen in seiner Hand an und versuchte zu verstehen, wie sein Plan, aus der Show auszusteigen, so schief gegangen war. Vielleicht hatte es an dem Funkeln in Walkers Augen gelegen, als er die Frage stellte. Oder an der Art, wie er sich so nah zu Roan gebeugt hatte, als er seine Entschuldigung geflüstert hatte. Er hatte so gut gerochen …

Tut mir leid wegen dieser Woche, kleiner Löwe. Die nächste Woche wird besser für uns, versprochen.

Oder vielleicht hatte es daran gelegen, dass Walker seine Hand ausgestreckt und mit dem Daumen zärtlich Roans Kinn gestreichelt und dabei sehnsüchtig auf seinen Mund gestarrt hatte. Was immer es gewesen war – Roan hatte ein „Ja, natürlich" gestammelt, und jetzt stand er da und blinzelte in das grelle Licht seines post-zeremoniellen Interviews mit Luke.

„Wir sind fast fertig", sagte ihr Produzent John und nickte ihnen zu.

Dann tauchte Kylie auf, um Lukes Make-up aufzufrischen. Sie warf einen Blick auf Roan. „Oh, du glänzt total. Warte mal." Sie holt mehr Pinsel heraus und puderte Roans Gesicht ab, bis er niesen musste. Dann ging sie wieder.

„Bereit." Luke räusperte sich. Der Kameramann nickte ihm zu und sagte: „Kann losgehen."

„Roan, wie fühlst du dich heute Abend?"

„Super". sagte Roan. Ihm war unbehaglich zumute. „Ich freue mich, immer noch hier zu sein."

Wirklich? Er wusste es nicht mehr. Er war so sicher gewesen, dass er freiwillig gehen sollte, aber jetzt war er davon geblendet, Walkers erste Wahl gewesen zu sein. Geradezu freudig erregt.

„Wie fühlt es sich an, auch in dieser Woche das erste Hufeisen bekommen zu haben?"

Roan hob die Hand, um sich im Gesicht zu kratzen, aber Luke schüttelte ganz leicht den Kopf, und Roan ließ die Hand wieder sinken und legte sie in seinen Schoß. „Es war ein Schock. Aber ein guter, glaube ich?"

„Du glaubst? Bist du nicht glücklich darüber, noch hier bleiben zu können?"

„Doch, natürlich. Nur ..." Er seufzte schwer und wand sich ein wenig. „Das ist nur alles ... ganz schön viel, weißt du?"

Luke lächelte gutmütig.

John sagte: „Entspann dich, du machst das prima. Wir unterhalten uns hier nur ein bisschen, vertiefen deine Hintergrundgeschichte ein wenig. Immerhin hast du es nun bis in die zweite Hälfte des Wettbewerbs geschafft. Luke wird dich ein paar persönliche Dinge fragen. Natürlich liegt es ganz bei dir, ob du sie beantworten möchtest. Wir wissen, dass du gerade eine schwere Zeit durchmachst."

„Alles klar." Roan verengte argwöhnisch die Augen.

Luke ging direkt ans Eingemachte. „Wie geht es deiner Mutter?"

Roan ballte die Hände zu Fäusten, aber seine Stimme blieb fest. „Sie hält sich tapfer."

Das hoffte er jedenfalls.

Luke nickte. Sein Blick war sanft. „Das freut mich zu hören. Du hast vor einem Jahr erfahren, dass die Krebs hat?"

„Ja. Haben wir beide." Er gab nach. Was machte es schon, dass er in der Show darüber redete? Sie würde nur für kurze Zeit ausgestrahlt werden. Und bis dahin war seine Mutter vielleicht gar nicht mehr–

Er schloss die Augen. „Als wir es herausfanden, war der Krebs schon ziemlich weit fortgeschritten. Sie hat mehrere Runden Chemotherapie und Bestrahlungen gemacht, aber das half immer nur kurz."

Luke sah aufrichtig traurig aus. Roan fragte sich, ob er wirklich so mitfühlend war. Ihm selbst wurde die Kehle eng. „Aber du sagtest, es gäbe ein Medikament, das ihr helfen könnte?"

„Ja. Es kostet einen Haufen Geld. Außerdem stapeln sich bereits die Arztrechnungen vom letzten Jahr. Sie kann nicht arbeiten. Und ich…" Roan räusperte sich. Er würde *keinesfalls* vor der Kamera weinen. „Ich muss ihr helfen."

„Und darum bist du hier."

Er senkte den Blick und betrachtete seine Hände. „Ja, wie ich schon sagte … darum bin ich hier. Wegen des Geldes."

Luke wartete einen Moment, dann fragte er mit leiser Stimme: „Wo ist dein Vater, Roan?"

Ach, Mann. Roan wäre am liebsten aufgestanden und gegangen. Hätte Luke und John gesagt, dass sie sich dieses ganze Interview in den Arsch schieben konnten. Aber wenn er noch ein paar Wochen länger blieb, würde er mehr als genug für die medizinische Studie haben; und für die gestapelten Rechnungen auch. Vielleicht würde sogar genug übrig bleiben, um seine Mutter irgendwohin zu bringen, wo es schön und warm war, wenn es ihr erst besser ging. Vielleicht hierher nach Louisiana, und sie all das essen lassen, was sie so geliebt hatte. Und Cocktails trinken. Ja, auf jeden Fall auch Cocktails. Um ihre Genesung zu feiern. Und dann könnte er ihr Walker vorstellen … Er wollte wegen all dem noch bleiben, aber Gott, es war nicht leicht.

„Dein Vater?", hakte Luke nach.

„Verließ uns."

Luke hob eine Hand, um ihn zu bremsen. „Mein Vater verließ uns."

Ihnen allen war vor Beginn der Dreharbeiten eingebläut worden, ganze Sätze zu benutzen anstelle der offensichtlichen Antworten, damit die Show diese Clips benutzen konnte, um sie mit oder ohne die Frage zu senden.

„Tut mir leid. Mein Vater verließ uns, als ich zwei Jahre alt war. Ich habe ihn nie gekannt, und meine Mutter redet nicht über ihn."

„Und du bist ein Einzelkind?"

„Ja. Ich bin ein Einzelkind."

Luke lächelte. Er war immer sehr freundlich. „Genau wie Walker. Er ist auch ein Einzelkind."

Roan wurde klar, dass er das gar nicht gewusst hatte. Er hatte es angenommen, aber über Geschwister – oder den Mangel an ihnen – hatten sie nie gesprochen.

„Das hier ist für dich wichtig, oder? Die Show zu gewinnen. Damit du das Geld nach Hause bringen und deiner Mutter helfen kannst, wieder gesund zu werden."

Roan zögerte. Ärger regte sich in ihm. Hatten sie das nicht gerade erst besprochen? Er seufzte. Das ließ ihn wie ein Arschloch aussehen, aber es war die Wahrheit. Er verzog das Gesicht bei dem Gedanken, dass Walker dieses Interview zu sehen bekam und dass er denken würde, Roan hätte alles nur gespielt, um an das Geld zu kommen. Aber bis dahin wäre schon alles vorbei, und Walker würde es entweder verstehen oder nicht. „Ja, ich will, dass es meiner Mutter wieder besser geht."

„Wie sind deine Gefühle in Bezug auf Walker?"

Roan errötete; er konnte es nicht verhindern. „Unter anderen Um-ständen hätte aus uns wirklich etwas werden können, denke ich. Ich würde … ich würde ihn liebend gern besser kennenlernen. Er ist witzig, liebenswürdig und gütig. Er kümmert sich aufopferungsvoll um seine Ranch, seine Familie und all die Tiere. Und natürlich ist er sehr attraktiv, das ist ja offensichtlich" Er lachte verlegen. „In vielerlei Hinsicht will ich nicht hier sein", gab er zu. „Aber …" Er verstummte. Es war so vieles ungesagt geblieben, und das bedrückte ihn.

„Aber?"

„Aber ich will Walker wirklich besser kennenlernen."

„Und Walker? Was, denkst du, könntest du überhaupt als sein Part-ner mitbringen, wenn du mit dem Herzen so sehr bei deiner Mutter bist?"

„Ich weiß nicht. Aber wer weiß schon, was zu einer guten Beziehung nötig ist?" Er konnte genausogut jetzt reinen Tisch machen. „Ich mag Walker sehr. Und ich glaube, das beruht auf Gegenseitigkeit. Das hier ist nur einfach eine seltsame Art, sich zu begegnen, und wir haben beide weiß Gott einiges, was in unserem Leben gerade nicht so reibungslos läuft. Aber na und? Was macht es schon, dass ich Studienabbrecher bin und als Kellner im örtlichen Coffeeshop arbeiten muss, während er ein erfolgreicher Farmer ist? Was macht es schon, dass er älter ist als ich. Was auch immer… Wenn wir diese Show überstehen, und die Krankheit meiner Mutter, dann können wir wahrscheinlich alles überstehen. Und geht es nicht genau darum in einer guten Beziehung?"

Gott, er klang lächerlich und verzweifelt.

„Danke, Roan, das war super." Luke tätschelte Roans Handrücken. „Und ich weiß, das war nicht leicht für dich. Aber falls es dir etwas bedeutet – mir tut aufrichtig leid, dass du so viel durchmachst, und es ist nicht fair, dass das die Schritte sind, die du gehen musst, um deiner Mutter die medizinische Versorgung zu geben, die sie verdient."

Roan sah ihm nicht in die Augen. Er wischte mit der Hand über den Küchenschrank, bis er gegen seine Wasserflasche stieß. Er nahm sie und drehte den Verschluss ab. „Kann ich jetzt gehen?"

„Ich glaube, Walker möchte vielleicht noch mit dir reden, bevor du gehst."

Roan verzog das Gesicht, dann nickte er. „Okay, dann warte ich hier."

Warum begann bei der bloßen Erwähnung von Walker sein Herz zu pochen?

KAPITEL 11

„ICH MÖCHTE DICH etwas fragen.“

Walker lehnte sich auf der weichen Couch der windgeschützten, überdachten Veranda zurück und löste die vor der Brust verschränkten Arme. Die Hufeisen-Zeremonie war vorüber, und Walker wollte nur noch Roan finden und mit ihm zusammen irgendeinen Plan aushecken, wie sie allein sein konnten. Er wollte ihn besser kennenlernen und die verdammten Kameras überall waren absolut nicht hilfreich. Erst dachte er, er hätte eine Lösung, aber bevor er Roan finden und ihm seine Idee unterbreiten konnte, wurde er von Produzenten umringt und weggezerrt, um eine „private“ Unterhaltung mit Ben zu filmen.

Ben fummelte gerade an der Manschette seines Hemds, ein dunkelgrünes Ding, das unter dem Druck von Bens riesigen Muskeln zu zerreißen drohte. Offenbar hatte Ben eine Frage an Walker. Seine Stimme bebte verdächtig. „Schieß los“, sagte Walker.

„Es ist eine etwas schräge Frage.“

Walker zog die Brauen zusammen. „Okay, das macht nichts.“

Ben warf einen Blick zu den Kameras und zog eine Grimasse. Walker konnte nachvollziehen, dass Ben wünschte, die Dinger wären nicht da. „Wie ist das so? Mit einem Mann zusammenzusein?“

Walker hob verdutzt die Brauen, dann beugte er sich vor, um Ben in die Augen zu schauen. Ben saß neben ihm auf der Couch, aber sie saßen in den entgegengesetzten Ecken, und jetzt, da Ben seine Frage gestellt hatte, schaute er überall hin, nur nicht zu Walker. „Ich dachte, du hättest gesagt, dass du schonmal jemanden aufgerissen hast.“

Ben bekam hellrote Flecken im Gesicht, wie Farbe, die mit Wasser vermischt wird. „Ja, zweimal. Aber … ich weiß nicht. Hinterher fühlte ich mich jedes Mal …“ Er zuckte die Achseln. Er sah so unbehaglich aus, dass er Walker leid tat.

„Unbefriedigt?“, versuchte Walker es. „Oder auch ein wenig unsicher, ob das wirklich war, was du gewollt hattest?“

Ben nickte nachdenklich. „Ja, ich denke, das war es. Vielleicht.“

„Sieh mal, ich kenne dich nicht besonders gut. Aber du hast ein Mädchen geschwängert und danach das Richtige getan, nicht wahr?“

„Das Richtige? Ich weiß nicht …“, murmelte Ben.

„Na ja, du hättest gehen und sie mit dem Baby allein lassen können, aber das hast du nicht. Ganz gleich, wie eure Ehe geendet hat, ich bin sicher, dass sie dankbar war für die Unterstützung, als sie sie am meisten gebraucht hat.“

„Ja. Okay.“

„Und du bist geblieben und hast versucht, die Ehe am Laufen zu halten, so lange, wie du konntest. Ich weiß nicht das Geringste über deine familiäre Situation oder wie eure Beziehung war, als ihr zusammen wart, aber eine solche Handlungsweise erfordert eine Entschiedenheit und ein Verantwortungsbewusstsein, das du wohl kaum bei der Sorte Mann finden wirst, die zu Sex in irgendwelchen dunklen Gassen bereit ist. Ich glaube, es war für dich nicht so toll, weil dein Herz beteiligt sein muss, damit der Sex gut ist.“

Ben wurde so rot, dass Walker ein Lachen unterdrücken musste. „Meine Güte, ich dachte immer, ihr Cowboys wärt alle verklemmt und so.“

„Was soll ich sagen? Ich bin bei Hippie-Eltern aufgewachsen, die mir schon früh beibrachten, sorgsam hinzuhören, bevor ich durch eine geschlossene Tür platze.“ Walker verstummte für einen Moment. „Sowohl im Haus als auch in allen Scheunen.“

Ben klappte die Kinnlade herunter. „Tut mir sehr leid.“

Walker lachte überrascht auf, dann tätschelte er Bens Bein. „So schlimm war das nicht. Ich habe Männer gesehen, die sehr damit zu kämpfen hatten, schwul zu sein, und das war nicht schön. Hör zu, du musst ernsthaft mit einem Kerl ausgehen. Triff ihn ein paarmal, hab deinen ersten Kuss mit ihm, triff dich noch ein bisschen öfter mit ihm, und dann denk darüber nach, ob du mit ihm schlafen willst. Du verdienst jemand Anständigen, der dich gut behandelt."

„Für gewöhnlich bin ich derjenige, von dem erwartet wird, dass er das ‚Behandeln' übernimmt."

„Das ist keine Einbahnstraße."

Ben nickte nachdenklich. „Also, wie viele Dates würdest du vor dem ersten Kuss empfehlen?"

Du meine Güte. Ben, dieser große Kerl, war so naiv und nervös. „Das kommt ganz auf die Situation an. Wenn schon das erste Date wirklich gut läuft, und ihr beide es wollt, dann nur zu. Ich neige dazu, bis zum zweiten Date zu warten." Er schwieg einen Moment und erinnerte sich an sein erstes Date mit Mike, ein Abendessen. Die sexuelle Spannung zwischen ihnen war von der ersten Sekunde an da gewesen und sie hatten es kaum bis zu einer der Scheunen geschafft, bevor Mike ihm den Hut vom Kopf gefegt und ihn um den Verstand geküsst hatte. „Aber ja." Er räusperte sich. „Wenn es sich für euch beide richtig anfühlt, dann ist es auch richtig."

„Wie viele Dates haben wir gehabt?", fragte Ben leise. Er rückte näher.

„Oh. Ich–"

Bens große Pranke wanderte an Walkers Bein aufwärts. Seine Hand zitterte, und er sah ängstlich aus.

Walker legte seine eigene Hand auf Bens und stoppte die Wanderschaft. „Ben, das musst du nicht."

Ben atmete zittrig aus. „Doch, muss ich", flüsterte er.

„Hey, mach dich nicht verrückt. Ein Schritt nach dem anderen, okay?" Walker nahm behutsam Bens Gesicht in beide Hände. Es fühlte sich rau an unter seinen Handflächen, der subtile Reiz von kratzenden

Bartstoppeln. „Wie wäre es stattdessen mit einer Umarmung?" Sie waren sich so nah, dass Walker die grauen Schlieren in Bens blauen Augen sehen konnte.

Bens Schultern sanken erleichtert herab, und Walker zog ihn an sich. Er empfand so etwas wie Beschützerinstinkt. Ben lehnte sanft seine Stirn an Walkers Schulter, und Walker streichelte ihm den Rücken. „Okay?", flüsterte er.

„Okay", antwortete Ben.

Als er aufhörte zu zittern, ließ Walker ihn los. „Das wird schon", sagte er, und Ben nickte, gab aber keine Antwort.

„Das war großartig!", rief Molly. Walker zuckte zusammen. Er hatte die verdammten Kameras total vergessen. Er hatte nicht einmal bemerkt, dass Molly hereingekommen war. „Nein, wirklich! Das war super. Gequälter, schwuler Mann lernt, seinen Weg zu finden. Ein Traum! Das wird so super." Ben stand hastig auf und ging. Walker wollte ihm folgen, aber wahrscheinlich brauchte Ben eine Minute für sich allein.

„Warum sind Sie nur immer so gemein, Molly?"

Molly winkte ab. Sie malte sich offensichtlich immer noch die tollen Fernseh-Momente aus. „Erst habt du und Roan euch gegenseitig beinahe aufgefressen bei diesem abgefuckten Date mit den Fischen, dann der Kuss mit Chad, und jetzt das hier. Und Roan schüttet gerade Luke sein ganzes Herz aus." Sie grinste vergnügt. „Ich hoffe, er vergießt ein paar Tränen."

Walker stand auf und machte sich zum Gehen bereit. „Das ist herzlos."

„Ja, nun. Bilde dir kein Urteil, bevor du alle Fakten kennst, Cowboy. Und die wirst du nicht haben, bevor die Show gesendet wird."

„Was auch immer." Walker drängte sich an ihr vorbei und stapfte durchs Wohnzimmer. Er tat nicht einmal so, als würde er *nicht* nach Roan suchen. Und Scheiße, genau das hatte er von Anfang an versucht zu vermeiden. Diese Gefühle.

Er mochte Ben, aber bei ihm fühlte er nicht dieses Ziehen in der

Brust, das schon jedes Mal anfing, wenn auch nur Roans Name erwähnt wurde. Zwischen ihnen war gleich von Anfang an irgendetwas gewesen. Von dem ersten Moment an, als er Roan aus dem SUV aussteigen gesehen hatte, hatte Walker eine Erregung auf Zellebene verspürt. Vielleicht spielte diese Show seinem Kopf Streiche, vielleicht auch nicht. Aber zwei Dinge wusste er mit Sicherheit. Erstens, er musste sehen, ob Roan okay war, und zweitens, er musste einen Weg finden, mit ihm allein zu sein, damit er herausfinden konnte, was echt war und was nicht.

Nächste Woche bekomme ich ihn ganz für mich. Koste es, was es wolle.

„FALLS DU ROAN suchst, der ist in der Küche", sagte Luke, während Kylie sein Gesicht mit Feuchttüchern abwischte. Die Tücher waren ganz orange danach.

„Danke", sagte Walker. „Und übrigens, du gefällst mir besser in deiner echten Hautfarbe."

Luke lachte. „Geht mir genauso."

Walker ging in die Küche, wo er Roan fand, der auf einem Barhocker am Küchentresen saß, ganz vornüber gebeugt und mit dem Rücken zur Tür.

„Hey, kleiner Löwe", sagte Walker. Roan schaute über seine Schulter, und Walker blieb für einen Moment stehen. Roan sah furchtbar mitgenommen aus. „Was ist los?"

Roan ließ die Stirn wieder in seine Handfläche sinken und starrte niedergeschlagen auf die Oberfläche des Tresens. „Sagst oder tust du eigentlich auch mal was vor den verdammten Kameras und bereust es sofort?"

Walker lachte leise. „Die ganze Zeit über." Roan zog die Schultern noch höher, und Mist, es fiel Walker echt schwer, nicht zu ihm zu gehen, seine Hand zwischen die spitzen Schulterblätter zu legen und

Roan dann fest zu umarmen. „Was hat Luke dieses Mal aus dir herausgeholt?"

Roan schwieg, und Walker setzte sich auf den Hocker neben ihm. Schließlich sagte Roan: „Luke hat mich nach meinem Vater gefragt. Das Thema wollte ich hier nie anschneiden. Es kam nur so überraschend. Ich war darauf einfach nicht vorbereitet."

Walker lächelte ihn beruhigend an. „Ja, darin sind sie gut. Meine Mutter nennt das bei solchen Shows den Trauma-Trick. Die Zuschauer zuhause sollen denken, dass der Charakter eines Menschen anhand dessen beurteilt werden sollte, was derjenige durchgemacht und wie gut er darauf reagiert hat. Aber das ist im wirklichen Leben keine Basis für eine gesunde Beziehung."

Roan hob den Kopf und lächelte ein wenig. „Da ist wirklich was dran."

„Aber das bedeutet nicht, dass es mir egal ist, was du durchgemacht hast, oder dass ich darüber nichts wissen will. Es ist nur so, dass es auf lange Sicht keine Rolle spielt. Das tagtägliche Leben wird nicht von den Verlusten in der Kindheit bestimmt."

Roan zuckte die Achseln und strich sich durchs Haar. Oder versuchte es zumindest, aber das Pflegeprodukt darin, das sein Haar so stylish machte, wie er wollte, gab jetzt einfach nicht nach. Roan stopfte seine Hände zwischen die Knie. „Es war nichts Besonderes. Keine rührselige Geschichte. Meine Eltern waren nicht verheiratet, und eines Tages ging mein Vater weg und kam nicht mehr zurück."

„Wie alt warst du da?"

„Zwei."

„Tut mir leid. Das muss schwer gewesen sein."

Roan schüttelte den Kopf. „Nein. Wirklich nicht. Ich kannte es gar nicht anders."

Walker legte seine Hand auf Roans Oberschenkel. Der Muskel spannte sich unter seiner Handfläche an, dann entspannte er sich langsam wieder. Roan schluckte hörbar; sein Adamsapfel hüpfte. Gott, er war so schön. Sein Profil war ein Kunstwerk aus Gegensätzen. Dunkles Haar und sehr blasse Haut. Er hatte einen Schönheitsfleck auf der Wange, den Walker am liebsten gekostet hätte..

Er hatte diese Schönheit eine Woche lang nur aus der Ferne bewundert. Zu viel Zeit. Gar keine Zeit.

„Würdest du ein Stück mit mir spazieren gehen?", fragte Walker. Hinter ihnen hüstelte jemand, und sie blickten beide auf. Ein Kameramann stand da und wirkte äußerst unbehaglich. „Lass mich raten. Wo wir hingehen, gehst auch du hin?"

„Schon gut", sagte Roan. „Ich bin müde. Ich will einfach nur ins Bett, um ehrlich zu sein."

„Fünf Minuten", sagte Walker. „Es ist windig draußen, das bedeutet weniger Insekten. Na komm, kleiner Löwe."

Roan musste gegen seinen Willen lächeln. Er stand auf. Seine dunklen Augen suchten Walkers, und ihre Blicke begegneten und hielten einander. Walker zögerte eine Sekunde, dann verschränkte er seine Finger mit Roans.

Das Konzert der Grillen hüllte sie ein, sobald sie nach draußen traten. Walker hoffte, dass es den Sound des Films ruinieren würde. Der Wind war warm und zerrte an ihrer Kleidung. Er führte Roan die Stufen hinunter und auf einen kleinen Pfad, der zwischen den Feldern verlief. Hierhin war er immer mit Mike gegangen, bevor seine Eltern wussten, dass er und Mike zusammen waren. Es war eine ganze Weile her, seit er zuletzt an seinen Ex gedacht hatte, und er fragte sich, wie es Mike mit seiner Tierarztpraxis in der Stadt wohl ergehen mochte.

„Wie kommst du mit den anderen da drin klar?", fragte Walker, nickte zur Scheune hinter ihnen und drückte sanft Roans Hand.

„Dieses ganze Ding ist so surreal", sagte Roan. „Es bringt mein Hirn völlig durcheinander, um ehrlich zu sein."

„Hey, könnt ihr Jungs ein bisschen langsamer gehen?", riefen die Kameramänner hinter ihnen. Sie verlangsamten beide ihre Schritte, blickten aber nicht zurück.

„Das ist es. Ich frage mich, ob irgendwer hier mich unter normalen Umständen überhaupt bemerken würde. Weißt du, was ich meine?"

„Ja, ich weiß genau, was du meinst. Es ist eine künstliche Umgebung. Und sie erzeugen immer wieder Situationen, in denen du gar nicht anders kannst, als zu denken, dass du dich verliebst. Mit den „Traum-Dates" und dem ganzen Kram." Er verzog das Gesicht. „Das Nudel-Date nicht mitgerechnet."

Walker drückte eine Hand an sein Herz. „War das etwa kein Traum-Date?"

„Leck mich", murmelte Roan und lachte leise. „Ich habe Alpträume, in denen ich an Salmonellenvergiftung sterbe."

„Wie sehen die Egelbisse aus?" Walker zog Roan sanft ein wenig zur Seite und blieb stehen. Dann hob er Roans Hand in die Höhe. Es war schwierig im Mondlicht, aber er konnte sehen, dass die Kratzer an Roans Daumen verschwunden waren.

„Ich habe immer die antibiotische Salbe benutzt, die unsere Krankenschwester mir gegeben hat, und es ist alles gut verheilt."

„Hm. Gut." Walker fuhr mit dem Finger die Linien in Roans Handfläche nach, und Roans Finger krümmten sich ein wenig. „Was, denkst du, wäre passiert, wenn wir einfach zwei Kerle wären, die sich irgendwo draußen in der Welt über den Weg gelaufen wären?"

Roans müde Augen leuchteten ein wenig auf. „Na ja, das kommt darauf an. Wo läuft man hier Männern über den Weg?"

„Oh, ich weiß nicht. Im Futterladen."

Roan musste lachen. Dann tat er so, als würde er darüber nachdenken und schürzte die Lippen. „Ich bin mir nicht sicher. Wahrscheinlich würde ich mich in der Abteilung für Alpakafutter aufhalten. Oder Lamafutter. Vielleicht auch die speziellen Schafe – keine Ahnung, wie man die nennt. Irgendwas schön Flauschiges. Ich käme nicht mal in die Nähe der Abteilung für Kuhfutter."

Walker wollte laut lachen, hielt sich aber zurück. „Kühe sind wohl nicht gut genug für dich, hm? Ja, kann ich mir vorstellen. Okay. Warte, ich hab's. Vielleicht hätte ich dich aus einer Meile Entfernung entdeckt und wäre dir zu deiner abseits gelegenen Ecke des Ladens mit dem Alpakafutter gefolgt."

Roans Wimpern flatterten. „Ja? Und was wäre dann passiert?"

Walker zog den Kopf ein und grinste. Er liebte es, das Roan so mitspielte. „Ich bin ein Gentleman, also hätte ich so getan, als würden mich deine albernen Alpakas interessieren. Dann hätte ich dich eingeladen, mit mir etwas zu trinken. Oder zu Abend zu essen."

„Moment, warte, warte … Woher würdest du überhaupt wissen, dass ich schwul bin? Ist es hier im Süden nicht ziemlich gefährlich. So etwas vorauszusetzen?"

„Oh, Süßer", murmelte Walker. Er wagte es, seine Hand an Roans Unterarm hinaufgleiten zu lassen. Roan hatte seine Ärmel hochgekrempelt, und verdammt. Er mochte ja beinahe hager sein, aber er hatte kräftige Unterarme, als hätte er irgendwann einmal viel Tennis gespielt. Seine starken Handgelenke waren von dunklen Haaren bedeckt, und seine Haut über den Muskeln war überraschend glatt und weich. „In diesen Jeans? Ich würde es wissen."

„Und dann?", fragte Roan ein wenig atemlos.

„Würdest du zu einem Abendessen ja sagen?"

„Was denn sonst?"

Walker lachte leise. „Ich würde dich in ein nettes Restaurant ausführen, wo es frische Austern gibt. Magst du Austern?"

„Habe ich noch nie probiert."

Walker klappte das Kinn herunter. „Du verarscht mich."

„Nö. Rohe Austern? Also, ich weiß nicht recht. Ich probiere normalerweise alles wenigstens einmal, aber insgeheim kriegst du von mir Punkteabzug, weil du schleimige Dinge magst."

Sie standen immer noch nahe zusammen, und Walker hatte seine Hand unter Roans Ellenbogen. Walker glitt mit dem Daumen in die warme, leicht feuchte Armbeuge, und sein Mund wurde ein wenig trocken.

„Austern", sagte er mit rauchiger Stimme. „Du würdest sie lieben, das kann ich versprechen. Ich würde auf unserem Date sogar meine besten Manieren zeigen und mich nicht so vollstopfen. Schließlich will ich einen guten Eindruck machen."

„Damit du mich flachlegen kannst?"

Walker hob den Kopf. Plötzlich war er todernst. „Damit du mich wiedersehen willst."

„Okay", flüsterte Roan und rückte ein wenig näher. „Was dann?"

„Dann nehme ich dich mit nach Hause und überlege hin und her, ob ich dich vielleicht küssen darf, entscheide mich aber dagegen. Nach dem zweiten Date wird es tausendmal besser sein, nachdem ich dich zum Tanzen ausgeführt habe, Es gibt hier eine Bar, wo sie einen Mix aus Latin und örtlicher Musik spielen. Wir werden von den heißen Klängen mitgerissen werden. Es ist sinnlich und intensiv. Jeder dort ist erregt, und die Energie in der Luft schmeckt nach Sex. Ich jedoch werde *dich* kosten wollen." Walkers Stimme war jetzt ein Flüstern, und er gab sich ganz dem Moment hin. Beinahe konnte er Roans Haut vor Schweiß glänzen sehen, wie seine Kleidung an seinem Körper klebte und seine Hüften sich rhythmisch an seinen bewegten. „Es wird für mich die reinste Folter sein, dich zu beobachten und an mir zu spüren, dich aber nicht so zu berühren, wie ich mich schmerzhafte sehne, es zu tun."

„Großer Gott", stöhnte Roan, zuckte zurück und brach den Zauberbann.

„Zu viel?", flüsterte Walker.

„Nein, es ist nur …" Roan trat wieder näher und legte seine freie Hand auf Walkers Brust. Sein kleiner Finger schlüpfte zwischen die Knöpfe und berührte die Mitte von Walkers Brustbein. Der minimale Kontakt strahlte Wärme in seine ganze Brust aus, seine Arme entlang, wo er Gänsehaut bekam, und schließlich durch seinen Bauch hinab in seinen Schwanz. „Ich wünschte, wir wären uns so begegnet. Ich wünschte, das hier wäre–"

„Keine Show."

Roan senkte den Blick und nickte. Walker ließ seine Hand langsam an Roans Arm aufwärts gleiten, bis über die Schulter, die er dann leicht massierte. Sofort trat Roan noch näher zu ihm, bis ihre Körper sich berührten. Walker starrte in die Nacht hinaus. Während sie sich fest umarmten, zirpten laut die Grillen, die Nacht hüllte sie eng und warm ein, und der Himmel war voller Sterne.

Mit Roans warmem Atem an seinen Hals wünschte auch Walker, dass es wahr wäre.

Und dann stieß der Kameramann einen leisen Pfiff aus und sagte: „Die Produzenten werden das hier lieben.“

ALS WALKER UND Roan wieder zurück bei der Scheune waren und hineingingen, waren die meisten der anderen schon zu Bett gegangen. John hing im Wohnzimmer herum und redete mit Victor und Peter, aber das war alles. Die meisten Crewmitglieder waren schon weg.

„Gute Nacht, kleiner Löwe“, sagte Walker. Roan zog sich bereits zurück, die Hände in den hinteren Taschen seiner engen Jeans vergraben. Der Effekt entging Walker keineswegs.

„Träum was Schönes, Cowboy“, murmelte Roan. Er grinste, dann drehte er sich um und nahm je zwei Treppenstufen auf einmal.

Walker winkte den anderen, die sich für den Tag verabschiedeten. Dann fischte er seine Schlüssel aus der Tasche und wollte gerade den Ford aufschließen, als er gedämpfte, erboste Stimmen hörte. Walker runzelte die Stirn und ging leise zur die Seite des Hauses, wo er Ben und Molly entdeckte, die über irgendetwas stritten. Einerseits wollte er eingreifen, aber er überlegte, dass in das nichts anging, und ging zurück zum Auto.

Er öffnete die Fahrertür, dann drehte er sich um, als hinter ihm schnelle Schritte ertönten. Das Verandalicht war nicht mehr an, aber Walker erkannte Bens großen Körper und das allgegenwärtige, weiße T-

Shirt.

„Hey, wo soll's denn hingehen?", fragte Walker und rutschte in seinen Louisiana-Slang. „Ich meine, was ist los?"

„Ich bin froh, dass ich dich noch erwische. Ich hatte mich gefragt, ob wir eine Sekunde reden können."

Walker sah sich um, aber Molly war nirgends zu entdecken. „Ist alles okay mit dir?"

„Ja. Ich– ja." Ben fuhr sich durchs Haar, dann ließ er es fallen. Er streckte den Arm aus und hakte behutsam einen Finger in Walkers Gürtelschlaufe, sah ihm aber nicht in die Augen. „Können wir zum Reden vielleicht einen Augenblick reingehen? Ich werde hier draußen bei lebendigem Leib aufgefressen."

Wollte Ben bei der nächsten Hufeisen-Zeremonie nach Hause gehen oder sowas? Vielleicht war es bei dem Streit mit Molly darum gegangen. „Sicher. Komm mit."

Alle Lichter im Wohnzimmer waren aus, abgesehen von einer keinen Tischlampe in der Ecke. John und die anderen waren nirgends zu sehen.

„Was ist los?", fragte Walker. Ben packte Walkers Hand fester. „Ich wollte nur sagen …" Er holte tief Luft, und sein großer Brustkorb weitete sich. „Ich mag dich wirklich Und ich … ich will dich küssen. Natürlich nur, wenn das für dich okay ist. Ich meine … ich weiß, dass du auf Roan stehst. Das ist ziemlich offensichtlich. Und wer würde nicht auf ihn stehen? Aber das hier ist ein geschützter Raum, um es zu probieren, weißt du, was ich meine?"

„Ben …", fing Walker an. Er war ein wenig verdattert. Er wollte sagen, dass es nicht richtig wäre, und dass Ben auf ein echtes Date mit jemandem warten sollte, und auf einen Mann, dem er wirklich etwas bedeutete. Aber Ben war ein erwachsener Mann und konnte seine eigenen Entscheidungen treffen. Walker wollte Ben nicht wirklich küssen, nicht so, wie er Roan küssen wollte, aber er empfand Mitgefühl mit Ben. Trotzdem trat er einen Schritt zurück.

Die Entscheidung wurde ihm abgenommen, denn Ben trat vor, legte seine großen Hände um Walkers Gesicht und küsste ihn.

Walker war davon so überrascht, das er nicht sofort reagierte. Aber es fühlte sich schön an, und Ben war so zaghaft, dass Walker es nicht übers Herz brachte, ihn wegzuschieben. Zärtlich berührte er Bens Arm und zog sich gleichzeitig ein bisschen zurück. Ben folgte ihm automatisch und mit geschlossenen Augen. Er war am ganzen Körper angespannt, aber bereit, es noch einmal zu versuchen. „Schh", sagte Walker an Bens Lippen. „Entspann dich. Es ist alles gut."

Ben trat zurück, sah Walker aber immer noch nicht an.

„Sieh mal, falls es sich immer noch nicht so angefühlt hat, wie du erwartet hast, muss das nicht bedeuten–"

„Das ist es nicht", flüsterte Ben und machte einen weiteren Schritt weg von Walker.

Walker blinzelte ihn verwirrt an, dann sah er eine Bewegung aus dem Augenwinkel. Er neigte den Kopf zur Seite, um an Ben vorbeisehen zu können, und da stand Roan. Er hatte eine Hand an seinen Mund gepresst, und seine Augen waren weit aufgerissen.

„Roan", sagte Walker.

Roan schüttelte den Kopf, dann floh er die Treppe hinauf.

In Walkers Magen ballte sich glühende, hässliche Wut zusammen. „Hast du das absichtlich in die Wege geleitet?", fragte er mit sehr leiser Stimme. „Mich in eine Falle gelockt? Du und Molly?"

„Sie hat mich gezwungen", sagte Ben. „Es tut mir wirklich leid. Ich wollte es nicht tun. Aber sie sagte–"

„Spar dir das", unterbrach ihn Walker und drängte sich an Ben vorbei. Aber dann stand ihm plötzlich Molly im Weg.

„Nicht jetzt, Walker."

„Gehen Sie mir aus dem Weg, Molly!"

Molly schüttelte den Kopf, und Walker bemerkte vage, dass sie nicht so arrogant und selbstbewusst wirkte wie üblich. „Dieses Mal nicht, Walker. Lass ihn einfach in Ruhe."

Walker ballte die Fäuste und starrte Molly finster an. Am liebsten hätte er eine Szene gemacht und wäre die Treppe hinaufgestürmt, um Roan zu finden. Aber alle ihm Haus würden es mitbekommen, und Molly würde wahrscheinlich einen Weg finden, das zu filmen. Er würde morgen mit Roan reden. Walker machte auf dem Absatz kehrt. Als er an Ben vorbeikam, sagte er: „Ich schicke dich nach Hause. Mir ist gleich, was die Produzenten wollen.“

„Keine Sorge“, antwortete Ben. Er sah angewidert und niederge-schlagen aus. „Ich will gar nicht bleiben.“

KAPITEL 12

ROAN WANDERTE IN die Pferdeställe. Innen neben der Tür entdeckte er einen Eimer mit Äpfeln. Er suchte einen schönen aus, dann lugte er in jede Box, bis er am Ende ankam und Callie fand. Sie wieherte leise, als sie ihn entdeckte, und kam nach vorn. Sie nickte freudig mit dem Kopf, dann rieb sie behutsam ihre weichen Nüstern an Roans Hand, und er strich ihr sanft ihre blonde Mähne aus den Augen.

„Möchtest du den?", murmelte er. „Nein? Du willst keinen Apfel?" Sie nibbelte etwas entschiedener an seiner Hand. Roan grinste und öffnete die Hand, damit sie einen Bissen nehmen konnte. „Heute war ein langweiliger Tag, Callie", sagte er. „Ich wette, du hattest viel Spaß beim Herumtollen auf den Feldern heute Morgen, hm? Aber pass gut auf; da draußen gibt es eine Menge gefährlicher Tieren, die gern einen Bissen von dir haben würde."

Callie schnaubte, und er hielt ihr erneut den Apfel hin. Eigentlich sollte er gar nicht hier sein, aber Chad hatte den ganzen Tag geschlafen, Peter trainierte jetzt schon seit Stunden, Ben versteckte sich in der überdachten Veranda, und alle anderen waren auf einem Mystery-Date mit Walker. Roan war zu ruhelos, um im Haus zu sitzen. Der Anblick von Walker und Ben beim Küssen am Vorabend flammte auf der Innenseite seiner Lider auf, wann immer er die Augen schloss.

Zum tausendsten Mal sagte er sich, dass es ihm egal war, wen Walker küsste. Es war ja nicht so, als hätte Walker Ben statt ihm auf einen Spaziergang mitgenommen und all dieses Zeug zu ihm gesagt. Der Kuss war nur für die Show gewesen. Das wusste er. Aber der Anblick von Bens Händen an Walkers Gesicht, die intime Beleuchtung, das Fehlen der großen Kameras, nichts weiter … Nur Ben und Walker. Die sich so liebevoll küssten, als hätte sogar die Zeit den Atem angehalten.

Roan hasste das. Und er hatte sich nicht überwinden können, Ben selbst zur Rede zu stellen.

Nachdem er sich also den ganzen Tag deswegen verrückt gemacht hatte, hatte er die Gelegenheit genutzt, als nur eine Notfall-Crew zurückgeblieben war, um sich davonzustehlen und ganz allein in Richtung der Farmgebäude zu spazieren. Das war ihm genaugenommen nicht erlaubt, und er konnte deswegen Ärger bekommen, aber es gab auf dem ganzen Grundstück Kameras. Es war also nicht so, als würde er nicht gefilmt. Er hatte jedoch sein Mikrofon abgekabelt, wofür sie ihn wahrscheinlich mächtig zusammenscheißen würden. Na und? Was wollten sie schon tun? Ihn nach Hause schicken? Das bezweifelte er stark. Er und Ben und Walker waren das Liebesdreieck, das sie wollten und das einzige Drama, das sie im Augenblick hatten.

Als er sich dem Farmhaus näherte, sah er im hinteren Garten eine grauhaarige Frau, die gerade Wäsche aufhängte. Roan schlüpfte rasch in die Ställe, bevor sie ihn entdecken konnte. Und nun war er dort und redete mit Callie, als wäre sie seine tierische Therapeutin.

„Was meinst du, wohin sind sie wohl zu ihrem Gruppen-Date gefahren? Ich weiß, ich sollte nicht eifersüchtig sein, aber Gott, diese ganze Situation ist so verdammt abgedreht. Irgendwie mag ich ihn wirklich, weißt du? Mehr als nur irgendwie. Aber es ist alles so abgefuckt."

Als der Apfel aufgefressen war, stupste Callie ihn mit den Nüstern an. Roan streichelte ihr Gesicht, und schnupperte den beruhigenden Geruch von Pferd, der in den sauberen Boxen hing.

„Dein Leben ist nicht so kompliziert, oder?", murmelte er. „Schlafen, essen, nach draußen gehen. Mit den albernen Menschen auf deinem Rücken ausreiten. Bedingungslose Liebe zu deinem Besitzer. Und er liebt dich genauso bedingungslos." Callie kam noch ein bisschen näher und legte ihm ihren Kopf über die Schulter. Roan schlang überrascht die

Arme um ihren Hals und hielt sich fest. „Ich wünschte, jemand würde mich so lieben“, flüsterte er und vergrub seine Nase in dem kratzigen, aber dennoch weichem Fell ihres Halses.

„Füttere sie weiterhin mit Äpfeln, dann wird sie es tun.“

„Meine Güte!“ Roan erschrak, und Callie stampfte mit einem Huf auf und zog sich ein Stückchen zurück. Er wirbelte herum und sah Walker an der anderen Wand lehnen. Er hatte ein Knie gebeugt und stützte seinen Stiefel hinter ihm an die Wand. Er hatte die Arme vor der Brust verschränkt und den Hut tief ins Gesicht gezogen, aber Roan konnte sehen, dass er schmunzelte. „Das hier war eine private Unterhaltung“, sagte Roan.

Walker prustete vor Lachen. Er schob seinen Hut ein wenig zurück, und seine hellbraunen Augen glänzten belustigt. „Mit einem Pferd?“, fragte er. Er drückte sich von der Wand weg und schlenderte hinüber zu Roan. Er ließ sich dabei viel Zeit. Dann stand er genau neben Roan. Ihre Schultern rieben sich leicht aneinander. „Ich sollte nicht lachen. Sie ist eine gute Zuhörerin.“ Er streichelte Callies Nüstern; sie nickte mit dem Kopf und gab ein zufriedenes Schnauben von sich. Walker sah Roan von unter seinem Cowboyhut eindringlich an. „Wegen gestern Abend …“

„Du musst nichts erklären“, sagte Roan hastig. Er wusste, dass er bockig klang, aber er konnte sich nicht helfen. „Du kannst küssen, wen immer du willst.“

„Ist das so?“ Walker klang noch belustigter, sodass Roan ihm einen gekränkten Blick zuwarf.

„Es hat dir nichts ausgemacht?“

„Natürlich nicht.“

„Und wenn ich dir sage, dass Ben mich überrumpelt hat?“

Roan bemühte sich um ein Pokerface und streichelte Callie, um etwas zu tun zu haben. „Im Kopf weiß ich ja, dass das alles nur für die Show arrangiert war, aber zu sehen, wie ihr euch geküsst habt, hat mich trotzdem gestört. Das muss ich zugeben.“

Walker seufzte. „Ich wollte den Kuss nicht, kleiner Löwe.“

„Ich weiß. Es war nur …" Roan zuckte die Achseln.

„Du sagtest ja schon, es war nur für die Show arrangiert, und damit hast du recht. Sie haben mir einen Falle gestellt. Aber wie kam es, dass du da warst, um es zu sehen?"

„Peter hatte einen seiner Lieblingsmanschettenknöpfe verloren. Und wir suchten gerade im Schlafzimmer, als Molly hereinkam und mir sagte, sie hätte den Knopf unten gesehen. Ich kam runter, um ihn zu finden, aber stattdessen fand ich euch."

Walker riss die Augen auf. „Du meinst, Peter steckte auch mit drin?"

„Das bezweifele ich", sagte Roan. Heute Morgen suchte er immer noch nach dem Manschettenknopf. Ich glaube, Molly brauchte nur eine Ausrede, um mich dazu zu bewegen, runter zu gehen, und hat die Gelegenheit ausgenutzt, um Drama zu produzieren." Roan rieb sich verlegen das Gesicht. „Hat ja auch geklappt, hm?"

Walker schaute sich um. „Was machst du eigentlich hier draußen, Roan?"

„Ich musste einfach mal raus. Ich hielt es nicht mehr aus." Roan lächelte, und seine Augen glänzten. „Scheinbar haben wir beide eine störrische Ader und sind ein bisschen Bad Boy. Ich hoffe, du hast nichts dagegen."

„Ist mir auch schon aufgefallen. Und es gefällt mir."

„Ach, ja?"

„Na ja, die Nippelpiercings haben dich verraten, Baby."

Roan wurde rot. „Wo wir gerade darüber reden … was macht *du* hier draußen? Ich dachte, du wärst auf dem Gruppen-Date?"

„Das ist zu Ende. Gott sei Dank."

„Ja?"

Walker schenkte ihm ein leicht verschlagenes Lächeln, und Roan erschauerte ein wenig trotz der allgegenwärtigen, schwülen Hitze.

„Wo sind John und Molly? Und die Kameraleute?"

„Die schauen sich mit Andy die Aufnahmen von heute an. Ich kann für den Rest des Tages machen, was ich will. Ich trage nicht einmal ein

Mikrofon. Dachte mir, ich könnte das für einen Ausritt nutzen.“

„Wow, du bist nicht mal verkabelt?“

„Nö.“

„Ich auch nicht.“ Roan hatte wilde Schmetterlinge im Bauch. „Ich hab’ mein Mikro auch abgemacht.“

Walker schnalzte tadelnd mit der Zunge. „Dafür kriegst du Ärger.“

Roan zuckte mit den Schultern. Er nickte hoch zu den Bewegungs-melder-gesteuerten Kameras über ihnen. Die roten Kontrollleuchten zeigten an, dass sie liefen … die Frage war nur, wer sah gerade zu? „Wahrscheinlich kommt jede Minute jemand, um uns anzuschreien und alles aufzunehmen, was wir tun und sagen.“

Walker warf den Kopf in den Nacken. „Kann sein. Aber vielleicht auch nicht. Die Pferde lösen diese Kameras den ganzen Tag immer wieder aus. Ich glaube, sie haben aufgehört, den Stallkameras allzu viel Aufmerksamkeit zu schenken.“ Er betrachtete Callie und lächelte. „Ich habe eine Idee. Würdest du mit mir ausreiten?“

„Oh.“ Roan neigte den Kopf. „Als Date?“

„Ja. Nur du und ich.“

„Ich dachte, dafür wäre die Show nicht versichert? Was wird Andy dazu sagen?“

„Andy ist nicht hier. Noch nicht.“

Roan schluckte. „Ich bin nicht sehr gut auf einem Pferd.“

Walkers Lächeln wuchs. Seine Augen funkelten. „Wir werden nicht schnell reiten. Gerade schnell genug, damit sie uns nicht einholen können, bevor wir es wollen.“

„Was wird Ben sagen, wenn du dich mit mir davonschleichst?“, fragte Roan. Er hasste, dass er sich durch die Frage verriet.

„Ben ist ebenfalls nicht hier.“

Oh. Und falls er hier wäre? Was dann? Wäre Ben dann derjenige, der diese spontane, regelwidrige Einladung bekam? Roan trat einen Schritt zurück und verschränkte die Arme. „Ich weiß nicht. Ich finde nicht, dass wir es riskieren sollten–“

Walker legte seine Hand auf Roans Schulter, knetete den verspannten Muskel zwischen den Fingern und hielt so Roan an Ort und Stelle. „Ich habe mich falsch ausgedrückt. Ich will nicht mit Ben hier sein. Und ganz sicher nicht mit Andy oder Molly oder John. Ich will mit dir hier sein. Allein. Lass uns einen Ausritt machen. Nur du und ich."

„Es wird schon dunkel", sagte Roan mit trockener Kehle.

Mit einem leisen Lachen sagte Walker: „Noch nicht so bald. Hast du Angst davor, mit mir allein zu sein, Roan?"

Oh, Gott. Roan erschauerte ein wenig. „Ja."

„Warum?"

„Musst du das wirklich fragen?"

Walker war Roan so nahe, dass er ihn riechen konnte. Er trug nur Jeans und ein Hemd mit aufgekrempelten Ärmeln, roch aber elegant, und Roan fragte sich, ob er bei dem Mystery-Date einen Anzug getragen und sich dann umgezogen hatte, bevor er hergekommen war. Oder vielleicht roch er auch nach einem der anderen Bewerber. Roan verdrängte diesen eifersüchtigen Gedanken.

Walker ließ seine Schulter los und streichelte Roans Kiefer mit den Fingerknöcheln. „Nein", sagte er. „Eigentlich muss ich das nicht fragen." Dann wandte er sich abrupt ab und ging in die Sattelkammer. Roan, der eine Minute brauchte, um wieder zu Atem zu kommen, blieb zurück.

Als Walker zurückkam, half Roan ihm, Callie zu satteln. Dann machten sie dasselbe mit einem großen, schwarzen Pferd, das einfach nicht still stehen wollte.

„Nur, damit du's weißt, auf dem hier reite ich nicht", sagte Roan. Walker lachte.

„Nein, ganz bestimmt nicht. Whisky würde mit dir im Kreis laufen. Er ist der ganze Stolz meines Vormannes Marlon. Ich reite normalerweise Cormac, aber der ist heute draußen auf der Weide. Aber keine Sorge, Whisky ist bei mir ganz fügsam. Nicht wahr, mein Junge?"

Whisky stampfte mit dem Huf auf, tänzelte zur Seite und wackelte mit dem Kopf. Roan erschrak und trat zurück. „Ich werde einfach hier drüben warten", sagte er, und Walker grinste ihn an.

„Geh nur schon vor und bring Callie nach draußen. Ich bin gleich bei euch,"

„Ähm, okay." Er ergriff Callies Zaumzeug, so wie Ben es ihm gezeigt hatte, und führte sie aus dem Stall. Er entspannte sich, als sie ihm willig folgte.

Die grauhaarige Frau war immer noch draußen und machte irgendetwas mit den Blumen, die an den Fensterbänken befestigt waren. Beim Klang von Callies Hufen drehte sie sich um und erstarrte, als sie Roan entdeckte. Er winkte ihr verlegen zu. Selbst aus der Entfernung sah er, dass sie ihn anlächelte. Sie winkte zurück.

„Das ist meine Stiefmutter", sagte Walker, der mit Whisky zu Roan aufholte. „Willst du sie kennenlernen?"

„Äh, ich dachte, es wäre uns nicht erlaubt, mit deiner Familie zu reden."

Walker schmunzelte. „Willkommene Ausrede?"

„Und wir haben auch gar keine Zeit. Andy und die anderen können jede Minute hier sein."

„Noch eine Ausrede. Hier, lass mich dir in den Sattel helfen." Er schlüpfte mit einem Arm durch Whiskys Zügel, dann verschränkte er seine Hände zur Räuberleiter und bückte sich ein wenig. Roan zögerte, dann hielt er sich an Callies Sattel fest und stellte sein Knie in Walkers Handflächen. Ein bisschen Schwung, und er saß auf dem Pferd. Walker nahm Roans Fuß und steckte ihn in den Steigbügel.

„Auf der anderen Seite bekomme ich das allein hin", sagte Roan.

Als sie beide im Sattel saßen, deutete Walker auf einen Sandpfad, der hinter die Farm führte. „Wir reiten dort entlang. Es ist ein schmaler Rundkurs. Sehr hübsch. Und in einem Auto können sie uns nicht folgen. Bleib vor mir. Callie ist ein braves Mädchen, aber mit Whisky wird sie manchmal ein wenig ehrgeizig und könnte ein Rennen starten."

„Oh." Mist, vielleicht war das ganze doch keine so gute Idee.

„Keine Bange, kleiner Löwe", sagte Walker lächelnd. „Halt einfach die Zügel locker, drück leicht die Beine zusammen, dann geht's los. Das ist auch schon alles."

„Alles klar", sagte Roan zweifelnd, aber er drückte seine Beine zusammen, als Walker losritt, und Callie setzte sich gehorsam in Bewegung. Sie verließen den Hof ohne irgendwelche Anzeichen von Verfolgern. Roans Herz pochte. Wie es schien, kamen sie wirklich davon.

„ERZÄHL MIR EIN bisschen von deiner Familie", sagte Roan. „Ich habe das Gefühl, ich wüsste nichts von dir, was mir nicht irgendein PR-Mensch beigebracht hat."

Walker warf ihm einen Blick zu. „Ich hoffe, das stimmt nicht."

„Na ja." Roan gab vor, darüber nachzudenken. „Ich weiß, dass du gern deine Hände in Fischmäuler steckst. Und dass du gern schleimige Dinge isst." Er grinste Walker an. „Aber ich muss schon ein bisschen mehr wissen als das, um zu entscheiden, ob ich bleiben will oder nicht."

„Ach ja?" Walker lenkte Whisky ein wenig näher an Callie, dann streckte er den Arm aus und fuhr mit den Fingerspitzen über Roans Oberschenkel- „Ich habe eine Idee, wie ich dich überzeugen könnte, und das hat nichts mit reden zu tun."

Roan schluckte und starrte nach vorn auf den Pfad. Walker lachte und ließ Whisky wieder etwas zur Seite treten. Sagte er solche Dinge auch zu Ben? Zu irgendeinem der anderen? Roan betrachtete die hügelige Landschaft und die friedlich grasenden Kühe. Er hob das Gesicht der untergehenden Sonne entgegen und genoss die schwindende Hitze, auch wenn es immer noch schwül genug war, dass ihm die Kleidung am Körper klebte.

„Du hast keine Probleme mit all dem, oder?" Roan beobachtete die Bewegungen von Walkers Schenkel unter der verschlissenen Wranglers und wünschte, auch er hätte den Mut, seinen Arm auszustrecken und den rollenden Muskel zu berühren.

„Womit?"

„Mit dem Schwulsein. Ich dachte immer, das wäre hier in der Gegend alles andere als leicht."

„Ist es auch nicht." Whisky tänzelte, als würde er über oder um etwas herum springen. Callie riss den Kopf hoch, blieb aber ansonsten ganz ruhig. „Ach, keine Panik. Das ist nur die Sonne, die sich in einer Pfütze spiegelt", sagte Walker beruhigend zu den Pferden. Dann antwortete er Roan: „Es ist nicht einfach. Aber meine Familie lebt hier seit Generationen; das hilft. Früher gehörte uns bedeutend mehr Land als heute, und meine Familie ist überall bekannt. Wir haben auch nie eine große Sache daraus gemacht, und falls irgendwer nichts mit mir zu tun haben will, weil es ihm nicht passt, mit wem ich schlafe, gibt es jede Menge andere, die liebend gern mit mir Geschäfte machen."

„Also nach dem Motto, Nimm mich, wie ich bin, oder leck mich am Arsch, hm?"

Walker grinste ihn an. „Oh, so kann man das nicht sagen."

Walkers Miene nach zu urteilen, wusste Roan, dass er damit eine Steilvorlage gab, aber er fragte trotzdem: „Was meinst du damit?"

„Gelegentlich bin ich derjenige, der das Lecken übernimmt." Er betrachtete Roan von oben bis unten. „Wenn das Angebot stimmt."

Roan lachte und wurde knallrot. „Wird es eigentlich auch jemals kühler hier?", fragte er. Es war ihm gleich, wie offensichtlich er das Thema wechselte.

Walker schnaubte, sagte aber nichts dazu. „Im Winter, ja. Die Sommer sind immer brutal."

Callie schwankte unter ihm, und Roan verspürte den seltsamen Drang, die Augen zu schließen, also machte er das. Zunächst wurde ihm etwas schwindelig, aber dann passte er sich ihrem Rhythmus an. Er spürte jede Bewegung ihrer Muskeln.

„Du siehst gut aus auf einem Pferd, kleiner Löwe", murmelte Walker. Roan öffnete die Augen. Ihm wurde innerlich ganz warm.

Er betrachtete Walker, der einhändig ritt, den Hut aus dem Gesicht geschoben, das Haar darunter leicht verschwitzt. Er saß im Sattel, als wäre er darin zur Welt gekommen. „Du auch, Cowboy."

Walker senkte den Kopf und schob den Hut ein wenig tiefer ins Gesicht. „Du willst etwas über meine Familie wissen, ja?", fragte er.

„Na ja, eigentlich mehr über dich. Wie es für dich war, hier aufzuwachsen."

„Die meiste Zeit über habe ich es geliebt, manchmal auch gehasst. Gelegentlich beides gleichzeitig."

Roan wartete, und als Walker nicht fortfuhr, sagte er ironisch: „Wow, du bist wirklich ein offenes Buch."

Walker lachte. „Über manche Dinge." Dann kratzte er sich das stoppelige Kinn, und dieses Mal lachte Roan. „Es gab immer viel harte Arbeit auf der Farm, während ich aufwuchs", sagte Walker schließlich. „Fing früh morgens an und ging bis spät abends. Das habe ich oft gehasst, besonders als Teenager, wenn meine Freunde ins Kino oder auf Dates gingen und die ganze Zeit irgendwas zusammen unternahmen, und ich konnte nichts dergleichen tun. Aber dann, als mir klar wurde, dass ich schwul war … diese Jahre in der Highschool waren echt schwer, und die Ranch wurde für mich zum Zufluchtsort."

„Wurdest du in der Schule schikaniert?", fragte Roan leise.

„Nein, aber ich fühlte mich isoliert und hatte Angst, verprügelt zu werden, falls es herauskäme. Das änderte sich jedoch auf der Uni, und als ich zurückkam, fand ich heraus, dass so mancher Aushilfsarbeiter auf der Farm gewillt war, auch anderweitig anzupacken."

Roan verdrehte die Augen.

„Eine Zeitlang hatte ich auch einen festen Freund. Da habe ich natürlich nicht mehr mit den Arbeitern hier rumgemacht. Und als ich die Farm von meinem Vater übernahm, auch nicht mehr. Das gehört sich einfach nicht."

„Und wie hast du den Sprung von den zupackenden Farmarbeitern zu einer Realityshow wie dieser gemacht?"

Walker lehnte sich im Sattel zurück, und Whiskey blieb langsam stehen. Roan war eine Sekunde lang verunsichert, dann machte er dasselbe. Allerdings hatte er den starken Verdacht, dass Callie nur stehenblieb, weil sie es selber so wollte.

„Hier in der Gegend als schwuler Mann einen Partner zu finden, ist schon schwer genug. Als Farmer ist es so ziemlich unmöglich. Niemand will mehr diese knochenbrecherische Arbeit tun, die kaum etwas einbringt." Walker wandte den Blick ab. Er nahm einen Moment lang seinen Hut ab, fuhr sich mit der Hand durchs Haar und setzte dann den Hut wieder auf. „Ich hätte aber ehrlich nie erwartet, tatsächlich ausgewählt zu werden. Ich habe mich nicht einmal selbst beworben. Mein Vorarbeiter hat mich angemeldet, und Tessa, meine Stiefmutter, war ganz begeistert davon, als ich es ihr erzählte."

„Steht ihr euch nahe?"

„Ja. Meine Mutter starb, da war ich noch ein Baby. Ich habe sie nie gekannt."

„Ich weiß, wie das ist. Wie gesagt, ich war erst zwei, als mein Vater uns verließ, und habe es praktisch nie anders gekannt."

„Ich war noch klein, als Tessa kam, und von da an war sie meine Mama. Sie ist wirklich toll. Hilft auf der Ranch und kümmert sich um den ganzen Bürokram." Walker rieb sich den Nacken und warf Roan aus dem Augenwinkel einen Blick zu. „Ich möchte ganz aufrichtig zu dir sein, Roan."

„Das ist, was ich auch will."

„Okay. Also, es ist nicht alles so, wie es scheint, hier auf der Reed Ranch. Wir sind verschuldet. Den wohlhabenden, erfolgreichen Rancher, den sie für die Kameras aufgebaut haben, den gibt es gar nicht. Uns haben in der letzten Hurrikan-Saison einige Stürme schwer getroffen, und wir haben viel verloren. Und als der Anruf kam, dass sie mich gern als Bachelor für die Show hätten ..." Walker knirschte mit den Zähnen und zog die Schultern hoch.

„Ich verurteile dich nicht", sagte Roan. Er riskierte sein Gleichgewicht, indem er hinübergriff und Walkers Oberschenkel tätschelte. Callie machte einen kleinen Hüpfer zur Seite, und Roan wackelte gefährlich im Sattel, fing sich aber schnell wieder. „An dieser ganzen Show ist doch alles getürkt. Und jeder einzelne von uns weiß das auch. Und du hast nachvollziehbare Gründe, um hier mitzumachen. Das ist in Ordnung, Walker. Ich verstehe das.“

Walker schenkte ihm ein kurzes Lächeln und trieb Whisky weiter voran. Die Grillen zirpten lauter und lauter, je weiter sich die Sonne dem Horizont näherte. Die Luft roch süß und feucht, wie irgendwelche Kräuter, die er kannte, aber nicht ganz genau bestimmen konnte. „Was ist mit dir?“, fragte Walker. „Was hat dich dazu gebracht, dein Studium abzubrechen?“

Roan nagte an seiner Unterlippe und starrte in den roten und orangefarbenen Abendhimmel. Die untergehende Sonne spiegelte sich in der Ferne in verschiedenen kleinen Gewässern. Roan fragte sich, ob es dort Alligatoren gab. Die Wahrheit lag ihm auf der Zunge, und er wollte sie Walker sagen, aber dann wiederum auch nicht. Er wollte keinesfalls, dass Walker dachte, er hätte ihm nur eine traurige Geschichte aufgetischt, um zu gewinnen.

„Mir ging das Geld aus“, sagte er und versuchte zu lächeln. „Kein großes Ding. Ich muss jetzt nur eine Zeitlang jobben und ein bisschen was zusammensparen, dann mache ich meinen Abschluss nach.“

Walker nickte. „Das solltest du tun. Du bist ein heller Kopf, Roan. Wenn es dich glücklich machen würde, zu Ende zu studieren, dann solltest du das tun. Bist du deshalb hier? Um das Geld dafür zu gewinnen?“

Roan blinzelte in den Sonnenuntergang und nickte. Er dachte an das stolze Lächeln seiner Mutter, als er ihr nach dem Highschoolabschluss die Aufnahmebestätigung der Universität seiner Wahl gezeigt hatte. Und an das Schuldgefühl, das in ihren Augen abzulesen gewesen war, als er nach ihrer Krebsdiagnose die Uni verließ, um in einem Coffeeshop zu arbeiten. „Ja, deshalb bin ich hier.“

Walkers Blick wurde weicher. „Wie du schon sagtest. Nachvollziehbare Gründe."

Roan wünschte, er könnte die Uhr eine halbe Stunde zurückdrehen und Walker die Wahrheit sagen. Aber jetzt war es zu spät und er wusste nicht, wie er das Gesagte wieder zurücknehmen sollte. „Wir sollten umkehren, bevor wir die Produzenten so sauer machen, dass wir unsere Chancen vermasseln, das Geld zu bekommen, das wir brauchen."

Walker nickte. Er öffnete den Mund, um noch etwas zu sagen, schloss ihn aber sofort wieder. „Ab nach Hause", sagte er zu Whisky und drehte um.

Roan war dankbar, als Callie von selbst folgte.

ANDY, GEKLEIDET IN pinkfarbene Shorts und ein Tanktop, stand zusammen mit John, Molly und zwei Kameramännern vor der Scheune. Er hatte die Hände in die Hüften gestemmt. „Würde mir vielleicht mal einer von euch sagen, was ihr euch dabei gedacht habt?"

„Wir wollten ein wenig ausreiten", sagte Walker.

„Das sehe ich. Was habt ihr zwei zusammen getrieben?"

Roan setzte seine unschuldigste Miene auf. „Wer sagt, dass wir zusammen waren?"

Andy schnaubte. „Ja, klar. Als hättest du ganz allein das Pferd gesattelt. Verfluchte Scheiße." Er schüttelte den Kopf und drohte mit dem Finger. „Hätte ich nicht schon so viel Zeit und Energie in dieses Ding investiert, würde ich das Ganze auf der Stelle abblasen. Die anderen Bewerber könnten uns verklagen, ist euch das klar? Weil wir zugelassen haben, dass Roan sich einen Vorsprung verschafft."

„Er hatte bereits einen Vorsprung", sagte Walker.

Andy ignorierte ihn. „Egal. Ich schwöre, ich sollte die ganze Sache beenden nach dem, was ihr heute abgezogen habt. Aber mein Ehemann würde mich umbringen! Er will schon seit Jahren, dass ich einen schwulen *Bachelor* produziere, und das hier sollte mein Geschenk zum Hochzeitstag für ihn sein! Du– und du–", sagte er und zeigte hysterisch auf sie. „Wehe, ihr versaut mir das!" Dann stapfte er davon und schrie John und Molly an, ihm zu folgen. Die Kameramänner starrten ihnen verdattert hinterher, offenbar hatten sie keinerlei Anweisung erhalten zu filmen. Wahrscheinlich wollte Andy kein Beweismaterial von dem, was geschehen war, falls es zum Schlimmsten kommen sollte.

„Denkst du, wir kommen nochmal davon?", fragte Roan.

Walker nickte, hielt jedoch den Blick gesenkt. „Sieht so aus. Ohne uns beide hätte er keine Show, und ich glaube, er will unbedingt eine."

„Ja." Roans Magen drehte sich. Er hatte gar nicht daran gedacht, wie die anderen Bewerber reagieren könnten, wenn Walker und er sich etwas Zeit zu zweit stahlen.

Sie brachten die Pferde in den Stall, gefolgt von den Kameramännern. Sie wurden gefilmt, aber es war kein Overhead-Mikro dabei, und sie trugen immer noch keine Körpermikrofone. Einer der Kameramänner trat in einen Pferdeapfel, den Whisky fallen gelassen hatte, während Andy herumgeschrien hatte, und der andere blieb stehen, um seinen Kollegen festzuhalten und vorm Ausrutschen zu bewahren.

Walker zog Roan näher und sagte: „Hör zu. Mein Vater wird noch im Laufe dieser Woche ins Krankenhaus gehen."

„Was?", keuchte Roan. „Das tut mir leid. Was ist passiert?"

„Schon gut. Vor einiger Zeit wurde bei ihm Diabetes festgestellt. Er hat sich nicht so an die Diät gehalten oder seine Medis genommen, wie er sollte. Anfang der Woche hatte er einen Anfall", erklärte Walker mit finsterem Gesicht. „Die Diagnose war schwer für ihn, weil er noch nie krank war, und plötzlich muss er sein ganzes Leben umstellen."

„Das ist bestimmt auch schwer für deine Stiefmutter, wette ich."

Walker sagte nichts dazu. Er schaute zurück. Die Kameramänner hinter ihnen kämpften immer noch mit der Pferdescheiße. Dann beugte Walker sich näher zu Roan und fuhr leise fort: „Der Punkt ist, meine Eltern werden eine Weile nicht im Farmhaus schlafen, während mein

Vater in Lafayette im Krankenhaus ist.“

Roan hob die Augenbrauen.

„Während sie also weg sind, könntest du vielleicht nachts mal hinausschlüpfen und–“

Roan bekam eine trockene Kehle. „Also, also, Mister Reed. Wir hatte ja noch nicht einmal ein ordentliches Date!“

„Roan, wir haben keine Zeit für Witze.“ Walker schaute vielsagend zu den Kameramännern, die sich jetzt aufrichteten, ihre schmutzigen Schuhe im Sand abstreiften und wieder die Verfolgung aufnahmen, um zu filmen – wenn auch ohne Ton. „Willst du?“

Roan starrte in Walkers braune Augen, in denen die Abendsonne glänzte, und versuchte, Nein zu sagen. Nach dem, was Andy gerade gesagt hatte, nach den möglichen rechtlichen Konsequenzen, falls die anderen Bewerber davon Wind kriegten … „Ja. Okay. Um welche Zeit? Wo soll ich dich treffen?“ Sein Herzschlag war wie Gewitterdonner vor Aufregung.

„Ich lasse die Tür zur Farmhausküche unverschlossen. Ist zehn Uhr abends spät genug?“

Roan nickte. „Um neun Uhr verlässt die Crew für gewöhnlich die Scheune, abgesehen von einer minimalen Notbesetzung. An welchem Tag?“

„Mittwoch.“

Die Kameramänner holten auf. Also brachte Walker Whisky zurück in den Stall und deutete auf Callies leere Box. „Führe sie einfach da hinein. Ich bin in einer Sekunde bei dir.“

„Kann ich ihr schon den Sattel abnehmen?“

„Sicher.“

Roan streichelte Callie den Hals und schaute den Sattel an. Sein Puls raste bei dem Gedanken an das, was sie planten. Freudige Erregung? Befürchtungen? Er wusste es nicht genau. Aber er würde es tun – sich hinausschleichen, sich heimlich mit Walker treffen, alle Vorsicht in den Wind schlagen. Etwas in ihm konnte einfach nicht Nein sagen. Nicht zu

Walkers ernsten Augen und hoffnungsvollem Lächeln.

Er achtete jede Sekunde darauf, wo Callies Hufe sich gerade befanden, während er mit zitternden Händen die Riemenschlaufe anhob und die Schnalle fand, mit der er Walker vor ihrem Ritt fummeln gesehen hatte. Es erforderte ein wenig Kraft, aber es gelang ihm, die Schnalle zu lösen. Dann zog er den Sattel mitsamt der Satteldecke über Callies Rücken. Der Riemen schlug leicht an ihre Flanke, und sie stampfte mit einem Hinterhuf auf, blieb aber ansonsten ruhig stehen. „'Tschuldigung", flüsterte Roan. „Das habe ich wohl nicht ganz richtig gemacht, hm?"

„In ihrer Box kann sie manchmal eine kleine Diva sein", sagte Walker lächelnd. „Hier, gib mir das. Ich räume es weg."

Roan hielt die Zügel in der Hand, bis Walker zurückkam und sie nahm. „Darf sie noch einen Apfel haben?"

„Sicher. Bring für Whisky auch einen mit, sonst wird er eifersüchtig."

„Okay."

Die Kameramänner wichen Roan aus, als er zurückkam. Walker schloss Callies Box. Er nahm einen der Äpfel, nahm selbst einen Bissen und fütterte Callie den Rest.

Roan musste über die fröhlichen Knusper- und Schmatz-Laute grinsen, die das Pferd beim Kauen machte.

Walker drehte sich um und musterte ihn intensiv. Dann nahm er Roans Hand und rieb mit dem Daumen zärtlich über die Knöchel. „Du bist ein feiner Kerl, kleiner Löwe", flüsterte er, bevor er losließ.

„Gottverdammt, sie sind immer noch nicht verkabelt!" Mollys Stimme durchschnitt die Luft. Mit zorniger Miene stampfte sie herein, ein Paar Körpermikrofone in den Händen.

Der private Moment war vorerst vorüber.

WOCHE VIER

BEGEGNUNGEN DER HEISSEN ART

KAPITEL 13

W ALKER FUMMELTE AN seinem Handy und checkte wie besessen die Wetterlage, während seine Eltern mit dem Arzt sprachen.

Sie hatten Walker eingeladen, sie zum Krankenhaus zu begleiten, damit Tessa später nicht alles wiederholen musste, was der Arzt gesagt hatte. Er war gern mitgefahren, um kein „Date" mit Ben filmen zu müssen. Das wäre nach der Kussfalle ohnehin nur superpeinlich verlaufen. Zu den wenigen Schlupflöchern seines Vertrages gehörten plötzliche Krankheitsfälle in der Familie, insbesondere Krankenhausaufenthalte. Also gab es nichts, worüber Andy, John oder Molly sich beschweren konnten. Sie mussten den ganzen Drehplan ändern, aber am Ende bekam Walker seinen freien Tag mit seinen Eltern, während die Bewerber die Zeit zwischen diversen Interviews mit Gesellschaftsspielen wie Monopoly und Twister totschlugen.

Walker war dankbar dafür, dass er seine Eltern begleiten durfte. Es half zu wissen, was vor sich ging, aber er wusste auch, wie sehr es seinen Vater schmerzte, so gesehen zu werden. Im Krankenhausbett, in nichts als einem Nachthemd, sah er aus wie der alte Mann, der er nun war, anstelle des starken Cowboys, der er sein ganzes Leben lang gewesen war. Es war für sie alle eine Umstellung.

Die Ärzte hatten sein Insulinschema bereits korrigiert, und trotz der beängstigenden Episode, die all diese neuen Untersuchungen notwendig gemacht hatte, war sein Zustand nun stabil. Die meiste Zeit des Tages über hatte man ihm erklärt, wie wichtig es war, seine Diät einzuhalten und seine Medikamente zu nehmen, und er machte einen angemessen gescholtenen Eindruck. Tessa hatte eifrig Notizen gemacht.

Nachdem er auf die letzte Anfrage von John und Andy, ob er morgen wieder zum Drehen zurück sein würde, mit Ja geantwortet hatte, schaltete Walker sein Handy aus und teilte Tessa mit, er würde etwas zu trinken besorgen. Einige Minuten später stieß sie am Getränkeautomaten im Wartebereich zu ihm und setzte sich dort auf einen der Plastikstühle. Er erhob sich, fütterte den Automaten mit Kleingeld, wählte eine Dr. Pepper für Tessa und öffnete die Flasche für sie, bevor er sich wieder setzte. Er nahm einen Schluck von seiner Cola und überließ es Tessa, das kameradschaftliche Schweigen zu brechen.

Tessa schüttelte den Kopf und seufzte. „Dieser Mann …"

„Er muss aufhören, sich zu überanstrengen und wieder seine normale Arbeitsroutine ausnehmen."

„Er muss seine Diät einhalten und regelmäßig seinen Blutzucker messen." Sie nahm einen Schluck und genoss ganz offensichtlich den Geschmack. „Sogar ich ernähre mich besser als er. Aber sie haben uns viele neue Websites gegeben, die wir uns ansehen können. Und Foren von Selbsthilfegruppen. Nicht, dass er einen Blick darauf werfen wird."

„Nö."

„Und die Untersuchungen werden hoffentlich zeigen, dass er sich in den letzten paar Monaten nicht allzu viel Schaden zugefügt hat."

Walker nickte.

Mit einem ärgerlichen Seufzen setzte Tessa sich auf. „Sturer Bock, aber ich denke, der Arzt und der letzte Anfall haben doch Eindruck bei ihm hinterlassen. Er schwört, ab jetzt mehr auf seine Ernährung und sein Insulin zu achten. Zumindest bis es das nächste Mal für eine Zeitlang gut läuft, und der harte Cowboy denkt, er wäre geheilt."

„Aber ihm ist schon klar, dass es keine Heilung gibt, oder?"

Tessa zuckte mit einer Schulter. „Du kennst ihn doch. Ich liebe ihn abgöttisch, aber er ist so stur, er könnte sich mit einer Wand streiten, und würde gewinnen."

Das konnte Walker nicht bestreiten. Er warf einen Blick auf die Uhr.

Er sollte bald aufbrechen, um alles für sein Treffen mit Roan vorzubereiten. Sein Magen drehte sich ein wenig wie sein Pferd Cormac, wenn es in der Sonne tanzte. Er hüstelte und fragte: „Aber Paps bleibt über Nacht hier, oder?"

Tessa nickte. „Ja. Sie wollen noch weitere Tests machen und ihn zur Beobachtung bis morgen Nachmittag hier behalten. Sie wollen sehen, was sein Blutzucker macht, nachdem er ein paar Mahlzeiten hatte."

„Bleibst du bei ihm?", fragte er mit rasendem Puls. Es war albern, aber er kam sich wie ein Teenager vor, der versuchte, damit durchzukommen, dass er heimlich einen Jungen mit ins Haus schmuggelte, während seine Eltern nicht da waren.

„Ja, ich denke schon. Ich lasse ihn nicht gern allein. Außer du brauchst mich auf der Farm?"

„Nein", sagte Walker. Er fuhr sich mit der Hand durchs Haar und sah erneut auf sein Handy. Bereits sechs Uhr, und er hatte noch nichts gegessen. Es war eine lange Fahrt zurück zur Farm. Und er brauchte auch eine Dusche. Wenn er Roan um zehn treffen wollte …

„Ich sollte nach Hause fahren, Tess. Hast du alles, was du für die Nacht brauchst?"

„Oh, ja. Auf dich wartet daheim ein Millionenpublikum." Sie zwinkerte. „Hat dein Telefon deswegen andauernd aufgeleuchtet? Brauchen sie dich dort?"

„Sowas in der Art. Ja." Er nahm sein Handy und schaltete es aus reiner Gewohnheit wieder ein, bereute es aber sogleich, als er neue verpasste Nachrichten sah. „Andy ist gerade auf dem Kriegspfad. Nicht wegen mir, weil ich jetzt hier bin, sondern weil … ähm … sich nicht immer alle an die Regeln halten." Walker zupfte an einem losen Faden am Knie seiner Jeans. Er war froh, dass Tessa gerade nicht sein Gesicht sehen konnte.

„Schließt dich das ein?"

„Ein bisschen."

Sie lachte. „Ich verstehe. Ist es regelkonform, dass du jetzt hier bist?"

„Japp. Steht so im Vertrag. Elternteil im Krankenhaus bedeutet, ich darf aus dem Knast.“

Sie schaute ihn prüfend an. „Und heute Nacht? Wirst du dich da auch an die Regeln halten?“

Walker bekam heiße Wangen. „Ein paar gebrochene Regeln würden der Show ganz gut tun.“

Tessa kicherte. „Aha. Ein heißes Date, Schatz?“, fragte sie schmunzelnd. „Ich dachte, es wäre nicht erlaubt, dass du dich ohne Kameras mit Bewerbern triffst.“

„Ja, nun, ist es auch nicht.“

Tessa lachte und tätschelte seinen Arm. „Lass dich davon nicht abhalten.“

„Lasse ich nicht.“

Sie lachte erneut, aber dann wurde sie ernst. „Also, du und der junge Mann, mit dem ich dich davonreiten sah?“

Walker hätte am liebsten die Augen verdreht, musste aber zu sehr grinsen. „Ja. Roan. Er ist cool.“

„Ich hatte mich schon gefragt, wer dich in letzter Zeit so zum Lächeln bringt. Es ist schön zu sehen, Schatz.“ Tessa schaute ihn eindringlich an. „Ist er vielleicht etwas mehr als nur cool?“

„Vielleicht.“ Walker schlug lachend die Hände vors Gesicht. „Ich weiß nicht. Ich mag ihn wirklich sehr. Aber diese Show macht einen ganz verrückt. Wenn ich ihn irgendwoanders kennengelernt hätte …“

„Aber das hast du nicht. Und hättest du nie. Diese Show war für uns alle nervtötend, aber das heißt nicht, dass nicht auch etwas Gutes daraus hervorgehen kann.“

„Geld.“

„Zum Beispiel“, sagte Tessa. „Aber vielleicht auch Roan. Es ist gut, vorsichtig zu sein, da stimme ich dir zu. Aber lass dir nicht etwas Wundervolles durch die Finger schlüpfen, weil du Angst hast.“ Walker legte seiner Stiefmutter einen Arm um die Schultern und drückte sie an sich. „Danke, Tess.“

Sie winkte ihm hinterher, als er aufstand und davonging. An der nächsten Ecke blieb er noch einmal stehen und warf ihr eine Kusshand zu, dann ging er durch die Abendhitze zu seinem Ford.

Falls er ein wenig schneller fuhr, als erlaubt, dann nur, weil der Gedanke, Roan ganz allein zu sehen, sein Herz schneller schlagen ließ. So hatte er sich nicht mehr gefühlt seit Mike. Und damals war er schwer verliebt gewesen.

Er versuchte, auf der Heimfahrt nicht allzu viel daran zu denken.

UM FÜNF NACH zehn öffnete sich die Küchentür und Roan kam herein. Walkers Herz machte einen Hüpfer bei Roans Anblick. Aber sein Blut begann auch wegen des Risikos zu rasen, das sie eingingen. Falls sie heute Nacht erwischt wurden, konnte es durchaus sein, dass Andys Wunsch, die Show durchzuziehen, nicht reichte, um auszugleichen, dass das Ergebnis offensichtlich verfälscht war. Denn auf keinen Fall würde Walker nun noch irgendeinen anderen der Bewerber zum Gewinner küren.

„Hey", flüsterte Roan. „Tut mir leid, ich bin ein wenig spät dran. Es war nicht so einfach, mich davonzuschleichen, wie ich dachte."

„Ich bin einfach nur froh, dass du gekommen bist."

Roan lehnte sich zurück an die Hintertür. Sein Kiefer warf im Dämmerlicht einen Schatten auf seinen langen, blassen Hals.

„Wir müssen das Licht aus lassen", sagte Walker. „Sonst sehen sie unsere Bewegungen hier drin. Und ich dürfte eigentlich nicht hier sein. Ich sollte immer noch im Krankenhaus sein."

„Ah." Roan sah aus wie ein scheues Pferd, und Walker verspürte den Drang, ihn zu beruhigen.

Er trat nach vorn, nahm Roans Hand und verschränkte ihre Finger miteinander. Roan entspannte sich ein wenig, behielt aber den Blick gesenkt und schaute Walker nicht an. „Bist du nervös, kleiner Löwe?"

Ein kleines Lächeln umspielte Roans Mundwinkel, was Walker gefiel.

Roan hatte weiche Hände, ohne die Narben und Schwielen, die Walker hatte. Walker streichelte die Haut, bis er eine kleine Narbe auf Roans Handrücken bemerkte. „Was ist das?"

Roan verzog das Gesicht und zog seine Hand weg. „Nur eine Verbrennung." Als Walker wartete, bedeckte Roan die Narbe mit seiner anderen Hand und erklärte: „Von einer Kaffeemaschine."

„Das muss ja eine brutale Kaffeemaschine gewesen sein."

„Ja, im Coffeeshop. Ich arbeite da, seit ich das Studium geschmissen habe. Schöne Karriere, oder?"

Walker zog Roans andere Hand behutsam weg. „Ein Job ist ein Job , Roan. Es ist ein Mythos zu glauben, dass man nur glücklich sein kann, wenn man eine Arbeit macht, die auch gleichzeitig Berufung ist. Dein Job bestimmt nicht deinen Wert als Person. Zumindest bist du produktiv. Und du kannst dir jederzeit eine andere Arbeit suchen, wenn du so weit bist."

„Ja. Vielleicht."

Walker rieb Roans Hand noch ein wenig länger. „Ich habe für heute Nacht einen Plan."

Roan schaute Walker an. „Das ist dein Nudelgesicht. Oh mein Gott, was hast du jetzt schon wieder vor?"

Walker trat näher und grinste, dann küsste er Roan auf die Wange. „Also, wieso sollte ich uns den Spaß verderben, indem ich meine Überraschung verrate?"

Ihm war klar geworden, dass er Roan nicht lange im Haus behalten konnte, jedenfalls nicht, ohne dass Licht und Bewegung den Crewmitgliedern und Produzenten verraten würden, dass Walker daheim und nicht allein war. Der einzige Wagen vor dem Haus war sein Ford — Tessas Jeep war nicht da. Er würde sich am Morgen einer Menge Fragen stellen müssen.

Also hatte er Marlon eine Nachricht geschrieben und ihn um einen

Gefallen gebeten. Jetzt hoffte er, dass Roan mitspielte.

„Warte hier", sagte er und zog Roan hinaus auf die Küchenveranda. „Ich bin gleich wieder zurück. Pass auf, dass dich möglichst niemand sieht, ja?"

„Dann beeil dich", flüsterte Roan und packte seine eigenen Ellenbogen, so als wäre ihm kalt, obwohl die Luft immer noch warm war.

„Mach ich."

Walker brauchte lediglich einen Moment, um um das Haus herum zu joggen und auf das Pferd zu steigen, das Marlon dort angebunden hatte. Sobald er auf Cormacs Rücken saß, lockerte Walker seine Schultern, um seine nervöse Energie abzuschütteln. „Reiß dich zusammen", murmelte er. Cormac schüttelte den Kopf. „Sorry, Kumpel, dich meinte ich nicht."

Es war schon ewig her, seit er zuletzt ohne Sattel geritten war, und die flüssigen Bewegungen seines alten Pferdes waren so beruhigend, dass er sich vornahm, sich zukünftig mehr Zeit dafür zu nehmen. Aber zuerst würde er Roan mitnehmen.

Als er zur Vorderseite der Scheune kam, sah er Roan nervös auf der Küchenveranda hin- und hergehen. Walker grüßte ihn, indem er sich an den Hut tippte.

„Das ist einfach nicht fair", flüsterte Roan und kam leise die Stufen herunter.

„Was meinst du?" Walker sah zu Roan hinab und grinste.

„Du ohne Sattel auf einem Pferd. Großer Gott."

„Lust auf noch einen Ausritt?"

Roan riss die Augen auf und griff sich an die Brust. „Mit dir. Auf einem Pferd. Jetzt?"

„Ganz offensichtlich, ja. Und wann sonst?" Walker sprang herunter und formte seine Hände zu einem Räuberleiter-Steigbügel. „Greif zu und zieh dich an seiner Mähne hoch."

Roan schaute hin und her zwischen Walker, dem Pferd und der Auffahrt, die zu der renovierten Scheune führte, wie um zu beurteilen, was gefährlicher aussah. Schließlich packte er Cormacs Mähne. „Ich will ihm nicht wehtun."

„Keine Bange", sagte Walker und stupste Roan mit der Schulter an.

„Aber wir sind zu schwer."

„Er mag ja klein aussehen, aber er ist sehr kräftig. Na, komm."

„Ich sagte nichts davon, dass er klein aussieht."

Walker richtete sich auf. Sie standen nun beinahe Nase an Nase, und Roan verstummte. „Wieso sträubst du dich, wo wir doch beide wissen, dass du mitkommen willst?", flüsterte Walker und streichelte Roans Gesicht. Er konnte die abendlichen Bartstoppeln unter seinen Fingerspitzen fühlen. „Es wäre alles so viel einfacher, wenn du einfach nachgeben würdest."

„Das tue ich", sagte Roan. „Bisweilen." Seine dichten Wimpern senkten sich flatternd und warfen Schatten auf seine Wangenknochen, als er auf seine Füße schaute.

„Wow", flüsterte Walker und konnte einen leisen, bewundernden Pfiff kaum zurückhalten.

„Was?" Roan lächelte ihn schüchtern an.

„Du bist wirklich unwiderstehlich", murmelte Walker. „Wie der Duft des ersten Kaffees am Morgen, bevor die Sonne überhaupt aufgegangen ist. Oder das Gefühl von frischen Laken, wenn man erschöpft ins Bett fällt. Ich will dich einfach nur … genießen."

Roan starrte ihn an. Das schüchterne Lächeln war verschwunden. Seine Augen waren groß, und seine Brust hob und senkte sich, als wäre er außer Atem. Er hob die Hände, legte sie flach an Walkers Brust und rieb sie langsam. Seine Daumen übten ein wenig Druck aus, wann immer sie Walkers Brustwarzen streiften.

„Du kannst nicht so etwas sagen und dann erwarten, dass ich meine Hände bei mir behalte", flüsterte er.

Auf dem Weg, der zur umgebauten Scheune führte, ertönte ein leiser Knall. Sie erschraken, bewegten sich aber nicht. Und es kam auch niemand.

Walker legte seine Hand an Roans Wange und beugte sich näher zu ihm, bis er die Wärme von Roans Mund spürte. Er schloss halb die Augen, atmete Roans Duft ein und bewegte den Kopf ein wenig hin und her, als würde er feinen Wein schnuppern. Aber Roan war viel besser als Wein, besser als alles, was Walker je zuvor gerochen hatte. Sein Duft war berauschend, süß und würzig zugleich. Er wollte ihn überall kosten.

„Lass uns hier verschwinden", flüsterte er. „Bevor jemand rauskommt."

Roan atmete zitternd aus. Er schluckte schwer, dann nickte er und trat einen Schritt zurück. „Hinauf?", fragte er und nickte zu Cormac.

Walker legte erneut die Handflächen zusammen, um Roan auf den Pferderücken zu helfen. „Ja, hinauf." Er wartete, bis Roan sicher saß, dann nahm er Roans Hand. „Halt dich fest, damit ich mich selbst hochziehen kann."

„Ähm, okay." Roan gab einen überraschten Laut von sich, als Walkers Gewicht ihn beinahe wieder herunterzog, aber er fasste sich schnell wieder, sodass Walker ein Bein über Cormacs Rücken schwingen konnte.

„Alles klar, kleiner Löwe", flüsterte Walker in Roans Ohr, drückte sich an seinen Rücken und ergriff die Zügel. „Lehn dich zurück und entspann dich." Sie ritten im Schritttempo los, und Roan ließ sich nach und nach zurücksinken, bis er in Walkers Armen saß.

Mittlerweile war es stockdunkel geworden, aber der Mond war voll und tauchte den Pfad, der vom Haus weg und in den baumbewachsenen Teil des Grundstücks führte, in ausreichend Licht.

„Das ist schön", murmelte Roan und ließ seinen Kopf an Walkers Schulter ruhen. Er hatte ein sanftes Lächeln im Gesicht, als er sich komplett entspannte und seine Bewegungen flüssig denen des Pferdes anpasste. Walker drückte seine Nase an Roans Schläfe und atmete. Roan drehte ein wenig den Kopf und rieb seine Wange an Walkers Kiefer. *Wie eine verschmuste Katze*, dachte Walker.

Er ließ Cormacs Zügel ganz locker, sodass das Tier sich bewegen konnte, wie es wollte. Die wiegenden Schritte waren beruhigend.

„Du riechst gut", murmelte Roan, und Walker verspürte einen Funken Lust in der Magengrube.

„Ich dachte gerade dasselbe." Er fuhr mit den Lippen über Roans Hals. Nicht wirklich ein Kuss, aber eine Liebkosung. Eine Versprechen auf das, was vielleicht heute Nacht noch passieren würde.

Roan gab einen kleinen Laut von sich, der einem Stöhnen schrecklich nahe kam. Walker rieb sich im Rhythmus der Pferdeschritte an ihm und rückte dabei näher als unbedingt nötig.

„Du machst mich wahnsinnig", flüsterte er, als er einen Harten bekam. Roan schloss die Augen, und der kleine Laut kam erneut. Dieses Mal klang er ein wenig drängender.

Cormac kannte die Pfade auf der Ranch genau so gut wie Walker, oder vielleicht sogar besser. Deshalb konnte Walker die Zügel in eine Hand nehmen und die andere an Roans Bauch legen. Er spürte, wie Roan erst den Atem anhielt und dann seufzend ausatmete. Walkers Erektion pulsierte.

Er hob die Hand zu Roans Brust, wo er die Muskeln und Knochen tanzen fühlt, während Roan sich ein bisschen wand. Als Walkers Daumen eines der Nippelpiercings berührte, konnte er nicht länger an sich halten. Die Versuchung, die ihn vom ersten Tag an gereizt hatte, wurde unwiderstehlich. Roans Nippel wurde hart unter seiner Berührung. Er nahm den Barbell zwischen Daumen und Zeigefinger und verdrehte ihn behutsam.

„Ah." Roan bog den Rücken ein wenig durch. Sein Hinterteil drückte gegen Walkers Unterleib und sein Kopf fester gegen Walkers Schulter. Walker tat es erneut und drehte ein wenig fester.

„Seit wann hast du die?" Er bewegte seine Hand und kniff in Roans andere Brustwarze.

Roan atmete bereits durch seinen offenen, zu einem kleinen O geformten Mund, und Walker hätte am liebsten seinen Daumen hineingesteckt.

„Ich habe mich in einen Tattoosalon gemogelt, als ich sechzehn war." Roans Stimme klang heiser.

„Ja? Und hat es dir gefallen?" Walker drückte seine Handfläche gegen Roans Brustbein und konnte den schnellen Herzschlag fühlen.

„Der Schmerz?" Roan lachte leise. „Nein. Gefällt es mir, wenn jetzt jemand damit spielt? Gott, ja. Ich kann allein davon kommen, wenn ich angetörnt genug bin."

„Jesus." Walker drängte sich noch mehr an Roan. Er schnippte gegen einen von Roans Nippeln und rieb seinen Harten an Roans Arsch. „Und? Bist du? Angetörnt genug dafür? Jetzt?" Er ließ Cormacs Zügel los und griff Roan zwischen die Beine. Roan war steinhart und stöhnte, als ihn ein Schaudern durchlief.

„Gott, ja. Aber diese Jeans ist wirklich sehr eng."

„Dann mach sie auf."

Roan öffnete die Augen. „Jetzt? Auf dem Pferd?"

„Ja. Ich will es sehen. Willst du es mir nicht zeigen?" Er zwickte Roans Nippel etwas fester und presste die Lippen an Roans Ohr.

„*Verflucht.*" Roan drängte sich gegen ihn, packte Walkers Bein, und für einen Moment versuchte Cormac zu galoppieren, aber Walker lehnte sich zurück und bremste ihn.

„Aber du musst dich entspannen", murmelte Walker. „Sonst wird Cormac davonlaufen."

„Das ist einfacher gesagt als getan", flüsterte Roan. Sein eiserner Griff an Walker s Bein ließ nach, und zurück blieb nur verführerische Wärme. Roan drehte seinen Kopf ein wenig und blickte zu Walker auf. „Du meinst das ernst."

Walker nahm den anderen Barbell zwischen Daumen und Zeigefinger und dreht das Piercing. „Was denkst du denn?"

KAPITEL 14

ROAN ZAPPELTE, ALS ein elektrischer Stoß direkt bis in seine Eier schoss. Walker konnte das nicht ahnen, aber falls er so weitermachte, würde Roan von der Überstimulation anfangen zu zucken und zu beben. Diese Reaktion war ihm schon immer etwas peinlich gewesen, und er war nicht sicher, ob er wollte, dass Walker ihn gleich zu Anfang so sah. Und dann auch noch auf einem Pferd.

Walker ließ Roans Nippel los und verringerte den Druck auf seine Erektion. „Baby?", fragte er. „Wenn du das nicht willst, dann lassen wir es."

„Das ist es nicht", flüsterte Roan. Gott, nun, da Walker seine Hände weggezogen hatte, wollte er sie dringend zurück. Sofort. „Ich bin nur …"

„Schüchtern?", murmelte Walker. Sein Atem wehte warm über Roans Wange. Er schloss erneut die Augen und entspannte sich etwas. Dann rieb er mit beiden Händen Walkers Oberschenkel und genoss das Gefühl der Muskelbewegungen unter der verschlissenen Jeans. Sein Cowboy strahlte Kraft und Selbstsicherheit aus, und Roan wollte nichts lieber, als sich ihm hinzugeben und für eine Weile an nichts sonst zu denken.

„Okay." Er drückte Walkers Schenkel. „Okay, ja. Du solltest nur wissen—"

„Was? Du kannst es mir sagen."

„Es kann ganz schön intensiv werden."

Walker stockte für eine Sekunde der Atem, dann küsste er Roans

Wange. „Ich passe auf dich auf", sagte er und rieb Roans Bauch. Sie hatten fast die Ranch erreicht, aber Walkers Schenkel spannten sich unter Roans Handflächen an, und Cormac wechselte die Richtung und wandte sich einem anderen Pfad zu, der hinter dem Haus verschwand.

Nach einem letzten Augenblick der Unentschlossenheit schloss Roan seine Augen und griff nach seiner Jeans. Als er den Knopf öffnete und den Reißverschluss herunterzog, stöhnte er vor Erleichterung, dann zögerte er erneut, die Finger unter das Taillenband seiner Unterhose gehakt.

„Bitte lass mich nicht warten", flüsterte Walker und zog mit dem Daumen langsame Kreise um Roans Nippel.

„Tu ich nicht. Ach, verdammt." Roan zog seine Unterhose herunter und über seinen Schwanz, dann klemmte er den Stoff unter seine Eier. Die frische Luft war wie ein feuchter Kuss. Roan schauderte und bekam Gänsehaut.

„Gott, sieh dich nur an." Walker fuhr mit der Hand über Roans Schenkel bis hinauf in den Schritt, wo er beinahe, aber nicht ganz seine Hoden ergriff. Dann fasste er um ihn herum und kniff in beide Nippel gleichzeitig. „Mist." Roan zitterte und bebte, bis Walker wieder losließ.

„Oh, so ist das also." Walkers Worte waren voller Erwartung, und er zögerte nicht, Roans T-Shirt hochzuheben und seien Bauch zu streicheln. „Ich liebe, wie du unter deinen Sachen aussiehst", flüsterte er. „So unerwartet." Er rieb die Haare auf Roans Bauch bis hinauf zur Brust, aber das T-Shirt fiel immer wieder herunter und verdarb den Anblick. Walker zog daran, prüfte die Elastizität und zog es Roan schließlich über den Kopf, sodass es im Nacken saß. Roan sah an sich hinunter auf seine dunklen Nippel und seinen harten, feuchten Schwanz, dann verbarg er das Gesicht an Walkers Hals.

„Schh, du bist fantastisch."

„Ich sitze auf einem Pferd, halbnackt und mit einem Harten, dabei haben wir uns noch nicht einmal geküsst."

„Werden wir aber noch", versprach Walker. Dann waren seine Finger erneut an Roans Nippeln, und er konnte nicht mehr denken. Walker drehte den linken langsam zwischen Daumen und Zeigefinger. In lustvollen Kreisen, bei denen Roans Beine zuckten. Cormac tänzelte unter ihnen, aber Walker machte etwas mit seinen Beinen, und er stand wieder still. „Halt dich fest." Er zog Roans linken Schenkel hoch und legte ihn über seinen eigenen, dann machte er dasselbe mit dem rechten. „Ich falle", krächzte Roan.

„Nein, ich passe auf dich auf. Ist es so bequem? Mit deiner Jeans, meine ich."

Roan hielt sich an Walkers Beinen fest und nickte. „Ja, sie ist elastisch."

„Gut", flüsterte Walker. „Dann kannst du dich gehen lassen, ohne Cormac versehentlich zu treten."

„Oh, Gott."

Walker lachte leise in Roans Ohr. Seine Lippen verweilten warm an Roans Ohrläppchen, ohne es zu küssen. Er rieb Roans Bauch und seine Brust, wiederum hinauf bis zu den Nippeln. Eine Sekunde lang hielt Roan es nicht aus, sondern musste seinen Schwanz in die Hand nehmen, um sich ein wenig Erleichterung zu verschaffen. Er drängte sich rückwärts an Walker und konnte fühlen, dass auch er einen Harten hatte. Roan war froh, dass es ihm nicht allein so ging.

„Lass mich sehen, wie du dich anfasst", bat Walker. „Nur ein bisschen."

Roan schloss die Augen. „Du siehst gern zu, hm?"

Zu seiner Überraschung schwieg Walker einen Moment lang, dann sagte er leise: „Ja, das tue ich."

Roan ließ seinen Kopf erneut zurückfallen, dann wichste er sich langsam und ließ Walker alles sehen. Er schob die Eichel seines unbeschnittenen Schwanzes in seine Faust und ließ sie durch den Ring seiner Finger wieder hervorschnellen, dann wiederholte er den Vorgang und ließ die Eichel in der Wärme seiner Hand verschwinden. Vorsperma erleichterte das zweite Gleiten. Roan wand sich ein wenig, und sein

Atem beschleunigte sich. Dann presste Walker zwei Finger gegen Roans linken Nippel, und Roan hielt den Atem an.

„Du kannst jetzt aufhören zu wichsen, wenn du willst", flüsterte Walker. Roan gehorchte. Er drückte seine Finger in Walkers Oberschenkel, obwohl seine Handfläche nass und klebrig war, denn er wusste, was als Nächstes kommen würde.

Walker nahm sich Zeit. Er legte seine Hände auf Roans Haut, wo immer er konnte, aber niemals berührte er Roans Ständer. So als wäre es okay zuzuschauen, aber mehr auch nicht. Er fuhr mit den Händen über Roans Schultern, dann hinunter zu seiner Brust, wo er mit den Fingerspitzen die Nippel umkreiste, zunächst ganz zart, dann fester. Die Kreise wurden kleiner und kleiner, und Roan hatte das Gefühl, vor lauter gespannter Erwartung aus der Haut zu fahren.

Als Walker endlich die Nippel fest rieb, zuckte Roan heftig zusammen, dann begann er zu zittern. Es fing als leichter Tremor in den Beinen an, der sich schnell in ein krampfartiges Zittern verwandelte, bis schließlich sein ganzer Körper zitterte. Sein Magen zog sich mehrmals zusammen. Sein Schwanz zuckte, und ein Lusttropfen nach dem anderen bildete sich an der Eichel und lief den Schaft hinab.

Roan verbarg erneut sein Gesicht an Walkers Hals. Er konnte ein leises Stöhnen und Keuchen nicht zurückhalten, als Walkers Finger ein Feuer entzündeten, das ihm direkt in seinen Schwanz und sein Arschloch fuhr. Er wollte unbedingt etwas im Mund haben, wollte an Walkers Zunge lutschen oder an seinen Fingern. Aber er traute sich nicht, etwas zu sagen.

„Bist du jetzt schüchtern?", fragte Walker. Roan schüttelte den Kopf, aber er bekam im ganzen Gesicht rote Flecken, und seine Wangen brannten. Dann schrie er erstickt auf, denn Walker verdrehte seinen Nippel. „Lass mich das noch einmal fragen, kleiner Löwe. Bist du schüchtern?"

„Niemand hat jemals–" Er verstummte, als Walker an seinen eigenen Fingern lutschte und Roans schmerzenden Nippel mit spuckenassen

Fingern massierte, sodass die schwüle Brise die überempfindliche Knospe kühlte.

„Niemand hat jemals was?"

„Mir so zugesehen."

„Gefällt dir das?"

Roan kniff die Augen zu. Sein Atem ging schneller. Er wollte Walkers Hände an seinem Schwanz, um der beinahe unerträglichen, schaudernden Lust ein Ende zu machen. Es war irgendwie zu viel, und doch auch zu wenig. Aber er wusste, er würde nicht Hand an sich selbst legen, bevor Walker es wollte. Aber auch Walker fasste ihn nicht an. Dabei zählte nicht, dass Roan an ihm lehnte, aber Walkers Atem wehte über Roans Ohr, und Walkers Herzschlag war ein fortwährendes, tröstliches Klopfen. Roans Haut kribbelte überall, und sein Arschloch zog sich in Erwartung des immer noch außer Reichweite liegenden Orgasmus rhythmisch zusammen.

„Ja, es gefällt mir", gab Roan zu und wandte sein Gesicht ab. Walker versuchte, ihn daran zu hindern, sich wieder vor ihm zu verstecken, indem er zärtlich Roans Wange streichelte und mit dem Daumen über Roans Lippen fuhr.

„Ich liebe es", flüsterte Walker mit heiserer Stimme. Er war geil. „Gott, Roan. Ich liebe es, dir zuzusehen. Du bist so …" Er verstummte, als würden ihm die Worte fehlen, um es zu beschreiben. Er spielte mit den beiden Barbells, verdrehte sie und bewegte sie zur einen Seite, dann zur anderen, aber er kniff nicht zu. Glühend heiße Stromstöße frustrierender Lust fuhren Roan in die Magengrube. Seine Eier zogen sich zusammen; seine Beine zuckten. Dieses Mal ließ Walker kein bisschen nach, und innerhalb von Sekunden war Roan ein schauderndes Häufchen Elend und konnte kaum noch die Balance halten. Hätte er sich nicht an Walkers starken Körper gelehnt, der ihm Halt gab, wäre er bereits vor zehn Minuten von dem verdammten Pferd gefallen.

„Ich kann das nicht", keuchte er, als Walker einfach nicht aufhörte. „Oh, Gott, ich– hnnnng." Er wand sich und atmete schwer, zuckte mit den Hüften und suchte hilflos nach irgendeiner Art der Erleichterung. „Ich kann nicht." Zu seinem schamvollen Entsetzen lief ihm eine Träne über die Wange.

„Schhhh, Baby. Was kann ich tun? Was brauchst du?"

„Ich muss meinen Schwanz anfassen", sagte Roan. Seine Stimme bebte wegen der kleinen Stromstöße, die von seinen Nippeln ausgingen.

„Ich habe nie gesagt, dass du das nicht tun darfst."

„Ah, Gott …" Roans Atem beschleunigte sich, als ihm bewusst wurde, dass er die ganze Zeit wie ein folgsamer, kleiner Junge dagesessen und auf Erlaubnis gewartet hatte. Und alles nur wegen eines vagen Vorschlages.

„Willst du, dass ich das für dich übernehme?"

Roan schüttelte den Kopf und schloss die Augen. Seine Handfläche war schon ganz nassgeschwitzt, sodass sein Ständer mühelos durch seine Faust glitt, auch wenn seine Finger so heftig zitterten, dass es ihm nicht gelungen wäre, einen Stift zu halten, Die Bewegungen des Pferdes unter ihm passten sich seinem Rhythmus an.

„Ich fühle mich wie in einem Traum", flüsterte Walker an Roans Hals, wo er kleine Küsse verteilte. Roan packte seinen Schwanz fester und biss die Zähne zusammen, um ein neues lustvolles Schaudern abzuwehren, als Walker erneut mit seinen Nippelpiercings spielte. Selbst über das Klipp-Klopp der Pferdehufe hinweg konnte er das schlüpfrig-feuchte Geräusch ausmachen, mit dem sein Ständer seine Handfläche befeuchtete.

Etwas zog an dem Stoff um seinen Hals, dann merkte er, dass es Walker war, der in sein T-Shirt biss, während er den Blick unverwandt auf Roans Schwanz gerichtet hielt. Roans Erregung wuchs und wurde glühend heiß, als Walker nicht von seinen Nippeln abließ. Roan gab unwillkürlich ein ersticktes Stöhnen von sich.

„Das ist zu viel", rief er aus. „Ich kann nicht–" Walker ließ Roans Nippelpiercings los und ergriff stattdessen Roans Ständer. Roan gab einen geradezu verzweifelten Laut von sich und wand sich so sehr, dass

Walker einen Arm um seine Taille schlingen und ihn festhalten musste. „Nein!"

„Schon gut, Baby", versuchte Walker ihn zu beruhigen. „Alles, was du willst. Ich will dir nur nicht wehtun."

„Du tust mir nicht— ohhh …" Und wie aus dem Nichts überwältigte ihn der Orgasmus.

„Oh, Gott", flüsterte Walker kaum hörbar.

Roan drängte sich unwillkürlich enger an ihn. Er drehte den Kopf, bis seine Lippen die Unterseite von Walkers Kiefer fanden. Dort küsste er und saugte, während er noch immer unter seinem Höhepunkt zuckte und bebte und sein Sperma sich über seinen eigenen Bauch entlud, über seine Fingerknöchel und über – *oh, Gott* – den Rücken des Pferdes. Walker schien es völlig egal zu sein, wo es landete. Er ergriff Roans Hand, die immer noch Roans Schwanz wichste. Roan ließ los, während ein Nachbeben nach dem anderen seine Eier zucken ließ. Er schloss die Augen und ließ sich vom wiegenden Schritt des Pferdes einlullen, bis ihm bewusst wurde, dass Walker ihm den Bauch streichelte, und die Brust, wobei er die Finger zärtlich um Roans Nippel kreisen ließ.

„Alles in Ordnung?", fragte Walker. Roan nickte, Er traute sich nicht, überhaupt irgendetwas zu sagen.

Roan biss sich auf die Unterlippe, als ihm Tränen in die Augen stiegen, und wandte den Blick ab.

„Hey, schon gut. Das war ganz schön intensiv, ja? Genau, wie du mir gesagt hast, dass es werden würde. Es war toll, dir zusehen zu können." Walker half Roan behutsam, die Beine sinken zu lassen und sein T-Shirt und seine Hose glattzustreichen. Dann schlang er die Arme um ihn und umarmte ihn von hinten. Er ließ Roan das Gesicht in seiner Halsbeuge verbergen, während er Cormac zurück zu den Ställen lenkte.

WALKER HALF ROAN vom Pferd, als wäre Roan etwas Kostbares und

Zerbrechliches, das mit großer Vorsicht behandelt werden musste. Roan wollte sich dagegen sträuben, aber in der Sekunde, als sich Walkers starke Arme um ihn schlossen, konnte er nur noch sein Gesicht an Walkers Hals verbergen und sich an ihn klammern.

„Ich muss Cormac zur Nacht fertigmachen. Dauert nur eine Minute", flüsterte Walker in Roans Haar. „Kann ich dich so lange hier allein lassen?"

Roan wollte lachen, aber das Lachen blieb ihm im Hals stecken. Er nickte, aber Walker ließ ihn nicht sofort los. „Alles gut", sagte Roan, nur für den Fall, dass Walker die Botschaft nicht verstanden hatte.

„Das war wirklich großartig, weißt du?", flüsterte Walker. „Meine Eier platzen gleich."

„Oh." Roan straffte schlagartig die Schultern. „Willst du, dass ich–„

„Nein. Dieses Mal nicht."

In Walkers funkelnden Augen lag ein Versprechen, und Roan war plötzlich wieder ganz unsicher. Sein Blick ging zu Cormac, der geduldig wartete, aber Walker ergriff Roans Schulter und rieb sie beruhigend. Dabei liebkoste er Roans Hals mit dem Daumen. Roan senkte den Blick, zog ein wenig den Kopf ein und öffnete leicht den Mund. Aber er konnte es nicht tun … Nach allem, was zwischen ihnen passiert war, schien ihm ein Kuss jetzt zu viel zu sein. Er hatte das Gefühl, dann die Fassung zu verlieren, sich in tausend Teile aufzulösen, ohne die Chance, sich wieder zusammensetzen zu können. Er drehte den Kopf weg, und Walker streichelte sein Haar.

„Schon gut", sagte Walker. „Ich verstehe das. Ich bin gleich zurück, okay?"

Roan lehnte sich an die Wand des Farmhauses, während Walker sich um Cormac kümmerte. Er hatte das seltsame Gefühl davonzutreiben. Und er hatte keine Ahnung, wie viel Zeit vergangen sein mochte, als Walker wieder da war und ihn in eine erneute Umarmung zog.

„Wie fühlst du dich?", fragte Walker.

„Alles gut."

„Okay. Und jetzt die Wahrheit, bitte." Er löste sich ein wenig von Roan, um ihn ansehen zu können. Sein Blick war warm und herzlich.

Roan seufzte und lehnte seine Stirn an Walkers Schulter. „Seltsam", gestand er. „Ich schäme mich."

„Ach, Scheiße, Roan. Was kann ich tun, damit du ein gutes Gefühl hast wegen der Sache? Ich mein's ernst. Das war das Erotischste, das ich jemals gesehen habe. Und ich will es noch einmal sehen."

Roan hob den Kopf und schaute Walker ungläubig an. Er lachte.

„Na gut, vielleicht beim nächsten Mal nicht unbedingt auf einem Pferd."

„Und vielleicht nicht mit platzenden Eiern deinerseits", sagte Roan. Er legte seine Hand auf Walkers Schwanz, und wow. Er war immer noch halb hart.

Walker stöhnte und schloss die Augen. „Ach, Scheiße", flüsterte er. Sein Gesicht wurde ganz schlaff und ausdruckslos, und aus irgendeinem Grund fühlte Roan sich deswegen etwas sicherer. Er beschloss, einen Vorstoß zu wagen.

„Beim nächsten Mal werde ich dafür sorgen, dass du den Verstand verlierst", murmelte er. Walker senkte den Kopf, aber Roan streckte seine freie Hand aus und hob Walkers Kinn an. „Und es wird sich nicht unter Cowboyhüten versteckt."

Walker gab ein heiseres Lachen von sich, und unter den dämmerigen Stalllampen bemerkte Roan eine leichte Röte auf Walkers Wangen. „Immer diese Versprechungen", sagte Walker.

„Sag einfach, wann."

Walker schaute ihn bedauernd an. „Ich wünschte, es könnte schon morgen sein. Aber meine Eltern werden dann zurück sein, und dann habe ich keine Ausrede, um die Produzenten abzuschütteln."

Roan trat einen Schritt zurück und nahm einen dringend benötigten, tiefen Atemzug. „Ich verstehe. Das heute war riskant."

„Aber schön?"

„Ja", sagte Roan. Er hatte eine seltsam trockene Kehle. „Sehr schön."

„Ich wünschte, ich könnte dich zum Bewerberhaus zurückfahren und dir vor der Tür einen ordentlichen Abschiedskuss geben." Walker legte ihm einen Arm um die Schultern und gab ihm einen Kuss auf die Schläfe. Es war süß und lieb – eine Geste, an die sich Roan leicht gewöhnen konnte – aber ihr fehlte die Leidenschaft von vorhin. Er ließ ein wenig die Schultern hängen.

Hätte Walker ihn ins Haus gebeten, wäre er der Einladung gefolgt, aber eigentlich war er erleichtert über die Gnadenfrist. Nur selten hatte er sich bei jemandem je so gehenlassen, und er brauchte etwas Zeit, um das Geschehene zu verarbeiten.

„Ich sollte jetzt zurückgehen."

„Sei vorsichtig. Lass dich nicht erwischen."

Roan nickte. Er verspürte einen Adrenalinstoß, als er sich das vorstellte. Er dachte an Andys und Mollys Ansprachen an dem Tag nach ihrem letzten Reitausflug. Er wollte sein Glück nicht herausfordern. Aller Wahrscheinlichkeit nach war sein Wegschleichen automatisch gefilmt worden, und seine Rückkehr würde den Kameras sicher auch nicht entgehen. Aber solange er es zurück ins Haus schaffte, konnte er Klaustrophobie vortäuschen und sagen, dass er allein einen nächtlichen Spaziergang unternommen hatte.. Sie würden immer noch sauer sein, aber vielleicht würden sie ihm glauben.

Als Roan über seine Schulter zurückblickte auf den dunklen Pfad, der zurück zum Haus führte, sah er Walkers Schatten beim Farmhaus stehen und ihm nachblicken. Roan unterdrückte den Impuls, die Hand zu heben und ihm zuzuwinken.

WALKER SAß AUF der Veranda, die Füße hochgelegt aufs Geländer und umgeben von Kameramännern, als Roan und Peter nach draußen kamen.

„Echt jetzt?", rief Roan in der Sekunde, als Walkers Füße wieder den

Boden berührten. „Schon wieder ein Date, bei dem man Gummistiefel braucht? Ich glaube, ich passe, Cowboy."

Peter lugte über Roans Schulter in die Kamera und verzog das Gesicht. „Ich stimme Roan vollkommen zu. Ich werde mit den Gummistiefeln aussehen wie zwölf."

Walker zog den Kopf ein und verbarg seine Augen unter der Krempe seines Huts- „Date?", fragte er gedehnt, und verdammt, Roan spürte das sofort in seinen Eiern. Er trat von einem Fuß auf den anderen und wurde rot.

„Wer sagt, dass es ein Date ist?" Walker stopfte die Hände in die Hosentaschen und trat näher zu Roan, der gerade mit einem Paar dunkelgrüner Gummistiefel kämpfte. „Du sollst nur arbeiten."

„Oh." Roan hörte auf, an den Stiefeln zu zerren und blickte auf zu Walker, der vor ihm stand und ihn turmhoch überragte. „Um was für eine Arbeit handelt es sich? Misten wir wieder die Ställe aus?"

Walker presste die Lippen zusammen, konnte jedoch ein kleines Schnauben nicht zurückhalten. „Nein, ich glaube, die Produzenten haben davon bereits genug."

„Machen wir den Hühnerstall sauber?"

„Nö, meine Stiefmutter mag es nicht, wenn Fremde bei ihren Hühnern sind. Sie sagt, das stört die Hühner so sehr, dass sie dann keine Eier mehr legen."

Er zog die Hände aus den Taschen und half Roan auf die Füße. Dann gab er ihm einen soliden Klaps auf den Rücken. Als er sich zu seinem Truck umdrehte, pfiff er laut durch die Zähne. Der Kopf eines wunderschönen, schwarz und beige gefleckten Hundes tauchte über der Einrahmung der Ladefläche auf. Er gab ein kurzes Winseln von sich, dann sprang er herunter und kam mit flatternden Schlappohren auf sie zu.

„Ohh, wen haben wir denn da?", fragte Roan und ging in die Hocke, um das Tier zu begrüßen. Aber der Hund lief direkt zu Walker und legte sich neben ihn flach auf den Boden. Dann neigte er den Kopf zur Seite und starrte Roan neugierig an.

„Na, lauf", sagte Walker. Sofort sprang das Tier auf und ging zu Roan. Die Hündin schnupperte an Roans Fingern, dann an seinen Stiefeln, seiner Jeans und überall bis hinauf zu seinem Gesicht. Roan sprach zu ihr, aber sie zog sich zurück, bevor er sie wirklich streicheln konnte.

„Sie ist unheimlich süß", sagte Roan, der sich mit seiner Reaktion ganz nach dem Verhalten der Hündin richtete. „Wie heißt sie?"

„Ihr Name ist Dana. Und sie wird uns heute helfen."

Roan sah ihn an. „Wobei wird sie uns helfen?"

Walker grinste. „Schlangen jagen."

Roan packte das Geländer- „Wie bitte?"

„Schlangen jagen. Wir hatten noch einen Schlangenbiss auf derselben Weide, wo meine Lieblingskuh Hanna gebissen wurde, zum Glück nur am Bein. Cottonmouth. Wir müssen deren Population auf diesem Feld ein bisschen verringern."

„Okay, ich werde jetzt nicht weiter darauf eingehen, dass du eine Lieblingskuh hast …"

„Was ich übrigens sehr liebenswert finde", warf Peter ein.

„… und gleich zu der Tatsache kommen, dass du letzte Woche mit Victor nach New Orleans gefahren bist. Und vor zwei Tagen bist du mit Chad auf einem Reitausflug mit anschließendem Picknick gewesen." Walkers Augenbrauen hoben sich bei Roans Erwähnung eines Ausritts. Aber er sagte nichts – Gott sei Dank. „Na gut, ja, ihr seid mit dem Truck gefahren", lenkte Roan ein. „Aber kaum, dass ich im Spiel bin, geht's zum Schlangen jagen? Ich nehme alles zurück – ich kann dich nicht leiden."

Walkers dummes Grinsen wurde breiter, und er beugte sich zu Roan, der sich der filmenden Kameraleute um sie herum sehr bewusst war. „Ich wusste ja überhaupt nicht, dass du mich bis eben noch leiden konntest."

Roan schnaubte. Er verbiss sich die Entgegnung, die ihm auf der

Zunge lag, denn damit hätte er wahrscheinlich seine Klaustrophobie-Ausrede torpediert „Wie auch immer. Brechen wir einfach auf, dann kann ich die ganze Zeit jammern und klagen."

Walker wandte sich an John: „Nehmen wir meinen Truck?"

John überlegte kurz. „ Zusammen mit dem Hund passen wir nicht alle hinten drauf. Du, Roan und Peter, ihr nehmt den Truck, wir anderen folgen euch. Die fest installierten Kameras im Truck sollten genügen, und ihr zwei benötigt zu diesem Zeitpunkt nicht mehr viel Produktion", sagte er bedeutungsvoll. „Sagt es nur nicht Andy."

„Ja, Sir."

Roan seufzte und folgte widerwillig Walker und seinem blöden Cowboyhut und der blöden Wranglers. Und wieso? Womit hatte er das verdient? Er half Peter in den Truck, dann kletterte er schnaufend selbst hinein. Und schließlich öffnete Walker die Klappe, damit Dana wieder auf die Ladefläche springen konnte.

„Schlangen jagen?", zischte Peter ihm zu, als er sich auf der kleinen Rückbank niederließ- „Oh, Scheiße, bloß nicht!" Dann setzte er ein künstliches Lächeln auf, als Walker die Fahrertür öffnete.

„Wie immer, wenn wir losfahren, um etwas dergleichen zu tun", sagte Walker und schnallte sich an. „müsst ihr nichts tun, was ihr nicht wollt."

„Werden wir schießen?", fragte Roan, der nichts für Schusswaffen übrig hatte.

„Nein", antwortete Walker, und Roan entspannte sich ein wenig. „Wir werden Schaufeln benutzen. Und ihr müsst gut aufpassen, denn die abgetrennten Köpfe können immer noch beißen."

„*Was?*" Peter keuchte entsetzt und verlor die letzte Farbe aus seinem ohnehin immer blassen Gesicht.

„Du bist wahnsinnig", flüsterte Roan und starrte aus der Frontscheibe. „Dieser ganze Bundesstaat ist wahnsinnig. Wieso wollen Leute überhaupt hier leben?"

Walker war ganz still, und Roan warf einen Seitenblick hinüber.

Schließlich räusperte Walker sich und sagte: „Meinst du das ernst? Hasst du es hier?"

Roan blinzelte ein paarmal, dann starrte er weiter aus dem Fenster. Vor ihnen erstreckte sich die Ranch. In der Ferne weideten Kühe. Am Horizont stand leuchtend rot und gelb die Sonne. Der Himmel darüber färbte sich langsam blau, und die letzten Sterne verschwanden.

„Nein", flüsterte er. „Ich hasse es hier nicht."

„Gut."

„Oh, Gott, ihr zwei werdet uns noch alle umbringen", murmelte Peter und verdrehte die Augen.

Walkers Hand zuckte nervös auf dem Lenkrad, aber er ließ sie, wo sie war, startete den Truck und fuhr los. Er warf einen Blick in den Rückspiegel. „In New Orleans und während des Dates mit Victor waren ununterbrochen Kameras auf uns gerichtet, und außerdem war die ganze Zeit Andy dabei. Er drehte dreimal ein und dieselbe Unterhaltung von mir und Victor. Ich dachte mir, dass er wohl nicht beim Schlangen jagen dabei sein wollen würde, besonders, da wir dabei draußen in der Hitze sein werden. Andy hasst die Hitze." Er grinste und bezog mit einem kurzen Blick auch Peter mit in den Witz ein, aber Roan verstand, was Walker damit wirklich zum Ausdruck bringen wollte. Eine weitere Chance für ein Treffen zu zweit, falls es ihnen gelang, den wachsamen Augen von John und Molly zu entgehen.

Sie kamen an ein Gatter, wo Walker den Ford parkte, Jetzt war Roan dankbar für seine Stiefel, denn das Feld hinter dem Gatter war matschig.

„Was, wenn sie uns beißen?", fragte Peter, als Walker Dana von der Ladefläche ließ. Zwei Kerle, die Roan noch nie zuvor gesehen hatte, kamen auf den Truck zu.

„Es steht ein Krankenwagen bereit", sagte Walker und nickte hinüber zu den anderen, die ihnen in einem SUV plus Krankenwagen im Schlepptau gefolgt waren. „Sie haben ein Antiserum dabei. Aber keine Bange. Ihr müsst einfach nur schneller sein als die Schlangen."

„Du machst Witze, oder?"

Walker schaute Peter an. „Keineswegs. Aber kein Grund auszuflippen. Dana weiß, was wir hier tun, und sie wird uns zeigen, wo die Schlangen zu finden sind." Er packte zwei Schaufeln und reichte eine an Peter weiter und die andere an Roan. Dann deutete er auf die beiden Männer, die inzwischen beim Truck angekommen waren. „Das sind Marlon und Dennis. Sie werden uns helfen. Bleibt dem Wasser fern, außer einer von uns ist bei euch, okay?"

„Okay." Peter starrte Marlon von oben bis unten an und lächelte strahlend. „Oh, hallo!"

Walker grinste, als Marlon sein charmantestes Lächeln aufsetzte und sagte: „Tut mir leid, aber du bellst leider den falschen Baum an, Süßer."

Dann zog Walker an Roans Arm. „Was ist los? Du siehst aus wie der Tod auf Latschen."

Roan umklammert den Stiel seiner Schaufel so fest, dass seine Knöchel weiß wurden. „Ich glaube nicht, dass ich das hier hinkriege."

„Okay." Walker warf einen Blick zu den Kameraleuten, die aus dem SUV gestiegen waren und sich bereit machten zu filmen. Er trat ein wenig näher. „Womit hast du Probleme? Mit den Schlangen? Oder mit dem Töten?"

„Mit beidem." Roan sah ihn an, dann schaute er hastig weg. „Ich habe noch nie irgendetwas getötet. Ich glaube nicht, dass ich das kann."

„Ich verstehe. Wir tun so etwas nicht leichtfertig. Und wir haben eine Lizenz dafür, so wie für das Nudeln. Es ist nicht gegen das Gesetz, solange du es nicht nachts tust. Normalerweise mache ich mir nicht allzu viele Gedanken um die Schlangen, aber dass Hannah und noch eine zweite Kuh gebissen wurden, ist der Beweis dafür, dass wir in diesem Jahr wohl zu viele Cottonmouth-Schlangen haben, daher sind wir angehalten, sie zu jagen. Zum Schutz der Herden. Und sieh mal hier." Walker bückte sich und hob den Saum eines seiner Hosenbeine an. Roan keuchte entsetzt, als er der Narbe an Walkers Wade angesichtig wurde. „Das ist von einem Cottonmouth-Biss zurückgeblieben, den ich mit zehn erlitten habe.“

„Oh, mein Gott“, hauchte Peter und presste eine Hand vor seinen Mund.

„Genau.“ Walker richtete sich wieder auf. „Ist nicht gerade hübsch.“ Er fummelte verlegen an seiner Schaufel herum. Roan legte eine Hand auf seinen Arm.

„Mir ist egal, ob es hübsch ist oder nicht. Das muss wehgetan haben.“

„Es war kein Kindergeburtstag, nein. Aber es bedeutet, dass wir das hier auch nicht aus Spaß tun. Wir sind kein Haufen von analphabetischen Hinterwäldlern, die aus Jux und Tollerei Tiere töten.“

Roan runzelte die Stirn. „Das würde ich nie von dir denken.“

„Gut“, sagte Walker. „Und wie ich schon sagte, du musst nichts tun, was du nicht willst.“

„Reißt euch am Riemen, Jungs. Los jetzt!“, rief Molly, die zu ihnen trat. „Lasst uns ein paar verfluchte Schlangen töten.“ Sie schnappte sich fröhlich die Schaufel, die Walker mit einem traurigen Lächeln in den Händen hielt, und marschierte zusammen mit Dennis los. Peter folgte den beiden, bis sie an John vorbeikamen. Von da an blieb er an dessen Seite.

Sie alle liefen das Feld ab, von Teich zu Teich, und Dana gab zweimal Alarm, weil sie Schlangen aufgespürt hatte. Roan schaute weg, als Walker sich um die Schlangen kümmerte. Die Schaufel fühlte sich an wie ein unhandliches Gewicht in seinem Griff.

„Tut mir leid“, sagte Walker in das ausgedehnte Schweigen hinein. „Ich gebe zu, dass ich meine Zweifel an diesem Date hatte. Du weißt schon, nach unserem …“ Er räusperte sich unbehaglich.

Roan riss den Kopf hoch und starrte Walker an. Der lächelte ihn an, aber das Lächeln war ein wenig traurig. „Du hattest Zweifel an einem Date mit mir?“

„Nein! Nur daran, dich zum Schlangen jagen mitzunehmen. Nach dem Nudeln dachte ich, es wäre lustig, dich noch einmal mit so etwas auf die Palme zu bringen. Aber jetzt wünschte ich …"

„Was?"

Walker trat etwas näher, und Dana tanzte einmal um sie herum, bevor sie davonrannte, um das Feld erneut abzusuchen. Ein paar Kühe starrten herüber, als würden sie einer Seifenoper zusehen. Das erste Publikum für die Show. Jedenfalls abgesehen von der Filmcrew. „Ich wünschte, dieser ganze Zirkus wäre vorbei."

„Ja?"

„Ja. Komm, fahren wir wieder zurück."

„Schon? Was ist mit den Schlangen?", protestierte Roan.

Walker zuckte die Achseln und lächelte. „Marlon geht gern Schlangen jagen. Er wird das hier zu Ende bringen." Er zögerte eine Sekunde lang, aber Roan lächelte und streckte seine Hand aus. Walker lachte leise, dann verschränkte er seine Finger mit Roans. Roan liebte die Schwielen, die er an seiner Handfläche spürte.

Walker suchte das Feld mit den Augen ab. Roan war überrascht, wie weit sich die anderen über das Feld verteilt hatten. Seltsamerweise schenkte niemand ihm und Walker die geringste Beachtung. Alle Kameraleute und der Rest der Crew waren ungewöhnlich abgelenkt und zu beschäftigt damit, nicht auf irgendwelche Schlangen zu treten. Genau das, was bei einer Show wie dieser keinesfalls passieren sollte.

Es war wie ein Zeichen.

Walker hob sein T-Shirt und schaltete das Körpermikro aus. Roan sah sich um und stellte sicher, dass niemand zuschaute, dann tat er dasselbe.

„Hauen wir jetzt wieder zusammen ab?", fragte er, nachdem er sicher war, dass sie nicht gefilmt wurden. In seiner Magengrube kribbelte es. Was war nur mit ihnen los? Sie sollten das nicht riskieren. Aber er brachte es auch nicht über sich, diese Gelegenheit nicht wahrzunehmen.

Walker grinste und schob sich den Hut tiefer ins Gesicht. „Ein bisschen."

Roans Herz tat einen Hüpfer. „Okay."

Walker flüsterte: „Bleib, Dana." Dann nahm er erneut Roans Hand. Ohne ein Wort zog er ihn an den Rand des Feldes in den Schatten eines großen Baumes. Vor Freude, wieder mit Walker allein zu sein, vergaß Roan all seine Furcht vor Schlangen.

Sobald sie sich auf der anderen Seite des massiven Baumstamms befanden, drückte Walker Roan gegen die Borke. Die Luft hing schwül zwischen ihnen, und Walkers kluge Augen funkelten, als er lächelte.

„Kann ich dich küssen?" fragte er. „Keine Kameras. Keine Show. Nur du und ich."

Gott, glaubte Walker wirklich, er müsste nach letzter Nacht noch fragen? Aber Roan hatte sich da immerhin geweigert, ihn zu küssen. Er hatte Angst gehabt. So war es auch jetzt, aber aus einem ganz anderen Grund. Jetzt verspürte er eine gute Art von Furcht. Pure Aufregung.

„Ja", krächzte Roan und bekam auf der Stelle einen trockenen Mund. Er leckte sich die Lippen. „Scheiße, ja."

Walkers Augen leuchteten auf. Er schob seinen Hut aus dem Weg, und das Licht traf auf sein Gesicht. Er sah so gut aus, dass Roan ganz weiche Knie bekam, und er war dankbar dafür, dass Walker sein Hemd gepackt hatte. Walker grinste, dann neigte er den Kopf zur Seite und küsste ihn.

EINE SCHWEIßPERLE LÖSTE sich von Roans Schläfe und rann langsam an der Seite seines Gesichts herunter. Als sie Roans Ohr erreichte, schloss Walker die Augen und gab sich dem Kuss ein wenig mehr hin. Dennoch fühlte sich der Kuss zurückhaltend an, beinahe keusch – aber darunter lag eine brennende Dringlichkeit, die Walker verriet, dass Roan die Bremse angezogen hatte.

Das Wissen um die Existenz der Nippelpiercings war eine große Versuchung, aber es war weder der richtige Ort, noch die richtige Zeit für so etwas, also ließ Walker Roans Hemd los, ließ seine Hände tiefer sinken und dann auf Roans schmalen Hüften ruhen.

Roan stöhnte leise, schob seine Finger in Walkers Gürtelschlaufen und zog ihn näher. Und wie aus dem Nichts versagten die Bremsen. Heftige Erregung überwältigte Walker, und er leckte an Roans Lippen. Mit dem Geschmack von Schweiß auf der Zunge drang er in Roans Mund ein. Roan erschauderte. Er schob Walker den Hut vom Kopf, grub seine Hände in Walkers Haar und drückte sich fester an ihn.

Immer weiter ging ihr Kuss, bis die Geräusche der Insekten und kleinen Tiere und Vögel zu einem weißen Rauschen verschmolzen. Walker wurde ein wenig schwindelig, und das lag nicht am Sauerstoffmangel. Noch nie war er so geküsst worden. Noch nie hatte er einen Kuss bis in die Fingerspitzen gespürt, die in diesem Moment kribbelnd auf Roans Bauch lagen, wo er sie unter Roans Hemd geschoben hatte. Und immer noch dauerte der Kuss an. Walters Mund pochte, aber es kam ihm gar nicht in den Sinn, den Kuss zu beenden. Er konnte fühlen, dass es Roan nicht anders ging. Der atmete durch die Nase, und seine Brust hob und senkte sich, als wollte er dem Kuss entkommen. Roans Atem traf wie eine Mini-Sturmböe auf Walkers Wange. Walker hatte das Gefühl zu schweben, ohne Halt und schwerelos.

Schließlich durchdrang ein Geräusch den Nebel, der sich über Walkers Verstand gesenkt hatte. Roan musste es ebenfalls gehört haben, denn er fuhr das Tempo herunter und beendete den Kuss mit einem kleinen letzten Küsschen, und dann noch einem, als könnte er sich einfach nicht helfen. Walker spürte Roans Lächeln, bevor sich ihre Lippen trennten.

„Gott", flüsterte Roan.

„Das kannst du laut sagen."

„Gott", sagte Roan lauter.

Walker lachte und neigte den Kopf zurück, um Roan besser anschauen zu können. Aber ihre Hüften blieben fest aneinandergedrückt. „Entschädigt das für ein weiteres schreckliches Date?"

„Ich weiß nicht", sagte Roan und strich eine Falte in Walkers Hemd glatt, „Ich glaube, du musst mich auf noch ein schreckliches Date einladen, dieses Mal ohne irgendein potenzielles Versteck, und mich dann noch einmal küssen, damit ich einen Vergleich habe."

Walker grinste. „Ich glaube, das lässt sich einrich—"

„Gute Arbeit, Jungs."

Sie erschraken und sprangen auseinander. Molly stand da, die Arme vor der Brust gekreuzt und einen belustigten Ausdruck im Gesicht. Hinter ihr hatte sich fast die gesamte Kameracrew versammelt. Ein großes Mikrofon hing nun über ihren Köpfen, da sie ihre Körpermikros ja ausgeschaltet hatten. Walker hatte immer noch den Arm um Roans Hüften geschlungen, aber er ließ sofort los, als eine zweite Gestalt neben Molly auftauchte. Roan starrte ihn stirnrunzelnd an. Er wirkte verwirrt, aber Walker sah plötzlich rot.

„Was zum Henker!" Das Gefühl von Déjà vu warf ihn aus der Bahn. „Mike? Was machst du hier?"

„Hey, Schatz." Mike schnippte seinen Cowboyhut hoch und schlenderte auf Walker zu, als würde er noch immer hierher gehören. Sein lässiger Gang war so vertraut. Genau wie sein breites Lächeln und die Grübchen. Seine hellblauen Augen leuchteten im Sonnenlicht. „Hast du mich vermisst?"

Walker warf einen Blick zu Roan, dessen Miene völlig ausdruckslos war. Walker wollte etwas sagen, aber er wusste nicht, was. Stattdessen bückte er sich, um seinen Hut vom Boden aufzuheben. Er klopfte den Staub ab, bevor er ihn wieder aufsetzte und tief in die Augen zog. *Und da verstecke ich mich mal wieder vor der Welt*, dachte Walker angewidert. *Vor Roan.*

„Wer ist das?", fragte Roan im Flüsterton. Zwei weitere Riesenmikrofone tauchten über ihren Köpfen auf.

„Das ist—"

„Mike Defalco." Mike streckte die Hand aus, und Roan ergriff sie automatisch. „Ich bin Walkers fester Freund."

In Walkers Schläfe begann eine Vene zu pulsieren, als er sich Mike in den Weg stellte und ihn so zwang, von Roan zurückzutreten. „Du bist schon seit Jahren nicht mehr mein fester Freund. Was hast du vor, Mike? Was zum Teufel willst du hier?"

Mike grinste. „Deine gute Freundin hier" – er klopfte Molly auf die Schulter, und sie hob mit einem fiesen Hab-ich-dich-Grinsen die Augenbrauen – „hat mich eingeladen. Ich dachte mir, das könnte spaßig werden."

„Spaßig? Du meinst ..." Walker knirschte mit den Zähnen und drehte sich zu Roan um. „Tut mir leid. Ich hatte keine Ahnung, dass–"

„Schon gut." Roan hob beide Hände, die deutlich sichtbar zitterten, und wich einen Schritt zurück. „Ihr Zwei habt offenbar viel nachzuholen. Ähm, wir sehen uns später. Und danke für das Date."

„Roan ..."

Roan schüttelte den Kopf und machte eine wegwerfende Handbewegung, während er mehr oder weniger vorsichtig zurück zum Gatter und den dort geparkten Wagen ging.

Molly hatte ein dreckiges Grinsen im Gesicht, als sie Roan hinterherrief: „Hatte ich euch nicht gesagt, dass ich euch dazu kriegen würde, vor der Kamera rumzumachen? Ich gewinne immer, Roan!" Dann wurde ihr Blick leer, während sie in ihr Headset sprach. „John, ruf das Team zusammen und schnapp dir Roan für ein In-the-Moment über unseren neuen Bewerber."

Walker beschloss, sie komplett zu ignorieren.

„Was zum Teufel, Mike? Wieso hast du gesagt, du wärst mein fester Freund?"

Mike lachte und legte Walker eine Hand auf die Schulter. Walker schob ihn weg. „Ach, na komm, Mann. War doch nur ein kleiner Spaß. Molly wollte ein bisschen Drama." Er nickte in ihre Richtung. „Sie scheint ein interessanter Mensch zu sein."

Molly nahm wieder Teil an der Unterhaltung. „Bitte versuch, nicht direkt zur oder über die Crew zu sprechen, wenn du gefilmt wirst."

Walker starrte sie finster an, dann wandte er sich wieder an Mike:

„Sie ist ein Arschloch.“

Mikes blaue Augen funkelten. „Ja, habe ich auch schon gemerkt. Hör zu, bist du wirklich sauer? Sag jetzt nicht, dass du das Ganze hier ernst nimmst. Jeder weiß, dass du es wegen des Geldes machst. Was so ziemlich der einzige Grund ist, wieso du noch nicht aus der Gemeinde gelacht wurdest.“

„Hast hinter meinem Rücken herumgelästert, oder?“ Walker wandte sich zum Gehen, zurück zu seinem Truck. Er bemerkte kaum, dass die Kameraleute ihm folgten.

Mike zuckte die Achseln und ging neben ihm her. „Ich bin der Tierarzt hier, und die Leute reden viel und gern. Was soll ich machen? Mir die Ohren zuhalten?“

Walker riss sich den Hut vom Kopf und fuhr mit der Hand durch sein Haar. Sein Blick hing an Roan, der von einem Produzenten zwei Kameraleuten umzingelt war. „Du verstehst gar nichts. Du hast keine Ahnung, was du angerichtet hast.“

„Dann sag’s mir.“

Sie erreichten den Truck, und Walker wäre am liebsten zu Roan gegangen und hätte sein In-the-Moment-Interview torpediert, um sich bei ihm zu entschuldigen und alles zu erklären, aber das konnte er nicht. Damit würde er nur Mollys Wunsch nach Drama in die Hände spielen. Er wollte nicht, dass sie gewann. „Diese Show spielt mit deinem Verstand, und jetzt denkt Roan, ich würde auch nur mit ihm spielen.“

„Roan, hm?“ Mike stützte sich mit einer Hand am Truck ab und grinste Walker von oben herab an. Er war noch immer derselbe Schrank von einem Mann, der er gewesen war, als sie damals anfingen, miteinander auszugehen, nur dass er jetzt Krähenfüße und Lachfalten hatte, die seinem Gesicht die Tiefe und Reife verliehen, die ihm gefehlt hatte, als sie beide Anfang zwanzig gewesen waren. „Sieht für mich wie ein echter Twink aus. Du hast schon immer ein Auge auf diese Sorte Mann geworfen.“

„Aber ich habe nie etwas gemacht“, gab Walker aufgebracht zurück und bereute es auf der Stelle. Er wollte Mike *keinesfalls* den Eindruck verschaffen, er hätte irgendeine Wirkung auf ihn.

„Das habe ich auch nicht, mein Schatz", sagte Mike leise.

Walker atmete geräuschvoll aus und schlug ihm den Hut vom Kopf. „Nein", sagte er resigniert. „Aber du wolltest."

„Das war vor langer Zeit. Ich war jung, und ich wollte die Welt entdecken."

„Und was bist du jetzt? Wieso bist du hier?"

Mikes lässiges Grinsen erstarb ein wenig. „Molly rief mich ständig an und fragte mich, ob ich zur Show dazustoßen würde. Ich hatte das Gefühl, nicht die erste Person zu sein, die sie angerufen hatte, und dachte mir, falls ich noch länger ablehnte, würde sie jemand anderen anrufen. Und wer weiß, wer dann hier aufgekreuzt wäre? Ich fand, dass ich immer noch besser war als irgendein beliebiger ehemaliger Saisonarbeiter."

Molly stöhnte. „Das ist nicht, worüber wir gesprochen haben, Mike. Du weichst jetzt wirklich völlig vom Drehbuch ab. Jetzt müssen wir das alles noch einmal drehen, und Walker kann sowas nicht besonders gut. Könntest du dich jetzt also bitte zusammenreißen und dich konzentrieren?"

Walker zog eine Grimasse. „Dieses ganze Ding war ein Fehler." Er fuhr sich mit der Hand durchs Haar. „Gottverdammt!"

„Vor fünf Minuten sah es aber gar nicht so aus, als würdest du es für einen Fehler halten."

Walker schnaubte ein Lachen.

„Aber jetzt ist alles in Ordnung. Atme mal durch." Mike klopfte mit der flachen Hand auf das Dach des Trucks. Jetzt bin ich als Bewerber dabei, Schatz. Du musst nichts weiter tun, als mich bis zum Ende in der Show zu behalten, dann bist du die ganzen hinterhältigen, geldgierigen Scheißer los."

Walker riss den Kopf hoch und starrte Mike fassungslos an. „Was sagst du?"

„Suzanna übernimmt für die nächsten Wochen meine Praxis- Vielleicht muss ich ein-, zweimal weg, falls etwas ist, womit sie allein nicht zurechtkommt, aber davon abgesehen …" Mike breitete seine Arme aus. Sein kariertes Hemd spannte über seiner breiten Brust, und Walker wusste genau, wie es darunter aussah. „… gehöre ich ganz dir."

„WAS IST LOS, mein Lieber? Du läufst schon den ganzen Morgen herum wie sieben Tage Regenwetter." Tessa massierte Walkers Schultern, nachdem er sich auf einen der Küchenstühle fallen gelassen hatte. Über der Kaffeetasse vor ihm tanzten verlockend duftende, kleine Dampfschwaden. Walkers Vater schob den Zucker über den Tisch in seine Richtung.

„Genau, was du jetzt brauchst", sagte er augenzwinkernd. „Etwas, dass dir den Tag versüßt."

„Du darfst keinen Zucker", sagte Walker mit düsterer Miene.

„Aber wir reden jetzt nicht von mir, oder? Wir reden über deine saure Miene."

Walker verengte die Augen. „Was heckst du heute wieder aus?"

Paps sah völlig unschuldig drein, während er seinen Kaffee umrührte und einen Schuss fette Vollmilch hineingab. Walker warf Tessa einen Blick zu, sie aber schaute ihn nur bedauernd an. Sie konnte seinem Vater nie etwas abschlagen. „Ich dachte, ich sollte heute mal nach der Südweide schauen. Ist schon ein Weilchen her, seit ich zuletzt auf einem Pferd saß.", sagte Paps.

„Weil du das nicht sollst", entgegnete Walker und setzte sich gerader hin. „Wann hast du zuletzt deinen Blutzucker gemessen, seit du aus dem Krankenhaus zurück bist? Und wann hast du zuletzt dein Insulin genommen?"

Es passierte nicht oft, dass sein Vater wütend wurde. Und wenn, dann hob er nie seine Stimme oder schlug auf den Tisch. Selbst, als

Walker noch ein Kind gewesen war, hatte er nur den strengen Blick seines Vaters sehen müssen, schon hatte er sich ordentlich benommen. Jetzt war dieser Blick wieder da, und Walker versuchte, sich nicht wie ein Zehnjähriger zu fühlen. Er wusste, dass er im Recht war.

„Es geht mir gut", sagte Paps. „Besser als seit langer Zeit. Und du brauchst mir nicht zu sagen, ob ich meine eigenen Pferde reiten darf, um nach meiner eigenen Ranch zu sehen, oder nicht."

Walker knirschte mit den Zähnen. Es gab nichts, was er sagen konnte, um seines Vaters Meinung zu ändern, und ganz sicher würde er ihn nicht daran erinnern, dass ihm die Ranch nicht mehr gehörte. Der Mann verdiente etwas Würde. „Nimm wenigstens Marlon oder Dennis mit."

„Ich werde ihn begleiten", sagte Tessa. „Auch ich habe lange nicht mehr auf einem Pferd gesessen." Walker war auch darüber nicht besonders glücklich, bei seinem Glück würden sie beide vom Pferd fallen und sich eine Hüfte brechen. Aber er nickte. Tessa berührte seinen Arm. „Und jetzt erzähl uns, was für eine Laus dir heute Morgen über die Leber gelaufen ist."

„Mike ist auf dem Set aufgetaucht", sagte er, und Tessa keuchte entsetzt. „Die Produzenten haben ihn angeschleppt, um … ich weiß nicht … genau diese Art von Reaktion in mir hervorzurufen, denke ich." Wiederum fuhr er sich aufgebracht mit der Hand durchs Haar. „Ich wusste, dass es einen Grund dafür gab, wieso ich gleich zu Anfang drei Leute nach Hause schicken musste, und dachte mir schon, dass sie mir jemand Neues vor die Nase setzen würden. Aber Mike? Gottverdammt."

„Nicht fluchen", sagte Tessa.

„Entschuldige, Tess."

„Ich kann nicht fassen, dass Mike damit einverstanden war", murmelte Paps und schüttelte missbilligend den Kopf. „Denkst du, er will dir was heimzahlen?"

Walker verzog das Gesicht und hob seinen Kaffeebecher. „Das bezweifele ich. Er sagt, er ist hier, um mir einen Ausweg anzubieten. Ich kann ihn bis zum Ende der Show hierbehalten und alle anderen nach Hause schicken, damit die Leute denken, ich hätte mein Happy End gefunden, und fertig." Er schlürfte seinen Kaffee und mied Tessas Blick.

„Was ist mit Roan?", fragte sie.

„Ist das dieser magere Knabe, mit dem ich dich gesehen habe?", fragte Paps. „Ich dachte, ich hätte dir gesagt, dass du jemanden aussuchen sollst, der etwas–" Er machte eine Geste, die eine gewisse Körpergröße andeutete. Tessa versetzte ihm einen leichten Schlag an den Hinterkopf. „Hey! Ich wollte sagen: jemanden, der hart arbeiten kann."

Walker schnaubte. „Ja, genau." Er seufzte und stellte seinen Becher ab. Dann lehnte er sich auf seinem Stuhl zurück und rieb sich mit beiden Händen das Gesicht. „Er ist toll. Aber irgendwas fühlt sich einfach nicht richtig an."

„Wie meinst du das?" Tessa füllte seinen Becher nach.

„Danke, Tess. Ich weiß nicht. Ich glaube nicht, dass Roan hier sein will."

„Wieso?" Paps griff nach der gezuckerten Marmelade, aber Walker schob sie aus seiner Reichweite und gab ihm stattdessen die zuckerfreie. „Wie kommst du darauf?"

„Er hat nicht ein einziges Mal versucht, mich davon zu überzeugen, dass er schon immer auf einer Farm leben wollte, wie es die anderen alle versucht haben. Ernsthaft, wenn ich noch einmal von auch nur einem dieser Männer höre, wie romantisch sie das Leben auf der Farm finden, werde ich mit irgendwas nach ihnen werfen."

„Aber nicht in meiner Küche, klar?" Tessa tätschelte seine Hand. „Vielleicht ist Roan einfach nur aufrichtiger als alle anderen. Hat er einen Job? Familie? Sonst irgendetwas, dass ihn an seinen Wohnort bindet?"

Jedenfalls nicht der Job, dachte Walker. „Ich weiß es nicht."

Tessa hob die Brauen. „Nun, dann solltest du das vielleicht erst mal herausfinden, bevor du die Entscheidung triffst, ihm auszumustern."

„Ich mustere ihn nicht aus", murmelte Walker. Er wusste, dass er gerade rot wurde.

„Ohhh", sagte Paps gedehnt. „Wurdest du etwa flachgelegt?"

„Joe, du beschämst den Jungen." Tessa richtete ihre klugen Augen auf ihn. „Also? Wurdest du?"

„Oh bitte, könnt ihr denn nur an das Eine denken?"

Tessa zuckte die Achseln und griff nach ihrem eigenen Kaffee. „Na ja. So, wie ich das sehe, ist alles sehr klar. Entweder willst du Roan bis zum Ende hier behalten und dann sehen, wie es sich weiter entwickelt, oder du machst bei Mikes Scharade mit. Beide sind völlig in Ordnung, Liebes. Du musst dich nur entscheiden."

„So einfach ist das, hm?"

„Ich sagte nicht, dass es einfach ist." Sie lächelte. „Also. Wen willst du als Nächsten nach Hause schicken?"

„Ich weiß es nicht." Walker stand vom Tisch auf und küsste seine Stiefmama auf die Stirn. „Danke fürs Frühstück. Ich werde jetzt ausreiten."

„Warte." Paps hielt ihn am Arm fest, als Walker ihm auf die Schulter klopfte. „Du magst ihn? Diesen Roan-Jungen?"

„Ja, aber einen von den Kandidaten zu mögen, gehörte nicht zum Plan. Ich wollte nur das Geld und dann ungeschoren davonkommen."

„Die Liebe hält sich selten an irgendwelche Pläne, Walker. Ich würde sagen: wehre dich nicht dagegen. Wenn er derjenige ist, den du willst, dann bist du es dir selbst schuldig, es mit ihm zu versuchen." Seine buschigen Brauen zogen sich zusammen, aber Walker konnte das neckische Funkeln in seinen Augen sehen. „Hab' ich dich etwa dazu erzogen, ängstlich zu sein, Junge?"

„Nein, Sir."

„Habe ich dich dazu erzogen, das Richtige zu tun?"

„Ich glaube, das war Tess", sagte Walker grinsend. Paps warf sich in die Brust und grummelte. Aber Walker lachte nur. „Ja, das habt ihr beide."

„Dann vertraue deinem Gefühl, Walker. Du wirst es merken, wenn es das Richtige ist."

Walker fuhr mit den Händen über die raue, hölzerne Tischoberfläche. Die Knoten und Risse darin waren ihm so vertraut wie sein eigenes Gesicht. „Aber ich weiß nicht, ob ich Roans Gefühlen vertrauen kann", gab er sehr leise zu. „Ich will nicht verletzt werden."

Tessa drückte seine Schulter, und er blickte auf. „Das ist etwas, das du nie wissen kannst, Liebes. Ganz gleich, wann und wo du jemanden kennenlernst. Es ist eine Chance, die du ergreifen musst. Und dann musst du nur noch entscheiden, ob es das wert ist oder nicht."

Walker seufzte und tätschelte ihre Hand. „Kümmert euch gar nicht um mich. Ich habe nur schlechte Laune."

„Ist ja nichts Neues", sagte Paps.

„Wie immer du dich entscheidest, sei nett zu dem Jungen", fügte Tessa hinzu.

„Aber nicht *zu* nett", warf Paps ein. „Geh erst sicher, dass er dich auch heiraten will, bevor du ihm erlaubst, dir seinen Schniedel reinzusteck–"

„Ich kann dich nicht hören!", rief Walker und hielt sich im Weggehen die Ohren zu. Gott, seine Eltern waren echt durchgeknallt.

Er machte kurz bei den Ställen halt und besprach mit Marlon, was heute auf der Farm alles getan werden musste, und plante den Rest der Woche mit ihm. Dann sattelte er Cormac und ritt in die verschlafene Morgendämmerung. Er war dankbar für den leichten, kühlen Morgennebel, der noch immer seine Kühe einhüllte, während sie schliefen.

Die Hitze des Tages würde noch früh genug anfangen, ihn zu plagen.

KAPITEL 15

„Lass mich in Ruhe.“

Molly summte und tippte sich mit dem Finger an ihr entzückendes, kleines Kinn. „Nein, ich denke nicht. Luke wird sich mit dir hinsetzen und dir tiefsinnige und bedeutungsvolle Fragen über deine Gefühle zum Auftauchen von Walkers Ex stellen.“

Roan erstarrte mit der Hand an der Kühlschranktür und starrte Molly finster an. Es war ihm am Tag zuvor gelungen, John aus dem Weg zu gehen, aber Molly war hartnäckiger. „Wie lange hast du schon gewusst, dass das passieren würde?“

Molly lachte. „Schon bevor wir überhaupt angefangen haben zu drehen, Schätzchen. Was hast du erwartet?“ Sie lachte immer noch, als sie sich abwandte und in das seltsam stille Wohnzimmer ging.

Früher am Tag hatten sie einen Hufeisen-Weitwurf-Wettbewerb abgehalten, dessen Gewinner sowie derjenige, der den zweiten Platz belegt hatte, im Haus bleiben durften, während all die Verlierer in der Nacht auf einem Feld campieren mussten – ohne Walker. Irgendwie hatte Roan extremes Glück gehabt und nach Ben den zweiten Platz errungen. Er glaubte nicht, dass die Produzenten auf irgendeine Weise den Wettbewerb manipuliert haben könnten, aber es war eindeutig, dass sie mit dem Ergebnis äußerst zufrieden waren. Die Atmosphäre zwischen Ben und Roan war angespannt gewesen, seit Roan gesehen hatte, dass Ben Walker geküsst hatte. Und die Kameracrew hatte ihr sehr stilles, sehr angespanntes Abendessen zusammen ununterbrochen belagert.

Roan wandte sich von Molly ab und ging nach oben, um in eine

Jogginghose zu schlüpfen. Als er an dem anderen Schlafraum vorbeikam, sah er Ben in einem der Etagenbetten liegen. Ben starrte an die Decke, als hätte die ihn beleidigt. Als Roan seine Jogginghose hochzog, beschloss er, in den sauren Apfel zu beißen und die Situation anzusprechen.

Er holte tief Luft, dann ging er über den Flur und lehnte sich an den Türrahmen des anderen Schlafzimmers. „Hey!, sagte Roan verlegen. „Ich finde, wir sollten vielleicht mal reden."

Ben verzog das Gesicht. Er sagte so lange Zeit nichts, dass Roan schon aufgeben und wieder gehen wollte, als Ben sich plötzlich aufsetzte. „Ja, okay. Du hast recht. Also reden wir."

„Ja?" Roan zögerte. Jetzt war er nicht mehr so sicher, ob er das überhaupt noch wollte. Ben drehte sich zu ihm um. Sein attraktives Gesicht sah traurig aus. „Ich wollte dir sagen, dass es mir leid tut. Wegen neulich. Es war alles …"

„Arrangiert. Eine Falle, ich weiß."

„Ja, aber das ist genau der Punkt. Ich hatte zugestimmt, dabei mitzumachen. Aus dem schlimmsten Grund." Ben verbarg sein Gesicht in seinen großen Händen. Roan blinzelte, überrascht den großen Kerl so verletzlich zu sehen. Ben sah wieder auf, und seine blauen Augen waren rot gerändert. „Ich stehe nicht mal auf Walker", sagte er leise. „Molly wollte nur, dass ich dich hochnehme, um eine Reaktion aus dir herauszukitzeln, so wie sie es ständig mit uns allen macht. Ich wollte dich aber nicht hochnehmen, Roan, weil ich …" Die Stimme versagte ihm für eine Sekunde. „Ich mache mir wirklich etwas aus dir."

Roan erstarrte und schlug eine Hand vor den Mund. Was wollte Ben damit sagen? Dass er auf Roan stand? So richtig? Oder war auch das nur eine Falle? Immerhin wurden sie immer noch gefilmt. Das machten die roten Blinklichter der Kameras überall im Raum deutlich. Und sie trugen ihre Körpermikros. Roan wusste nicht, was er glauben sollte. „Oh, mein Gott", brachte er schließlich heraus, „Sie müssen einfach für jeden eine dramatische Geschichte kreieren, oder? Kennt Walker die

Wahrheit?"

Ben schüttelte den Kopf. Seine Augen waren weit aufgerissen, der Blick düster, als hätte Roan nicht das Richtige gesagt, aber Ben korrigierte ihn nicht. „Nein. Ich habe seitdem nicht mehr mit ihm gesprochen."

„Vielleicht solltest du ihm die Wahrheit sagen. Er hat ein Recht darauf." Schuldgefühle machten Roan die Brust eng. Vielleicht sollte er seinen eigenen Rat befolgen.

„Ja", sagte Ben, legte sich wieder hin und bedeckte seine Augen mit einem Unterarm. „Das hat er."

Ratlos ging Roan zurück in sein Zimmer und sammelte die Schmutzwäsche ein, die er ordentlich in einer Ecke gestapelt hatte. Er sollte wirklich ein paar Sachen waschen, jetzt, da alle anderen fort waren und die Waschmaschinen nicht belegt waren. Vielleicht sollte er auch ganz in Ruhe ein langes, heißes Bad nehmen. Aber irgendwie hatte er keine Lust dazu. Sein Herz und seine Gedanken rasten, und das nicht auf gute Art und Weise. Er hätte niemals hierher kommen dürfen.

Es regnete wieder, also bereitete er sich etwas Kräutertee zu und setzte sich damit auf die hintere Veranda in einen der Schaukelstühle, um zuzuschauen, wie der Regen herunterprasselte. Das Wasser trommelte auf das Blechdach über ihm. Er wünschte, er könnte ein paar Fotos von der Aussicht machen und sie seiner Mutter schicken. Er schloss die Augen und malte sich stattdessen eine Unterhaltung per Textnachrichten mit ihr aus.

So hübsch. Wie geht es dir, Schatz?, würde sie vielleicht zu den Fotos schreiben.

Und er würde antworten: *Es geht mir gut.*

Ganz sicher?

Denn sie würde es wissen. Irgendwie würde sie es wissen, am anderen Ende des Landes und nach nur wenigen Worten. Roan seufzte und stellte sich vor, was er antworten würde. *Nein, es geht mir nicht gut.*

Warum nicht, Schatz?

Ich glaube, ich mag ihn wirklich.

Oh, Roan.

Mehr würde sie nicht schreiben. Das bräuchte sie auch gar nicht. Und sie würde wissen, dass er nicht darüber reden wollte, und dass jeder Versuch, ihn zu überzeugen, sich hier richtig reinzuhängen – denn genau das würde sie vorschlagen, das wusste er einfach – zu nichts führen konnte.

Roan vermisste seine Mama sehr.

Er blieb auf der Veranda, bis sein Hintern auf dem hölzernen Schaukelstuhl einschlief und taub wurde. Ihm wurde bewusst, dass er beinahe hoffte, Walker würde auftauchen, aber die Chancen dazu standen eher schlecht bei diesem Wetter. Wahrscheinlich war Walker draußen bei seinen Kühen und machte seine Arbeit. Selbst bei Regen gab es immer etwas auf der Ranch zu tun. Und er war einfach diese Sorte Mann – hart arbeitend, passioniert. Ein echter Cowboy. Roan ließ den Kopf gegen die Rückenlehne sinken und schaukelte sanft vor und zurück.

Immer wieder blitzte die Erinnerung an das, was sie auf dem Rücken von Walkers Pferd getan hatten, in seinem Kopf auf, und zwar in den ungeeignetsten Momenten. Aber er verdrängte die Bilder. Er wusste nicht, wie er sich über das, was sie getan hatten, fühlen sollte. Und wenn er gerade besonders unsicher war, empfand er nichts anderes als Scham. Während des Tages konnte er alles in die richtige Perspektive setzen und wusste, dass Walker es wirklich genossen hatte, aber in den dunkelsten, schlaflosen Stunden der Nacht, umgeben von anderen Männern, die um Walkers Aufmerksamkeit buhlten, ging er das Ereignis immer wieder im Kopf durch. Er konnte sein Gehirn einfach nicht abschalten. Das unruhige Gefühl, das von dem Ganzen zurückgeblieben war, war kein gutes.

Zumindest konnte er sich sicher sein, dass Walker gerade jetzt auch nicht mit Mike unterwegs war, da Mike bei dem Hufeisen-Wettbewerb mitgemacht hatte und nun mit den anderen campen war. Roan bedeckte seine Augen mit der freien Hand und drückte die kalte und leere

Teetasse gegen seine Brust. Er wollte nicht eifersüchtig sein; genauso wenig wollte er sich von Walker angezogen fühlen, und er wollte keine Scham darüber empfinden, wie er sexuell gepolt war. Er hatte nicht damit gerechnet, Walker so sehr zu mögen, und er wollte diesem Gefühl nicht nachgeben. Sie hatten zusammen keine Zukunft, keine Chance, und es war nicht fair von ihm, Walker in dem Glauben zu lassen, dass es anders wäre. Er atmete zitternd ein.

Er musste heim zu seiner Mutter.

Plötzlich fehlte sie ihm, als wäre sie bereits tot, mit einer Intensität, die ihn dazu brachte, seine Tasse auf dem Boden der Veranda abzustellen, dann sank er vornüber und umarmte sich selbst. Ein roher, tiefer Schmerz erfüllte ihn. Er musste unbedingt nach Hause!

Er konnte nicht länger weitermachen. Und er sollte es auch nicht. Walker verdiente etwas Besseres.

Roan wartete bis zum nächsten Morgen. Nachdem die anderen von einer elendigen Nacht in Zelten zurückgekehrt waren, stellte er Molly, die im Wohnzimmer durch ihr Handy scrollte. Mike warf Roan einen neugierigen Blick zu, den Roan völlig ignorierte.

„Ich will nach Hause.“

Molly hob eine Augenbraue. „Wie bitte?“

„Ich will nach Hause. Ich muss bei meiner Mutter sein.“

Ein Hauch untypischer Anteilnahme blitzte in Mollys Gesicht auf. „Hat sich ihr Zustand verschlechtert? Hast du einen Anruf erhalten, von dem wir nichts wissen?“

„Nein. Aber ich weiß, dass es ihr auch nicht besser geht, und ich habe viel zu lange nicht mehr mit ihr gesprochen.“ Er kratze nervös an seinen Armen. „Ich muss nach Hause.“

Mollys Miene verhärtete sich, und sie verengte die Augen. „Wie wäre es damit: wir lassen dich einen Anruf zuhause machen. Natürlich vor der Kamera. Und mit Walker, der zuhört und–“

„Nein.“

„Nein? Das war ein sehr großzügiges Angebot.“

„Das du nur gemacht hast, um die Krankheit meiner Mutter für mehr Drama auszunutzen, und das werde ich nicht zulassen. Ich will sie sehen. Ich will nach Hause."

Molly nahm einen langen, langsamen Atemzug, dann sagte sie gepresst: „In diesem Fall lass es mich ungeschönt ausdrücken, Hipsterboy. Wir befinden uns in Woche vier, und in deinem Vertrag steht unmissverständlich, dass, solltest du vor Ende der vierten Woche und/oder unter irgendwelchen Umständen, denen Andy und ich nicht zustimmen, die Show verlassen, du nicht bezahlt wirst." Molly zeigte mit ihrem Stift auf ihn. „Wir stimmen deinem Anliegen nicht zu. Kapiert?"

Roan knirschte mit den Zähnen.

Das Bluetooth-Gerät in ihrem Ohr fing an, rot zu blinken. „Überleg es dir gut, Roan", sagte sie. Dann drehte sie sich um und ging, wobei sie an den Knopf in ihrem Ohr tippte und Roan noch einmal anfuhr: „Und überleg schnell."

Er starrte ihr hinterher, und sein Magen drehte sich um. Bevor er zurück auf die Veranda ging, um auf die Felder hinaus zu blicken, rieb er sich mit beiden Händen das Gesicht. Ein kaltes Grauen flutete seine Adern, wie der Regen, der vom Himmel fiel.

„Ich weiß nicht, was ich tun soll", flüsterte er. „Sag mir, was ich tun soll, Mama. Ich bin jetzt gerade so verwirrt."

Der Himmel öffnete alle Schleusen, und es regnete wie aus Eimern. Das Wasser prasselte auf das Blechdach, und die Dachrinnen liefen über. Ein paar Tränen rannen Roan über die Wangen. Er wischte sie mit dem Handrücken weg, hob das Kinn und drehte sich um, um wieder hinein zu gehen.

ROAN LEGTE MIT den Fingern den längeren Teil seines schwarzen Haares in Form. Er zupfte an einer besonders störrischen Locke, bis sie über seine Stirn fiel. Er strich sein Hemd glatt und zog an der bordeauxfarbenen Samtjacke. Seine schwarze Hose saß so eng, dass sie praktisch wie aufgemalt wirkte. Er hatte dieses Outfit für den Fall mitgenommen, dass er es bis zu den letzten beiden Folgen der Show schaffen sollte, aber …

Nun ja.

„Showtime, Mädels!", rief einer der Kandidaten durch den Flur.

„Bereit?", fragte Chad ihn.

Roan versuchte zu lächeln. „Na, klar."

„Hey! Nervös? Du weißt doch, dass es nichts gibt, worüber *du* dir Sorgen machen müsstest, oder?" Chad sah gut aus. Er trug einen Kaschmirpulli in babyblau mit V-Ausschnitt, der sein Lächeln leuchten ließ. Es war ein bisschen seltsam, um ehrlich zu sein, weil er der Einzige war, dem es egal zu sein schien, ob er mehr Zeit mit Walker verbringen konnte oder nicht. Roan hatte schon ein paarmal gesehen, wie Chad für die Kameras dick auftrug, aber bei Chad war das etwas anderes – wie bei diesem komischen Kuss, den er von Walker bekommen hatte. Wieso war Chad wirklich hier? Darüber hatten sie nie gesprochen.

„Eigentlich habe ich nachgedacht …", fing Roan an. Dann blieben ihm die Worte im Hals stecken, als Mike ins Zimmer spazierte. Er kam aus dem Bad und trug lediglich ein Handtuch um die Hüften. Wieso in aller Welt musste er hier bei ihnen schlafen? Und wieso hatte er sich für Roans Zimmer entschieden, und nicht für das Zimmer gegenüber?

„Hey, Leute", sagte er uns zwinkerte Roan übertrieben zu. Als würde er all seine Geheimnisse kennen. Das machte er ständig, und es machte Roan verrückt. Er knirschte mit den Zähnen und kämpfte gegen eine peinliche Röte an. Mike fuhr fort: „Wenn hier nicht meine schärfsten Konkurrenten zusammen sind. Siehst gut aus, Roan."

„Du auch", grummelte Roan.

„Hey, Mann", sagte Chad, als Mike auch ihn begrüßte, als wäre er nicht gerade tropfnass und würde nicht seine große, muskulöse Statur präsentieren. Das plötzliche Auftauchen von Walkers Ex warf Chad nicht im Geringsten aus der Bahn. Chad wandte sich wieder an Roan.

„Wo waren wir stehen geblieben?"

„Nicht wichtig", murmelte Roan und verließ den Raum, damit er nicht länger Mikes perfekte Arme oder sein perfektes Gesicht und seinen Waschbrettbauch sehen musste. Oder den knackigen Hintern, den er zur Schau stellte. Verdammt. Wieso nur war er so eifersüchtig? Noch eine Woche, dann würde er hier weg sein. Wahrscheinlich.

„Es geht das Gerücht, dass du und Walker euch geküsst habt, Und zwar echt geküsst." Chad folgte Roan nach unten. Als er nur Schweigen zur Antwort bekam, drückte er behutsam Roans Arm. „Es ist nicht alles fake, weißt du?"

Roan nickte, brachte aber kein Wort heraus. Automatisch suchten seine Augen den Raum ab, und exakt in dem Moment, als Roan ihn entdeckte, blickte Walker auf. Verdammt. Walker sah heiß aus. Er trug einen Nadelstreifenanzug, der seine muskulöse Brust betonte und sich eng an seine kräftigen Schenkel schmiegte. Am liebsten hätte Roan ihm das Ding vom Leib gerissen – den Anzug ordentlich aufhängen – und dann seinen Cowboy angesprungen.

Und dieses Mal nach seinen eigenen Regeln.

Ihre Blicke trafen sich, und Roan spürte wieder diesen Stromschlag von was immer es war, das die Atmosphäre zwischen ihnen so auflud. Es packte ihn und drehte ihm den Magen um. Walker machte eine kleine Bewegung, als wollte er zu ihm herüberkommen, aber Roan wich seinem Blick aus.

Alle lungerten ein Weilchen im Wohnzimmer herum und versuchten, höflich Konversation zu betreiben, aber man konnte die angespannte Erwartungshaltung im Raum fast greifen. Roan ging davon aus, dass es nur noch schlimmer werden würde, je länger der Abend sich hinzog. Schließlich konnte er nicht länger so tun, als würde er Walker nicht ansehen wollen, und sein Blick wanderte automatisch in dessen Richtung. Jetzt stand plötzlich Mike neben ihm.

In einem zu Walkers passenden Scheiß-Anzug.

„Fieses Manöver, oder?"

„Was?" Roan drehte sich zu Victor um.

Der nickte in Richtung Walker und Mike. „Den Ex anzuschleppen? Arschlöcher! Und ihn dann auch noch in den gleichen Anzug zu stecken ..."

Roan drehte sich der Magen um.

Victor fuhr fort: „Du kaufst ihnen das doch nicht etwa ab, oder doch? Sie wollen doch nur ein paar Aufnahmen von dir, auf denen du ganz grün vor Eifersucht bist, damit alles viel dramatischer aussieht, als es in Wirklichkeit ist." Victor drückte Roans Arm. „Aber glaub mir, die beiden werden nie und nimmer wieder zusammen kommen."

Roan schaute zurück zu den beiden. Mike zupfte gerade irgendetwas von Walkers Krawatte, und es war sehr offensichtlich, wie vertraut sie miteinander waren.

„Ich weiß nicht", sagte er zweifelnd. Nicht, dass es für ihn von Bedeutung war, Nicht im Geringsten. *Nur noch eine Woche.* Dann würde er zuhause sein, bei seiner Mama, wo er hingehörte.

Victor zuckte mit den breiten Schultern, „Ich verschwende hier sowieso nur meine Zeit."

„Wie meinst du das?"

Victor drehte sich zu ihm um und warf ihm einen verständnislosen Blick zu. Er sah wunderbar aus in einem smaragdgrünen Hemd, das sich eng an seine gebräunte Haut schmiegte, und mit Schuhen, die ihn noch größer erscheinen ließen, als er ohnehin schon war. „Ich habe nicht erwartet, irgendetwas für den Kerl zu empfinden, und das tue ich auch nicht. Nicht wirklich. Aber er ist ein guter Mensch, und er verdient auch einen guten Mann. Und das bin ich nicht."

„Nein?"

Victor lachte. „Nein. Für mich geht es hier nur ums Geld."

„Aber ich bin auch wegen des Geldes hier", gestand Roan. „Ich bin also auch nicht besser als du."

„Vielleicht hat es so für dich angefangen, aber ..." Victor schaute vielsagend in Walkers Richtung. „Du machst dir selbst etwas vor,

Kleiner, wenn du glaubst, niemand hier hätte mitbekommen, wie sehr ihr aufeinander abfahrt."

Roan schluckte schwer und rieb sich die Arme. Victor schlenderte davon und überließ Roan seinen Gedanken. Sollte er es wagen, sich Hoffnungen zu machen? War es vermessen zu denken, es könnte etwas Echtes aus ihnen beiden werden? Sein Blick wanderte erneut zu Walker, der ihn ebenfalls ansah. Roan hob die Hand, um ihm leicht zuzuwinken. Walkers Lippen zuckten, und seine Mundwinkel verzogen sich zu einem kleinen Lächeln.

Roans Herz tat einen Hüpfer. Vielleicht würde er doch die vollen sechs Wochen durchhalten, falls möglich, und das nicht wegen des Preisgeldes. Sondern wegen der Schmetterlinge in seinem Bauch und wegen dem Pulsieren seines Blutes. Seine Seele schien sich in den Himmel zu erheben, nur wegen des kleinen, liebevollen Lächelns, das Walker ihm geschenkt hatte.

Eine schwere Hand packte seinen rechten Bizeps und zog ihn in die weniger überfüllte Küche. „Hey! Was …?" Roan verbiss sich den Rest der Frage, als er sah, wer ihn da festhielt.

Johns Miene war grimmig, aber sein Ton war gemäßigt, als er sagte: „Roan. Es ist deine Mutter."

Erneut drehte sich sein Magen um, aber ganz anders als vorhin, nachdem Walker ihn angelächelt hatte. Nein. Jetzt war der Grund kaltes, krankes Entsetzen. „Was ist los?"

„Verfall jetzt nicht in Panik, aber wir haben einen Anruf erhalten und–"

Roans Puls beschleunigte sich, und er konnte Johns Worten nicht weiter folgen. Sie klangen weit entfernt und wie in Zeitlupe oder unter Wasser. Sie hörten sich nicht einmal wie eine bekannte Sprache an. Roan blinzelte hilflos. Bittere Galle kam ihm hoch.

Sie hatten einen Anruf erhalten.

Sie hatten einen Anruf erhalten.

Seine Mutter hätte das nie zugelassen, außer … *außer …*

Roan schoss zur nächstgelegenen Tür. Er drängte sich durch einige Crewmitglieder zum Rand der Veranda. Draußen war es heißer als in des Teufels Achselhöhle, aber Roan bemerkte es kaum. Er zitterte am ganzen Körper. Dann beugte er sich über das Geländer und übergab sich wieder in die Büsche.

Plötzlich war John an seiner Seite. „Mann, oh, Kacke. Ich brauche hier draußen sofort einen Sani. Oh, verdammt, und sie sollen etwas Mundwasser für Roan mitbringen."

„Ich wusste, dass etwas nicht stimmt", flüsterte Roan und wischte sich mit dem Handrücken über den Mund. „Ich hab's im Magen gespürt. Gestern Abend. Den ganzen Morgen über." Er übergab sich erneut; er würgte und würgte. Johns Hand hielt ihn aufrecht, und dann drückte ihm jemand eine Flasche Wasser in die Hand.

„Okay, beruhige dich" sagte John und beobachtete ihn mitfühlend beim Trinken. „Es wird alles gut. Atme." Er reichte Roan das Mundwasser, das ein Crewmitglied geholt hatte. Roan spülte sich den Mund aus. Der Alkohol brannte auf seiner Zunge. Er spuckte auch das in die Büsche, dann wandte er sich mit flehendem Blick zu John um.

„Ich muss mit ihr reden. Jetzt. Bitte. *Bitte*."

John sah sich nervös um. Aber dann nahm er sein Handy heraus und gab es Roan. „Okay, aber wir werden das filmen, Kumpel."

Roan war jetzt alles egal – er nahm das Telefon, sprang von der Veranda und lief in der Hitze auf und ab. Schweiß sammelte sich an seinem unteren Rücken und lief ihm über die Schläfen und an den Seiten seines Gesichts herunter. Die Kameramänner klebten an seinen Fersen und liefen auch vor ihm her. Er hasste sie, hatte aber nicht die Zeit, ihnen zu sagen, sie sollten verschwinden.. Außerdem wusste er, dass sie es ohnehin nicht tun würden.

Zuerst wählte er den Festnetzanschluss des Hauses. Ohne Erfolg. Dann versuchte er es mit dem Handy seiner Mutter. Auch das führte zu nichts. Mit zitternden Händen wählte er die Nummer ihrer Nachbarin Lindsay, deren Telefonnummer sich zum Glück seit zwanzig Jahren nicht geändert hatte. Nicht, seit er sich die Nummer als Notfallkontakt für die Schule eingeprägt hatte.

„Was ist passiert?", fragte er, sobald sie abnahm. „Wie geht es Mama?"

Lindsay seufzte. „Oh, Liebes."

Roan sank im Dreck vor der Veranda auf die Knie. Vage spürte er, wie Nässe den Stoff seiner liebsten schwarzen Hose durchtränkte. Es kümmerte ihn einen Scheiß. „Lindsay? Was? Sag schon!"

„Es geht ihr nicht gut, Roan. Du musst zum nächsten Flughafen fahren und nach Hause kommen, sobald du kannst."

„Oh, mein Gott." Er beugte sich nach vorn und drückte die Stirn in die nasse Erde. Sein Magen schien sich nach außen stülpen zu wollen. Kameraleute gingen neben ihm in die Hocke. Er kniff die Augen zu und flüsterte: „Was ist passiert?" Er spürte die Kameras mehr, als er sie sah, und fühlte sich wie in einer klaustrophobischen Hölle, die ihn von allen Seiten einengte.

„Sie ist irgendwann heute Vormittag zusammengebrochen, Liebes. Ich habe sie am Nachmittag bewusstlos auf dem Küchenfußboden gefunden. Die Sanitäter gingen davon aus, dass sie mindestens schon ein paar Stunden so dagelegen hatte."

„Scheiße." Roan schloss seine Faust um ein Bündel nassen Grases.

„Sie ist jetzt im Krankenhaus, aber bis jetzt habe ich keine Neuigkeiten gehört. Sie hat Probleme beim Atmen, Roan."

„Nein. Nein, nein, nein." Er verzog das Gesicht zu einer schmerzerfüllten Grimasse. Es war ihr schlimmster Albtraum, in ihrer eigenen Lungenflüssigkeit zu ertrinken. „Ich bin unterwegs", flüsterte er und setzte sich langsam auf. Er gab John, der knapp außerhalb der Reichweite der Kameras alles mitgehört hatte, das Telefon zurück. Roan stockte der Atem. Seine Ohren klingelten, und alles drehte sich. Er nahm sich einen Moment Zeit und blieb sitzen, die Augen geschlossen. Die schwüle Hitze brannte auf seinem Gesicht. Ihm brach am ganzen Körper Schweiß aus, aber er ignorierte das. Er wünschte, die letzten fünf

Minuten wären nie passiert.

Er erschrak, als jemand von der Veranda aus rief; „Andy! Bleib zurück!" Roan blickte auf und sah, dass dort eine ganze Gruppe Leute stand und ihn beobachtete – alle übrig gebliebenen Bewerber, die anderen Produzenten sowie die halbe Crew. Andy selbst war wie angewurzelt auf halbem Weg zwischen der Veranda und Roan stehen geblieben.

Dann war plötzlich Walker neben ihm im Gras und legte ihm eine Hand auf den Rücken. „Oh, Gott, kleiner Löwe. Was ist passiert?"

„Ich muss nach Hause", flüsterte Roan. Tränen rannen ihm übers Gesicht, Walker nahm Roans Gesicht in beide Hände und wischte die Tränen mit seinen Daumen weg.

„Okay. Was immer du brauchst, Roan. Was ist passiert? Was kann ich tun?"

„Ich … muss einfach nach Hause. Meine Mutter ist schwer krank. Ich hab' dir das nie erzählt, aber es ist ernst. Und sie ist der einzige Grund, warum ich hier bin. Sie … sie hat Krebs. Ich bin wegen des Geldes hergekommen. Es ging mir nie um dich. Ich brauchte das Geld für ihre Behandlung. Aber es geht ihr nicht gut. Und … sie ist im Krankenhaus. Es ist schlimm. Ich muss gehen."

Walkers Miene wurde ausdruckslos. „Okay", sagte er. „Jemand wird dir einen Flug buchen und dich zum Flughafen bringen, und wenn ich es selbst tun muss." Er warf John einen finsteren Blick zu, und auch einen zu Andy, der immer noch auf halbem Weg erstarrt dastand und alles mit einem seltsamen Gesichtsausdruck beobachtete. „Und Roan, ich habe wirklich nicht– oh, verfluchte Scheiße, soll das ein Witz sein?"

Roan riss den Kopf hoch und sah, dass die anderen Bewerber nähergekommen waren und eng um sie herumstanden. Sie alle trugen übertrieben süßliche, traurige Mienen zur Schau. „Scheiß auf alles hier."

Roan riss sich von Walker los und stand auf. Er drängte ich durch die Leute und rannte ins Haus. Er ließ eine Spur aus Tränen und Schlamm hinter sich zurück. Er hatte keine Zeit für falsches Mitgefühl oder Worte, die scheinbar trösten sollten, aber nur für die verdammte Show waren.

Seine Mama lag im Sterben, und er musste nach Hause.

KAPITEL 16

„IM VERTRAG STEHT, dass, sollte er vor Ende der vierten Woche die Show verlassen, er keinen Cent erhält", sagte Andy, der langsam den Vertrag durchblätterte. „Allerdings hat er eine Klausel, wonach er ohne Vertragsstrafe gehen darf, wenn es um die Krankheit seiner Mutter geht. Das ist jedoch nicht dasselbe wie die Zusicherung, dass er wochenweise ein Honorar erhält."

„Das glaube ich dir nicht, verdammt!", schrie Walker. Es war ihm egal, wer ihn hören konnte. „Du herzloses Arschloch!"

Andy fuhr sich mit der Hand über das Gesicht und zog eine Grimasse. „So sind die Regeln, Cowboy. Ich kann nicht einfach hingehen und Verträge brechen. Dann würden sie ja gar keinen Sinn machen. Sie würden jede Wirkung verlieren."

Walker starrte ihn an. „Was ist mit dem Sinn und der Wirkung von ein bisschen menschlichem Mitgefühl und Anstand?"

„Sieh mal, das ist, worauf wir uns geeinigt haben."

„Aber Roan hat überhaupt nur wegen dieses Geldes teilgenommen."

„Richtig. Genau wie Chad und Ben und alle anderen auch, dich eingeschlossen, verfluchte Scheiße." Andy zog die Brauen hoch und nickte hinüber zu Ben, der immer noch dastand und das Gespräch mit kummervoll angespannter Miene verfolgte. „Obwohl ich glaube, dass Bens Motivation sich in den letzten beiden Wochen geändert hat. Nicht wahr, Ben, Schätzchen?"

„Und weshalb genau ist Ben jetzt noch hier?", fragte Walker gereizt.

„Ich bin in Roan verliebt."

Walker wirbelte zu ihm herum. Ben stand einfach da, mit den Händen in den Taschen seiner Jeans. Sein weißes T-Shirt spannte über seiner breiten Brust.

„Was hast du gesagt?", fragte Walker sehr leise.

„Ich hatte ja nicht geplant, mich in ihn zu verlieben, aber es ist nun mal passiert. Ich hatte gehofft, nach dem Ende der Show für ihn da sein zu können. Aber das spielt jetzt keine Rolle mehr. Weil du ebenfalls in ihn verliebt bist. Und du derjenige bist, den er will."

„Oh, die Liebe kommt in vielen prachtvollen Facetten, Cowboy", sagte Andy, aber er klang traurig. „Und sie ist vollkommen unvorhersehbar. Ganz gleich, wie wir versuchen, sie zu produzieren."

„Ich fahre nach Hause", sagte Ben. Er sah geradezu schmerzhaft verlegen aus, und Walker versuchte, wenigstens einen Hauch von Mitleid für ihn zu empfinden, aber es gelang ihm nicht.

Andy stemmte die Hände in die Hüften. „Du fährst nirgends hin, oder du wirst ebenfalls nicht bezahlt. Auch du hast einen Vertrag, in dem das festgehalten ist. Großer Gott, diese ganze Produktion geht total den Bach runter. Ich habe noch nie mit einem Haufen von derartig undankbaren Kandidaten gearbeitet."

Walker kochte innerlich. Am liebsten hätte er Andy eine reingehauen. „Falls du mir damit sagen willst, dass das vorhin mit Roan nur ein arrangierter Showact–"

„Nein, seine Mutter ist wirklich krank", sagte Andy. Seine verärgerte Miene wich einem aufrichtig wirkendem Ausdruck von Zerknirschung. „Wie der Kleine sagte, sie war der Grund, warum er überhaupt mitgemacht hat. Sie können sich so eine neue, experimentelle Behandlung nicht leisten. Und wie es jetzt aussieht, scheint sie die nun auch nicht mehr zu benötigen."

Walker bedeckte sein Gesicht mit den Händen. „Oh, mein Gott, was ist nur mit euch Leuten los? Wie könnt ihr das wissen und ihm die Bezahlung verweigern?" Er riss die Hände in die Luft und starrte Andy finster an. „Hat deine Mutter dich als Kind nicht geliebt oder sowas? Ich will, dass dieser ganze Mist jetzt endet. Auf der Stelle."

Andy nahm ein Stück Käse von dem Teller, der auf dem Küchenschrank stand und biss hinein. Dann kaute er nachdenklich. „Nein, die Show lässt sich nicht verkürzen. Aber es gibt eine Lösung. Dein fester Freund Mike kann dich retten. Dann verzichten wir auf die heutige Ausscheidung. „Wir werden ein paar traurige Szenen von Roan zusammenschneiden, in denen er weint und dann geht, auch von Ben, wie er weint und geht, falls er unbedingt darauf besteht, ebenfalls sein eigenes Leben zu sabotieren. Dazu auch ein paar Szenen von dir, in denen du niedergeschlagen wirkst und auch ein bisschen hin- und hergerissen, nachdem du erfahren hast, dass Roan doch nicht hier war, um dein Herz zu gewinnen."

Walker blinzelte heftig. Meinte der Typ das ernst?

„Und nächste Woche kannst du Victor oder Chad nach Hause schicken." Andy nickte vor sich hin. „In der Woche darauf kannst du dich dann für Mike entscheiden. Du gehst auf ein Knie herunter und machst ihm einen Heiratsantrag. Mit einem strahlenden Lächeln im Gesicht. Und fertig. Klappe und aus. Mein Mann bekommt seine schwule Datingshow, die in wahrer Liebe endet, und ich komme lebend aus diesem Schlamassel raus. Nächstes Mal – falls es ein nächstes Mal gibt – werde ich mir einen dankbareren Bachelor aussuchen."

„Unglaublich", sagte Walker.

„Nein, *du* bist unglaublich", keifte Andy „Du hast dich für die Show beworben und dem Vertrag zugestimmt. Und jetzt verhältst du dich, als wäre das alles unfair dir gegenüber. Das ist nicht der Fall. Wir zahlen dir ein hübsches Sümmchen und retten dir deinen insolventen Arsch, indem wir dich zum Star dieser Show machen."

Walker wollte widersprechen, aber das konnte er nicht wirklich. Was Andy sagte, entsprach der Wahrheit.

„Aber zerbrich dir nicht deinen kleinen Cowboykopf deswegen. Wir werden ein verkäufliches Produkt haben, wenn wir diese Farm wieder verlassen, verdammt. Du musst lediglich so tun, als wärst du unentschlossen, was Ben betrifft, in der nächsten Woche ein wenig Interessen an den andern zeigen und dann deine Gefühle für Mike wieder aufflammen lassen. Es wird alles vorüber sein, bevor du dich versiehst."

Walker knirschte mit den Zähnen. Nichts von all dem spielte eine Rolle. „Was passiert mit Roan?"

„The Show must go on, Schätzchen", sagte Andy und gestikulierte zur Treppe, die zu den Schlafzimmern führte. „Er packt gerade seine Sachen. Er wird uns verlassen, solange wir noch halbwegs anständiges Licht haben."

„Damit ihr ihn dabei filmen könnt?"

„So läuft das nunmal." Irgendwie klang Andy entschlossen und traurig zugleich. Andy hob das Kinn und schaute auf etwas hinter Walker, dann fragte er: „Laufen die Kameras?"

Walker drehte sich um und sah Roan am Fuß der Treppe warten. Er trug seine typische skinny Jeans, aber dieses Mal einen bequemen Pulli dazu, dessen Halsausschnitt so ausgeleiert war, dass er über eine Schulter herunterrutschte. Walker verspürte einen seltsamen Schmerz in seinem Inneren. Diesen lockeren Roan ohne seine Designerklamotten hätte er gern näher kennengelernt. Aus dem Augenwinkel sah er, wie John Andy zunickte und bestätigte, dass sie bereits filmten. Walker war das völlig egal.

„Es tut mir so leid wegen deiner Mutter", sage er und nahm Roans Hand. „Wirklich. Ich hoffe, dass sie okay ist, wenn du ankommst. Falls es irgendetwas gibt–" Walker schüttelte den Kopf. Was konnte er schon tun, Tausende von Meilen entfernt? „Falls es irgendeinen Unterschied für dich macht, ich verstehe das. Warum du hier mitgemacht hast, meine ich. Und ich nehme es dir nicht übel. Wie ich bei unserem Ausritt sagte, wir alle haben unsere Gründe. Ich habe zugestimmt, bei diesem Wahnsinn mitzumachen, weil wir ebenfalls das Geld brauchen. Ich hoffe nur ..." Er verstummte aus Angst, es laut auszusprechen. Und das musste er auch nicht.

Roans dunkle Augen glänzten feucht und waren ein wenig geschwollen, so als hätte er oben geheult, auch wenn er im Augenblick nicht mehr weinte. „… dass nicht alles fake war?", flüsterte er. Er drückte Walkers Hand. „Das war es nicht. Zumindest nicht von meiner Seite."

Walker öffnete den Mund, um zu sagen, dass es für ihn ebenfalls so war, aber er brachte die Worte nicht heraus.

„Der Wagen ist hier", sagte jemand von der Tür her, und Roan trat einen Schritt zurück.

Walker ließ ihn los.

„Bringen wir's hinter uns", sagte Roan zu Andy und ging ins Wohnzimmer. Dort verabschiedete er sich hölzern von den anderen Kandidaten, während die Kameras liefen und Walker ihn beobachtete. Einzig Chad und Ben bekamen ein wenig mehr Drehzeit. Darüber war Walker eigentlich nicht überrascht. Die „Liebesgeschichte" zwischen Roan und Ben würde ohne Zweifel so zusammengeschnitten werden, dass sie den Zuschauern als zusätzliches Drama verkauft werden konnte, Walker folgte Roan nach draußen. Als sie auf der Veranda standen, stellte Roan seine Taschen ab und drehte sich um. Irgendjemand kam auf die Veranda und brachte die Taschen zu einem wartenden Range Rover.

„Also", sagte Roan. Er räusperte sich und starrte auf die hölzernen Planken unter seinen Füßen. „Danke. Für alles. Es war toll, dich kennenzulernen. Und du hast eine wundervolle Ranch hier."

Walker starrte ihn an, und der Schmerz, der angefangen hatte, ihm die Brust eng zu machen, breitete sich in seinem ganzen Körper aus. „Roan", flüsterte er, aber Roan entfernte sich bereits von ihm und schüttelte kaum merklich den Kopf, während der Abstand zwischen ihnen wuchs, sowohl körperlich als auch emotional. Walker stammelte: „Ich … es war schön, dich hier zu haben." Er wusste nicht, was er sagen sollte; sein Hirn war wie ausgehöhlt, während es gleichzeitig schrie: *Ich will nicht, dass du gehst. Ich will mit dir gehen.* „Lass mich wissen, wie es dir geht, ja? Und wie es mit deiner Mutter geht?"

„Ich weiß nicht, ob das eine so gute Idee ist", flüsterte Roan. Seine

Unterlippe zitterte ein wenig. Plötzlich trat er auf Walker zu, umarmte ihn heftig, aber kurz, und dann war er weg. Walker hätte ihn am liebsten zurückgezerrt und ihn leidenschaftlich geküsst. Er wollte sagen, was immer Roan hören musste, aber er tat nichts dergleichen. Roan wollte offensichtlich keinen solchen Abschied, und das Mindeste, was Walker tun konnte, war, Roans Wünsche zu respektieren.

„Mach's gut", sagte Walker leise, auch wenn Roan längst außer Hörweite war. Walker war sich nur vage bewusst, dass er die ganze Zeit gefilmt wurde, während er dastand und zusah, wie der Range Rover in den Sonnenuntergang davon fuhr.

Andy hatte als seinen Star einen einsamen Cowboy gewollt, der sich nach Liebe sehnte, nicht wahr?

Tja, er hatte bekommen, was er wollte.

WOCHE FÜNF

SCHWARZE MOMENTE

Kapitel 17

„Kannst du nicht wenigstens so tun, als würdest du drauf stehen?“

„Hmm? Oh, sorry.“ Walker schaute Mike an und verzog bedauernd das Gesicht. Dann warf er einen reuevollen Blick zu John. Er konnte nicht anders, als erneut eine kleine Grimasse zu ziehen – die Tischdeko, die die Crew in einer der Scheunen zusammengestellt hatte, war einfach zu lächerlich. Er und Mike drehten ein romantisches Abendessen im Stroh, mit Lichterketten, die das Sternenzelt symbolisieren sollten. Wahrscheinlich sah es für die Kameras gut aus, aber seine Vorstellung von einem romantischen Essen zu zweit vertrug sich nicht mit dem Geruch von Pferdemist. „Tut mir leid, ich bin mit meinen Gedanken woanders.“

„Das merke ich. Hast du etwas von ihm gehört?“

Walker konzentrierte sich auf das Weinglas, mit dem er schon die ganze Zeit herumfummelte. „Von wem?“

Mike sagte nichts. Walker seufzte. Es war die letzte Woche der Show. In der vergangenen Woche war Ben nach Hause gefahren, nachdem er während der Eliminierungszeremonie gestanden hatte, in Roan verliebt zu sein. Walker hatte so getan, als wäre er geschockt, hatte Ben kein Hufeisen gegeben, und damit war es erledigt. Ben hatte seine Sachen gepackt und war gegangen, nachdem er sich erneut bei Walker entschuldigt hatte. Walker hatte das nicht einmal genug interessiert, um sauer zu sein, insbesondere, da er vollkommen verstand, was Ben in Roan sah. Er wünschte nur, er wüsste, ob Roan Bens Gefühle vielleicht erwidert hatte. Ein verdrehter, eifersüchtiger Impuls in ihm befürchtete, dass Roan und Ben in diesem Moment zusammen waren.

„Nein", sagte er. „Ich habe seit seinem Weggang nichts von Roan gehört. Die Produzenten hätten mich nicht einmal mit ihm sprechen lassen, selbst wenn er versucht hätte anzurufen. Regeln. Verträge. Und das alles. Als ich sie danach fragte, hatten sie keine Informationen für mich."

„Schnitt!", rief der Regieassistent. Ein Gaffer eilte aufs Set, um sich um ein Beleuchtungskabel zu kümmern.

„Jungs, ihr sollt euch auf einander konzentrieren, nicht auf einen anderen, bereits eliminierten Kandidaten", fauchte John.

Mike ignorierte ihn und fragte Walker: „Hast du versucht, ihm durch die Produzenten eine Nachricht zukommen zu lassen?"

„Ich habe ihnen einen Brief gegeben. Ich habe sie gebeten, ihn abzuschicken, aber ich weiß nicht, on sie das gemacht haben oder nicht. Aber wie auch immer – er ist fort, und ich habe nicht ein einziges Wort von ihm gehört. Ich finde, wenn er mit mir in Kontakt treten wollte, hätten die Produzenten mir zumindest das weitergeleitet. Dass er es versucht hat. Denkst du nicht? Vielleicht ist es die Wahrheit, dass er wirklich nur wegen des Geldes mitgemacht hat?"

Walker verstand den Wink mit dem Zaunpfahl. Es war ein ziemlich großer Zaunpfahl. Roan war fort und verschwendete in diesen Tagen offenbar keinen Gedanken an Walker.

„Es spielt keine Rolle. Jeder hier ist wegen des Geldes dabei."

„Abgesehen von dir."

„Abgesehen von mir." Mikes Augen funkelten. „Also hast du mich jetzt am Hals. Wirst du mir am Ende dieser Woche einen Antrag machen? Ich habe gehört, der Ring ist wirklich schön."

Walker schnaubte. „Vielleicht will ich ja, dass *du mir* einen Antrag machst", sagte er. Dann schob er sein Weinglas weg. Er hatte den Wein kaum angerührt.

John stöhnte und rieb sich das Gesicht. „Mach schon, beeil dich", schalt er den Gaffer ungehalten. „Wir verpassen hier gerade den guten Stoff.“

Walker sagte: „Ich glaube, ich werde einfach niemanden auswählen.“

Mike griff sich ans Herz. „Autsch.“

„Ach, komm. Sag nicht, dass du diese Scharade tatsächlich fortsetzen willst!“

„Wieso nicht?“ Mike fuhr sich mit der Hand durch sein blondes Haar, „Geben wir den Zuschauern ihre Romanze. Sie muss ja nicht fake sein, oder? Die Romanze … oder der Antrag …“

Walker brach in verblüfftes Gelächter aus. In einer Pferdebox ein wenig den Gang hinunter stampfte Callie oder Cormac mit den Hufen. „Muss nicht fake sein? Was soll das heißen?“ Zu seiner Überraschung wurde Mike rot. In all ihrer gemeinsamen Zeit hatte er Mike nicht ein einziges Mal rot werden gesehen.

„Ich meine natürlich nicht, dass wir sofort heiraten müssen. Du brauchst Zeit, um … ein paar Dinge zu überwinden“, sagte Mike. Er griff nach Walkers Hand. Walker war zu verdattert, um sie wegzuziehen. Der Gaffer verließ in gebückter Haltung das Set. Der Regieassistent rief den Kameraleuten zu weiterzudrehen. „Ich habe es wirklich genossen, die letzten Wochen mit dir zu verbringen. Das hat mir klar gemacht, was für ein Idiot ich war, dich zu verlassen. Jeder, der so viel Glück hat, von dir geliebt zu werden, wäre dumm, würde er das ruinieren, indem er darauf besteht, einen unerwünschten Dritten in die Beziehung hineinzuziehen.“

„Was willst du damit sagen?“, fragte Walker heiser.

„Ich denke, was ich sagen will – nein, was ich *frage*, ist, ob du in Betracht ziehen würdest, es noch einmal mit uns zu versuchen? Ganz ernsthaft?“ Er hob den Kopf und sah Walker in die Augen. „Du hast mir gefehlt.“

„Aber das liegt Jahre zurück. Ich …“ Walker verengte die Augen. „Machst du das jetzt für die Kameras? Ist das alles nur für die Show? Denn ich sage dir jetzt, Mike, das ist nicht witzig!“

„Keine Show", flüsterte Mike. Eine Sekunde lang drückte er krampfhaft Walkers Hand. Und dann beugte er sich nach vorn und küsste ihn.

Es war nur ein kurzes Aufeinanderdrücken ihrer Lippen. Ein warmer, trockener, liebevoller Kontakt. So vertraut, dass es Walker flau im Magen wurde.

Er hatte Mike ebenfalls vermisst. Einmal hatte Mike ihm so sehr gefehlt, es hatte sich angefühlt, als hätte ihm jemand etwas aus der Brust gerissen. Aber das war jetzt schon Jahre her, und nun …

„Ich kann nicht", krächzte Walker. „Es tut mir leid."

Mike setzte sich zurück und nickte. „Wegen Roan?"

„Teilweise, aber nicht nur."

„Er wird nicht zurückkommen, Walker."

„Ich weiß."

Scheiße, es tat weh, das laut auszusprechen, aber die Wahrheit war, dass er keinen Grund hatte zu glauben, Roan würde je zum ihm zurückkehren. Er hatte wegen des Geldes bei der Show mitgemacht, und selbst wenn sich zwischen ihnen etwas Echtes entwickelt haben sollte — es war das reinste Tollhaus der Gefühle gewesen. Die Umstände waren ihnen aufgezwungen worden, und schließlich war jegliche echte Zuneigung durch die Kameras und die Zurschaustellung zerstört worden. „Aber das bedeutet nicht, dass ich mich in eine Beziehung mit dir als Ersatz stürze. Das wäre für niemanden fair."

Mike knirschte mit den Zähnen, griff nach seinem Weinglas und leerte es in einem Zug zur Hälfte. „Wir waren *jahrelang* ein Paar. Roan kennst du erst einige Wochen, Ich weiß, dass du mich einst geliebt hast. Du kannst das nicht mit deiner kleinen Schwärmerei für Roan vergleichen."

„Ja, Mike. Geliebt — Vergangenheitsform. Jahre her. Du hast mir das Herz gebrochen, als du mich verlassen hast. Aber ich habe die Scherben aufgelesen und weitergemacht. Ich bin geschmeichelt, dass du gewillt bist, es noch einmal zu versuchen, aber das wird nicht passieren."

„Okay." Mike griff nach der Weinflasche, um sein Glas nachzufüllen, überlegte es sich dann aber anders und lehnte sich zurück. „Okay", sagte er. „Ich weiß, wann ich verloren habe. Es ... tut mir einfach nur leid."

„Ja", sagte Walker. „Mir auch."

„Aber du wirst mich am Wochenende trotzdem auswählen, richtig?"

Walker stand vom Tisch auf. Es war ihm egal, was John oder Molly oder sonstwer sagen würde. Dieses Date war zu Ende. „Ich weiß nicht, Mike", sagte er. „Das hängt wohl davon ab, was man mir sagen wird, was ich tun soll. Dieses ganze Ding war doch sowieso nur ein einziger, gigantischer Schwindel."

Mike schaute ihn aus klugen Augen an. „Aber nicht alles." Walker öffnete den Mund und schloss in gleich wieder. „Ruf den Kleinen an, wenn das hier alles vorbei ist, Walker. Wer weiß, was er gerade durchmacht? Hab Geduld mit ihm. Wenn er dir so viel bedeutet, schuldest du ihm einen Anruf."

Walker tippte sich an den Hut und verließ die Scheune. Wenn Mike unrecht hatte, dann hatte er auf spektakuläre Weise unrecht. Aber wenn er recht hatte, dann hatte er vollkommen recht. Walker wollte nichts weiter, als dass die Show endlich vorbei war, damit er mit Roan in Kontakt treten konnte.

Er schuldete ihm wenigstens das. Er wollte nichts auf der Welt mehr als sicherzugehen, dass Roan okay war. Er hoffte nur, dass Roan auch von ihm hören wollte.

ES GAB VIELE Dinge, von denen Roan wünschte, er könnte in der Zeit zurückreisen und sie anders machen. Er wünschte, er hätte in den Jahren, in denen er auf der Uni war, mehr Zeit für seine Mutter erübrigt. Er wünschte, er hätte irgendwie vor ihr von dem Krebs in ihren Eierstöcken gewusst und sie früher dazu gebracht, zum Arzt zu gehen. Er wünschte, er hätte da sein und sie auffangen können, bevor sie auf dem Küchenboden zusammengebrochen war. Er wünschte, er hätte sich von ihr verabschieden können, denn die Ärzte sagten, es gäbe keine Hoffnung, dass sie noch einmal aufwachen würde. Der einzige Ausweg, den es jetzt noch gab, war der endgültige Ausweg. Und seine letzten Worte mit ihr würden für immer und ewig die letzten bleiben.

Roan saß neben ihrem Krankenhausbett. Die Dunkelheit vor ihrem Fenster verwandelte sich in ein Marineblau, welches das Morgengrauen ankündigte. Er hatte seine Finger mit ihren zerbrechlichen verschränkt, und er redete leise mit ihr. Er fragte sich, ob sie ihn verstehen konnte, wo immer sie jetzt war.

„Ich bereue es nicht, ihm begegnet zu sein, Mama", flüsterte er. „Ich bereue die verlorene Zeit mit dir, aber ich bin froh, ihn kennengelernt zu haben. Ich wünschte, du hättest ihn auch kennengelernt. Du hättest ihn gemocht." Er schwieg einen Moment lang, dann gab er ein kleines, schnaubendes Lachen von sich. „Er hat einen tollen Arsch."

Die Maschinen piepten und summten. Roan warf einen Blick auf die Zahlen. Ihre Atmungsrate war im Keller. Jeder Atemzug wie unter Wasser. Roan schloss die Augen und atmete ganz langsam, um nicht in Panik zu geraten. Alles, um nicht zu schreien oder wieder zu schluchzen. Das hatte er bereits hinter sich, und es half nicht im Geringsten.

Ben hatte irgendwie das Spital aufgespürt, in dem seine Mutter lag und war zu Besuch gekommen, nachdem er die Show verlassen hatte, was sehr seltsam und peinlich gewesen war. Als wäre ein Teil eines Traumes – und nicht der beste Teil – wahr geworden und in die Realität des Krankenzimmers eingedrungen. Roan hatte den Drang verspürt, seine Mutter vor Bens Blicken zu schützen. Er hatte nicht gewollt, dass jemand sie so sah, der nie ihr wahres Ich kennengelernt hatte. Die quicklebendige, witzige, kluge und wunderbare Frau, die sie gewesen war.

Ben war nicht lange geblieben. Er war durchaus freundlich und mitfühlend gewesen, hatte aber schließlich gespürt, dass er unerwünscht war. Falls die Gefühle, die er für Roan gestanden hatte, echt gewesen waren, dann waren sie vielleicht einfach das Produkt der Umstände beim Drehen der Show. Oder sie waren angesichts der so kummervollen Realität verpufft. Jedenfalls hatte Ben seine sogenannte Liebe mit keinem Wort erwähnt. Auch hatte er nicht angerufen oder war nach diesem ersten Besuch noch einmal wiedergekommen. Roan machte ihm keinen Vorwurf. Er war, ehrlich gesagt, erleichtert.

Aller Wahrscheinlichkeit nach würde es mit Walker genau dasselbe sein. Eine verbotene Romanze während der Dreharbeiten zu einer Reality-TV-Show war natürlich viel geiler als die Realität eines am Boden zerstörten Mannes, der seit einer Woche nichts mehr gegessen hatte und fleckige Jeans sowie seit drei Tagen dasselbe alte T-Shirt trug.

„Es war eine Fantasie", flüsterte er dem eingefallenem Gesicht seiner Mutter zu. „Alles davon. Dass ich nicht genug Geld zurückbringen konnte, um dich zu retten. Dass ich Walker irgendetwas bedeuten könnte. Ich hatte schon immer eine lebhafte Vorstellungskraft, Mama." Er lachte traurig. „Und du hast mich immer ermutigt."

Die Dunkelheit draußen vor dem Fenster reifte zu einem helleren Blau. Die Sonne ging auf. Nach einer weiteren durchwachten Nacht an ihrem Bett wusste Roan tief in sich drin, dass es die letzte sein würde. Er drückte seine Lippen auf die Hand seiner Mutter und küsste ihre raue Haut.

„Es ist okay, Mama. Es geht mir gut."

Ihr angestrengter Atem geriet ins Stocken.

„Du kannst jetzt gehen, Ich liebe dich. Aber du ... es ist für dich an der Zeit zu gehen."

Die Geräusche der Maschinen änderten sich nicht. Nicht für eine weitere Stunde oder so. Aber als der Morgen graute, war Roan allein, als eine Schwester hereinkam, um es zu bestätigen.

Seine Mutter war tot.

WALKER STAND IM frühen Morgengrauen auf der Veranda des Farmhauses und starrte in den Himmel. Eine Sternschnuppe fiel in das trübe Blau der aufgehenden Sonne. Walker schloss die Augen und schickte ein Gebet hinauf. Dann setzte er seinen Hut gerader auf.

Es war Zeit, den Tag zu beginnen. Es spielte keine große Rolle, wie sehr er sich danach verzehrte, mit Roan zu reden und herauszufinden, wie es ihm ging. Der einzige Weg hinaus war der Weg hindurch. Noch einen Tag, noch eine Eliminierungsrunde, dann würde er von all seinen vertraglichen Pflichten befreit sein, und die Ranch würde endlich aus den roten Zahlen sein.

Schon am Montag würde auf der Reed Ranch alles wieder normal sein, was auch langsam Zeit wurde, da sie für die kommende Hurrikan-Saison noch viel vorbereiten mussten. Jetzt musste er nur noch sein Herz dazu bewegen, nicht länger bei jedem Schlag zu schmerzen und ihn ständig an das zu erinnern, was er bereits wusste: Roan war fort.

Er machte sich auf den Weg zu den Scheunen, schweren Herzens und hilflos. Zu was war all das Geld gut, wenn er nicht der Mann war, der er sein wollte? Was hatte es gebracht, überhaupt diese Show zu machen? Falls Roan seine Mutter verlor und irgendwo da draußen ganz allein um sie trauerte, während Walker die übrig gebliebenen Männer „hofierte", würde er sich das niemals verzeihen.

Selbst wenn er nicht gewollt war, selbst wenn Roans Gefühle für ihn nur für die Show gewesen waren – Walker wollte für Roan tun, was immer er konnte, um es ihm leichter zu machen. Er holte sein Handy aus der Tasche und suchte nach Flügen.

Cincinnati. Vierhundertachtundfünfzig Dollar.

An einem großen Baum blieb er stehen, nahm seine Brieftasche heraus und seine Kreditkarte. Ganz gleich, was heute Abend passieren sollte … er hatte einen Plan.

WOCHE SECHS

DAS LETZTE HUFEISEN

WALKER ZUPFTE AN seiner Krawatte. Jetzt lagen so viele Wochen Dreharbeiten hinter ihm, aber nie hatte sich die Krawatte beengender angefühlt als jetzt.

„Also, wen wirst du auswählen?", fragte Tessa, die am Küchenschrank lehnte – betont unschuldig, als wüsste Walker nicht ganz genau, dass sie etwas hinter ihrem Rücken versteckte. Er sah hinüber zum Tisch, wo Paps über einen Teller gebeugt saß.

„Ich werde wählen, wen auch immer Andy mir sagt, dass ich wählen soll", sagte Walker und versuchte, nicht allzu niedergeschlagen zu klingen. Es war die finale Woche.

Tessa schürzte die Lippen und summte harmlos vor sich hin. Sie zog einen Stapel Papiere hinter ihrem Rücken hervor. „Ich habe die hier letzte Nacht noch einmal durchgesehen. Nur kurz überflogen." Sie kam zu ihm und schob ihm ein ganz bestimmtes Blatt unter die Nase. Er warf einen Blick darauf und erkannte eine Seite aus seinem Vertrag. „Hier heißt es eindeutig, dass sie dich nicht zwingen können, eine bestimmte Person auszuwählen, sobald die finale Woche erreicht ist."

„Oh." Walker zuckte die Achseln und schlüpfte in seine guten Anzugschuhe. „Das hilft jetzt auch nicht mehr, da ich keinen von ihnen auswählen will."

Tessa grinste. Ihre Augen funkelten. „Ach ja. Aber da steht auch, dass sie dich nicht zwingen können, überhaupt jemanden zu wählen. Sobald die Show endet, gehört deine Zeit wieder dir selbst, und nur, wenn du jemanden erwählt hast, bist du verpflichtet, noch ein paar zusätzliche Segmente über dein Leben mit dem Auserwählten zu drehen.

Wenn du aber niemanden wählst, bist du frei wie ein Vogel.“

„Danke, Tessa. Ich wusste das schon, aber es wäre irgendwie ein blödes Ende für die Show, oder?“, sagte Walker trübsinnig.

Hinter ihm grunzte Paps ungehalten. „Kannst du einem alten Mann einen Gefallen tun und herkommen und etwas von diesem Kälberfutter essen. Ich schwöre, wenn ich noch eine einzige Karotte essen muss, werde ich noch orange im Gesicht.“

„Es ist aber gut für dich“, sagte Walker. Aus Solidarität hatten sie alle angefangen, sich gesünder zu ernähren, und es machte ihm ganz ehrlich nichts aus. Paps warf ihm einen entrüsteten Blick zu. „Ich muss gehen.“ Walker küsste seine besorgt aussehende Stiefmutter auf die Stirn. „Es ist Zeit, noch ein letztes Mal so zu tun, als ob.“

„Denk an das Geld“, sagte Tessa. Aber sie klang genau so traurig, wie er sich fühlte.

„Ja. Das Geld“, stimmte Walker zu. „Es ist gut, finanziell besser abgesichert zu sein, wenn die nächste Hurrikan-Saison beginnt. Und dann ist da die umgebaute Scheune, in der ihr zwei wohnen werdet. Es wird euch da gefallen, wenn erst einmal die Bewerber abgereist und die Kameras abgebaut sind. Und ich? Ich werde das Haus für mich allein haben.“ Er schluckte schwer. Seltsam. Wann hatte er gedacht, dass jemand mit ihm zusammen hier wohnen würde? Er hatte sich nie wirklich vorgestellt, jemanden zum Heiraten zu finden, oder? Im Reality-TV? Aber er hatte natürlich auch nicht damit gerechnet, Roan zu begegnen. Er räusperte sich und zwinkerte Tessa zu, dann drehte er sich zu seinem Paps um und drückte kurz dessen Schulter. „Genieß dein Abendessen.“

Paps grummelte irgendetwas Unverständliches, aber Walker wusste, dass alles halb so wild war. Er hatte sein Insulin genommen und in letzter Zeit auch mehr auf seine Diät geachtet, sowie klügere Entscheidungen getroffen, was seine Arbeit auf der Ranch anging. Mehr konnte Walker nicht verlangen.

Als Walker auf die Veranda hinaustrat, schickte er einen Gedanken an Roan. Er fragte sich, was los sein mochte. Ob Roans Mutter okay war. „Zum letzten Mal", murmelte er vor sich hin. „Heute muss ich *zum letzten Mal* meine Seele verkaufen, dann komme ich zu dir, kleiner Löwe."

Dann trat er in die schwüle Abendluft und ging zu dem Range Rover, der schon auf ihn wartete.

Walker ertrug das allerletzte Interview mit Luke und gab vor, nachdenklich zu sein, während er für die Kameras in den Sonnenuntergang starrte. Schließlich stand er von Angesicht zu Angesicht Chad gegenüber. Sie hatten neben der Scheune eine künstliche Bühne aufgebaut. Mit vielen Pflanzen, die in Louisiana keine Woche überleben würden, aber Walker verschluckte beinahe seine Zunge, als Chad in einem echten, weißen Scheiß-Hochzeitsanzug auftauchte. Oh, Gott, Chad war wirklich entschlossen, seine allerletzte Gelegenheit, in der Show zu sein, zu nutzen. Offenbar wollte er noch einmal richtig Eindruck machen.

„Chad", sagte Walker, als der gebräunte Mann ihn anstrahlte. Er atmete seine Anspannung langsam durch den Mund aus. Gott sei Dank hatte Molly ihm eine Rede gegeben, die er eingeübt hatte. „Du bist ein wundervoller Mensch, und ich fühle mich sehr geehrt, weil ich dich kennenlernen durfte. Du warst ein helles Licht während all dieser Wochen, und ich habe jede Minute genossen, die wir zusammen verbracht haben. Aber ich kann dich nicht bitten, mich zu heiraten."

„Oh." Chad schlug sich eine Hand vor den Mund und senkte den Blick. Seine Schultern bebten ein wenig, aber Walker sah, dass seine Augen trocken blieben. Kein schlechter Schauspieler, aber auch nicht der beste.

„Du wirst jemanden finden, der dich verdient", sagte Walker und meinte es ehrlich. „Und wer immer das sein wird, er wird einen ganz besonderen Partner bekommen."

Als Chad ihn wieder anschaute, war sein Lächeln aufrichtig, und seine Augen glänzten feucht. „Danke", flüsterte er. „Das bedeutet mir viel. Du bist ein toller Mann, Walker. Du verdienst es ebenfalls, glücklich zu werden."

„Uuuund Schnitt! Gut gemacht."

„Gott sei dank- Kann mich bitte jemand aus diesem Anzug holen. Er ist die reinste Folter." Chad drehte die Emotionen ab wie einen Wasserhahn. Aber Walker konnte nicht anders, als ihm zuzustimmen, was den Anzug betraf. Leider musste er sich immer noch mit Mike befassen. Chad verließ das Set, drehte sich aber noch einmal kurz um und schaute Walker an. „Hast du etwas von Roan gehört?"

„Nein", antwortete Walker leise. „Hab' ich nicht. Ich meine, ich darf nicht …"

„Ich weiß. Ich dachte nur … du hast ihm wirklich etwas bedeutet. Das war nicht vorgetäuscht, weißt du?"

Walker schluckte schwer und nickte. Gott, er wollte aus diesem Anzug raus, in sein Auto steigen und seinen Flug erwischen. Bald. Bald!

Chad schenkte ihm ein kleines Lächeln. „Solltest du jemals mit ihm reden, und ich gehe jede Wette ein, das wirst du, dann sag ihm bitte, dass wir alle an ihn denken. Es war nicht mehr dasselbe, nachdem er weg war."

Walker lächelte. „Das war es wirklich nicht, oder?"

Chad warf ihm einen gerissenen Blick zu und wollte gerade noch etwas sagen, als einer der Produzenten zu ihm kam, um ihm aus dem furchtbaren Anzug zu helfen.

„Brauchst du eine Pause?", rief Andy, der für den letzten Dreh der Show aufs Set gekommen war. Er trug ein glänzendes Silbershirt und dazu passend, geblümte Shorts in Grau und Pink. Er war in sehr großzügiger Stimmung jetzt, da die Show ihrem Ende entgegen ging.

Walker ließ die Schultern kreisen. „Nein. Bringen wir es hinter uns."

Mike sah gut aus. Sein Haar war zurück gestrichen, sodass sein schönes Gesicht betont wurde. Er lächelte strahlend, sodass sich an seinen Augenwinkeln kleine Fältchen bildeten. Die Grübchen in seinen Wangen luden zum Küssen ein. Er trug einen Anzug, der wie für ihn gemacht zu sein schien – was er wahrscheinlich auch war – aber nicht einmal die stylischsten Klamotten konnten verhehlen, dass er ein Cowboy war. Genau wie Walker war er auf einer Farm geboren worden und aufgewachsen, aber sein älterer Bruder hatte die Farm der Eltern übernommen, darum war Mike fortgegangen, um Veterinärmedizin zu studieren. Das hatte jedoch nicht den wiegenden Gang eines waschechten Cowboys verschwinden lassen, und als er nun auf die kleine Bühne kletterte, empfand Walker plötzlich heftige Zuneigung für seinen Ex.

Sie waren gut zusammen gewesen, in ihrer Zeit als Paar. Mike war ihm vertraut, und er war ein guter Mann. Einst hatte Walker geglaubt, Mike könnte ihn glücklich machen.

Aber jetzt besaß Mike nichts mehr, das Walker wollte.

„Hey." Mike grinste ihn an, beugte sich rasch vor und gab Walker ein Küsschen mit geschlossenen Lippen. Dann musterte er Walker langsam von oben bis unten und pfiff durch die Zähne. „Du bist unglaublich", flüsterte er. In seinen Augen funkelte ein fiebriges Licht, und Walker konnte sehen, dass Mikes Halsschlagader pulsierte.

„Walker", sagte Mike und griff nach Walkers Hand. Seine Handflächen waren genauso schwielig wie Walkers, und in einem plötzlichen Aufwallen von Sinnes-Erinnerungen konnte Walker sie beinahe auf seiner Haut spüren. „Ich weiß, du hast gesagt, dass wir unsere Chance verpasst haben. Aber ich kann nicht aufhören, an dich zu denken. Selbst in all den Jahren habe ich immer gedacht, dass ich einen schweren Fehler beging. Jetzt hier bei dir zu sein, ist …" Er lachte leise und ein wenig ungläubig. „Es ist krass."

Mike sank auf ein Knie, und Walkers Herz setzte für einen Schlag aus.

„Nein", flüsterte er. „Mike, bitte tu das nicht."

Mikes Lächeln erstarb ein wenig. „Willst du mich nicht wenigstens anhören?"

„Du kniest vor mir. Ich denke, ich weiß, was du vorhast zu tun, und es ist verrückt, Mike. Ich kann nicht. Tut mir leid."

Mike ließ Walkers Hand nicht los, aber er senkte den Kopf und blieb, wo er war. Walker schloss fest die Augen und hob den Kopf zum Himmel. Seine Magengrube verkrampfte sich schmerzhaft. Es gab nur einen einzigen Mann, dessen überraschenden Antrag er in Erwägung ziehen würde, und der war in Ohio. Walker fiel auf die Knie und nahm Mike fest in die Arme.

„Es tut mir wirklich unheimlich leid", flüsterte er. „Aber es wäre ein Fehler."

„Wahrscheinlich hast du recht", sagte Mike mit erstickter Stimme. Er klammerte sich an Walker und atmete warm an Walkers Hals. „Ich war nur so verdammt allein."

Walker schluckte und umarmter ihn fester. „Ich weiß."

„Und Schnitt!", rief Andy. Selbst seine Stimme klang belegt. „Das war wundervoll."

Walker löste sich von Mike und sah ihn an, um besser beurteilen zu können, ob alles vielleicht nur gespielt gewesen war. Aber nein. Mikes Augen waren rot gerändert. Er wischte sich die Nase mit dem Handrücken und mied Walkers Blick, als er sich ungeschickt auf die Füße erhob. Walker wollte gerade etwas sagen, als er sah, dass jemand zu Andy eilte, ihm etwas zuflüsterte, der dann sein Gesicht in seinen Händen verbarg.

„Oh. Großer Gott, das ist ja furchtbar", murmelte Andy. Dann sah er zu Walker herüber.

„Was ist los?", fragte Walker.

Andy kletterte auf die Bühne und legte eine Hand auf Walkers Schulter. „Es ist Roan. Ich hatte Molly gesagt, sie solle ihn anrufen und fragen, wie es ihm geht. Ich wollte noch ein paar Follow-ups für die Show drehen." Er drückte sanft Walkers Schulter. „Seine Mutter ist gestorben."

Walker riss sich von Andy los. „Wann?"

„Vor ein paar Tagen schon. Die Beerdigung ist morgen."

Walker musste schwer schlucken. Er sah sich wie benebelt um, dann eilte er von der Bühne. Er sagte nichts, erklärte nichts. Es interessierte ihn nicht einmal, ob der Dreh beendet war oder nicht. Er wusste nur eins: Er musste hier weg.

Roan brauchte ihn.

KAPITEL 18

ROAN STRICH SEIN Haar zurück und starrte in den Spiegel. Sein Anzug war nicht schwarz, sondern dunkelgrau. Es war der einzige Anzug, den er besaß. Er nahm einen schütteren Atemzug und richtete seine schwarze Krawatte. Es lag eine feine Schicht Staub auf der Oberfläche des Flurspiegels.

Wann war das Haus das letzte Mal gründlich geputzt worden? Es spielte keine Rolle, wie so vieles. Alles, worum es jetzt ging, war die Beerdigung seiner Mutter. Und dafür musste er nun endlich zur Tür hinaus.

Und gehen.

Genau so würde er alles durchstehen. Ein Schritt nach dem anderen. Allein.

„Bist du so weit, Liebes?" Lindsay, die Nachbarin seiner Mutter steckte den Kopf zur Vordertür herein. Sie trug ein schwarzes Kleid unter ihrem Mantel, das ein wenig zu eng war, und ihr graues Haar war zu einem strengen Dutt zurückgebunden. Roan hatte dieses Haar schon in allen Farben des Regenbogens gesehen, obwohl Lindsay bereits in ihren Sechzigern war. Aber heute nicht. „Das Auto ist hier."

„Danke, Lindsay. Für alles."

Sie presste die Lippen zusammen und schaute ihn traurig an. „Ich wünschte, ich hätte mehr tun können. Ich bin nur froh, dass du am Ende bei ihr warst."

„Ja." Roan steckte seine Brieftasche ein, ließ aber sein Handy zuhause. Irgendwie fühlte es sich nicht richtig an, es mit auf den Friedhof zu nehmen. Und er brauchte es jetzt sowieso nicht mehr für seine Mama. Auch er war froh, bei ihr gewesen zu sein, auch wenn das Ende brutal gewesen war.

Er war einfach nur so, so müde.

„Na, komm." Lindsay hakte sich bei ihm ein und zog ihn sanft nach vorn. „Gehen wir es an."

Ein unauffälliger, schwarzer Sedan wartete vor ihrem bescheidenen Vorgärtchen, und Roan war froh, dass das Beerdigungsinstitut diesen Service anbot, denn er hatte ihr eigenes Auto vor sechs Monaten abgestoßen. Als sie von der Vorderveranda herunterstiegen, fielen Roan ein paar Dinge auf, denen er schon seit über einem Jahr keine Beachtung mehr geschenkt hatte. Aber der Rasen war ordentlich gemäht, und zum ersten Mal seit langer Zeit fragte er sich, wer das Gras überhaupt geschnitten hatte.

Es war kalt draußen. Roan wünschte, er hätte einen wärmeren Mantel. Aber er besaß keinen und er würde auf keinen Fall in einer seiner quietschbunten Designerjacken am Grab seiner Mutter stehen.

Obwohl es seiner Mutter vielleicht gefallen hätte, wenn er das getan hätte. Tränen brannten in seinen Augen, und er atmete vorsichtig. Er dachte, er hätte bereits genug geweint, aber anscheinend nicht.

Als sie den Gehsteig erreichten, stieg der Fahrer aus und öffnete die Beifahrertür für sie. Er nickte ihnen respektvoll zu, wartete, bis sie beide im Wagen saßen, dann schloss er behutsam die Tür. Die Fahrt zum Friedhof war nur kurz und verlief schweigend. Roan starrte aus dem Fenster. Er hatte sein ganzes Leben hier gewohnt, aber die Landschaft kam ihm völlig fremd vor. Was sollte er jetzt nur machen? Er konnte zurück zur Uni gehen und sein Studium beenden, aber was dann? Er verspürte nicht die geringste Motivation, als Umweltingenieur zu arbeiten. Er verspürte überhaupt keine Motivation.

Lindsay tätschelte seine Hand. „Wir sind da, Liebes."

Roan blinzelte. Er hatte nicht einmal gemerkt, dass sie angehalten hatten. Der Parkplatz war voll. Hier und da bewegten sich Leute in

Richtung des Friedhofs, die Köpfe gesenkt, in respektvollem Schweigen.

„Ich schaffe das nicht", flüsterte er. Zuzusehen, wie der Sarg seiner Mutter in die kalte, dunkle Erde versenkt wurde? Nein. Niemals.

„Doch, du schaffst das", sagte Lindsay mit leiser, aber fester Stimme. Hinter ihr konnte Roan den Fahrer sehen, der geduldig darauf wartete, die Tür öffnen zu können. „Du kannst und du *wirst* es tun. Ansonsten würdest du es für immer bereuen, wenn du jetzt einen Rückzieher machst."

Roans Herz zog sich schmerzhaft zusammen. Sein Herzschlag klang hohl, und Gott, er war so müde. „Okay", flüsterte er.

Lindsay nickte dem Fahrer zu, und der öffnete die Tür. Er streckte galant die Hand aus und half Lindsay aus dem Wagen. Als er dasselbe für Roan tat, überwältigte Roan ein so lebendiger Flashback, dass ihm der Atem stockte. Es war die Fahrt mit dem Heuwagen, als Walkers Hand die seine ergriffen hatte. Und was für ein Kontrast seine Schwielen zu der Wärme seiner Haut gewesen war.

Und jetzt ließ er sich vom Fahrer des Beerdigungsinstituts aus dem Wagen helfen. Die Hitze und der Sonnenschein an jenem Tag auf der Ranch standen in starkem Kontrast zu diesem Tag. Es regnete nicht, aber es sah so aus, als könnte es jeden Moment anfangen zu regnen. Das Gras rings um die Gräber war feucht. Seine Mutter hatte die Kälte gehasst. Er wünschte, er hätte sie fortbringen können. Irgendwohin, wo es warm war. Vielleicht nach Louisiana. Dort wäre sie glücklicher gewesen. Roan wehrte sich nicht gegen den Kummer und die Reue, die ihn überwältigten, aber er hatte das Gefühl, unter dem Gewicht zusammenzubrechen. Nichts davon spielte jetzt noch eine Rolle. Sie war tot, und er hatte die Freiheit zu tun, was er wollte. Nur dass sich diese Freiheit wie eine Last anfühlte, ein beängstigender Abgrund der Ungewissheit. Er wusste nicht, was er tun sollte jetzt, da er ganz allein war.

Lindsay sagte nichts, aber sie hakte sich erneut bei ihm ein, und zusammen gingen sie den Pfad hinunter.

Zumindest war der Friedhof hübsch. Das Grab seiner Mutter lag ganz oben auf einem sanften, grünen Hügel, genau neben den Gräbern ihrer Eltern. Roan fragte sich, ob er eines Tages auch hier seine letzte Ruhe finden würde, immer noch allein.

Der Pastor nickte ihm zu und fing mit seiner Grabrede an. Roan achtete kaum auf die Leute, die um das Grab herum standen. Es waren mehr, als er erwartet hatte, aber dennoch war es keine große Menge, egal, wie man es betrachtete. Er konzentrierte sich auf die Worte und Gebete, auch wenn er nicht wusste, ob er noch an Gott glauben sollte. Wie konnte er, wenn er so viel Kummer erleiden musste, so viel Einsamkeit? Wie konnte Gott gütig und allmächtig sein und gleichzeitig zulassen, dass Roan zusehen musste, wie seine Mutter in ihrer eigenen Lungenflüssigkeit ertrank?

Er verdrängte mühsam die schreckliche Erinnerung, und Lindsay drückte seinen Arm und rückte ein wenig näher.

Der Pastor hörte nicht auf zu reden, während Roan eiskalte Füße bekam und sämtliches Gefühl in seinen Fingern verlor. Es war ihm gleich. Er zitterte ein wenig im kalten Wind, der in seine unbedeckten Ohren biss, und immer noch sprach der Pastor. Roan behielt den Blick fest auf die Blumen gerichtet, die den Sarg bedeckten. Sie waren hübsch und extravaganter als alles, was er bestellt hatte. Zum ersten Mal, runzelte er die Brauen. Am größten Kranz steckte eine Karte. Am liebsten wäre er hingegangen und hätte sie gelesen.

Bevor er das tun konnte, hüllte ihn plötzlich etwas Großes, Warmes ein. Der Mantel, der auf seinen Schultern landete, mochte fremd sein, aber er erkannte sofort den Duft.

Oh, mein Gott.

Roan schloss die Augen, als ihm die Tränen kamen und ihm aus den Augenwinkeln liefen. Er blickte nicht auf, aber Lindsay ließ seinen Arm los, und das tröstliche Gewicht eines starken Männerarms legte sich sanft um seine Schultern. Roan ließ sich näher heranziehen und lehnte sich dankbar an Walker. Plötzlich war er sogar zu müde, um sein eigenes

Gewicht zu tragen.

ROAN SCHRECKTE AUS dem Schlaf hoch und hatte das schreckliche Gefühl, die Beerdigung zu verpassen, aber dann erinnerte er sich daran, dass sie bereits stattgefunden hatte.

„Gott." Er sank im Bett zurück und wartete darauf, dass sein Herzschlag sich normalisierte und das flaue Gefühl in seinem Magen nachließ. Er hasste es, mitten in einem Panikanfall aufzuwachen.

Erst als er sich wieder etwas beruhigt hatte, fragte er sich verwirrt, wieso er im Bett lag und immer noch sein Hemd und seine Hose anhatte.

Walker.

Roan schwang lautlos die Beine aus dem Bett. Er hielt den Atem an und lauschte, konnte aber nichts hören. Er schloss die Augen und schluckte seine Enttäuschung herunter. Roan hatte in den vergangenen Wochen nicht einmal versucht, Walker zu erreichen, da konnte er natürlich nicht erwarten, dass Walker jetzt bei ihm blieb. Seufzend erhob er sich aus dem Bett. Er erwog kurz, sich umzuziehen, erinnerte sich aber daran, dass die meisten seiner Sachen sich unten in der Waschküche stapelten.

Als er auf den Flur hinaustrat, spitzte er ganz automatisch die Ohren und versuchte, irgendwelche Geräusche aus dem Schlafzimmer seiner Mutter zu hören, aber natürlich war alles still. Er schauderte und dachte, dass er wohl die Heizung anmachen sollte, aber als Allererstes musste er irgendeinen Job finden, bevor er anfing, noch mehr Geld auszugeben. Die Beerdigung allein kostete schon genug. Und obwohl Andy ihn entgegen aller Erwartungen und Vertragsklauseln bezahlt hatte, würde das Geld nicht lange reichen, nachdem die Rechnung des Beerdigungsinstituts und andere finale Kosten beglichen waren.

Das Haus wirkte befremdlich, das kleine, altmodische Wohnzimmer völlig falsch mit den Decken seiner Mutter ordentlich zusammengefaltet in ihrem Sessel. Roan wandte den Blick ab und betrat die Küche. Er knöpfte sein Hemd auf und war drauf und dran, in der Wäsche nach einem warmen Pullover zu suchen, als eine Stimme sagte:

„Oh, hey, du bist wach."

Roan erstarrte in der Tür zur Waschküche, das Hemd halb offen, und starrte Walker an, der auf einem der klapperigen Küchenstühle saß, einen dampfenden Becher Kaffee vor sich auf dem Tisch. Walker legte sein Handy beiseite und stand auf.

„Ich dachte, du wärst weg." Roans Stimme klang rostig.

Walker runzelte die Stirn. Er hatte seine Anzugjacke abgelegt und die Krawatte gelockert, sodass sie lose um seinen Hals hing. Die oberen beiden Knöpfe seines weißen Hemdes waren offen, und sein Haar war ein Durcheinander von unordentlichen Bahnen, als wäre er unentwegt mit den Fingern hindurchgefahren.

„Du hast mich selbst gebeten zu bleiben", sagte Walker unsicher. „Als ich dich nach der Beisetzung nach Hause gebracht habe … aber ich kann gehen, wenn du das willst."

„Nein! Ich–" Roan sah Walker verunsichert an. „Das habe ich ganz vergessen. Ich kann nicht klar denken. Es ist alles so verwirrend." Plötzlich schämte er sich für das kleine, alte Haus und das heruntergekommene Stadtviertel, wo alle Grundstücke winzig waren und mit Zäunen voneinander getrennt, von denen die Farbe abblätterte. Irgendwo in der Ferne bellte unablässig ein Hund. Verglichen mit Walkers Farm, war Roans Zuhause ein Dreckloch.

„Willst du auch einen Kaffee?", fragte Walker. „Ich hoffe, es macht dir nichts aus, dass ich welchen gekocht habe."

„Nein, natürlich nicht. Äh, falls du Hunger hast, im Kühlschrank sind jede Menge Eintöpfe und Aufläufe, die nur warm gemacht werden müssen."

Walker schenkte ihm ein kleines Lächeln. Er musterte Roan eindringlich, so als würde er versuchen, etwas herauszufinden. „Ich wollte warten und dann mit dir zusammen essen."

„Oh. Danke. Ich, ähm … ziehe nur schnell etwas anderes an. Ich will aus dem Anzug heraus. Ich würde dir ja auch gern etwas Bequemeres anbieten, aber ich fürchte, meine skinny Jeans passen dir nicht."

Walker lachte leise. „Schon gut. Ich habe einen Koffer dabei, habe ihn aber in meinem Leihwagen gelassen. Ich wollte nichts voraussetzen, also …" Er wirkte einen Moment lang unbehaglich.

„Wie lange bleibst du?", fragte Roan.

„Ich habe ein Rückflugticket ohne festen Termin. Ich kann schon morgen wieder abreisen. Oder erst nächste Woche. Was immer du willst."

Roan blinzelte. „Was immer ich will?"

Walker nickte ernst, und Roan lächelte zum ersten Mal seit … einer gefühlten Ewigkeit.

„Was ich will, ist, dass du deinen Koffer hereinholst, Cowboy."

Als Walker wieder hereinkam, hatte Roan sich bereits umgezogen und trug eine Jogginghose und einen Hoodie. Irgendwie hatte er das Gefühl, er hätte sich schick machen sollen, da Walker ihn noch nie so gesehen hatte, aber er war einfach zu ausgelaugt und zu verletzlich. Am liebsten hätte er sich in mehrere Lagen gemütlicher Kleidung eingewickelt, behaglich wie eine Umarmung. Er war gerade dabei, dicke Wollsocken anzuziehen, als Walker hereinkam.

„Gegen ein Paar solcher Socken hätte ich nichts einzuwenden", sagte Walker. „Mir war nicht klar, dass es hier schon so kalt sein würde."

„Wirklich? Damit kann ich aushelfen."

Walker lächelte. Es war nicht sein übliches Grinsen, als wüsste er nicht recht, ob es ihm erlaubt war, sein volles Lächeln zu zeigen, während Roan trauerte.

Roan schnappte sich noch ein Paar dicker Socken. „Ich sollte die Heizung aufdrehen", sagte er und errötete. „Ich muss im Augenblick nur etwas vorsichtig sein."

„Vorsichtig inwiefern?" Walker zog eine seiner dünnen Socken aus und wackelte mit den Zehen. Roans Blick wurde wie magisch angezogen von seinen langen, schlanken Füßen. Sie hatten einen hohen Spann und überraschend schöne Zehen für einen Mann, der unentwegt in Stiefeln arbeitete.

Roan hob den Kopf. „Ich muss einen neuen Job finden", sagte er. „Und ich muss vorsichtig sein mit dem Geld, das Andy mir geschickt hat. Es wird definitiv helfen, etwas Zeit zu überbrücken, aber bis ich irgendetwas in Aussicht habe …" Roan ließ den Satz unvollendet und zuckte die Achseln. Es war ihm unangenehm, über seine finanzielle Situation zu sprechen.

„Warte – Andy hat dich bezahlt?"

„Ja. Er hat mich sogar für eine weitere Woche bezahlt. Damit hatte ich auch nicht gerechnet."

„Der kleine Wichser", murmelte Walker leise.

„Was?"

Walker schüttelte den Kopf und zog die dicken Socken an. „Mir hat er gesagt, er würde dich nicht bezahlen, weil du die Show vorzeitig verlassen hast."

„Eigentlich war er sogar sehr großzügig. Er bezahlte mir den Heimflug, und als ich hier gelandet bin, stand ein Wagen für mich bereit. Er hat mich sogar angerufen, um zu fragen, ob ich Hilfe mit der Krankenhausrechnung brauche."

Walker hob den Blick und musterte Roan eindringlich. „Und? Brauchst du Hilfe damit?"

„Nein. Die Versicherung meiner Mutter kommt dafür auf." Das war eine Sache, über die er sich nie wieder Sorgen machen musste. Aber es war abgefuckt, oder? Dankbar dafür zu sein? „ Sie wollten die experimentelle Behandlung nicht bezahlen, die sie benötigt hätte. Aber sie hat dafür nicht lange genug gelebt."

„Es tut mir so leid, Roan."

Er nickte, dann nahm er sich einen Becher, um etwas Zeit zu gewinnen. Damit er sich wieder unter Kontrolle bekam. Während er sich einen Kaffee einschenkte, sagte er: „Soll ich eine Lasagne in den Ofen schieben? Es ist schon nach Mittag."

„Ich mach das schon. Du setzt dich hin."

„Das musst du nicht …" Roan verstummte, als er sich umdrehte und Walker direkt hinter ihm stand.

Walker streckte die Hand aus und streichelte Roans Arm. „Ich möchte gern. Lass mich bitte."

Roan nickte, hielt mit beiden Händen seinen Kaffeebecher fest und drückte ihn an seine Brust. „Okay."

„WIE LIEF DER Rest der Show?", fragte Roan. Sie saßen in dem kleinen Wohnzimmer zusammen auf dem Sofa, das nur knapp groß genug für zwei Personen war. Roan hatte gelacht, als Walker ihnen heiße Schokolade gemacht hatte, aber jetzt war er froh darüber. Jeder heiße Schluck war wie flüssiger Trost, der seinen Bauch wärmte.

„Erwartungsgemäß schrecklich", sagte Walker und zog ein Gesicht. „Am Ende waren Chad und Mike übrig. Ben ging direkt nach dir."

Roan hüstelte. „Ich weiß. Er hat mich besucht."

„Tatsächlich?"

„Ja." Roan runzelte die Stirn. „Aber nur einmal. Es war schräg. Danach kam er nicht noch einmal."

„Und wie fandest du das?"

„Ich war erleichtert. Ich hatte weder Zeit noch Raum für ihn."

„Und wenn er jetzt käme?"

„Wäre es dasselbe. Keine Zeit, keinen Platz."

Walker senkte den Kopf und sagte ernst: „Roan, du musst mich nicht hier bleiben lassen, falls du keinen–"

„Für *dich* habe ich Platz", sagte Roan. „Zeit. Gefühle. Alles."

„Gefühle?"

„Ja. Echte Gefühle."

„Das ist schön zu hören. Das ist großartig.“

„Was ist mit Mike passiert?“ Roan fummelte an einem losen Faden an seiner Jogginghose.

Walker griff hinüber und legte seine Hand auf Roans. „Mike liegt voll und ganz in meiner Vergangenheit.“ Er drückte Roans Hand, dann ließ er sie los. „Es ist endgültig aus.“

Roan nickte. „Hast du–“ Er verstummte abrupt.

„Hab’ ich was?“, drängte Walker sanft.

Ohne ihn anzusehen, sagte Roan: „Hast du mit jemand anderen aus der Show rumgemacht?“

„Nein.“ Walker wartete, bis Roan den Kopf hob und ihn ansah. „Und ich betrachte das, was zwischen uns war, nicht als ‚Rummachen‘.“

Es war geradezu lächerlich, aber schon wieder brannten Tränen in Roans Augen. Er stellte seinen Becher beiseite und griff nach der Fernbedienung des alten Fernsehers. „Wollen wir einen Film schauen?“

Walker sah ihn einen Moment lang an, dann sagte er: „Sicher, warum nicht?“ Er griff nach einer der Decken von Roans Mutter, aber bevor er sie auch nur berührte, fragte er: „Wäre das okay?“

„Ja“, antwortete Roan. Er war selbst überrascht darüber, aber … „Ja, das ist okay.“ Er zappte durch die Kanäle. Bis er etwas fand, das halbwegs anständig zu sein schien. Dann ließ er zu, dass Walker ihn behutsam an sich zog und dann die Decke über sie beide breitete. Roan saß steif und verkrampft da, aber nur eine Minute lang. Denn Walkers Duft und seine Wärme waren wie eine Droge, und unvermeidlich lehnte Roan sich schließlich an ihn und entspannte sich.

KAPITEL 19

WALKER VERSUCHTE, GANZ ruhig und gleichmäßig zu atmen, während im TV ein kitschiger Liebesfilm lief, dem er so gut wie keine Beachtung schenkte. Das Wohnzimmer war gemütlich. Es erinnerte ihn mit der strapazierten, alten Couch und den leicht ausgeblichenen Vorhängen sogar ein bisschen an Zuhause. Die neue Scheune mochte ja aussehen, als gehörte sie in ein Einrichtungsmagazin, aber im Farmhaus sah es immer noch so aus wie zu der Zeit, als seine Großeltern noch dort gelebt hatten. Vielleicht würde er nun, da seine Eltern ihre eigene Wohnung hatten, langsam anfangen, das alte Haus ebenfalls ein wenig moderner einzurichten.

In Roans Haus war es ein wenig kalt – vor allem verglichen mit den Temperaturen, die Walker gewohnt war – aber die Decke und Roans Nähe hielten ihn warm. Er spürte jedes Ausatmen Roans an seinem Bauch und musste über die leisen Schnaufgeräusche, die Roan von sich gab, ein wenig grinsen.

Roan war vor dem Fernseher eingenickt. Er hatte einfach seine Augen nicht länger offen halten können. Dann war sein Kopf von Walkers Schulter gerutscht. Walker hatte sich ein wenig ausgestreckt, um sich anzupassen, und jetzt war Roans dichtes, schwarzes Haar, das einen starken Kontrast zu Walkers weißem Hemd bildete, eine Einladung, der Walker nicht widerstehen konnte. Behutsam strich er die schwarzen Locken aus Roans Stirn. Besorgt starrte Walker auf die dunklen Schatten unter Roans Augen. Der starke Drang, ihn zu beschützen, für ihn zu sorgen, war so überwältigend, dass es sich anfühlte wie etwas, das er mit den Händen greifen konnte. Er atmete ganz bewusst, in der Hoffnung, das Gefühl würde vielleicht nachlassen, aber dann hielt er Roan einfach etwas und stellte sich vor, er müsste ihn nie wieder loslassen. Bei der Vorstellung, Roan hier in diesem leeren Haus wieder allein zu lassen, verzog er das Gesicht.

„Komm mit mir", flüsterte er. „Es gibt jede Menge Platz für dich auf meiner Farm."

Roan hörte ihn nicht; er schlief friedlich und so fest, dass Walker sich unwillkürlich fragte, wie lange Roan schon keine wirkliche Ruhe mehr gefunden hatte. Als Roan nicht aufwachte, fuhr Walker fort, ihm durchs Haar zu streichen, und machte es sich auf der Couch ein wenig bequemer. Er wünschte, die Umstände wären andere, aber er konnte nicht leugnen, dass sich ein warmes Gefühl in seiner Brust ausbreitete, als er sich erlaubte, einfach Roans Nähe zu genießen.

Als der Film endete, schaltete Walker den Fernseher aus. Seltsamerweise war es das Fehlen jeglicher Geräusche, das Roan weckte.

„Mama?" Er legte eine Hand auf Walkers Bauch und setzte sich auf.

„Nein, kleiner Löwe", sagte Walker, und es tat ihm das Herz weh. „Tut mir leid."

„Oh." Roan ließ einen Moment den Kopf hängen, dann bemerkte er ihre Lage. „Oh! Ich bin wohl auf dir eingeschlafen."

„Das ist okay. Das hast du wohl echt gebraucht. Und ich fand es schön, dich so nah bei mir zu haben." Das war vielleicht zu forsch, aber Walker hatte keine Lust, etwas anderes vorzugeben.

Roan blinzelte und öffnete überrascht die Lippen. Dann griff er nach Walkers Hand und umschloss sie mit beiden Händen. Er hatte die Beine unter sich gezogen und verschwand beinahe ganz in seinem übergroßen Hoodie. Er sah so kuschelig aus, dass Walker kaum wusste, wohin mit sich. „Ich bin froh, dass du hier bist", sagte Roan leise. „Wie hast du es überhaupt herausgefunden?"

„Andy hat's mir gesagt. Molly rief an, um herauszufinden, ob sie vielleicht ein kleines Follow-up drehen könnten und—"

„Nein. Sie haben alles an Material von mir, das sie im Augenblick bekommen können."

„Ich verstehe das. Hast du nicht mit Molly gesprochen?"

„Nein. Sie muss meine Nachbarin Lindsay erwischt haben, als sie anrief. Sie war oft hier. Ehrlich gesagt bin ich ein bisschen überrascht, dass sie gerade jetzt nicht auch hier ist." Er lachte.

„Ich glaube, sie weiß, dass ich jetzt bei dir bin", sagte Walker leise. „Es tut mir leid, dass ich nicht für dich hier war, Roan."

„Wolltest du das?"

Walker drehte seine Hand und verschränkte seine Finger mit Roans. „Ich bin jetzt hier, oder?"

Roan nickte. Seine Mundwinkel verzogen sich zu einem traurigen Lächeln. Er streichelte mit dem Daumen zärtlich Walkers Handfläche. Das kitzelte und verursachte ein warmes Schaudern. „Ja, das bist du. Ich kann es noch nicht wirklich fassen. Es tut mir leid, dass ich nicht versucht habe, dich zu erreichen. Es war einfach alles … zu viel für mich."

Walker zog an Roans Hand und zog ihn näher an sich. Er nahm ihn in seine Arme, so wie er es sich ersehnt hatte. „Du kannst nicht fassen, dass ich hier bin? Wieso sollte ich nicht hier sein?"

„Ich war mir sicher, du würdest dich für Mike entscheiden."

„Mike?" Walker warf Roan einen verdatterten Blick zu. „Nein. Auf keinen Fall. Ich will nur dich, niemanden sonst."

Roan starrte ihn mit einem so verletzlichen und sanftem Ausdruck an, dass Walker es kaum ertrug. „Roan.", flüsterte er, kam aber nicht weiter, denn Roan schloss den letzten Abstand zwischen ihnen und küsste ihn.

DER KUSS BEGANN sanft und keusch, wie der Flügelschlag eines Schmetterlings. Dann neigte Roan den Kopf zurück. Walker öffnete die

Augen. Er wusste gar nicht, wann er sie überhaupt geschlossen hatte. Er sah Roan ins Gesicht und versuchte in dessen Miene zu lesen. „Bist du sicher, dass du das willst?", flüsterte er.

„Ja", sagte Roan. Er küsste Walker noch einmal, ein wenig tiefer dieses Mal. Ihre Lippen klebten aneinander, bis Roan sie leckte. Die Berührung von Roans Zunge war wie elektrischer Strom in Walkers Adern, und er erschauerte und stöhnte, als Roan erneut den Kopf zurückneigte. Eine Sekunde lang wollte Walker ihm folgen, überlegte es sich dann aber anders. Roan musste hierbei die Kontrolle haben.

„Meine Mutter hätte dich geliebt, weißt du?"

Walker hob die Augenbrauen, und er gab ein verblüfftes Lachen von sich. „Was?"

Roan bekam heiße Wangen. „Ich wünschte nur, sie hätte dich kennenlernen können. Und wenn auch nur für eine einzige Begegnung." Er wandte sich ab. Sein Gesicht verzog sich kummervoll, aber er versuchte, Walker das nicht sehen zu lassen.

„Vor mir musst du dich nicht verstecken", flüsterte Walker und zog Roan erneut an sich. Er streichelte Roans Rücken, dann schlüpfte er mit beiden Händen unter den dicken Hoodie. Roan war schon vorher dünn gewesen, aber jetzt standen seine Schulterblätter hervor wie scharfe Flügel. „Du musst niemals irgendetwas vor mir verbergen."

Roan löste sich aus Walkers Umarmung, dann kletterte er auf Walkers Schoß und küsste ihn wild und leidenschaftlich. Einen Moment lang war Walker total überrascht, aber dann packte er Roans Schultern und erwiderte den Kuss, liebevoll und heftig und geradezu schmerzhaft perfekt. Er konnte sich nicht dran erinnern, jemals jemanden so geküsst zu haben. Sie passten zusammen wie Schlüssel und Schloss.

„Können wir Sex haben?", fragte Roan atemlos und setzte sich wieder auf. „Ich weiß, es ist ziemlich schräg. Ich weiß, meine Mutter ist gerade erst– Aber ich will es."

„Es ist nicht schräg." Walker versuchte, seine plötzliche, überwältigende Erregung zu dämpfen, die ihm bereits eine Erektion verschaffte.

„Du willst jetzt einfach jemandem nahe sein. Das ist ganz normal."

„Nicht jemandem. Dir."

Walker lächelte, strich mit dem Daumen über Roans Unterlippe und küsste ihn dann erneut. „Okay", sagte er. „Das gefällt mir sehr. Hier? Oder …?"

„Oben. In meinem Bett. Ich habe … ich habe oben Kondome und so."

Oh, Gott.

„Richtig." Walker schloss für eine Sekunde die Augen und versuchte, sein inneres Gleichgewicht wiederzufinden. Er schauderte, während sein Gehirn alles tat, um seine Sinne mit Möglichkeiten zu überladen, Dann schaute er wieder Roan an, der ein wenig grinste.

„Komm schon, Cowboy", sagte Roan und lachte leise. Aber als er von der Couch aufstand, sah Walker, dass auch er ein wenig zitterte.

Sie stiegen die schmale Treppe hinauf, die Walker bereits vertraut war, nachdem er Roan früher am Tag über die Türschwelle des Hauses und dann hinauf in sein Schlafzimmer getragen hatte, wo er auf dem Bett sofort eingeschlafen war. Walker hatte ihm noch Jacke und Schuhe ausgezogen und den Drang unterdrückt, sich zu Roan zu legen und sich von hinten an ihn zu schmiegen.

Jetzt aber hatte Walker nicht vor, Roans Bett vor morgen früh wieder zu verlassen. Roan betrat sein Zimmer, dann blieb er stehen und drehte sich um. Walker jedoch blieb nicht stehen, bis ihre Lippen sich trafen. Er liebte es, dass sie nahezu dieselbe Größe hatten, und einander insofern ebenbürtig waren, auch wenn Walker deutlich breiter gebaut war.

Er griff nach den Bändern an Roans Hoodie. „Okay?", flüsterte er.

„Ja", antwortete Roan, der bereits schwer atmete.

„Können wir etwas Licht anmachen? Oder willst du es lieber im Dunkeln tun?"

Roan zögerte eine Sekunde lang, dann ging er zum Fenster und schloss die Vorhänge. Neben dem Bett stand eine kleine Lampe, die den

Raum ein sanftes, gelbliches Licht tauchte als er sie anschaltete.

„Besser", sagte Walker, dann zog er Roan wieder zu sich heran und legte seine Hände an den unteren Saum von Roans Hoodie. Er begann zu ziehen, und Roan hob die Arme. Unter dem Hoodie hatte er ein altes, fadenscheiniges T-Shirt an, dessen Halsausschnitt so ausgeleiert war, dass eine Schulter frei lag.

„Das hier ist mein wahres Ich", sagte Roan und zog an dem grauen Shirt. Walker vermochte nicht einmal zu erkennen, welche Farbe es ursprünglich einmal gehabt haben mochte. „All die Markenkleidung und Designerjeans – das bin ich eigentlich gar nicht. Das war mein Ex auf der Uni, und seine Mutter."

„Du gefällst mir in deinen engen Jeans", sagte Walker und packte Roans Arsch, um ihn fest zu sich heranzuziehen. „Aber du gefällst mir auch so weich und behaglich. Mir sind deine Klamotten vollkommen egal, Roan. Was mir nicht egal ist: Sie sollen dich warmhalten. Und ich meine damit nicht nur deinen Körper."

Roan lachte, und seine knochigen Schultern entspannten sich ein wenig. „Ich weiß, wie du das gemeint hast."

„Du hast Gewicht verloren, das du dir eigentlich nicht leisten konntest zu verlieren, Baby."

„Ich weiß." Roan senkte den Kopf. Walker legte seine Hand an Roans Wange und küsste ihn.

Dann fing er an, sein eigenes Hemd aufzuknöpfen. Dazu musste er seinen Oberkörper ein wenig von Roans lösen, damit er an die Knöpfe kam. Als Roan das Aufknöpfen übernahm, ließ Walker die Hände sinken und erlaubte Roan, ihn auszuziehen. Zuerst das Hemd, dann das Unterhemd.

Schließlich öffnete Roan Walkers Hose und ließ sie zu Boden fallen. Er kniete sich hin, um Walkers Socken auszuziehen, und ließ seine Hände dort ruhen. „Du hast schöne Füße", sagte er. „Ist mir vorhin schon aufgefallen."

„Ja?"

Roan sah auf, aber sein Blick blieb unterwegs an der Beule in Walkers Boxershorts hängen. Er griff nach dem Taillenbund und warf einen raschen Blick in Walkers Gesicht, um dessen Reaktion einzuschätzen. Erst dann zog er die Unterhose herunter. Walkers Schwanz schwoll zu einer vollen Erektion, als Roan ihn anstarrte, und Walker musste dem Drang widerstehen, seinen Ständer zu packen und zu drücken, um etwas von dem süßen Verlangen zu bremsen. Er sah, was Roan vorhatte, bevor der auch nur die geringste Bewegung macht.

„Noch nicht." Er umfasste Roans Kinn, bevor Roans Mund auf Walkers Ständer sinken konnte. In dieser Position war es ein Leichtes für ihn, seinen Daumen hineinschlüpfen zu lassen. Roans Reaktion kam sofort. Er schloss flatternd die Augen. Seine Wimpern zitterten auf seinen Wangenknochen. Er stöhnte mit Walkers Daumen im Mund und begann auf der Stelle, daran zu lutschen.

„Oh, so ist das also, ja?", flüsterte Walker.

Langsam zog er seinen Daumen aus Roans Mund. Sein Schwanz zuckte bei dem bedauernden Stöhnen, das Roan dabei von sich gab. Dann schob Walker seinen Daumen wieder hinein, Millimeter für Millimeter. Er machte damit weiter, bis Roan heftig durch die Nase ausatmete und den Kopf zurückzog. Roan öffnete die Augen, und sie waren wunderschöne Abgründe von Lust und Verlangen. Sie raubten Walker den Atem. „Steh auf."

Roan nahm die Hand, die Walker ausstreckte, und kam auf seine Füße. Walker umarmte ihn und küsste die entblößte Schulter, dann arbeitete sich langsam hinauf zu Roans Hals. Er war nackt, und Roan war es nicht, aber irgendwie fühlte sich das bestärkend an. Er streichelte Roans Brust, dann zog er an dem abgetragenen T-Shirt und entfernte es.

„Ah, Baby." Mit den flachen Händen fuhr er über Roans Rippen, die sich heftig hoben und senkten, und dann umfasste er die spitzen Hüftknochen.

„Ich weiß. Es ist nicht … hübsch."

Walker riss den Kopf hoch. „Für mich bist du wunderschön, Roan.

Immer." Er küsste zärtlich seinen Mund, seine Schläfe, seine Schulter. „Lass mich Liebe mit dir machen. Und danach will ich dir etwas zu essen zubereiten."

Roan lachte überrascht, aber herzlich. Dann flüsterte er: „Okay" und griff nach seiner Jogginghose, die an seinen Beinen hinabraschelte und auf dem Boden landete. Darunter trug er nichts.

„Verdammt", wisperte Walker. „Ich habe mir so sehr gewünscht, das noch einmal zu sehen. Wie ich sehe, hat meine Erinnerung mich nicht getäuscht."

Ja?", fragte Roan. Er nahm seinen Schwanz in die Hand und begann, sich ultra-langsam und wolllüstig zu wichsen. Er zog seine Vorhaut zurück und enthüllte eine Perle Vorsperma. Als seine Faust wieder nach oben wanderte, verschwand die rosige Eichel wieder. Walkers Ständer schnellte eifersüchtig aufwärts.

Er stöhnte leise. „Das ist es, kleiner Löwe. Zeig mir alles."

KAPITEL 20

ROAN WUSSTE GENAU, was es mit Walker machen würde. Er trat seine Jogginghose zur Seite und spreizte die Beine etwas mehr. Sein dunkles, getrimmtes Schamhaar umgab die Wurzel seines Schwanzes. Und Walker fuhr mit den Finger hindurch. Dabei kratzte er mit stumpfen Fingernägeln behutsam Roans Haut. Roan verbiss sich ein lautes Stöhnen. Er war noch nicht ganz bereit, sämtliche Zurückhaltung aufzugeben.

„Was genau hast du dir vorgestellt, wenn du an mich gedacht hast?"

Walkers Mundwinkel verzogen sich zu einem hintergründigen Lächeln. „Du, nackt", sagte er. „So wie jetzt." Endlich strich er mit den Daumen über Roans Piercings. Dann hob er die Hände und fuhr mit den Fingen sanft über Roans Wangenknochen. „Ich würde dir gern die Augen verbinden. Damit du nicht weißt, was ich als Nächstes mit dir machen werde. Aber du würdest auf dem Bett ausgebreitet daliegen, sodass ich alles von dir sehen kann. Damit ich zusehen kann, wie du dich der Lust ergibst. So wie zuvor."

Scheiße. Roan schloss die Augen. In der Dunkelheit dahinzutreiben, Walker völlig ausgeliefert. Das hätte eigentlich ein erschreckender Gedanke sein müssen, aber er wollte sich gehenlassen. Er wollte frei sein von dem Schmerz und dem Kummer, den er mit sich herumtrug, seit seine Mutter ihn vor einem Jahr erstmals angerufen hatte, um ihm von ihrer Krankheit zu erzählen. Und bei Walker würde er sicher sein. Dann erinnerte er sich plötzlich an die Scham, die er am Tag nach ihrer verbotenen Begegnung auf dem Pferd verspürt hatte.

„Ich weiß nicht …“

„Was weißt du nicht?“ Walker küsste ihn zärtlich mit geschlossenem Mund. „Es ist doch nur eine Fantasie, Roan. Wir werden nichts tun, was du nicht willst.“

„Das ist es nicht.“ Roan senkte den Blick. Er legte seine Hände an Walkers Brust und genoss die Weichheit seiner Haut. Abgesehen von ein paar vereinzelten Haaren rund um seine Nippel und des Pfads, der wie eine Einladung zu Walkers Schwanz führte, war Walker völlig unbehaart. Und die fragile Blässe am den Stellen, die nur selten der Sonne ausgesetzt waren, war noch immer eine Überraschung. „Ich fühle mich immer seltsam“, gestand er.

„Hast du dich beim letzten Mal seltsam gefühlt?“

Roan biss sich auf die Lippe und nickte. „Ja, am Tag danach.“ Er war überrascht, als Walker ihn in die Arme schloss. Er konnte sich nicht erinnern, wann ihn zuletzt jemand splitternackt umarmt hatte. Für gewöhnlich bedeutete Nacktheit nur das Eine, und wenn es dann vorbei war, zog man sich so schnell wie möglich wieder an. Walkers große Hände rieeben Roans Rücken, bis er sich warm und nachgiebig fühlte.

„Dieses Mal ist es anders“, sagte Walker. „Ganz gleich, was wir tun – und es muss nicht mehr sein als das hier – ich werde am Morgen noch hier sein. Du wirst nicht allein sein. Und es sind nur wir beide. Keine Kameras, keine Show.“ Walkers Hand glitt an Roans Rücken aufwärts und ergriff seinen Nacken. „Nur du und ich.“

Er hatte recht. Roan schmiegte sich an ihn, und Walkers Arm umfasste ihn ein wenig fester. Er drückte seine Nase hinter Roans Ohr und atmete sanft und gleichmäßig.

„Okay.“ Da Walkers Hals schon da war, öffnete Roan einfach den Mund und saugte behutsam.

„Okay? Zu welchem Teil?“ Walker klang heiser, und Roan gestattete sich ein kleines Lächeln, bevor er den Kopf ein wenig senkte, um etwas fester an dem dicken Muskel in Walkers Schulter zu saugen.

„Nicht zu wissen, was du mit mir machen wirst. Die Augenbinde.

Ja.“

„Oh, Gott.“ Walker erschauerte, dann packte er eine Handvoll von Roans Haar und zog. Nicht sehr fest. Nur eine Andeutung. Aber Roan ergab sich leicht, eifrig, und ließ Walker seinen Mund plündern. Der Raum schien sich leicht zur Seite zu neigen und Roan fühlte sich für eine Sekunde desorientiert, dann lag er auf dem Rücken, und Walker hielt ihn fest. „Was können wir benutzen? Einen Schal? Eine Krawatte?“

„Ich habe eine von diesen Schlafmasken. Die Vorhänge auf der Uni waren Scheiße, da habe ich mir die Maske besorgt, um das Licht abzuhalten.“

Walker schaute ihn an. Seine Bernsteinaugen schienen nur noch aus Pupillen zu bestehen. „Willst du das wirklich? Du tust das nicht nur für mich?“

Roan packte Walkers Arme so fest, dass seine Finger kleine Dellen zurückließen. „Ich will es, Cowboy. Mach, dass ich alles vergesse. So lang, wie du kannst.“

„Das kann ich tun.“

Roan wühlte in seiner Nachttischschublade nach der Maske. Er fand auch das Gleitmittel und die Kondome. Er zögerte kurz, bevor er sie herausholte und in Reichweite ablegte.

„Nur für den Fall“, sagte er, als er sah, dass Walker ihn eindringlich anstarrte.

„Die werden wir noch eine ganze Weile nicht brauchen“, sagte Walker. „Wenn überhaupt. Ich habe vor, mir viel Zeit mit dir zu nehmen.“ Er nahm die Maske. „Deine Hände sind frei. Nimm die Maske ab, wann immer du willst.“

„Okay.“ Roan schloss die Augen, öffnete sie aber rasch wieder. Setzte sich auf und nahm Walkers Gesicht in beide Hände. Er betrachtete Walkers schönes Gesicht, die Lachfältchen um seine Augen, die vollen Lippen. Sie küssten sich leidenschaftlich und verlangend, dann legte Roan sich zurück und schloss erneut seine Augen. Der seidige Stoff der Schlafmaske war wie eine sinnliche Liebkosung, als Walker sie ihm anlegte. Roan konnte einen kleinen Laut nicht zurückhalten, als die Welt hinter seinen Lidern schwarz wurde.

„Alles in Ordnung?“

„Ja“, sagte Roan. Einen Moment lang lag er erwartungsvoll da, nicht wissend, was als Nächstes kommen würde. Dann merkte er, dass er total angespannt war.

Walker schien das ebenfalls zu bemerken, denn er küsste Roan sanft auf den Mund – nur eine kurze, tröstliche Berührung, dann begann er, mit schwieligen Händen Roans Körper zu streicheln. An der Außenseite der Arme hinab und wieder hinauf. Dann dasselbe an der Innenseite – was auf wunderbare Art kitzelte. Über Roans Brust, aber nicht über die Nippel. Er umkreiste Roans Bauchnabel, dann glitt er erst hinunter zu einem Oberschenkel, denn zu dem anderen. Zu den Fesseln und den Füßen. Die Berührungen waren nicht erotisch, aber sie wärmten seine Haut, ließen sie kribbeln und zum Leben erwachen. Roan hatte so lange in seinem eigenen Kopf gelebt, dass er ganz vergessen hatte, wie es war, einfach nur zu fühlen. Und ja, Walker machte, dass er fühlte. Roan hatte keine Wahl, da seine Augen aus dem Spiel waren. Er konnte nur lauschen und fühlen.

„Dreh dich auf den Bauch“, sagte Walker, dessen Hände immer noch auf Roans Füßen ruhten.

Roan gehorchte, ein wenig unsicher in seinen Bewegungen, bis er die Sicherheit des Bettes wieder unter sich hatte. Er presste seine beginnende Erektion gegen das Laken.

Walkers Finger drückten sich einen Moment lang in seine Fußsohlen, dann glitten sie an Roans Waden aufwärts, an seinen Schenkeln, bis zu den Rundungen seines Hinterns. Walkers Daumen fuhren entlang der Linie, wo Oberschenkel und Arschbacken sich trafen, Dann packte er zu und drückte Roans Backen ein wenig. Sterne begannen hinter Roans Lidern zu tanzen. Walkers Hände verharrten aber nicht lange. Er streichelte Roans unteren Rücken, seine Seiten, die Schulterblätter … bis jeder Zentimeter von Roans Haut aus dem langen Dornröschenschlaf geweckt worden war.

„So sexy", murmelte Walker. „Verdammt, kleiner Löwe."

Roan vergrub sein Gesicht im Kopfkissen, um keine peinlichen Laute von sich zu geben. Er spürte Walkers Atem auf seiner Schulter vor der eigentlichen Berührung von Walkers Mund. Roan keuchte. Der Kuss auf seiner überempfindlichen Haut war wie eine direkte Berührung an seinem Schwanz, und er wand sich hilflos, als seine vage Erregung sich in einen steinharten Ständer verwandelte.

ES WAR SCHON seltsam. Roan hatte früher schon Massagen gehabt. Und er war außer mit seinem Ex auch mit anderen zusammen gewesen. Manchmal waren es nur Küsse in irgendwelchen Clubs gewesen, manchmal auch Handjobs, manchmal das ganze Drum und Dran. Aber nie hatte eine einfache Berührung eine solche Wirkung auf ihn gehabt. Er musste schon wieder einen Laut von sich gegeben haben, denn Walker hörte auf, Küsse an seiner Wirbelsäule herab zu verteilen und setzte sich auf.

„Baby?", fragte er. „Bist du immer noch okay?"

Roan nickte, schluckte heftig und sagte heiser: „Ja, alles in Ordnung."

„Sicher?"

„Absolut." Roan kniff die Augen fester zu, bis ein Regenbogen von Farben hinter seinen Lidern funkelte. Da er nun nichts sehen konnte und sich nicht auf irgendein Detail konzentrieren konnte, um sich von seinen Empfindungen abzulenken, erlebte er diese zehnmal so intensiv. Walkers Mund machte da weiter, wo er aufgehört hatte, und jedes Mal, wenn Walkers Zunge Roans Haut liebkoste, zuckte Roan leicht zusammen. Schon bald musste er durch den offenen Mund atmen, um genug Sauerstoff in seine Lungen zu bekommen.

Walker erreichte die Rundungen von Roans Arsch, und die Matratze sank ein wenig ein, als er sich aufsetzte. Er streichelte die Backen, knetete sie, spreizte sie und drückte sie zusammen, bis Roans Gesicht so heiß brannte wie das Feuer in seinen Lenden.

„Walker", protestierte er schwach.

„Ich weiß, Baby. Dreh dich wieder um."

Oh, Gott. Er hatte ja schon einen Harten gehabt, aber jetzt war er so weit, dass er eine Scheune mit seinem Ständer hätte errichten können. Er drehte sich dennoch um, denn jegliches Zögern hätte alles nur noch schlimmer gemacht. Seine Augen mochten ja außer Betrieb gesetzt sein, aber Roan kannte seinen Körper. Er wusste, seine Nippel würden hart und mit Blut angefüllt sein, mit den Piercings zu beiden Enden hervorstehend, mit Abstand zu seiner Haut. Seine Brust würde vor Erregung gerötet sein, und sein Schwanz würde nach oben auf seinen Bauch gerichtet sein, mit einer leichten Neigung nach links. Seine Eier würden eng zusammengezogen sein und eng and seiner Schwanzwurzel anliegen wie zwei übergroße Haselnüsse. Am liebsten hätte er an ihnen gezogen und seinen Ständer gepackt. Als er sich vorstellte, genau das zu tun und Walkers Blick zwar nicht zu sehen, aber dennoch zu spüren, zuckte sein Ständer, und ein kleiner Schwall Flüssigkeit tropfte auf seinen Bauch.

„Scheiße, Roan", krächzte Walker. „Ich würde dich am liebsten auffressen."

„Dann tu es", stieß Roan hervor, halb verrückt vor Verlangen.

„Noch nicht. Würdest du mich noch einmal zusehen lassen? Nur ein bisschen, so wie letztes Mal."

„Ah." Roan wand sich auf dem Bett. Er hätte wissen sollen, dass Walker diese Fantasie direkt aus seinem Gedanken pflücken würde. Er warf den Kopf zur Seite und wand sich unter dem drängenden Pulsieren in seinen Adern. Er wollte– er wollte–

Walkers Daumen glitt in Roans offenem Mund. Sofort war Roan völlig reglos, schloss die Lippen und liebkoste den Daumen mit der Zunge. Walker gab einen heiseren Laut von sich, und verdammt, zu wissen, dass Walker sich gerade wichste, es jedoch nicht sehen zu können, machte es sogar noch geiler. Roan griff nach seinem eigenen Schwanz und schloss seine Faust darum. Er zog die Vorhaut zurück, so wie er es am liebsten hatte.

„Scheiße, ja", murmelte Walker. Er kniff in Roans rechten Nippel. Roan zuckte, als hätte er einen heftigen Stromschlag erlitten. „Zu viel?", fragte Walker und zog seinen Daumen aus Roans Mund.

„Ein bisschen", keuchte Roan. „Für den Moment. Gib mir eine Minute."

„Ich gebe dir alles, was du willst." Dieses Mal steckte er Roan zwei Finger in den Mund, und für eine Sekunde dachte Roan, dass er sich eigentlich dafür schämen müsste, das hier so sehr zu wollen. Aber in diesem Moment konnte er es nicht.

Walker berührte Roans Brust nicht noch einmal. Stattdessen rieb er seinen Bauch und spielte mit den Haaren die einen Pfad hinab zu Roans Schwanz bildeten. Er nahm behutsam Roans Eier in die Hand, hob sie an und rollte sie zwischen seinen Fingern. Dann glitten seine Finger unwillkürlich tiefer. Walker erstarrte, und Roan hielt den Atem an.

„Zeig's mir", forderte Walker, und verdammt, er klang total überwältigt.

Roan begann zu zittern, als er die Knie beugte und zur Seite fallen ließ, sodass er offen und entblößt dalag. Die Finger verließen seinen Mund, und er musste sich einen über den Verlust enttäuschten Laut verbeißen.

„Heilige Scheiße, Roan", flüsterte Walker. Die Berührung an dem kleinen Piercing an der Rückseite vom Roans Hodensack war nass, daher wusste Roan, dass es die Finger sein mussten, die bis eben noch in seinem Mund gewesen waren. „Hast du noch mehr?"

„Das sind alle", sagte Roan.

Er hielt den Atem an, als Walker ein wenig an dem Piercing zog und es dann rieb.

„Warum hast du sie machen lassen? Magst du den Schmerz?"

„Nicht wirklich. Und es war jedes Mal so schnell vorbei, dass ich kaum etwas gespürt habe. Ich kann es nicht erklären. Ich mag, wie sie sich jetzt anfühlen, ganz offensichtlich. Aber in dem Moment ist da etwas …" Roan biss sich auf die Zunge und schüttelte den Kopf.

„Es gefiel dir, mit gespreizten Beinen dazuliegen?", flüsterte Walker. „Während ein Fremder dich ansah und das mit dir machte?"

„Ja", sagte Roan. Er fühlte, wie Hitze in seine Brust stieg, dann seinen Hals hinauf bis ins Gesicht. „Ja, das gefiel mir. Ah!" Roans Oberkörper schoss hoch, und er packte Walkers Kopf, während der auf Roans Schwanz herabsank und ihn so tief in den Mund nahm, dass Roan spürte, wie Walkers Kehle bebte. „Ich komme, ich komme", stammelte er gepresst, versuchte aber, sich zurückzuhalten.

Walker legte seinen Daumen und Zeigefinger um Roans Schwanzwurzel und drückte fest zu. Dann bewegte er den Kopf rauf und runter und drehte ihn bei jeder Aufwärtsbewegung, sodass Roan fühlte, wie Walkers Zunge über die gesamte Länge seines Schafts glitt. Das Saugen erzeugte ein Vakuum um Roans Eichel, das ihm den Atem raubte, selbst mit Walkers Cockring-Griff. Dann glitt Walkers Zunge unter seine Vorhaut, und er sank kraftlos zurück in die Matratze, als sein Körper sich der bebenden Empfindsamkeit ergab.

Walker richtete sich auf. Die Spucke kühlte an Roans Schwanz ab. „Ich werde dich jetzt loslassen", sagte er. „Oder soll ich dich noch ein wenig länger festhalten?"

Roan schnappte nach Luft und konzentrierte sich darauf, seinen Orgasmus zurückzuhalten. „Alles gut", hauchte er.

Walker ließ ihn los, streichelte Roan aber noch einmal hinter seinen Eiern und schnippte leicht mit dem Fingernagel den kleinen Ring. Roans Schwanz zuckte, und sein Loch verkrampfte sich. Da seine Beine immer noch weit geöffnet waren, fragte er sich unwillkürlich, ob Walker das gesehen hatte, aber er hatte keine Möglichkeit, das zu wissen. „Ich werde jetzt mit deinen Nippeln spielen", flüsterte Walker ihm ins Ohr, was Roan wohlige Schauer über den Rücken jagte. Er bekam Gänsehaut.

„Du kannst dir jetzt einen runterholen, wenn du willst, aber es würde mir wirklich gefallen, wenn ich wenigstens etwas von mir in dir hätte, während du kommst. Du kannst aussuchen." Er machte eine Pause, und Roan hielt den Atem an und wartete. „Meine Finger, meine Zunge oder meinen Schwanz. Du hast die Wahl."

Roan machte den Mund auf, der ganz trocken geworden war, aber er wusste nicht, was er sagen sollte.

„Du kannst es mir später noch sagen", flüsterte Walker. Seine Stimme war unglaublich intim – eine Liebkosung, die Roan bis hinunter in seine Lenden fühlte, jetzt, da seine Augen in seidige Dunkelheit gehüllt waren. „Sag mir, wann du für mich bereit bist, und ich gebe dir, was immer du willst."

„Okay. Nur …" Roan kniff die Augen zu, als er fühlte, dass er heiße Wangen bekam.

„Was ist, Roan? Du kannst mich alles fragen."

„Ich würde dir gern den Schwanz lutschen. Für eine kleine Weile. Ich will dich in meinem Mund."

KAPITEL 21

S O RUHIG ER auch äußerlich wirken mochte, Walkers Herz schlug
wie ein Presslufthammer in seiner Brust. Er konnte seinen eigenen
Puls in seinem Hals klopfen hören. Und Roan zu beobachten, der da
lag, mit leicht geöffneten Lippen, die bereits feucht und geschwollen
waren, weil er an Walkers Fingern gelutscht hatte, war keine Hilfe.
Roans Brust war herrlich erhitzt und gerötet, und seine erigierten
Brustwarzen sahen zum Anbeißen aus. Er war erregt und lüstern.

Alles für mich.

Walker konnte nichts sagen; ihm versagte die Stimme. Stattdessen
griff er nach den Extra-Kissen und stupste behutsam Roans Kopf an.
Roan setzte sich auf und ließ Walker die Kissen arrangieren. Bei der
leichtesten Berührung sank er wieder aufs Bett. Er leckte sich die Lippen,
die ganz rosig waren und schlüpfrig vom Speichel. Walkers Magen zog
sich zusammen vor Erregung und Verlangen. Auf den Knien rutschte er
nach vorn und stützte sich mit einer Hand an der Wand über Roans
Bett ab. Er hielt seinen Ständer und fuhr mit der feuchten Eichel über
Roans Lippen. Er konnte das leichte Keuchen fühlen, und dann die
Wärme von Roans heißem, nassen Mund, als Roan die Lippen weiter
öffnete. Walker wollte hinein. Irgendein urwüchsiger Instinkt befahl
ihm, sich weiter nach vorn zu bewegen und seinen Schwanz tief
hineinzuschieben, zu fühlen, wie sich Roans Kehle um ihn krampfte. Er
wollte alles spüren. Zähne, Zunge, Gaumen ….

Roan stockte der Atem, während er mit offenem Mund wartete. Er
wand sich auf dem Laken, dann zog er an seinen Eiern, und seine

Wangen wurden ganz heiß und rosig.

Walker beugte sich noch mehr nach vorn und verteilte sein Vorsperma auf Roans Lippen. Dieses Mal steckte er seinen Schwanz ein kleines Stück hinein, gerade so weit, dass Roan seine Lippen um ihn schließen konnte. Walker musste seine ganze Willenskraft aufbieten, um sich langsam wieder zurückzuziehen, aber das war es wert, nur um zu sehen, wie Roans Lippen ihn umklammerten und versuchten, ihn zu halten. Walkers Schwanz verließ Roans Mund mit einem Popp. Roan sank zurück, seine Frustration stand ihm klar und deutlich ins Gesicht geschrieben.

„Schließ nicht deinen Mund", murmelte Walker.

„*Hnn.*" Roan verbarg eine Sekunde lang sein Gesicht in der Armbeuge. Walker erlaubte es ihm, streichelte die weiche Haut seines Unterarms. Gänsehaut bildete sich da, wo Walker ihn liebkoste. Seine Geduld wurde belohnt, als Roan den Arm langsam fallen ließ und erneut seinen Mund öffnete. Weit. Und das war's dann mit der Willenskraft. Walker fütterte Ran mit seinem Ständer, ganz langsam, Zentimeter für Zentimeter.

Roan lutschte nicht; vielmehr küsste er Walkers Schwanz, bewegte nur die Lippen Er drückte Walkers Schwanz in seine Wange, dann steckte er die Zungenspitze in Walkers Schlitz.

„Großer Gott", seufzte Walker und begann, seinen Ständer langsam wieder herauszuziehen. Roan gab einen unartikulierten Laut von sich und reckte den Hals, um Walker in seinem Mund zu behalten. Er lutschte heftig, um zu verhindern, dass er erneut herauspoppte. Walker hatte jetzt beide Hände an die Wand über ihnen gepflanzt, um aufrecht zu bleiben, und fickte behutsam Roans Mund.

Das Verlangen, tief in ihn hineinzustoßen, war verschwunden seit dem Moment, als ihm klar wurde, wie ekstatisch Roan war, und zwar nur davon, Walkers Eichel in seinem Mund zu haben und mit ihr spielen zu können. Er hätte ganz leicht Walker festhalten können – sowohl zu seiner eigenen Sicherheit als auch als zusätzliches Lustgefühl –

aber das war nicht, was er wollte. Walker stieß ein wenig mehr zu, denn er war buchstäblich unfähig stillzuhalten, und Roan liebkoste ihn herrlich: manchmal nur mit der Zunge, manchmal aber lutschte er Walkers Schwanz so zart, dass es Walker an die Grenze zum Wahnsinn trieb.

„Du wirst das die ganze Nacht lang tun, wenn ich dich lasse, oder?"

Roan ließ Walkers Ständer aus seinem Mund gleiten. „Tut mir leid", hauchte er und wandte das Gesicht ab.

„Ah, da ist nichts, was dir leid tun müsste. Ich liebe es. Hier." Er legte eine Hand an Roans Wange und drehte sein Gesicht wieder zu sich. Dann drückte Walker mit dem Handballen auf seinen eigenen Schwanz, sodass seine Eier angehoben wurden und nicht mehr an seinem Körper anlagen. „Öffne deinen wundervollen Mund, Baby." Roan tat das, und Walker manövrierte, bis er seinen Sack in Roans wartendem Mund versenken konnte. Es war nicht einfach, diese Position zu halten, aber er hatte auch nicht vor, das lange zu tun.

Roan stöhnte. Als ihm klar wurde, was er in seinem Mund hatte, und streckte behutsam die Zunge heraus, um Walkers Eier in ihrem Sack auseinander zu drücken. Er spielte mit der zarten, faltigen Haut, knabberte ein wenig daran, dann nahm er erst einen, dann den anderen Hoden zwischen die Lippen und hielt sie dann in der Wärme seines Mundes. Roans Seufzen war ein Laut solcher Seligkeit, dass Walker beinahe gelacht hätte. Aber er beherrschte sich. Ganz offensichtlich war Roan empfindlich, was seine sexuellen Vorlieben anging, und Walker wollte ihm nicht das Gefühl geben, ausgelacht zu werden.

Er löste sich sanft von Roan. Er wartete, bis Roan aufhörte zu lutschen, dann legte er sich auf ihn und küsste ihn. Roan schlang die Arme fest um Walker und stöhnte. Es war ein unglaubliches Gefühl, endlich nackt und vollkommen Haut an Haut zu liegen. Roans Ständer presste sich in das V von Walkers Hüften und er bewegte sich ein wenig und rieb sich an ihm. Sein ganzer Körper kribbelte, und sie küssten und küssten und küssten.

Als der scheinbar endlose Kuss endete, griff Roan nach seinen eigenen Nippeln und kniff hinein. „Scheiße“, flüsterte er. „Ich bin so kurz davor.“

„Lass mich das tun“, sagte Walker. Er schlug Roans Hände sanft zur Seite, rollte einen Nippel zwischen den Fingern und nahm den anderen in den Mund. Roan schrie auf und bog unter ihm den Rücken durch. Seine Beine zitterten, als er sie um Walkers Taille schlang, Walker fuhr fort, Roans Nippel zu verdrehen und zu beißen. Er testete Roans Grenzen. Schließlich begann Roans Körper so sehr zu beben, dass es beinahe Krämpfe waren.

„Zu viel?“, wisperte Walker.

„Ja. Nein. Ich weiß nicht. Gott. Hör nicht auf.“

Walker lachte leise. Er änderte sein Vorgehen und zog an dem nassen Nippel, während er den anderen in den Mund nahm. Sie waren rot und geschwollen, schmeckten nach Stahl, salziger Haut und etwas Erdigem, das er nicht ganz identifizieren konnte. Sein Ständer pochte und fügte der klebrigen, schweißigen Flüssigkeit auf Roans Bauch seine eigene hinzu, aber er ignorierte das. Er konnte nicht genug davon bekommen, Roan um den Verstand zu bringen. Es kümmerte ihn nicht einmal, ob er selbst kommen würde oder nicht – er wollte einfach nur Roan die Kontrolle verlieren sehen. Als Roan so sehr zuckte, dass er Walker beinahe aus dem Bett gestoßen hätte, setzte er sich auf und ließ von Roans Nippeln ab.

Einen Moment lang rührte er sich nicht. Roans Brust hob und senkte sich; er atmete schwer. Sein Schwanz zuckte, und seine Bauchmuskeln bebten. Er wartete angespannt, nicht wissend, was als Nächstes kam. Walker bewegte sich zaghaft, und Roan hielt den Atem an. Eindeutig erwartete er einen erneuten Anschlag auf seine Nippel. Stattdessen gab Walker ihm einen liebevollen Kuss. Er seufzte, als er die Begegnung ihrer Lippen bis ins Mark spürte, dann drang er mit der Zunge ein und kostete Roans Mund genüsslich. Schließlich neigte er den Kopf zurück und küsste ihn noch einmal. Und noch einmal. Und noch einmal.

„Oh, Walker", hauchte Roan und klammerte sich an ihn. Einen Augenblick lang atmeten sie einfach zusammen, bis das Verlangen nach mehr erneut wuchs. Roans Ständer zuckte an Walkers Bauchmuskeln, und er gab ihm einen letzten, etwas lüsterneren Kuss, um ihn wissen zu lassen, dass das Spiel sich wieder änderte.

Er erhob sich und fuhr mit beiden Händen über Roans blasse Haut, zog ein wenig an seinem Haar, und nahm schließlich Roans Schwanz in den Mund. Er wünschte, er könnte ihm den Schwanz bis zur Wurzel lutschen, aber Roans Ständer war bedeutend größer, als man ihm auf den ersten Blick zutrauen würde und Walker war kläglich aus der Übung. Er machte das Defizit mit seiner Hand wett, und Roan schien keinen Grund zur Klage zu finden.

„OH, GOTT." ROANS Beine verkrampften, als Walker sie noch weiter auseinanderdrückte. Er leckte an Roans Eiern, dann lutschte er erst an einem, dann am anderen. Vorsperma tropfte nun unablässig in Roans Bauchnabel, und Walker nahm sich einen Moment, um an der kleinen Pfütze zu schlecken. Roan gab ein überraschtes Lachen von sich, das sich in ein Stöhnen verwandelte, als Walker seine Eier anhob und das Piercing in den Mund nahm. Seine Beine zuckten, genau wie seine Hände, so als wollte er seine Knie heben und offen halten, aber er zögerte.

„Tu es", flüsterte Walker. Dann setzte er sich auf und wartete. Schaute hin.

Roan rang mit sich. Er biss die Zähne zusammen und atmete laut durch die Nase. Er warf den Kopf auf dem Kissen zurück, und seine Kehle trat herrlich hervor, während er gegen seine Scham ankämpfte. Walker konnte nicht anders – er streichelte beruhigend Roans Bauch in einer schweigenden Liebkosung.

Als Roan seinen Kampf aufgab, geschah es sehr plötzlich. Er atmete einmal durch den Mund aus, sein Körper entspannte sich, dann legte er langsam seine Hände in sie Kniekehlen und zog seine Beine hoch.

„Hast du dich entschieden?", fragte Walker leise.

„Ich will deine Zunge." Roans Stimme war so rau, dass Walker sie fast nicht erkannte.

„Ist das alles?"

„Ich lasse es dich wissen, falls ich meine Meinung ändere,"

Er spreizte seine Beine weiter. Das Piercing glänzte in dem gelblichen Licht der Nachttischlampe. Walker rieb seine Nase an Roans Eiern, dann schnalzte er mit der Zunge an dem kleinen Silberring.

„Oh, Gott." Eines von Roans Beinen rutschte aus seinem Griff und fiel aufs Bett. Er brauchte zwei Versuche, bevor er es wieder zu fassen kriegte.

„Okay, kleiner Löwe?"

„Ja, ich– ja."

Walker entging das Zögern nicht. Er setzte sich wieder auf. „Was ist es. Willst du die Maske absetzen?"

„Noch nicht. Ich bin nur …… noch mit niemandem zusammen gewesen, seit ich das Piercing bekommen habe. Das ist jetzt über ein Jahr her."

Walker spürte die Worte unmittelbar in seinem Schwanz wie einen Stromschlag, der sich als Vorsperma entlud. Er atmete eine Sekunde lang tief durch und schloss die Augen. Sodass er nicht Roans Hoden ansehen musste, oder das süße Loch, das darunter wartete.

„Walker?", fragte Roan leise.

„Ich versuche gerade, noch nicht zu kommen", gestand er und machte die Augen auf. Roan ließ den Kopf zurückfallen und lachte leise. „Oh, findest du das witzig?" Walker beugte sich hinab und lutschte ohne Vorwarnung Roans Schwanz.

„Ah! Gott!" Roan warf den Kopf hin und her, dann erstarrte er, als Walker genauso plötzlich wieder von ihm abließ. „Bitte", flüsterte Roan. Seine Kehle brannte. „Bitte."

„Ich kümmere mich um dich, Baby. Du musst nicht betteln." Walker leckte Roans Damm und kitzelte das metallene Piercing in Roans festen, kleinen Hoden. Roans Loch zog sich zusammen, entspannte sich wieder. Walker packte seine Hüften. Zog ihn hoch und öffnete ihn mit seiner Zunge.

Der Laut, den Roan von sich gab, war das Geilste und Schmutzigste, das Walker je gehört hatte. Er leckte und stupste, nibbelte und küsste, bis Roan ein zappelndes, fluchendes Häufchen Elend war. Er begann erneut zu zittern, und Walker war froh, dass sie dieses Mal nicht auf Cormac saßen, denn er bezweifelte, dass es ihm dieses Mal gelungen wäre, Roan davon abzuhalten, ihn zu treten. Walker gab ihm einen Moment, um sich zu sammeln, dann lutschte er wieder zärtlich an Roans Eiern, wobei er immer wieder zu dem Ring zurückkehrte, der an seinem Sack hing. Er nahm das Metall in seinen Mund, lutschte behutsam daran und lauschte auf Roans Stöhnen.

Roan hatte erneut den Kopf zurückgeworfen, und sein Adamsapfel tanzte krampfhaft, als er versuchte, seinen zweifellos trockenen Mund zu befeuchten. Seine Brust hob und senkte sich heftig, während er nach Luft schnappte. Als er sich etwas beruhigt hatte, hob Walker seine Hüften an und brachte das herrliche Loch erneut an seinen Mund.

„Verdammt. Verdammt! Walker, ich kann nicht– " Roans Beine zuckten wild und trafen Walkers Rücken. „Oh, Scheiße, tut mir leid."

Walker ließ Roans Hüften vorsichtig wieder herunter und streichelte seinen Bauch und seine Schenkel, bevor er einmal langsam seinen Schwanz massierte. Die Vorhaut war nun komplett zurückgezogen und lag fest um den unteren Teil der Eichel. Walker spielte damit, bis er sie wieder hinaufschieben konnte, Dann schob er behutsam seinen Daumen darunter und ließ in langsam kreisen.

„Sag mir, was du willst, Roan", murmelte er.

„Fick mich, bitte."

„Ganz sicher?"

„Ja."

„Ich möchte, dass du dafür sehen kannst."

Roan wurde vollkommen reglos. „Okay", flüsterte er schließlich. „Aber noch nicht jetzt."

Walker küsste Roans Kniekehle, dann setzte er Roans Schenkel sanft ab, sodass Roan sich entspannen konnte. Er schnappte sich ein Kondom rollte es ohne Umschweife über und griff nach dem Gleitmittel, Als er eine ungeöffnete Wasserflasche sowie einige Feuchttücher entdeckte, ergriff er beides. Zuerst wischte er sich den Mund ab – er wollte Roan noch einmal küssen, und obwohl er glaubte, dass es Roan auch nach dem Rimmen nichts ausmachen würde, so war es für ihn schlicht eine Frage der Höflichkeit – dann öffnete er die Flasche.

„Möchtest du etwas Wasser, kleiner Löwe?"

„Bitte, ja."

Roan kam gar nicht auf die Idee, sich aufzusetzen und nach der Flasche zu greifen. Er ließ sich von Walker den Kopf anheben und öffnete den Mund. So vertrauensvoll, dass sich etwas Warmes und Wundervolles in seiner Brust ausbreitete. Er gab Roan ein paar Schlucke, dann trank er selbst ebenfalls ein wenig. Er spülte sich den Mund aus, bevor er das Wasser schluckte.

„Ich werde dich zuerst mit meinen Fingern öffnen."

„Das ist nicht nötig. Ich halte das schon aus."

„Es ist ein Jahr her. Ich will nicht dass du ‚es aushältst', Roan." Walker beugte sich näher und flüsterte Roan ins Ohr: „Ich will, dass du es so sehr genießt, dass du mich um mehr bittest. Wieder und immer wieder."

Roan gab einen heiseren Laut von sich und drehte Walker das Gesicht zu. Ihre Münder fanden sich wie von selbst, so als würden sie einander schon seit Jahren küssen. Ohne den Kuss zu unterbrechen, benetzte Walker zwei Finger mit Gleitgel und suchte nach Roans Loch. Er tastete behutsam danach. Als er mit einem Finger die Öffnung berührte, drückte Roan sofort dagegen und versuchte, Walker hineinzuziehen. Walker zog seine Finger ein wenig zurück – er wollte sich Zeit lassen. Dann schob er sie wieder nach vorn und imitierte die vorherigen Bewegungen seiner Zunge.

Nach den Lauten zu urteilen, die Roan von sich gab, sehnte er sich ebenso sehr nach Walkers Zunge in seinem Mund wie nach einem Finger in seinem Arsch. Walker gab nach und küsste Roans Mund leidenschaftlich, dann drang er mit einem Finger in Roan ein, ganz langsam, aber unaufhaltsam und sicher. Roans Arschloch bebte ein wenig, warm und eng und weich um Walkers Finger herum, und Walker hielt still, bis Roan wieder ganz entspannt war, dann öffnete er ihn ein wenig mehr.

Walker beendete den Kuss, während er seinen Finger herauszog und dann zwei Finger in ihn einführte, um sehen zu können, ob Roan okay war. Roan versuchte, sich zu entspannen, die Lippen leicht geöffnet, und seine Fäuste öffneten und schlossen sich auf dem Laken. Er wusste immer noch, was er tun sollte, aber das hieß nicht, dass er nicht auch Schmerzen erwartete, und Walker wollte ihm so wenig Unbehagen bereiten wie möglich. Als Walker seine Finger bis zum ersten Knöchel hineinschob, verzog Roan ein wenig das Gesicht. Walker berührte Roans Nippel. Zunächst ganz behutsam, dann zog er ein wenig fester an den Piercings. Roan erschauerte am ganzen Körper, dann kapitulierte er und ergab sich dem Eindringen von Walkers Fingern, die in seinen Körper sanken und von Roan dort gehalten wurden.

KAPITEL 22

Es war so viel. Roan war froh darüber, nichts sehen zu können, als Walkers Finger in ihn eindrangen. Walker machte das so behutsam, dass es fast einfacher gewesen wäre, einfach den Schmerz zu ertragen und es hinter sich zu bringen. Aber die Fürsorge, die Liebe war etwas, das Roan nicht gewohnt war. Und er wusste nicht, wie er damit umgehen sollte. Sein Herz stolperte hilflos in einem Rhythmus, von dem er sich nicht vorstellen konnte, ihn lange auszuhalten, und als Walker sein Haar streichelte, hatte Roan unerklärlicherweise das Gefühl, weinen zu müssen.

Der nächste Kuss kam genauso überraschend wie alle anderen zuvor, und jedes Mal wuchs Roans Verlangen. Jedes Mal wurde er etwas geiler und unbeherrschter. „Bitte", flüsterte er in Walkers Mund.

„Ja, Baby, bald." Walker küsste ihn noch einmal, dann war er plötzlich weg. Roan zuckte zusammen, als Walker tiefer eindrang und dann seine Finger unter den vorderen Rand von Roans Rektum hakte und zog. Als er die Prostata fand, schrie Roan auf. Seine Schenkel begannen mit ihrem vertrauten Beben. Roan wollte sein Gesicht unter dem Kissen verbergen.

„Gott, dort auch, hm?", fragte Walker beinahe andächtig. Er spreizte seine Finger, aber dieses Mal vermied er, Roans Prostata zu berühren – wofür Roan dankbar war – aber dennoch dehnte Walker Roans Loch. Dann wichste er Roans Schwanz einige Male, und Roan gab beschämende, klagende Laute von sich, weil sein Orgasmus sich in einem beängstigenden Crescendo aufbaute. Er wollte noch nicht kommen. Er schlug hilflos mit den Armen um sich, bis sein Handrücken auf etwas traf. Dann packte er Walkers Arm.

„Ich bin so weit. Ich kann nicht mehr warten. Du … du hast gesagt, ich könnte dich um alles bitten, und du würdest es mir geben."

„Das habe ich", flüsterte Walker.

Roan hörte das Aufschnappen der Flasche und dann das glitschige Geräusch von Walker, der seinen Ständer einschmierte. Die Matratze sank ein. Walkers warme Hände spreizten Roans Schenkel weiter und positionierten sie über seinen eigenen. Roan fühlte sich so offen und entblößt, das der Moment ihn in zwei Teile spaltete. Einerseits stellte er sich vor, was Walker gerade sah – sein geschwollenes Loch, das vielleicht gerade ein wenig offenstand, und das glänzende Piercing – andererseits wollte er so sehr gefickt werden wie noch nie in seinem Leben.

Das Verlangen trug den Sieg davon. Sein Arsch zog sich erwartungsvoll zusammen. Walker fluchte leise vor sich hin, beugte sich über Roan und küsste ihn noch einmal, bevor er seinen Schwanz an Roans Eingang positionierte. Roan drückte sich dagegen, bereit und verlangend, und Walker begann, in ihn einzudringen. Es war vollkommen still, abgesehen von dem feuchten Geräusch von Sex. Beide hielten den Atem an, obwohl Roan versuchte, sich zu entspannen. Millimeterweise fand Walker seinen Weg hinein, und Roan fühlte sich voll, bevor auch nur drei Zentimeter geschafft waren, und er wusste, es würde noch so weitergehen.

„Okay?", fragte Walker. Er klang gepresst, und plötzlich wollte Roan nur noch eins.

„Ich muss dich sehen", flüsterte er. Walker erstarrte. Nach einem Moment des Schweigens küsste er Roan zärtlich auf den Mund. Dann berührten seine Finger die seidige Maske.

„Lass deine Augen noch einen Moment lang geschlossen, damit sie sich anpassen können", sagte Walker im Flüsterton, und dann war die Maske weg. Gelbliches Licht tanzte hinter Roans Lidern. Walker kniff in seinen rechten Nippel. Roan keuchte, und als Walker ganz in ihm war, gab er einen Laut völliger Erleichterung und Zufriedenheit von sich. Er zog seinen Schwanz ein ganz kleines Stück heraus und schob ihn wieder hinein. Er arrangierte Roans Beine so, dass er sich leichter hinlegen konnte, dann wiegte er die Hüften. Es war kaum ein Zustoßen, aber die Bewegung strich über Roans Prostata, und seine Augen öffneten sich unwillkürlich.

Es war, als wäre die Welt schon immer schwarzweiß gewesen und er würde zum allerersten Mal Farben sehen. Walkers Gesicht war direkt vor ihm, in starkem Kontrast zu den undeutlichen Tönen des dämmerigen Zimmers. Walker schaute ihn mit solcher Zuneigung an, dass Roan sich fragte, ob er ihn mit einem Gesichtsausdruck erwischt hatte, den er eigentlich nicht sehen sollte. Aber Walker veränderte seine Miene nicht. Versteckte nichts. Er lächelte sanft. Herzlich. Seine Augen lächelten mit.

„Hi", flüsterte er.

Roan öffnete den Mund, um etwas zu sagen, aber ihm wurde die Kehle eng. Eine einzelne Träne lief ihm über die Schläfe. Walker fing sie auf, kostete sie und gab das Salz an Roans Zunge weiter. „Ich bin okay", stieß Roan hervor.

„Ich weiß", flüsterte Walker. „Es ist einfach ziemlich viel, oder?"

Roan wollte seine Augen schließen, tat es aber nicht. Er nickte, schlang die Arme um Walker und drückte ihn fest an sich. Er wiegte seine Hüften, während Walker still hielt. Und obwohl er sich so gut wie nicht bewegte, war der Druck in seinem Inneren herrlich. Er erschauerte am ganzen Körper und zog fest die Muskeln in seinem Arsch zusammen.

„Ah, Roan, du machst mich ganz wahnsinnig." Walker begann, mit den Hüften zu stoßen. Es war, als hätte er gar keine Wahl. Sein Schwanz schlüpfte fast zur Gänze heraus und dehnte Roans Loch, dann drang Walker erneut in ihn ein, in einem einzigen, harten Stoß. Roan fuhr hoch, den Mund im Schock geöffnet, und starrte in Walkers Augen, während der tat, was er versprochen hatte, wieder und wieder.

Roan war noch nie so gefickt worden. Ihre Körper erschufen einen Kokon, eine Nische aus Sex und Lust und ursprünglichen, erdigen

Empfindungen, die nur ihnen allein gehörten.

Als sie den Punkt ohne Wiederkehr erreichten, erbebte Roans Körper und zitterte so heftig, dass sie ihren Kuss unterbrechen mussten. Roan, der etwas brauchte, das er nicht in Worte fassen konnte, warf seinen Kopf hin und her, während Walker ihn fickte und den besonderen Punkt in ihm unablässig traf. Mit einem Arm stützte Walker sich auf dem Bett ab, mit der freien Hand zwickte er gleichzeitig Roans Nippel. Aber als Roan nicht aufhörte zu suchen, ließ Walker sich auf die Ellenbogen herab und steckte Roan zwei Finger in den Mund.

Beide stöhnten und sahen einander mit solchem Verlangen in die Augen, das beängstigend hätte sein können. Aber Roan wollte jetzt einfach nur noch kommen, sich von Walker zum Orgasmus bringen lassen. Sich vollkommen hingeben. Als wüsste er das, strengte Walker sich besonders an, zunächst mit tiefen, langen Bewegungen, dann mit kurzen, scharfen Stößen. Roan lutschte an seinen Fingern und leckte an der köstlich salzigen Haut. Walker gab einen gebrochenen Laut von sich, dann fickte er Roan mit allem, was er in sich hatte, und hämmerte Roans Prostata, bis das Zittern nachließ. Roan verspannte sich. Sein Höhepunkt baute sich immer weiter auf, und er hielt den Atem an, bis auch das nachließ. Eine Sekunde lang war der Abgrund erschreckend nah, aber er war nicht allein. Walker flüsterte seinen Namen, und im allerletzten Moment schloss Roan die Augen, bevor die Strömung ihn in die Tiefe riss, tiefer und tiefer und tiefer, bis seine Eier leer waren und sein Bauch nass und klebrig. Sein Loch pulsierte noch immer um Walkers steifen Schwanz herum.

Roan stöhnte erbärmlich lang, als Walker die Finger aus seinem Mund zog. Roan wollte etwas dazu sagen, aber dann war Walker da, zog das Kondom herunter und steckte Roan seinen Schwanz in den nun schrecklich leeren Mund.

Beseelte Erleichterung beraubte Roan der Fähigkeit zu denken. Sein Körper fühlte sich so schwer an, als hätte sich die Schwerkraft der Erde erhöht, während er Walker erlaubte, seinen Mund zu ficken.

Roan lutschte und schnalzte mit der Zunge gegen die Unterseite von Walkers Ständer, bis Walker fluchte und zitterte. Seine Oberschenkel bebten vor Anstrengung, sich über Roan in der Waage zu halten. Als Roan glaubte, Walker würde seinen Schwanz herausziehen, packte er Walkers Hüften und schleckte seinen Schwanz in voller Länge. Walker schrie auf, und dann erfüllte das Pulsieren von Walkers Sperma Roans Mund. Er schluckte alles herunter.

ROAN ERWACHTE AUS dem tiefsten Schlaf seit einem Jahr. Wie ein Taucher, der zur Oberfläche des Ozeans aufstieg. Als erstes wurde er sich eines leisen, raschelnden Geräuschs bewusst. Es war rhythmisch und beruhigend. Dann wurde es langsam hell, wie eine sanfte Morgendämmerung, aber dafür war es noch zu früh. Er mochte zwar tief geschlafen haben, aber keineswegs eine ganze Nacht. Er war nicht allein. Das war das Nächste, das er wusste, und mit dieser Erkenntnis kam auch die Empfindung, die zu dem Rhythmus gehörte.

Walker streichelte Roans Brust. Roan streckte sich. Mit größter Mühe öffnete er die verklebten Lider.

„Er lebt", murmelte Walker hörbar belustigt. Roan drehte den Kopf, und das Kopfkissen raschelte unter ihm. Er blinzelte mehrmals, um sein Gehirn ein wenig mehr aufzuwecken. Walker beobachtete ihn. Das tat er wahrscheinlich schon seit einer ganzen Weile, denn in seinem schönen Gesicht war keine Spur von Schlaf mehr zu sehen. Roan streckte die Hand aus und berührte die Lachfalten neben Walkers Mund, dann legte er eine Hand an Walkers Hinterkopf und zog ihn zu sich heran, um ihn zu küssen.

„Ich kann nicht fassen, dass ich eingeschlafen bin", krächzte er.

Walker lachte, ein bisschen benebelt, als Roan ihn wieder losließ. „Nachdem du so heftig gekommen bist? Ich wäre sehr überrascht gewesen, wenn du nicht eingeschlafen wärst." Roan bekam heiße

Wangen; Walker streichelte sie mit den Fingerspitzen. „Nein, Baby", flüsterte er. „Das muss dir nicht peinlich sein. Es war das Erotischste, was ich je gesehen habe."

Roan runzelte verwirrt die Stirn. „Was?"

„Ich habe nicht einmal deinen Schwanz angefasst. So etwas habe ich noch nie zuvor gesehen." Er biss sich auf die Lippe und bewegte sich. Roan fragte sich, ob er, wenn er jetzt unter die Decke fasste, die er über sie beide gebreitet hatte, während Roan geschlafen hatte, feststellen würde, dass Walker einen Harten hatte. Es kribbelte ihm bei dem Gedanken, aber ihm stellte sich auch die Frage, ob und wie es jetzt mit ihnen weitergehen würde. „Wie fühlst du dich?", fragte Walker

„Gut", sagte Roan. Erneut streckte er sich. Sein Körper war etwas steif, aber auf gute Weise. „Besser als gut." Er lächelte ein wenig schamhaft.

„Keine Reue?"

Roan öffnete den Mund, um zu antworten, aber dann nahm er sich einen Moment, um darüber nachzudenken. Als er sich Walker das letzte Mal so hingegeben hatte, hatte er es am Tag danach durchaus bereut, aber jetzt, da Walker hier bei ihm war …

„Ich fühle mich etwas befangen", sagte er. „Ich glaube, das wird immer so sein. Aber das …gehört wohl dazu, dass es sich so gut anfühlt, einfach loszulassen, obwohl man das eigentlich nicht will. Aber ich schäme mich nicht."

Walker zog ihn an sich und hielt ihn fest. Er roch so gut. Nach Sex und Anstrengung und dem tiefen, vollen Aroma, das ganz Walker war. „Gut."

„Was ist mit dir?", fragte Roan. „Wie fühlst *du* dich?"

Walker lächelte, wobei sich die linke Seite seines Mundes etwas stärker hob als die rechte. „Ich will dir keine Angst machen", sagte er leise.

„Was? Das wirst du nicht. Was meinst du damit?" Roan machte Anstalten, sich von Walker zu lösen, wurde aber sofort wieder in die feste Umarmung gezogen.

Walkers Atem kitzelte ihn warm am Ohr. „Ich würde dich am liebsten einpacken und dich mit nach Hause nehmen und dich nie wieder loslassen."

Draußen führ mit viel zu lauter Musik ein Auto die Straße entlang. Roan erstarrte. „Was bedeutet das?", fragte er leise.

Walker streichelte mit den Fingerknöcheln Roans Gesicht, das nun ein wenig kratzig von den Bartstoppeln war. „Es bedeutet nichts anderes als, dass ich nicht möchte, dass es hier mit uns endet. Und das wiederum kann alles Mögliche heißen, etwa, dass ich ab und zu herkomme und du zu mir kommst, sodass wir uns sehen können. Oder dass du diesen Ort hinter dir lässt und zu mir auf die Farm ziehst."

„Du kennst mich doch kaum."

Walker hob sich auf einen Ellenbogen, um Roan seine ganze, intensive, braunäugige Aufmerksamkeit zu schenken. „Ich bin gewillt, es mit dir zu riskieren, kleiner Löwe. Scheiße, es gibt nicht viel, das ich nicht für dich tun würde."

„Das ist Irrsinn", sagte Roan und lachte ein wenig euphorisch.

Walkers Lächeln war ein wenig selbstironisch. „Das ist mir bewusst. Aber ich bin zu sehr verliebt in dich, um so zu tun, als wäre ich es nicht."

„Ich kann dir alles beibringen, was du über das Leben auf einer Farm wissen willst, wenn du willst. Falls nicht, gibt es jede Menge anderes, was du tun kannst, entweder auf der Ranch oder anderswo. Meine Stiefmutter redet zum Beispiel schon länger davon, nebenbei Biogemüse zu verkaufen."

„Ich weiß nicht." Roan biss sich auf die Lippe und wandte den Blick ab. Er bemerkte, dass Walker sich verspannte.

„Was weißt du nicht?"

„Nun ja …" Roan konnte ein Schmunzeln nicht länger zurückhalten. „Essen Blutegel Salat?"

Walker starrte ihn an, blinzelte und warf dann seinen Kopf zurück und lachte. Am liebsten hätte Roan in seinen Adamsapfel gebissen.

„Nein", sagte Walker. „Blutegel leben im Wasser" Seine Augen funkeln. „Aber es gibt andere Krabbeltiere."

„Nein, erzähl mir nichts darüber."

„Wir haben Ameisenwespen" Roan hielt sich dich Ohren zu. „Ich sagte, ich will nichts davon hören." Er quiekte, als Walker ihn kitzelte, und versuchte, Walkers Hände beiseite zu schlagen.

„Und wir haben auch Einsiedlerspinnen."

„Ich höre nicht zu!"

Walker kitzelte ihn erneut in den Seiten. „Wolfspinnen."

„Nein!"

Walker lehnte sich zurück. „Na gut. Ich höre auf."

Roan seufzte und legte sich wieder hin. Walker krabbelte im Bett aufwärts, bis sie eng zu zusammen lagen. Er küsste Roans Kinn. „Klapperschlangen", flüsterte er und streichelte Roans Arm. Roan zuckte und musste so sehr lachen, dass er von Walker herunterrutschte. Der griff nach Roan, zog ihn wieder an sich und rieb seine Nase an Roans Hals. „Okay, ich höre jetzt auf. Aber ich sollte dich vor meinen Eltern warnen."

„Ja? Warum das?" Es kam Roan falsch vor, an Walkers Eltern zu denken, während sie beide halb hart waren und sich aneinander rieben.

„Sie werden dich ständig wegen deines Sexlebens necken. Das ist ihr Ding. Und wenn du nicht schnell genug davonkommst, dann erzählen sie dir auch alles Mögliche über ihr eigenes Liebesleben."

„Okay, ich war schon wieder angetörnt, aber das ist jetzt kein Problem mehr."

„Hmm. Sicher?" Walker knabberte an Roans Schulter, verdrehte das Piercing in seinem rechten Nippel und nahm dann ihre beiden Schwänze zusammen in die Hand.

Roan dachte an nichts mehr – Eltern, Schlangen, Krabbeltiere. Er dachte nur noch an den Mann in seinen Armen.

EPILOG

„**I**CH HABE DICH schon lange nicht mehr in deiner skinny Jeans gesehen."

Roan wandte sich von dem Fenster im Schlafzimmer des Farmhauses ab, von wo aus er beim Errichten der weißen Zelte zugesehen hatte, und dem Chaos von Kabeln, Scheinwerfern, Kameras und Crewmitgliedern, die alles für den Dreh vorbereiteten.

Walker sah super aus in seinem schwarzen Oberhemd, engen Wrangler und einem weißem Cowboyhut. Seine gebräunte Haut leuchtete jedoch mehr als nur von der Sonne geküsst. Kylie, oder wer sonst gerade fürs Make-up zuständig war, war eindeutig schon am Werk gewesen. Sie hatten Highlights auf Walkers Wangenknochen hinzugefügt. Lächerlich.

Aber auch irgendwie heiß.

Walker kam ins Zimmer und nahm Roan in die Arme. Packte seinen Arsch und knetete ihn. „Ich hab' sie vermisst."

„Ich dachte mir, Flipflops und Shorts wären nicht schick genug für unsere Hochzeit." Roan trug immer noch seine schicken Sachen von zuvor, aber er trug sie nur noch sehr selten. Er vermisste sie nicht. Nicht wirklich. Sein neues Leben mit Walker war so echt – schmutzig (sowohl auf sexy Art und Weise, als auch mit echtem Schmutz von der Farm), körperlich und angefüllt mit Tagen voller Glück, sodass er sich zum allerersten Mal in seinem Körper ganz zu Hause fühlte. Er musste niemanden beeindrucken, obwohl er das bei abendlichen Dates mit Walker noch immer tat, weil er es wollte. Aber alles, was er tun musste, um Walker zu beeindrucken, war, einfach aufzutauchen. Jeden Tag. Einfach nur da sein.

Walker hob die Brauen. „Ich würde dich auch nackt heiraten."

Roan schmunzelte. „Das würde dir gefallen, hm?"

Walker zog ihn enger an sich, rieb die Nase an Roans Hals und küsste sein Ohr. „Oh, ja."

„Andy würde das auch gefallen. Um die Quoten in die Höhe zu treiben."

Walker lachte schnaubend. Dabei legte er den Kopf in den Nacken und entblößte seinen langen Hals. Roan widerstand nicht dem Drang, seinen Adamsapfel zu küssen. „Scheiß auf Andy."

Er konnte immer noch nicht ganz fassen, dass sie diesem Theater zugestimmt hatten, aber so war es. Das zusätzliche Geld konnten sie für ihre Flitterwochen gebrauchen, und außerdem fühlte es sich irgendwie richtig an. So schloss sich der Kreis. Andy, Molly und John wiederzusehen, würde seltsam ein, aber sie hatten die erste Staffel von „Schwul sucht Ehemann" erfolgreich durchgezogen.

Natürlich waren sämtliche Aufnahmen kurz und klein editiert worden, und was es auf den Fernsehschirm schaffte, zeigte in keinster Weise die Wirklichkeit ihrer Beziehung – besonders jetzt, da sie einander wirklich kannten – aber es porträtierte sie auch nicht in einem schlechten Licht. Es war eine relativ leichte Entscheidung gewesen, Andy und die Crew für ein Follow-up kommen zu lassen und die Hochzeit zu filmen, solange sie die Kosten für die Dekoration und die Torte übernahmen. Außerdem zahlten sie ein hübsches Zusatzhonorar.

Apropos hübsch.

„Du siehst selbst ziemlich gut aus, Cowboy."

Walker wurde rot. Man sah ihm die Freude an. „Tessa wird beleidigt sein, weil du mich vor der Hochzeit gesehen hast."

„Macht dich das zur Braut?", fragte Roan. Er lachte und stach mit dem Zeigefinger in Walkers Brust.

Walker prustete leise und küsste Roan auf die Wange. „Na, komm.

Wir sollten jetzt runter gehen und dich zum Make-up bringen."

„Wann kommen unsere Gäste?"

„Schon bald."

Sie hatte einige Freunde und Familienmitglieder zur Hochzeit eingeladen, aber es würden viel mehr Leute für Walker erscheinen als für Roan. Lindsay hatte gesagt, dass sie nicht kommen konnte, aber sie hatte eine wunderschöne Karte und einige Kinderfotos von Roan geschickt, die sie im Nachlass seiner Mutter gefunden hatte. Eins davon war ein sehr besonderes Foto von Roan und seiner Mutter. Er war etwa acht Jahre in dem Schnappschuss, und er saß angeschmiegt an sie auf Lindsay Couch, und sie beide lachten in die Kamera. Das Foto bedeutete ihm viel.

Walker hatte es gerahmt und zu seinen eigenen Familienfotos auf den Kaminsims gestellt. Roan bekam immer noch jeden Tag eine enge Kehle, wenn er es am Morgen dort sah – aber auf gute Weise. Von all den Veränderungen, die im letzten Jahr an dem alten Farmhaus vorgenommen worden waren, war diese die einzige, die für Roan eine Rolle spielte- Er lächelte das Foto an, als sie zusammen durch das Wohnzimmer nach draußen gingen.

Sie traten hinaus auf die Vorderveranda und wurden im Überfluss begrüßt von roten und pinkfarbenen Azaleen in voller Blüte. Draußen auf einem Feld, wo sie das Set aufbauten und ein großes, weißes Zelt dekorierten, unter dem Walker und Roan heiraten würden, sorgte ein weißer Schneeflockenstrauch für einen wolkenähnlichen Hintergrund hinter den wunderschönen, lilafarbenen Iris, die Tessa vor zwanzig Jahren gepflanzt hatte. Eine weitere, pinkfarbene Mimosenwolke blühte an der rechten Seite. Roan nahm einen langen Atemzug.

Es war wunderschön. Wenn nur seine Mutter das erleben könnte …

„Geht es dir gut?", fragte Walker

„Ja. Ich vermisse nur meine Mutter."

Walker nickte und schlang einen Arm um Roans Schulter.

Roan lächelte wortlos, weil ihm die Kehle eng wurde, und drückte

Walkers Hand. „Aber lass uns an unserem Tag nicht trübsinnig werden." Dann entdeckte er jemanden im Schatten der Eichen, der mit einem Produzenten sprach. Roan verzog das Gesicht. „Musstest du ihn einladen?"

Walker blinzelte im Licht des Morgens und versuchte, trotz der Sonne in seinen Augen etwas zu sehen „Mike?"

„Genau den."

„Bis du immer noch eifersüchtig, kleiner Löwe."

„Nein." Roan rümpfte die Nase. „Er nervt mich einfach nur."

Walker lachte, zog Roan in seine Arme und flüsterte ihm ins Ohr: „Ja, weil du eifersüchtig bist. Aber das musst du nicht sein. Ich werde schließlich *dich* heiraten, oder?"

„Ja, das wirst du." Roan lachte. „Du musst wirklich wollen, dass ich dir glaube, denn du bist gerade in deinen tiefsten Louisiana-Slang gerutscht."

„Ich musste Mike einladen. Ich kenne ihn seit einer halben Ewigkeit. Außerdem haben wir alle anderen, die mit uns zusammen in der Show waren, ebenfalls eingeladen."

„Ja, aber musste er annehmen?"

„Was ist mit ihm?", sagte Walker und nickte zu Ben hinüber, der an diesem Morgen mehrere Stunden früher gekommen war als für die Hochzeit nötig. Anscheinend hatte Andy Interviews mit ihm und Mike gefordert, weil sie die beiden letzten Kandidaten gewesen waren, die gegen Roan „verloren" hatten. „Musstest du ihn denn einladen?"

Roan schnaubte. „Hab' ich nicht. Das war Andy."

„Genau wie bei Mike."

„Ich weiß." In diesem Moment fing Roan Bens Blick auf, und er lächelte in der Hoffnung, deutlich rüberzubringen, dass sie Freunde waren. Aber Ben senkte den Kopf und bewegte sich aus Roans Gesichtsfeld in den Schatten eines weiteren Eichenbaums. „Er hat mich nicht geliebt", sagte Roan leise. „Er dachte das nur."

„Dasselbe trifft auf Mike zu."

Roan schüttelte den Kopf, widersprach aber nicht. Der Unterschied zwischen Ben und Mike war wie Tag und Nacht, Ben hatte sich von Nähe und erzwungener Intimität mitreißen lassen und dem ganzen mehr Bedeutung beigemessen, als da gewesen war. Mike hingegen hatte eine echte, jahrelange Beziehung mit Walker geführt. Aber egal. Sie würden heute heiraten, und das letzte, was Roan wollte, war lang und breit über andere Männer in ihrem Leben reden.

„Da seid ihr ja", sagte Kylie. Sie eilte die Stufen zur Veranda heraus und ergriff Roans Arm. „Komm mit." Dann richtete sie ihren scharfen Blick auf Walker. „Und du! Bleib hier bei der Klimaanlage. Ich will gleich nicht noch einmal dein Gesicht schminken müssen." Roan winkte, als er von Kylie in Richtung Make-up-Trailer gezogen wurde, wo sie ihn in einen Stuhl bugsierte der verdächtig einem Zahnarztstuhl ähnelte. Dort erduldete er eine halbe Stunde ihrer Aufmerksamkeit. Dann war Tessa an der Reihe, und Roan blieb hinter ihr, um mit ihr zu plaudern, während Kylie sie für die Zeremonie glamourös aufhübschte.

„Walker wird deine Frisur lieben", sagte er und nippte kaltes Wasser aus einem Styroporbecher, den Kylie ihm irgendwann in die Hand gedrückt hatte, mit der Aufforderung, genug zu trinken. „Er mag das Grau."

Tessa schürzte die Lippen und betrachtete sich in dem großen Spiegel. Ihr graues Haar umrahmte lockig ihr Gesicht und das geschmackvolle Make-up. „Ich wünschte, ich würde es auch nur halb so sehr lieben wie er, aber gegen das Alter kann man sich nicht wehren, Schatz. Der Tod kommt für uns alle."

„Wow. Das ist ja gar nicht morbide. Und an unserem Hochzeitstag", sagte Roan und lachte leise.

„Oh, nein. So habe ich es nicht gemeint." Tessa riss besorgt ihre grauen Augen auf. „Und ich wollte dich nicht an deine liebe, verstorbene Mama erinnern. Ich weiß, dass sie diesen Tag hier genossen hätte."

Roan nickte und nahm noch einen Schluck Wasser, sagte aber nichts dazu. Wenn er zu sehr an seine Mutter dachte, dann würde er weinen.

Stattdessen neckte er Tessa noch ein wenig mehr. „Joe muss sich am Riemen reißen und bis nach der Hochzeitszeremonie die Finger von dir lassen. Sonst versohlt ihn Kylie mit ihrer Haarbürste.“

„Oh, das würde ihm sogar gefallen“, entgegnete Tessa zwinkernd.

Roan lachte; das Herz wurde ihm in der Brust weit. Es machte Walker wahnsinnig, wenn Tessa und Joe über ihr Sexleben redeten, aber Roan gab es Hoffnung. Würden Walker und er in diesem Alter ebenfalls noch so abenteuerlustig sein? Ja, das hoffte er.

Joe ging es besser, seit er und Tessa in die umgebaute Scheune gezogen waren. Er hatte seinen Diabetes ernster genommen und gesagt: „Ich will noch ein paar Jahre haben, um mit meiner Frau in diesem schicken Whirlpool zu spielen,“ Walker hatte gestöhnt, und Roan hatte sich halb schlapp gelacht.

Als Tessa fertig frisiert und geschminkt war, erhob sie sich mit langsamer Würde und ergriff Roans Hände. Kylie machte sauber und bereitete den Platz für ihr nächstes Opfer vor. Tessa lächelte zu Roan auf. „Du wirst dich gut um meinen Jungen kümmern, ja?“

„Natürlich, Tess. Du weißt, das werde ich.“

„Und ihn bis ans Ende deiner Tage lieben?“

„Das ist, was ich gleich vor Zeugen schwören werde.“

„Er mag ja nicht mein eigen Fleisch und Blut sein, aber ihm gehört mein Herz.“

„So wie meins.“

„Ich weiß.“ Tessa lächelte und stupste mit dem Finger Roans Nasenspitze an. „Ich wusste es vom ersten Moment an, als ich dich sah. An diesem Tag bei den Ställen. Du durftest eigentlich gar nicht dort sein, aber da warst du. Und irgendwie wusste ich es in diesem Augenblick.“

Roan umarmte sie, vorsichtig, um nichts durcheinanderzubringen. Tessa war älter als seine Mutter gewesen war, aber sie war liebevoll, warm und an herzliche Umarmungen gewöhnt. Roan ließ sich einen Moment lang von ihr festhalten, dann flüsterte er: „Danke, Tessa. Für alles.“

Sie wusste, was er damit meinte – die vielen Facetten seiner Dankbarkeit – und küsste ihn auf die Wange. „Gleichfalls, Roan."

Der Rest des Tages war ein Wirbelwind. Es gab noch einige endgültige Details, die mit den Produzenten zu klären waren. Gäste, die es zu begrüßen galt. Telefonanrufe und Textnachrichten zu beantworten. Und bevor er sich versah, war Showtime.

Roans Sachen klebten in der Schwüle von Louisiana an ihm, als er am Ende eines langen, roten Teppichs inmitten von Blumen stand und auf die vielen Reihen weißer Klappstühle hinausblickte. Die Gäste sahen ihn über ihre Schultern an, alle mit offenen, liebevollen Mienen. Roan konnte fühlen, wie ihm Schweiß den Rücken und an den Schläfen hinunterlief. Es war ihm gleich. Schweiß gehörte nun einfach zu seinem Leben. So wie Pferde, wie Vieh, wie Alligatoren. Wie Hühner, Bio-Gemüse und Kolibris.

Wie Walker, der gerade dramatisch auf Cormacs Rücken angekommen war.

Roans Lippen zuckten. Er hielt ein Lachen zurück, oder Tränen – er wusste es nicht genau. Walker sah großartig aus auf seinem Pferd. Roans Herz stockte, dann raste es. Seine Freude hob sich wie ein Vogel, der davonfliegen will, und er hob eine Hand, um zu winken. „Howdy, Cowboy", flüsterte er.

Walker glitt vom Pferd, und seine Stiefel trafen mit einem dumpfen Aufprall auf dem Boden auf. Er grinste und schob sich den Hut aus dem Gesicht. Dann stieß er einen Pfiff aus. Von der rechten Seite trottete Dana heran und trug einen Korb in ihrem Maul. Walker bückte sich und nahm ihr den Korb ab. Dann streichelte er sie, um sie für ihren Gehorsam zu belohnen. Schließlich holte er eine einzelne rote Rose und ein Hufeisen aus dem Korb.

Die Gäste – eine Mischung aus Farmern in der Nähe, Walkers Cousins und Cousinen, sowie die Leute von der Show – lachten. Walker grinste frech. Dann, während ein von Andy engagiertes Streichquartett den Hochzeitsmarsch spielte, kam Walker über den langen Gang auf

Roan zu.

Roan starrte ihn an. Er nagte an seiner Unterlippe; sein Herz klopfte laut, als der Mann, den er liebte, seine Hand ausstreckte und wartete.

Als Walker das Ende des Ganges erreichte, ergriff er Roans Finger und schlang dann die Arme um Roans Taille, um ihm einen Kuss zu geben. Roan bekam weiche Beine. Und als Walker von ihm abließ, sank er auf ein Knie.

„Roan, nimmst du dieses Hufeisen an, als Zeichen für das Glück und die Liebe, die ich in dir gefunden habe? Und wirst du mein Ehemann werden?"

Roan lachte in sich hinein und akzeptierte das Hufeisen und die Rose von Walker. „War das Andys Idee?"

Walker zwinkerte ihm zu.

„Ja", antwortete Roan. „Ich werde dich heiraten, auch wenn du mir schon vorher ein dutzendmal einen Antrag gemacht hast."

Walker hatte bereits eine Woche, nachdem Roan Ohio verlassen und ins Farmhaus gezogen war, angefangen, Roan Heiratsanträge zu machen. Das erste Mal draußen auf dem Feld, nachdem Roan ihm zugesehen hatte, wie er einem Kalb auf die Welt half. Das zweite Mal auf Cormacs Rücken, nachdem sie zum Spaß versucht hatten, ihre erste erotische Begegnung noch einmal zu erleben. Und das dritte mal war unter der Bettdecke gewesen, in einem Moment der Leidenschaft. Aber der „echte" Antrag hatte vor anderthalb Monaten stattgefunden. Sie hatten unter dem Sternenhimmel gestanden, eine Mondfinsternis beobachtet und leise über die Zukunft geredet. Walker hatte vor ihm gekniet – etwa so wie auch jetzt – und die Frage so tief empfunden und fast verzweifelt gestellt, dass Roan endlich die Antwort gegeben hatte, die er bei den anderen Malen zurückgehalten hatte. *Ja.*

„Ja. Ich werde dein Ehemann", sagte Roan noch einmal.

Walker stand auf, nahm Roans Hand und küsste die Knöchel, bevor er sich an den Pastor wandte, der ihn als Baby getauft hatte. „Wir sind so weit."

Die Gelöbnisse waren traditionell, kurz und romantisch, und die Zeremonie war vorüber, bevor Roan es recht wusste. Sie küssten sich schnell und innig, dann drehten sie sich zu ihren Gästen, die applaudierten und für sie aufstanden, als sie zu einer fröhlichen Musik, die Tessa ausgesucht hatte, wieder den langen Gang hinuntergingen.

Am Ende wartete Cormac, mehr oder weniger geduldig, und stampfte nur ein einziges Mal auf dem Boden auf, bevor Walker ihn mit einer Hand ruhig hielt.

„Hinauf mit dir", sagte er und half Roan mit dem Räuberleitergriff aufs Pferd.

Gäste folgten ihnen ein Stück weit aus dem Zelt, als sie davonritten. Die Sonne ging in einem Nebel aus Gold und Rot, Pink und Orange unter – wie ein Wasserfall aus schönen Farben und Licht. Walker lenkte Cormac direkt hinein,. Roan lehnte sich an Walkers großen Körper und überließ ihm die Zügel. Er schloss die Augen, neugierig zu sehen, was Walker für ihre Hochzeitsnacht geplant hatte. Er wusste nur, dass es nicht zurück zum Farmhaus ging und dass weder Blutegel, Alligatoren noch ein Zelt dabei eine Rolle spielten.

Er vertraute Walker. Heute Nacht würde wunderbar werden. Er konnte es nicht erwarten.

„Alles in Ordnung, kleiner Löwe?" Walkers Stimme beruhigte ihn noch mehr.

„Es geht mir gut." Roan drückte beherzt Walkers Schenkel. „Reite mit mir in den Sonnenuntergang, Cowboy."

Mit einem Lachen tat Walker genau das.

ENDE.

Brief von Leta

Liebe Leserin, lieber Leser,

vielen Dank dafür, dass du „Cowboy sucht Ehemann" gelesen hast. Wir hoffen, du hast das Lesen ebenso genossen, wie wir das Schreiben.

Wenn du magst, folge mir auf BookBub oder Goodreads, um über Neuveröffentlichungen informiert zu werden, Und schau nach mir auf Facebook und finde Ausschnitte aus dem täglichen Leben des Schreibens. Oder du kannst meiner Facebook Gruppe beitreten, um immer über das Neueste Bescheid zu wissen und – vor allem – spezielle Giveaways zu erhalten. Um einige Hintergründe und Ursprünge meiner Inspiration zu sehen, kannst du meinen Pinterest boards oder meinem Instagram folgen.

Wenn dir dieses Buch gefallen hat, bitte nimm dir einen Moment und hinterlasse eine Rezension. Reviews helfen nicht nur anderen Leser zu entscheiden, ob ein Buch etwas für sie sein könnte. Reviews helfen auch, ein Buch bei Online-Suchen gut zu platzieren.

Übrigens, für die Liebhaber von Audiobüchern da draußen … viele meiner anderen Bücher sind auch als Audiobücher erhältlich, vorgetragen von John Solo oder Michael Ferraiuolo. Ich hoffe, in den nächsten Jahren mein ganzes Repertoire in Audio herausbringen zu können.

Danke fürs Lesen!
Leta

Abgeschlossener Roman

VESPERTINE

von Leta Blake & Indra Vaughn

Können ein Priester und ein Rockstar dem Ruf der Liebe folgen?

Vor siebzehn Jahren verwandelte sich Jasper Hendricks' und Nicholas Blumfelds Kindheitsfreundschaft in eine heimliche, glühende Liebesaffäre. Sie verbrachten mehrere idyllische Monate miteinander, bis Jaspers Berufung zur katholischen Priesterschaft sich nicht länger ignorieren ließ.

Plötzlich haltlos geworden, folgte Nicky seinem eigenen Ruf und erlangte Berühmtheit als Rockmusiker, konnte aber nie mit der Vergangenheit abschließen. Heute ist Jasper ein Grenzgänger – ein offen schwuler Priester, der sich engagiert für verletzliche LGBTQ-Jugendliche einsetzt. Er ist entschlossen, Veränderungen in der Kirche und der Welt durchzusetzen. Respektiert und mit sich selbst im Reinen, ignoriert Jasper seit langer Zeit, wie einsam er dabei ist.

Als Nico Blue, Gitarrist und Songschreiber der Band Vespertine, fliegen Nicky Millionen Herzen zu. Er und seine Bandkollegen sind um die Welt getourt und haben mit ihrer Musik die Fans begeistert. Betäubt von Drogen und angetrieben von unterschwelliger Wut, fühlt Nicky sich komplett allein. Als die Band schließlich zum Drogenentzug gezwungen wird, kehrt Nicky nach Hause und zu seinen Anfängen zurück.

Jaspers und Nickys Karrieren haben ihrer beider Leben bestimmt, seit sie als Teenager auseinandergingen. Nun stehen sie sich erneut von Angesicht zu Angesicht gegenüber und müssen eine Entscheidung treffen –zwischen den immer noch lebendigen Geistern der Vergangenheit und dem Versprechen auf eine neue Zukunft.

Gay Romance Newsletter

Letas Newsletter (englisch) enthält die neuesten Veröffentlichungen und Neuigkeiten aus der Welt der MM-Romance. Trage dich noch heute in die Mailing-Liste ein und nimm damit automatisch an zukünftigen Verlosungen und Geschenkaktionen teil.

Leta Blake auf Patreon

Werde Teil von Leta Blakes Patreon-Gemeinschaft und erhalte Zugang zu exklusiven Inhalten, nicht verwendeten Szenen, Extras, Bonus-Geschichten, Preisen, Gewinnspielen, Interviews und mehr.

Weitere Bücher von Leta Blake in deutscher Sprache

Heat for Sale
Smoky Mountain Dreams
Stay Lucky
Auch in diesem Leben
Das Herz findet immer einen Weg
North' Stange

Mr. Christmas-Serie
Mr. Frosty Pants
Mr. Naughty List

In der Hitze der Liebe
Langsame Hitze
Alpha-Hitze
Langsame Geburt
Bittere Hitze

Training Season
Training Season
Training Complex

Zusammen mit Indra Vaughn
Vespertine: Der Priester und der Rockstar
Cowboy Sucht Ehemann

Zusammen mit Alice Griffiths
Überraschend … verheiratet!
Überraschend … verliebt!
Endlose Flitterwochen

Weitere Bücher in englischer Sprache von Leta Blake

Any Given Lifetime
The River Leith
Smoky Mountain Dreams
The Difference Between
My Skin Begs You Please
Stay Lucky
Omega Mine: Search for a Soulmate
Bring on Forever
Angel Undone
Punching the V-Card
Raise Up, Heart
North's Pole
My December Daddy

Mr. Christmas Series
Mr. Frosty Pants
Mr. Naughty List
Mr. Jingle Bells

The Training Season Series
Training Season
Training Complex

Heat of Love Series
Slow Heat
Alpha Heat
Slow Birth

Bitter Heat
White Heat
Winter's Truth
Winter's Heart

Heat for Sale Series
Heat for Sale
Bully for Sale

'90s Coming of Age Series
Pictures of You
You Are Not Me
Only You

Zusammen mit Indra Vaughn
Vespertine
Cowboy Seeks Husband

Zusammen mit Alice Griffiths
The Wake Up Married serial
Will & Patrick's Endless Honeymoon

Gay Fairy Tales
Flight
Levity

Audiobooks
letablake.com/audiobooks

Discover more about the author online
Leta Blake
letablake.com

Über die Autorin

Die Autorin des Bestsellers *Smoky Mountain Dreams* und des unter den Fans besonders beliebten Buchs *Training Season* kann auf eine Ausbildung und berufliche Erfahrung sowohl in Psychologie als auch im Finanzwesen zurückblicken. Aber ihre Leidenschaft gehörte schon immer dem Schreiben. Sie genießt es, Liebesgeschichten zu kreieren und dabei die Psyche von erfundenen Figuren zu erforschen. Zuhause im Süden der USA, arbeitet Leta hart daran, die Balance zwischen ihrem bürgerlichen Beruf, der Schriftstellerei und der Familie zu halten.